在歷史中讀成語

二十四史成語辭典

劉立峰 牛文明 王家良 編

在成語中學歷史

# 目 錄

# 目錄 ————————————————————————————

# 出版前言

「二十四史」是中國歷代王朝撰寫的二十四部史書的總稱，也是中華優秀傳統文化的集大成者。上自傳說黃帝（約西元前二五五〇年），下迄明代崇禎（西元一六四四年），涵蓋政治、經濟、軍事、思想、文化、天文、地理等各個方面的內容，從清代開始享有「正史」地位。

「一部二十四史，不知從何說起。」面對內容豐富約四千萬字的「二十四史」，如何創新表達方式和進行有效的簡化閱讀是目前需要解決的關鍵問題。成語古今同用、高度濃縮，是中華歷史和文化的「活化石」，因此我們設想以「成語」為關鍵字解決這個問題。多年來整理「二十四史」，陸陸續續收集約兩千五百條較為常用的成語；按照其在「二十四史」先後順序和對應章節的內容來呈現，讓「二十四史」走進日常生活。

具體而言，本書編寫有如下考慮：

## 一、立足經典

「二十四史」系統性地記載了清代以前各個朝代的歷史，堪稱是中華文明史的忠實記錄者，凝聚了中華民族歷史文化共識，是五千年中華文明的集中表現。

本書萃取「二十四史」中耳熟能詳的成語，幫助讀者認識理解、傳承踐行中華優秀傳統文化。這些成語包含豐富的物質文化，如表現服飾文化的「黃袍加身」（出自《宋史·太祖本紀》），表現宮室建築文化的「金城湯池」（出自《漢書·蒯通傳》）；更蘊含著深厚的精神文化，「懷質抱真」（出自《梁書·武帝紀上》）希望塑造純潔高尚、質樸無華的人

# 前言 ────────────────

格,「方正不阿」(出自《明史·王徽傳》)強調生而為人應有浩然正氣,「前因後果」(出自《南齊書·高逸傳論》)揭示事物之間的邏輯連繫,「實事求是」(出自《漢書·河間獻王劉德傳》)提醒為人處事應遵循的基本原則,「克己奉公」(出自《後漢書·祭遵傳》)昭示著集體主義精神的基石,「同心協力」(出自《周書·崔謙傳》)表現著建構人類命運共同體的追求。

## 二、講求規範

　　詞彙規範是語言文字規範的重要內容,成語作為語言詞彙系統中的特殊成員更應加以重視。成語的產生和形成常常源於具有民族特色的故事,經過千錘百鍊的語言實踐後,可言簡意賅而又形象生動地表達特定的複雜意義,在表意方面具有豐富性、精練性和生動性。但成語並非「一成不變」之「語」,隨著社會的發展,其含義與形式也是不斷發展變化的。編寫本書時,我們參考教育部《成語典》等現代辭書,採用規範的成語字音、字形等。如「春華秋實」(出自《三國志·魏志·邢顒傳》)、「讀書百遍,其義自見」(出自《三國志·魏志·王肅傳》)等成語中存在「古今字」現象,「華」與「花」、「見」與「現」為古今字,本書在處理時以規範性為準則,讀音、字形與教育部《成語典》保持一致。

## 三、創新傳承

　　從最初的「三史」、「四史」,再到唐代的「十三史」、宋代的「十七史」、到元代的「二十史」……最後到乾隆年間定為「二十四史」,「二十四史」的編撰是學術史乃至中華文化史上一件了不起的大事。

　　「二十四史」歷經多年的不斷發展完善,是社會發展呼喚中華優秀傳統文化的集中展現。從浩瀚史籍中汲取其精華 —— 成語,將三千兩

百二十九卷、約四千萬字的《二十四史》以兩千五百多條成語呈現，以日常熟悉的語言文字「成語」這種形式展示中華民族的思維方式與文化內涵，是本書遵循中華優秀傳統文化「創造性轉化、創新性發展」的生動展現。

## 四、著眼語用

「二十四史」蘊含成語眾多，內容龐雜。本書在編寫時兼顧歷史文化的全面與豐富，同時以成語在現實生活中的使用頻率為重要參考，從報章雜誌、著作教材等語言文字運用的實際情況出發，統籌、選擇成語。本書所選取的成語既具有廣泛性，又具有代表性。選擇的成語詞條能表現現代漢語生命力，方便讀者使用成語。

在本書編寫過程中，相關領域的專家學者給予了鼎力支持與無私幫助，為本書出版提供了大力支持，在此一併深表感謝。

# 前言

# 出自《史記》的成語

## 瞻雲望日

[釋義]

指賢明的君主恩澤施及尤民。後多比喻得近天子。

[出處]

西漢‧司馬遷《史記卷一‧五帝本紀第一》：「就之如日，望之如雲。」

## 眾功皆興

[釋義]

功：通「工」。指很多事業都興盛起來。

[出處]

西漢‧司馬遷《史記卷一‧五帝本紀第一》：「信飭百官，眾功皆興。」

## 娥皇女英

[釋義]

傳說中堯的兩個女兒，都嫁給了舜。舊時指姐妹同夫。

[出處]

西漢‧司馬遷《史記卷一‧五帝本紀第一》：「於是堯妻之二女」。

## 耕者讓畔

[釋義]

畔：田界。種田的人把田界讓給對方。形容禮讓成為社會風氣。

[出處]

西漢‧司馬遷《史記卷一‧五帝本紀第一》：「舜耕歷山，歷山之人皆讓畔。」

## 好學深思

[釋義]

指是喜歡學習，勤於思考。

[出處]

西漢‧司馬遷《史記卷一‧五帝本紀第一》：「書缺有間矣，其軼乃時時見於他說。非好學深思，心知其意，固難為淺見寡聞道也。」

## 心知其意

[釋義]

意：意義。心中領會了文章的主旨或技藝的要領。

[出處]

西漢‧司馬遷《史記卷一‧五帝本紀第一》：「予觀春秋、國語，其發明五帝

德、帝系姓章矣，顧弟弗深考，其所表見皆不虛。書缺有間矣，其軼乃時時見於他說。非好學深思，心知其意，固難為淺見寡聞道也。余並論次，擇其言尤雅者，故著為本紀書首。」

## 淺見寡聞

[釋義]

形容見聞不廣，所知不多。

[出處]

西漢·司馬遷《史記卷一·五帝本紀贊》：「非好學深思，心知其意，固難為淺見寡聞道也。」

## 勞心焦思

[釋義]

費盡心機，苦思焦慮。

[出處]

西漢·司馬遷《史記卷二·夏本紀第二》：「禹傷先人父鯀功之不成受誅，乃勞心焦思，居外十三年，過家門不敢入。」

## 網開三面

[釋義]

把捕禽的網撤去三面。比喻採取寬大態度，給人一條出路。

[出處]

西漢·司馬遷《史記卷三·殷本紀第三》：「湯出，見野張網四面，祝曰：

『自天下四方，皆入吾網！』湯曰：『嘻，盡之矣！』乃去其三面，祝曰：『欲左，左；欲右，右；不用命者，乃入吾網。』諸侯聞之，曰：『湯德至矣，及禽獸。』」。

## 酒池肉林

[釋義]

原指荒淫腐化、極端奢侈的生活，後也形容酒肉極多。

[出處]

西漢·司馬遷《史記卷三·殷本紀第三》：「殷紂以酒為池，以肉為林，為長夜之飲」。

## 百步穿楊

[釋義]

在一百步遠以外射中楊柳的葉子。形容箭法或槍法十分高明。

[出處]

西漢·司馬遷《史記卷四·周本紀第四》：「楚有養由基者，善射者也。去柳葉百步而射之，百發而百中之。左右觀者數千人，皆曰善射。」

## 歌功頌德

[釋義]

歌、頌：頌揚。頌揚功績和德行。

[出處]

西漢·司馬遷《史記卷四·周本紀第

四》：「民皆歌樂之，頌其德。」

## 白魚入舟

[釋義]

比喻用兵必勝的徵兆。

[出處]

西漢·司馬遷《史記卷四·周本紀第四》：「武王渡河，中流，白魚躍入王舟中，武王俯取以祭……諸侯皆曰：『紂可伐矣。』」

## 樂而忘歸

[釋義]

非常快樂，竟忘記回家，形容沉迷於某種場合，捨不得離開。

[出處]

西漢·司馬遷《史記卷五·秦本紀第五》：「造父以善御幸於周繆王……西巡狩，樂而忘歸。」

## 怨入骨髓

[釋義]

形容痛恨到極點。

[出處]

西漢·司馬遷《史記卷五·秦本紀第五》：「繆公之怨此三人，入於骨髓，願令此三人歸，令我君得自快烹之。」

## 舉鼎絕臏

[釋義]

絕：折斷；臏：脛骨。雙手舉鼎，折斷脛骨。比喻能力小，不能負擔重任。

[出處]

西漢·司馬遷《史記卷五·秦本紀第五》：「武王有力，好戲。力士任鄙、烏獲、孟說皆至大官。王與孟說舉鼎，絕臏。」

## 經緯天下

[釋義]

指治理國家。

[出處]

西漢·司馬遷《史記卷六·秦始皇本紀第六》：「普施明法，經緯天下，永為儀則。」

## 定於一尊

[釋義]

指具有最高權威的人。舊指思想、學術、道德等以一個最有權威的人作為唯一的標準。

[出處]

西漢·司馬遷《史記卷六·秦始皇本紀第六》：「丞相臣斯昧死言：古者天下散亂，莫之能一，是以諸侯並作，語皆道古以害今，飾虛言以亂實，人善其所私學，以非上之所建立。今皇

帝並有天下，別黑白而定一尊。」

## 偶語棄市

[釋義]

指在封建暴政下，人們相聚談話就會
被殺害。

[出處]

西漢・司馬遷《史記卷六・秦始皇本
紀第六》：「有敢偶語《詩》、《書》
者，棄市。」

## 以古非今

[釋義]

用歷史故事抨擊當前的政治。

[出處]

西漢・司馬遷《史記卷六・秦始皇本
紀第六》：「有敢偶語《詩》、《書》
者，棄市；以古非今者，族。」

## 衡石量書

[釋義]

古時文書用竹簡木札，以衡石來計算
文書的重量，因用以形容君主勤於
國政。

[出處]

西漢・司馬遷《史記卷六・秦始皇本
紀第六》：「天下之事，無大小皆決於
上，上至以衡石量書，日夜有呈，不
中呈不得休息。」

## 指鹿為馬

[釋義]

指著鹿，說是馬；比喻故意顛倒黑
白，混淆是非。

[出處]

西漢・司馬遷《史記卷六・秦始皇本
紀第六》：「趙高欲為亂，恐群臣不
聽，乃先設驗，持鹿獻於二世，曰：
『馬也。』二世笑曰：『丞相誤邪？謂
鹿為馬。』問左右，左右或默，或言
馬以阿順趙高。或言鹿者，高因陰中
諸言鹿者以法。後群臣皆畏高。」

## 奮臂大呼

[釋義]

奮臂：高舉手臂。高舉手臂，大聲
呼喊。

[出處]

西漢・司馬遷《史記卷六・秦始皇本
紀第六》：「陳涉以戍卒散亂之眾數
百，奮臂大呼。」

## 安土息民

[釋義]

安定社會秩序，讓人民休養生息。

[出處]

西漢・司馬遷《史記卷六・秦始皇本
紀第六》：「安土息民，以待其敝。」

## 取而代之

[釋義]

指奪取別人的地位而由自己代替。現也指以某一事物代替另一事物。

[出處]

西漢·司馬遷《史記卷七·項羽本紀第七》：「秦始皇帝遊會稽，渡浙江，梁與籍俱觀。籍曰：『彼可取而代也。』」

## 拔山蓋世

[釋義]

蓋：壓倒，超過。才能或武藝當代第一，沒有人能比得上。

[出處]

西漢·司馬遷《史記卷七·項羽本紀第七》：「力拔山兮氣蓋世。」

## 不勝杯杓

[釋義]

不勝：經不起；杓：舀東西的器具；杯杓：泛指酒器。比喻喝酒太多，醉了。

[出處]

西漢·司馬遷《史記卷七·項羽本紀第七》：「張良入謝曰：『沛公不勝杯杓，不能辭。』」

## 破釜沉舟

[釋義]

比喻下定決心不顧一切地進行到底。

[出處]

西漢·司馬遷《史記卷七·項羽本紀第七》：「項羽乃悉引兵渡河，皆沉船，破釜甑，燒廬舍，持三日糧，以示士卒必死，無一還心。」

## 勞苦功高

[釋義]

出了很多力，吃了很多苦，立下了很大的功勞。

[出處]

西漢·司馬遷《史記卷七·項羽本紀第七》：「勞苦而功高如此，未有封侯之賞，而聽細說，欲誅有功之人，此亡秦之續身。」

## 沐猴而冠

[釋義]

沐猴：獼猴；冠：戴帽子。猴子穿衣戴帽，終究不是真人。比喻虛有其表，形同傀儡。常用來諷刺投靠惡勢力竊據權位的人。

[出處]

西漢·司馬遷《史記卷七·項羽本紀第七》：「人言楚人沐猴而冠耳，果然。」

## 江東父老

[釋義]

江東:古指長江以南蕪湖以下地區;
父老:父兄輩人。泛指家鄉的父兄
長輩。

[出處]

西漢‧司馬遷《史記卷七‧項羽本紀
第七》:「項王笑曰:『且籍與江東子
弟八千人渡江而西,今無一人還,
縱江東父老憐而王我,我何面目見
之?』」

## 錦衣行晝

[釋義]

指富貴了須回歸故里。

[出處]

西漢‧司馬遷《史記卷七‧項羽本紀
第七》:「(項王)曰:『富貴不歸故
鄉,如衣繡夜行,誰知之者!』」

## 決一雌雄

[釋義]

雌雄:比喻高低、勝負。指較量一下
勝敗高低。

[出處]

西漢‧司馬遷《史記卷七‧項羽本紀
第七》:「願與漢王挑戰決雌雄。」

## 拔山蓋世

[釋義]

蓋世:超越天下人,世上第一。力
能拔掉大山,形容力大勇猛,當代
無比。

[出處]

西漢‧司馬遷《史記卷七‧項羽本紀
第七》:「力拔山兮氣蓋世,時不利兮
騅不逝。」

## 髮指眥裂

[釋義]

髮指:頭髮直豎;眥裂:眼眶裂開。
頭髮向上豎,眼瞼全張開。形容非常
憤怒。

[出處]

西漢‧司馬遷《史記卷七‧項羽本紀
第七》:「瞋目視項王,頭髮上指,目
眥盡裂。」

## 分我杯羹

[釋義]

羹:肉汁。楚、漢相爭時,劉邦答項
羽的話。比喻從別人那裡分享一分
利益。

[出處]

西漢‧司馬遷《史記卷七‧項羽本紀
第七》:「吾翁即若翁,必欲烹而翁,
則幸分我一桮羹。」

## 拔山扛鼎

[釋義]

扛：雙手舉起。拔起大山，舉起重鼎。形容力氣很大。

[出處]

西漢‧司馬遷《史記卷七‧項羽本紀第七》：「籍長八尺餘，力能扛鼎，才氣過人。」又：「於是項王乃悲歌慷慨，自為詩曰：『力拔山兮氣蓋世，時不利兮騅不逝。』」

## 各自為戰

[釋義]

指各自獨立行戰。

[出處]

西漢‧司馬遷《史記卷七‧項羽本紀第七》：「君王能自陳以東傅海，盡與韓信；睢陽以北至谷城，以與彭越；使各自為戰，則楚易敗也。」

## 不足與謀

[釋義]

與：和。不值得和他商量。

[出處]

西漢‧司馬遷《史記卷七‧項羽本紀第七》：「豎子不足與謀。奪項王天下者，必沛公也，吾屬今為之虜矣。」

## 才氣過人

[釋義]

才：才能；氣：氣魄。才能氣魄勝過一般的人。

[出處]

西漢‧司馬遷《史記卷七‧項羽本紀第七》：「力能扛鼎，才氣過人。」

## 非戰之罪

[釋義]

罪：罪過。不是戰爭本身的過失。

[出處]

西漢‧司馬遷《史記卷七‧項羽本紀第七》：「然今卒困於此，此天之亡我，非戰之罪也。」

## 萬人之敵

[釋義]

指代能敵萬人的兵法。

[出處]

西漢‧司馬遷《史記卷七‧項羽本紀第七》：「籍曰：『書足以記名姓而已。劍一人敵，不足學，學萬人敵。』於是項梁乃教籍兵法。」此時，「萬人敵」是指代兵法。

## 三戶亡秦

[釋義]

三戶：幾戶人家；亡：滅。雖只幾戶人家，也能滅掉秦國。比喻正義而暫

時弱小的力量，對暴力的必勝信心。

[出處]

西漢‧司馬遷《史記卷七‧項羽本紀
第七》：「故楚南公曰：『楚雖三戶，
亡秦必楚』也。」

## 異軍突起

[釋義]

比喻一波新的勢力突然出現。異軍：
與眾不同的軍隊。

[出處]

西漢‧司馬遷《史記卷七‧項羽本紀
第七》：「少年欲立嬰便為王，異軍蒼
頭特起。」

## 搏牛之虻

[釋義]

原意是說主要目標應像擊殺牛背上的
虻蟲一樣去滅掉秦國，而不是像消除
蟣虱那樣去與別人打敗。後來比喻其
志在大而不在小。

[出處]

西漢‧司馬遷《史記卷七‧項羽本
紀第七》：「夫搏牛之虻不可以破蟣
虱。」

## 羊狠狼貪

[釋義]

狠：凶狠。原指為人凶狠，爭奪權
勢。後比喻貪官汙吏的殘酷剝削。

[出處]

西漢‧司馬遷《史記卷七‧項羽本紀
第七》：「因下令軍中曰：『猛如虎，
狠如羊，貪如狼，強不可使者，皆斬
之。』」

## 在此一舉

[釋義]

在：在於，決定於；舉：舉動，行
動。指事情的成敗就決定於這一次的
行動。

[出處]

西漢‧司馬遷《史記卷七‧項羽本紀
第七》：「國家安危，在此一舉。」

## 作壁上觀

[釋義]

比喻置身事外，在旁不協助任何一
方。含貶義。

[出處]

西漢‧司馬遷《史記卷七‧項羽本紀第
七》：「及楚擊秦，諸將皆從壁上觀。」

## 孤特獨立

[釋義]

形容志行高潔，不同時俗。

[出處]

西漢‧司馬遷《史記卷七‧項羽本紀第
七》：「今將軍內不能直諫，外為亡國
將，孤特獨立而欲常存，豈不哀哉！」

## 咸陽一炬

[釋義]

咸陽的一把大火。指項羽率軍到咸陽後將秦宮全部燒毀。泛指一把火燒光。

[出處]

西漢‧司馬遷《史記卷七‧項羽本紀第七》：「項羽引兵西屠咸陽，殺秦降王子嬰，燒秦宮室，火三月不滅。」

## 養虎遺患

[釋義]

留著老虎不除掉，就會成為後患；比喻縱容壞人壞事，留下後患。

[出處]

西漢‧司馬遷《史記卷七‧項羽本紀第七》：「楚兵罷食盡，此天亡楚之時也，不如因其機而遂取之。今釋弗擊，此所謂養虎遺患也。」

## 四面楚歌

[釋義]

形容人們遭受各方面攻擊或逼迫的人事環境，而致陷於孤立窘迫的境地。

[出處]

西漢‧司馬遷《史記卷七‧項羽本紀第七》：「項王軍壁垓下，兵少食盡，漢軍及諸侯兵圍之數重。夜聞漢軍四面皆楚歌，項王乃大驚，日：『漢皆已得楚乎？是何楚人之多也。』」

## 霸王別姬

[釋義]

形容英雄末路的悲壯情景。

[出處]

西漢‧司馬遷《史記卷七‧項羽本紀第七》記載：霸王項羽在和劉邦奪封建統治權的戰爭中，最後兵敗，自知大勢已去，在突圍前夕，不得不和虞姬訣別。

## 百二河山

[釋義]

百二：以二敵百。指山河險固，可以二敵百。後指國力強盛，邊防穩固的國家。又作「百二山河」。

[出處]

西漢‧司馬遷《史記卷八‧高祖本紀第八》：「秦，形勝之國，帶河山之險，縣隔千里，持戟百萬，秦得百二馬。」

## 大失所望

[釋義]

表示原來的希望完全落空。

[出處]

西漢‧司馬遷《史記卷八‧高祖本紀第八》：「秦人大失望。」

## 大逆無道

[釋義]

逆：叛逆；道：指封建道德；無道：違反封建道德。舊時統治階級對破壞封建秩序的人所加的重大罪名。

[出處]

西漢·司馬遷《史記卷八·高祖本紀第八》：「今項羽放殺義帝於江南，大逆無道。」

## 妒賢嫉能

[釋義]

妒、嫉：因別人好而忌恨。對品德、才能比自己強的人心懷怨恨。

[出處]

西漢·司馬遷《史記卷八·高祖本紀第八》：「項羽妒賢嫉能，有功者害之，賢者疑之。」

## 高屋建瓴

[釋義]

建：倒水，潑水；瓴：盛水的瓶子。把瓶子裡的水從高處向下傾倒。比喻居高臨下，不可阻遏。

[出處]

西漢·司馬遷《史記卷八·高祖本紀第八》：「地勢便利，其以下兵於諸侯，譬猶居高屋之上建瓴水也。」

## 及鋒而試

[釋義]

及：乘；鋒：鋒利，比喻士氣高昂；試：試用。趁鋒利的時候用它。原指乘士氣高漲的時候使用軍隊，後比喻乘有利的時機行動。

[出處]

西漢·司馬遷《史記卷八·高祖本紀第八》：「軍吏士卒皆山東之人也，日夜跂而望歸，及其鋒而用之，可以有大功。」

## 決勝千里

[釋義]

坐鎮指揮千里之外的戰局。形容將帥雄才大略，指揮若定。

[出處]

西漢·司馬遷《史記卷八·高祖本紀第八》：「夫運籌帷幄之中，決勝千里之外，吾不如子房。」

## 判若鴻溝

[釋義]

判：區別；鴻溝：古代運河，在今河南省，秦末是楚漢分界的一條河，比喻事物的界線。形容界限很清楚，區別很明顯。

[出處]

西漢·司馬遷《史記卷八·高祖本紀第八》：「項羽恐，乃與漢王約，中分

天下，割鴻溝而西者為漢，鴻溝而東
者為楚。」

## 翹足而待

[釋義]

踮起腳等待。比喻很快就能實現。

[出處]

西漢·司馬遷《史記卷八·高祖本紀
第八》：「大臣內叛，諸侯外反，亡可
翹足而待也。」

## 一敗塗地

[釋義]

形容失敗到不可收拾的地步。
「一」，典源作「壹」。塗地：肝腦塗
地的略語，形容死得很慘。

[出處]

西漢·司馬遷《史記卷八·高祖本紀
第八》：「劉季曰：『天下方擾，諸侯
並起，今置將不善，壹敗塗地。』」

## 約法三章

[釋義]

原指事先約好或明確規定的事，泛指
訂立簡單的條款，以資遵守。

[出處]

西漢·司馬遷《史記卷八·高祖本紀
第八》：「與父老約，法三章耳；殺人
者死，傷人及盜抵罪。」

## 重厚少文

[釋義]

指持重敦厚而缺少文飾。

[出處]

西漢·司馬遷《史記卷八·高祖本紀
第八》：「已而呂后問：『陛下百歲後，
蕭相國即死，令誰代之？』上曰：
『曹參可。』問其次，上曰：『……陳
平智有餘，然難以獨任。周勃重厚少
文，然安劉氏者必勃也，可令為太
尉。』」

## 循環往復

[釋義]

周而復始，去而復來。指反覆進行，
沒有止息。

[出處]

西漢·司馬遷《史記卷八·高祖本紀
第八》：「太史公曰：『……三王之道
若循環，終而不止。』」。

## 面折廷爭

[釋義]

面折：當面指責別人的過失；廷爭：
在朝廷上爭論。指直言敢諫。

[出處]

西漢·司馬遷《史記卷九·呂太后本
紀第九》：「於今面折廷爭，臣不如
君；夫全社稷，定劉氏之後，君亦不
如臣。」

## 改過自新

[釋義]

自新：自覺改正，重新做人。改正錯誤，重新做起。

[出處]

西漢‧司馬遷《史記卷十‧孝文本紀第十》：「妾傷夫死者不可復生，刑者不可復屬，雖復欲改過自新，其道無由也。」

## 千門萬戶

[釋義]

形容房屋廣大或住戶極多。

[出處]

西漢‧司馬遷《史記卷十二‧孝武本紀第十二》：「於是作建章宮，度為千門萬戶。」

## 巧發奇中

[釋義]

發：射箭，比喻發言。形容善於乘機發表意見，後能為事實所證實。

[出處]

西漢‧司馬遷《史記卷十二‧孝武本紀第十二》：「少君資好方，善為巧發奇中。」

## 信以傳信，疑以傳疑

[釋義]

信：確實；疑：難於確定。確實可信的就按可信的傳下去，不可信的就按不可信的傳下去。指客觀公正地對待歷史問題。

[出處]

西漢‧司馬遷《史記卷十三‧三代世表第一》：「一言有父，一言無父，信以傳信，疑以傳疑，故兩言之。」

## 耳食之論

[釋義]

耳食：耳朵吃飯。指沒有確鑿的根據，未經思考分析的傳聞。

[出處]

西漢‧司馬遷《史記卷十五‧六國年表第三》：「學者牽於所聞，見秦在帝位日淺，不察其終始，因舉而笑之，不敢道，此與以耳食無異。」

## 撥亂誅暴

[釋義]

撥：治理；誅：殺戮。平定亂世，誅殺強暴，使天下太平。

[出處]

西漢‧司馬遷《史記卷十六‧秦楚之際月表第四》：「撥亂誅暴，平定海內，卒踐帝祚，成於漢家。」

## 修仁行義

[釋義]

建立愛民的仁政，推行正義的的措施。

[出處]

西漢‧司馬遷《史記十六‧秦楚之際月表第四》：「湯、武之王，乃由契、后稷修仁行義十餘世，不期而會孟津八百諸侯，猶以為未可，其后乃放弒。」

## 強幹弱枝

[釋義]

加強樹幹，削弱枝葉；比喻削減地方勢力，加強中央權力。

[出處]

西漢‧司馬遷《史記卷十七‧漢興以來諸侯王年表第五》：「而漢郡八九十，形錯諸侯間，犬牙相臨，秉其阨塞地利，彊本幹，弱枝葉之勢，尊卑明而萬事各得其所矣。」

## 礪帶河山

[釋義]

黃河細得像衣帶，泰山小得像磨刀石。比喻封爵與國共存，傳之無窮。又作「河山帶礪」。

[出處]

西漢‧司馬遷《史記卷十八‧高祖功臣侯者年表第六》：「封爵之誓曰：『使河如帶，泰山若厲，國以永寧，爰及苗裔。』」

## 當世得失

[釋義]

現世人們得意與挫敗的不同境遇。得失：指政治上的得志與失意。現世人們得意與挫敗的不同境遇。

[出處]

西漢‧司馬遷《史記卷十八‧高祖功臣侯者年表第六》：「居今之世，志古之道，所以自鏡也，未必盡同。帝王者各殊禮而異務，要以成功為統紀，豈可緄乎？觀所以得尊寵及所以廢辱，亦當世得失之林也，何必舊聞？」

## 本末相順

[釋義]

由根到梢，次序不亂；比喻事物的發展合乎規律。

[出處]

西漢‧司馬遷《史記卷二十三‧禮書第一》：「本末相順，終始相應，至文有以辨，至察有以說。」

## 樂善好施

[釋義]

好：喜歡；善：親善，善事；樂：樂意；施：施捨。指喜歡做善事，樂意施捨。

[出處]

西漢·司馬遷《史記卷二十四·樂書第二》：「聞徵音，使人樂善而好施；聞羽音，使人整齊而好禮。」

## 親疏貴賤

[釋義]

指親密、疏遠、富貴、貧賤的種種關係。形容地位和關係不同的眾人。

[出處]

西漢·司馬遷《史記卷二十四·樂書第二》：「類小大之稱，比終始之序，以象事行，使親疏貴賤長幼男女之理皆形見於樂，故曰：『樂觀其深矣』。」

## 犖犖大者

[釋義]

犖犖：明顯。指明顯的重大的方面。

[出處]

西漢·司馬遷《史記卷二十七·天官書第五》：「兵征大宛，星茀招搖：此其犖犖大者。」

## 海市蜃樓

[釋義]

蜃：大蛤。原指海邊或沙漠中，由於光線的反向和折射，空中或地面出現虛幻的樓臺城郭。現多比喻虛無縹渺的事物。

[出處]

西漢·司馬遷《史記卷二十七·天官書第五》：「海旁蜃氣象樓臺；廣野氣成宮闕然。」

## 出入無常

[釋義]

出現與隱沒沒有規律，捉摸不定。

[出處]

西漢·司馬遷《史記卷二十七·天官書第五》：「察剛氣以處熒惑。」司馬貞索隱引晉灼云：「常以十月入太微，受制而出行列宿，司無道，出入無常。」

## 童男童女

[釋義]

未婚的男孩與女孩。

[出處]

西漢·司馬遷《史記卷二十八·封禪書第六》：「使人仍賚童男童女，入海求之。」

## 陳陳相因

[釋義]

陳：舊；因：沿襲。原指皇倉之糧逐年增加，陳糧上壓陳糧。後多比喻沿襲老一套，無創造革新。

[出處]

西漢·司馬遷《史記卷三十·平準書

第八》：「太倉之粟，陳陳相因，充溢
露積於外，至腐敗不可食。」

## 食租衣稅

[釋義]

依靠百姓繳納的租稅生活。

[出處]

西漢・司馬遷《史記卷三十・平準書
第八》：「縣官當食租衣稅而已，今弘
羊令吏坐市列肆，販物求利。」

## 富埒王侯

[釋義]

埒：同等。富有的程度與國王諸侯相
當。形容非常富有。

[出處]

西漢・司馬遷《史記卷三十・平準書
第八》：「故吳諸侯也，以即山鑄錢，
富埒天子，其後卒以叛逆。」

## 火耕水耨

[釋義]

耨：除草。古代一種原始耕種方式。

[出處]

西漢・司馬遷《史記卷三十・平準書
第八》：「江南火耕水耨，令飢民得流
就食江淮閒，欲留，留處。」

## 貫朽粟陳

[釋義]

串錢的帶子斷了，穀子爛了。比喻極
富有。

[出處]

西漢・司馬遷《史記卷三十・平準書
第八》：「京師之錢累巨萬，貫朽而不
可校。太倉之粟陳陳相因，充溢露積
於外，至腐敗不可食。」

## 賢良方正

[釋義]

賢良：才能，德行好；方正：正直。
漢武帝時推選的一種舉薦官吏後備人
員的制度，唐宋沿用，設賢良方正
科。指德才兼備的好人品。

[出處]

西漢・司馬遷《史記卷三十・平準書
第八》：「當是之時，招尊方正賢良文
學之士，或至公卿大夫。」

## 抉目吳門

[釋義]

抉：剔出；目：眼睛。指忠臣被讒
誅殺。

[出處]

西漢・司馬遷《史記卷三十一・吳太
伯世家第一》：「抉吾眼置之吳東門，
以觀越之滅吳也。」

## 飛熊入夢

[釋義]

原指周文王夢飛熊而得太公望。後比喻聖主得賢臣的徵兆。

[出處]

西漢‧司馬遷《史記卷三十二‧齊太公世家第二》：「西伯將出獵，卜之，曰：『所獲非龍非彲非虎非羆；所獲霸王之輔』。」

## 平易近人

[釋義]

對人和藹可親，沒有架子，使人容易接近。也指文字淺顯，容易了解。

[出處]

西漢‧司馬遷《史記三十三‧魯周公世家第三》：「夫政不簡不易，民不有近；平易近民，民必歸之。」

## 分陝之重

[釋義]

原指周成王時，周公、召公分陝而治。

[出處]

西漢‧司馬遷《史記三十四‧燕召公世家第四》：「其在成王時，召王為三公：自陝以西，召公主之；自陝以東，周公主之。」

## 齒牙為禍

[釋義]

齒牙：比喻讒言。指讒言撥弄，造成災禍。

[出處]

西漢‧司馬遷《史記三十九‧晉世家第九》：「初，獻公將伐驪戎，卜曰：『齒牙為禍』。及破驪戎，獲驪姬，愛之，竟以亂晉。」

## 好學不倦

[釋義]

喜歡學習，不知疲倦。

[出處]

西漢‧司馬遷《史記卷四十‧楚世家第十》：「昔我文公，狐季姬之子也，有寵於獻公。好學不倦。」

## 患難與共

[釋義]

共同承擔危險和困難。指彼此關係密切，利害一致。

[出處]

西漢‧司馬遷《史記卷四十一‧越王勾踐世家第十一》：「越王為人長頸鳥喙，可與共患難，不可與共樂。」

## 臥薪嘗膽

[釋義]

薪：柴草。睡覺睡在柴草上，吃飯睡

覺都嘗一嘗苦膽。形容人刻苦自勵，發憤圖強。

[出處]
西漢．司馬遷《史記卷四十一．越王勾踐世家第十一》：「吳既赦越，越王句踐反國，乃苦身焦思，置膽於坐，坐臥即仰膽，飲食亦嘗膽也。」

## 鳥盡弓藏

[釋義]
比喻事情成功以後，把曾經出過力的人一腳踢開。

[出處]
西漢．司馬遷《史記卷四十一．越王勾踐世家第十一》：「蜚（飛）鳥盡，良弓藏；狡兔死，走狗烹。」

## 利盡交疏

[釋義]
到了無利可圖的時候交情就疏遠了。

[出處]
西漢．司馬遷《史記四十二．鄭世家第十二》：「太史公曰：語有之，『以權利合者，權利盡而交疏』，甫瑕是也。」

## 輕慮淺謀

[釋義]
考慮不全面，計劃不周密。

[出處]
西漢．司馬遷《史記卷四十三．趙世家第十三》：「夫小人有欲，輕慮淺謀，徒見其利而不顧其害，同類相推，俱入禍門。」

## 一狐之腋

[釋義]
一隻狐狸腋下的皮毛。比喻珍貴的東西。腋：胳肢窩，此特指狐狸腋下的皮毛。

[出處]
西漢．司馬遷《史記卷四十三．趙世家第十三》：「吾聞千羊之皮不如一狐之腋。」

## 嫁禍於人

[釋義]
嫁：轉移。把自己的禍事推給別人。

[出處]
西漢．司馬遷《史記卷四十三．趙世家第十三》：「韓氏所以不入於秦者，欲嫁其禍於趙也。」

## 貧賤驕人

[釋義]
身處貧賤，但很自豪。指貧賤的人蔑視權貴。

[出處]
西漢．司馬遷《史記卷四十四．魏世

家第十三》:「子擊因問曰:『富貴者驕人乎?且貧賤者驕人乎?』」

## 卑禮厚幣

[釋義]

卑禮:謙恭的禮節;厚幣:厚重的幣帛。比喻聘請人員的鄭重殷切。

[出處]

西漢·司馬遷《史記卷四十四·魏世家第十三》:「惠王數被於軍旅,卑禮厚幣以招賢者。」

## 抱薪救火

[釋義]

抱:拋擲。薪:柴草。用拋擲木柴擊火的辦法滅火。比喻方法不對,反而使禍害擴大。

[出處]

西漢·司馬遷《史記卷四十四·魏世家第十三》:「且夫以地事秦,譬猶抱薪救火,薪不盡,火不滅。」

## 穩操左券

[釋義]

左券:古代契約分左右兩聯,雙方各執一聯,左券就是左聯,常用作索償的憑證。比喻有充分的把握。穩操勝券。

[出處]

西漢·司馬遷《史記卷四十六·田敬仲完世家第十六》:「秦韓之王劫於韓馮、張儀而東兵以徇服魏,公常執左券以責於秦韓,此其善於公而惡張子多資矣。」

## 必操勝券

[釋義]

操:持,拿;券:憑證;勝券:勝利的把握。一定有勝利的把握。

[出處]

西漢·司馬遷《史記卷四十六·田敬仲完世家第十六》:「秦韓之王劫於韓馮、張儀而東兵以徇服魏,公常執左券以責於秦韓,此其善於公而惡張子多資矣。」

## 通人達才

[釋義]

通人:指學識淵博的人;達才:通達事理的人才。指知識廣博,通達古今的人才。

[出處]

西漢·司馬遷《史記卷四十六·田敬仲完世家第十六》:「《易》之為術,幽明遠矣,非通人達才孰能注意焉!」

## 不能贊一詞

[釋義]

贊一詞：說一句話。指文章寫得好，別人不能再添一句話。形容文章非常完美。

[出處]

西漢·司馬遷《史記卷四十七·孔子世家第十七》：「至於為《春秋》，筆則筆，削則削，子夏之徒不能贊一辭。」

## 招搖過市

[釋義]

招搖：張揚炫耀；市：鬧市，指人多的地方。指在公開場合大搖大擺顯示聲勢，引人注意。

[出處]

西漢·司馬遷《史記卷四十七·孔子世家第十七》：「居衛月餘，靈公與夫人同車，宦者雍渠參乘，出，使孔子為次乘，招搖市過之。」

## 喪家之犬

[釋義]

無家可歸的狗。比喻無處投奔，到處亂竄的人。

[出處]

西漢·司馬遷《史記卷四十七·孔子世家第十七》：「鄭人或謂子貢曰：『東門有人，其顙似堯，其項類皋陶，其肩類子產，然自要以下不及禹三寸。纍纍若喪家之狗。』」

## 韋編三絕

[釋義]

孔子晚年很愛讀《周易》，翻來覆去地讀，使穿連《周易》竹簡的皮條斷了好幾次。後來用「韋編三絕」形容讀書勤奮。

[出處]

西漢·司馬遷《史記卷四十七·孔子世家第十七》：「讀《易》，韋編三絕。」

## 春秋筆法

[釋義]

相傳孔子修《春秋》，一字含褒貶。後來稱文章用筆曲折而意含褒貶的寫作手法為春秋筆法。

[出處]

西漢·司馬遷《史記卷四十七·孔子世家第十七》：「孔子在位聽訟，文辭有可與人共者，弗獨有也。至於為春秋，筆則筆，削則削，子夏之徒不能贊一辭。」

## 心嚮往之

[釋義]

對某個人或事物心裡很嚮往。

[出處]

西漢·司馬遷《史記卷四十七·孔子

世家第十七》:「雖不能至,然心嚮往之。」

## 篝火狐鳴

[釋義]

夜裡把火放在籠裡,使其隱隱約約像磷火,同時又學狐叫。這是陳涉、吳廣假托狐鬼之事以發動群眾起義的故事。後用來比喻策劃起義。

[出處]

西漢·司馬遷《史記卷四十八·陳涉世家第十八》:「又彊令吳廣之次所旁叢祠中,夜篝火,狐鳴呼曰:『大楚興,陳勝王』。」

## 鴻鵠之志

[釋義]

鴻鵠:天鵝,比喻志向遠大的人;志:志向。比喻遠大志向。

[出處]

西漢·司馬遷《史記卷四十八·陳涉世家第十八》:「陳涉太息曰:『嗟乎,燕雀安知鴻鵠之志哉!』」

## 帝王將相

[釋義]

皇帝、王侯、及文臣武將,指封建時代上層統治者。

[出處]

西漢·司馬遷《史記卷四十八·陳涉

世家第十八》:「且壯士不死即已,死即舉大名耳,王侯將相寧有種乎!」

## 當斷不斷

[釋義]

指應該決斷的時候不能決斷。

[出處]

西漢·司馬遷《史記卷五十二·齊悼惠王世家第二十二》:「召平曰:『嗟乎!道家之言「當斷不斷,反受其亂」,乃是也。』」

## 發蹤指示

[釋義]

獵人發現野獸的蹤跡,指示獵狗跟蹤追逐。比喻在幕後操縱指揮。又作「發蹤指示」。

[出處]

西漢·司馬遷《史記卷五十三·蕭相國世家第二十三》:「夫獵,追殺獸兔者狗也,而發蹤指示獸處者人也。」

## 東門種瓜

[釋義]

原指秦東陵侯召平在秦滅亡後不仕新主,在長安東青門外種瓜。借指離官隱居務農。也比喻富貴的人後來貧困潦倒。

[出處]

西漢·司馬遷《史記卷五十三·蕭相

國世家第二十三》：「秦破，為布衣，貧，種瓜於長安城東，瓜美，故世俗謂之『東陵瓜』，從召平以為名也。」

## 言人人殊

[釋義]

殊：不同，差異。每個人說法都不相同。指對同一事物各有各的看法。

[出處]

西漢・司馬遷《史記卷五十四・曹相國世家第二十四》：「天下初定，悼惠王富於春秋，參盡召長老諸生，問所以安集百姓，如齊故（俗）諸儒以百數，言人人殊，參未知所定。」

## 蕭規曹隨

[釋義]

蕭何和曹參在西漢初期先後任丞相。蕭何創立了一套規章制度。他死後曹參繼任，完全照章行事。後用以比喻依照成規辦事。

[出處]

西漢・司馬遷《史記卷五十四・曹相國世家第二十四》：「參代何為漢相國，舉事無所變更，一遵蕭何約束。」

## 助紂為虐

[釋義]

比喻幫助壞人做壞事。

[出處]

西漢・司馬遷《史記卷五十五・留侯世家第二十五》：「今始入秦，即安其樂，此所謂『助桀為虐』。」

## 獨當一面

[釋義]

單獨負責一個方面的工作。

[出處]

西漢・司馬遷《史記卷五十五・留侯世家第二十五》：「而漢王之將獨韓信可屬大事，當一面。」

## 倒置干戈

[釋義]

倒著藏放兵器，表示不再打仗。

[出處]

西漢・司馬遷《史記卷五十五・留侯世家第二十五》：「殷事已畢，偃革為軒，倒置干戈，覆以虎皮，以示天下不復用兵。」

## 立錐之地

[釋義]

插錐尖的一點地方。形容極小的一塊地方。也指極小的安身之處。

[出處]

西漢・司馬遷《史記卷五十五・留侯世家第二十五》：「今秦失德棄義，侵伐諸侯社稷，滅六國之後，使無立錐

之地。」

## 借箸代籌

[釋義]
箸：筷子；籌：過去用以計算的工具，引伸為策劃。原意是借你前面的的筷子來指畫當前的形勢。後比喻從旁為人出主意，計劃事情。

[出處]
西漢·司馬遷《史記卷五十五·留侯世家第二十五》：「張良對曰：『臣請藉前箸為大王籌之。』」

## 使羊將狼

[釋義]
將：統率，指揮。派羊去指揮狼。比喻不足以統率指揮。也比喻使仁厚的人去駕馭強橫而有野心的人，會使事情無法順利進行。

[出處]
西漢·司馬遷《史記卷五十五·留侯世家第二十五》：「且太子所與俱諸將，皆嘗與上定天下梟將也，今使太子將之，此無異使羊將狼也，皆不肯為盡力，其無功必矣。」

## 美如冠玉

[釋義]
原比喻只是外表好看。後形容男子長相漂亮。

[出處]
西漢·司馬遷《史記卷五十六·陳丞相世家第二十六》：「平雖美丈夫，如冠玉耳，其中未必有也。」

## 六出奇計

[釋義]
原指陳平所出的六條妙計。後泛指出奇制勝的謀略。

[出處]
西漢·司馬遷《史記卷五十六·陳丞相世家第二十六》：「凡六出奇計，輒益邑，凡六益封。」

## 汗流浹背

[釋義]
浹：濕透。汗流得滿背都是。形容非常恐懼或非常害怕。現也形容出汗很多，背上的衣服都濕透了。

[出處]
西漢·司馬遷《史記卷五十六·陳丞相世家第二十六》：「勃又謝不知，汗出沾背，愧不能對。」

## 按轡徐行

[釋義]
轡：馬韁繩。輕輕按著韁繩，讓馬慢慢地走。

[出處]
西漢·司馬遷《史記卷五十七·絳侯

周勃世家第二十七》:「壁門士吏謂從屬車騎曰:「將軍約,軍中不得驅馳。」於是天子乃按轡徐行。」

## 忽忽不樂

[釋義]

形容若有所失而不高興的樣子。

[出處]

西漢‧司馬遷《史記卷五十八‧梁孝王世家第二十八》:「三十五年冬,復朝。上疏欲留,上弗許。歸國,意忽忽不樂。」

## 卑諂足恭

[釋義]

卑:低下;諂:巴結奉承;足:音「巨」,過分;恭:恭順。低聲下氣,阿諛逢迎,過分恭順,取媚於人。

[出處]

西漢‧司馬遷《史記卷五十九‧五宗世家第二十九》:「彭祖為人巧佞卑諂,足恭而心刻深。」

## 不食周粟

[釋義]

粟:小米,泛指糧食。原指伯夷、叔齊於商亡後不吃周粟而死。指清白守節。

[出處]

西漢‧司馬遷《史記卷六十一‧伯夷列傳第一》:「武王已平殷亂,天下宗周,而伯夷、叔齊恥之,義不食周粟,隱於首陽山,采薇而食之。」

## 各從其志

[釋義]

從:聽任;志:志向。各人執照各人的意志行事。

[出處]

西漢‧司馬遷《史記卷六十一‧伯夷列傳第一》:「子曰:『道不同,不相為謀』,亦各從其志也。」

## 暴戾恣睢

[釋義]

暴戾:凶殘、殘暴;恣睢:任意做壞事。形容凶殘橫暴,想怎麼做就怎麼做。

[出處]

西漢‧司馬遷《史記卷六十一‧伯夷列傳第一》:「盜蹠日殺不辜,肝人之肉,暴戾恣睢,聚黨數千人橫行天下,竟以壽終。」

## 揚揚得意

[釋義]

形容非常得意的樣子。

[出處]

西漢·司馬遷《史記卷六十二·管晏列傳第二》:「其夫為相御,擁大蓋,策駟馬,意氣揚揚甚自得也。」

## 得意洋洋

[釋義]

洋洋:得意的樣子。形容稱心如意、沾沾自喜的樣子。

[出處]

西漢·司馬遷《史記卷六十二·管晏列傳第二》:「其夫為相御,擁大蓋,策駟馬,意氣揚揚甚自得也。」

## 管鮑分金

[釋義]

春秋時,齊人管仲和鮑叔牙相知最深。後常比喻交情深厚的朋友。

[出處]

西漢·司馬遷《史記卷六十二·管晏列傳第二》:「生我者父母,知我者鮑子也。」

## 節儉力行

[釋義]

指生活儉樸,又肯努力躬行。亦作「節儉躬行」。

[出處]

西漢·司馬遷《史記卷六十二·管晏列傳第二》:「事齊靈公、莊公、景公,以節儉力行重於齊。既相齊,食不重肉,妾不衣帛。」

## 將順其美

[釋義]

將順:隨勢相助。美:好事,美德。順勢相助,成全美事。亦作「順從其美」。

[出處]

西漢·司馬遷《史記卷六十二·管晏列傳第二》:「將順其美,匡救其惡,故上下能相親也。」

## 深藏若虛

[釋義]

把寶貴的東西藏起來,好像沒有這東西一樣;比喻人有真才實學,但不愛在人前賣弄。

[出處]

西漢·司馬遷《史記卷六十三·老子韓非列傳第三》:「吾聞之,良賈深藏若虛,君子盛德容貌若愚。」

## 指事類情

[釋義]

謂闡述事理,譬喻情狀。

[出處]

西漢·司馬遷《史記卷六十三·老子

韓非列傳第三》：「然善屬書離辭，指事類情，用剽剝儒、墨，雖當世宿學不能自解免也。」

## 三令五申

[釋義]

令：命令；申：表達，說明。多次命令和告誡。

[出處]

西漢．司馬遷《史記卷六十五．孫子吳起列傳第五》：「約束既布，乃設鈇鉞，即三令五申之。」

## 倍日並行

[釋義]

日夜趕路。

[出處]

西漢．司馬遷《史記卷六十五．孫子吳起列傳第五》：「乃棄其步軍，與其輕銳倍日並行逐之。」

## 批亢擣虛

[釋義]

批：用手擊；亢：咽喉，比喻要害；擣：攻擊；虛：空虛。比喻抓住敵人的要害乘虛而入。

[出處]

西漢．司馬遷《史記卷六十五．孫子吳起列傳第五》：「夫解雜亂紛糾者不控捲，救鬥者不搏撠，批亢擣虛，形格勢禁，則自為解耳。」

## 添兵減灶

[釋義]

暗中增加兵員，表面上減少行軍飯灶。指偽裝士兵逃亡，示弱以欺騙對方。

[出處]

西漢．司馬遷《史記卷六十五．孫子吳起列傳第五》：「孫子謂田忌曰：『彼三晉之兵素悍勇而輕齊，齊號為怯，善戰者因其勢而利導之。兵法，百里而趣利者蹶上將，五十里而趣利者軍半至。使齊軍入魏地為十萬灶，明日為五萬灶，又明日為三萬灶。』龐涓行三日，大喜，曰：『我固知齊軍怯，入吾地三日，士卒亡者過半矣。』」

## 山河之固

[釋義]

形容山川形勢的險要和堅固。

[出處]

西漢．司馬遷《史記卷六十五．孫子吳起列傳第五》：「美哉乎山河之固，此魏國之寶也。」

## 舟中敵國

[釋義]

同船的人都成的敵人。比喻大家反對,十分孤立。

[出處]

西漢·司馬遷《史記卷六十五·孫子吳起列傳第五》:「若君不修德,舟中之人盡為敵國也。」

## 倒行逆施

[釋義]

原指做事違反常理,不擇手段。現多指所作所為違背時代潮流或人民意願。

[出處]

西漢·司馬遷《史記卷六十六·伍子胥列傳第六》:「吾日莫途遠,吾故倒行而逆施之。」

## 日暮途窮

[釋義]

莫:同「暮」,指日落、黃昏。天快黑了,路也走到盡頭了。比喻已到了沒落、滅亡的階段。也說日暮途遠。

[出處]

西漢·司馬遷《史記卷六十六·伍子胥列傳第六》:「吾日莫途遠,吾故倒行而逆施之。」

## 結駟連騎

[釋義]

隨從、車馬眾多。形容排場闊綽。

[出處]

西漢·司馬遷《史記卷六十七·仲尼弟子列傳第七》:「子貢相衛,而結駟連騎,排藜藋入窮閭,過謝原憲。。」

## 頓首再拜

[釋義]

頓首:以頭叩地而拜;再拜:拜兩次。古代的一種跪拜禮。亦指舊時信札中常用作向對方表示敬意的客套語。

[出處]

西漢·司馬遷《史記卷六十七·仲尼弟子列傳第七》:「勾踐頓首再拜曰:『孤嘗不料力,乃與吳戰,困於會稽,痛入於骨髓,日夜焦唇乾舌,徒欲與吳王接踵而死,孤之願也。』」

## 以言取人

[釋義]

根據人的口才去判斷其智慧。

[出處]

西漢·司馬遷《史記卷六十七·仲尼弟子列傳第七》:「孔子聞之,曰:『吾以言取人,失之宰予;以貌取人,失之子羽。』」

# 痛抱西河

[釋義]

比喻喪子之痛。

[出處]

西漢・司馬遷《史記卷六十七・仲尼弟子列傳第七》:「孔子既沒,子夏居西河教授,為魏文侯師。其子死,哭之失明。」

# 安於故俗,溺於舊聞

[釋義]

俗:習俗。溺:沉溺,陷入。拘泥於老習慣,侷限於舊見聞。形容因循守舊,安於現狀。

[出處]

西漢・司馬遷《史記卷六十八・商君列傳第八》:「常人安於故俗,學者溺於所聞。以此兩者居官守法可也,非所與論於法之外也。」

# 內視反聽

[釋義]

內視:向內看;反聽:聽外在的。指既能反省自己的言行,也能聽取別人的意見。

[出處]

西漢・司馬遷《史記卷六十八・商君列傳第八》:「反聽之謂聰,內視之謂明,自勝之謂彊。」

# 立木南門

[釋義]

立木:豎木於地上。用具體事實來證明新的法令、制度一定要推行開來。多用於形容取信於民。

[出處]

西漢・司馬遷《史記卷六十八・商君列傳第八》:「令既具,未布,恐民之不信,已乃立三丈於國都市南門,募民有能徙置北門者予十金,民怪之,莫敢徙……有一人行徙之,輒予五十金,以明不欺。」

# 危若朝露

[釋義]

危險得像清早的露水一樣容易消失。比喻面臨死亡。

[出處]

西漢・司馬遷《史記卷六十八・商君列傳第八》:「君之危若朝露,尚將欲延年益壽乎!」

# 作法自斃

[釋義]

斃,典源作「敝」。「敝」,義同「斃」。自己立法反而使自己受害。泛指自做自受。

[出處]

西漢・司馬遷《史記卷六十八・商君列傳第八》:「商君亡至關下,欲舍客

舍,客人不知其是商君也,曰:『商君之法,舍人無驗者坐之。』商君喟然嘆曰:『嗟乎!為法之敝一至此哉!』」

## 恫疑虛喝

[釋義]

虛張聲勢,恐嚇威脅。也作「恫疑虛猲」。

[出處]

西漢·司馬遷《史記卷六十九·蘇秦列傳第九》:「秦雖欲深入,則狼顧,恐韓、魏之議其後也。是故恫疑虛猲,驕矜而不敢進,則秦之不能害齊亦明矣。」

## 豪釐不伐,將用斧柯

[釋義]

豪,通「毫」。比喻禍害初萌生時若不加重視,釀成大患後再要消除,就很困難。

[出處]

西漢·司馬遷《史記卷六十九·蘇秦列傳第九》:「《周書》曰:『綿綿不絕,蔓蔓柰何?豪釐不伐,將用斧柯。』前慮不定,將有大患,將柰之何?』」

## 心旌搖曳

[釋義]

旌:旗子;搖曳:擺動。指心神不安,就像旌旗隨風飄蕩不定。形容情思起伏,不能自持。

[出處]

西漢·司馬遷《史記卷六十九·蘇秦列傳第九》:「寡人臥不安席,食不甘味,心搖搖然如縣旌而無所終薄。」

## 亡國之臣

[釋義]

使國家滅亡的臣子。現比喻對國家有損害的官員。

[出處]

西漢·司馬遷《史記卷六十九·蘇秦列傳第九》:「夫驕君必好利,而亡國之臣必貪於財。」

## 積毀銷骨

[釋義]

積:聚;毀:讒謗;銷:熔化。指謠言壞話久而久之可以致人於死地。

[出處]

西漢·司馬遷《史記卷七十·張儀列傳第十》:「眾口鑠金,積毀銷骨。」

## 驅羊攻虎

[釋義]

驅:趕。驅趕羊群去進攻老虎。形容以弱敵強,力量懸殊,必遭覆滅。

[出處]

西漢·司馬遷《史記卷七十·張儀列

傳第十》：「且夫為從者，無以異於驅群羊而攻猛虎，虎之與羊不格明矣。今王不與猛虎而與群羊，臣竊以為大王之計過也。」

## 坐山觀虎鬥

[釋義]

比喻對雙方的鬥爭採取旁觀的態度，等到雙方都受到損傷，再從中撈取好處。

[出處]

西漢·司馬遷《史記卷七十·張儀列傳第十》：「兩虎方且食牛，食甘必爭，爭則必鬥，鬥則大者傷，小者死，從傷而刺之，一舉必有雙虎之名。」

## 各有所短

[釋義]

短：不足。各有各的不足。

[出處]

西漢·司馬遷《史記卷七十三·白起王翦列傳第十三》：「及孫王離為項羽所虜，不亦宜乎！彼各有所短也。」

## 赤縣神州

[釋義]

中國的別稱。

[出處]

西漢·司馬遷《史記卷七十四·孟子荀卿列傳第十四》：「中國名曰赤縣神

州。赤縣神州內自有九州，禹之序九州是也，不得為州數。」

## 不經之談

[釋義]

不經：不合道理。荒誕無稽、沒有根據的話。

[出處]

西漢·司馬遷《史記卷七十四·孟子荀卿列傳第十四》：「其語閎大不經，必先驗小物，推而大之，至於無垠。」

## 將門有將

[釋義]

舊指將帥門第也出將帥。

[出處]

西漢·司馬遷《史記卷七十五·孟嘗君列傳第十五》：「文聞將門必有將，相門必有相。」

## 雞鳴狗盜

[釋義]

鳴：叫；盜：偷東西。指微不足道的本領。也指偷偷摸摸的行為。後用「雞鳴狗盜」比喻有某種卑下技能的人，或指卑微的技能。亦用於形容卑劣低下的人或事。

[出處]

戰國時秦昭王囚孟嘗君，打算加以殺

害，孟嘗君得門下食客雞鳴狗盜的技能協助，得以脫難。典出《史記·卷七五·孟嘗君列傳》。

## 利令智昏

[釋義]
因貪圖私利而失去理智，把什麼都忘了。

[出處]
西漢·司馬遷《史記卷七十六·平原君虞卿列傳第十六》：「鄙語曰：『利令智昏。』平原君貪馮亭邪說，使趙陷長平兵四十餘萬眾，邯鄲幾亡。」

## 毛遂自薦

[釋義]
毛遂自我推薦。比喻自告奮勇，自己推薦自己擔任某項工作。

[出處]
西漢·司馬遷《史記卷七十六·平原君虞卿列傳第十六》：「門下有毛遂者，前，自贊於平原君曰：『遂聞君將合從於楚，約與食客門下二十人偕，不外索。今少一人，願君即以遂備員而行矣。』」

## 風度翩翩

[釋義]
風度：風采氣度，指美好的舉止姿態；翩翩：文雅的樣子。舉止文雅優美。

[出處]
西漢·司馬遷《史記卷七十六·平原君虞卿列傳第十六》：「平原君，翩翩濁世之佳公子也，然未睹大體。」

## 錐出囊中

[釋義]
囊：口袋。錐子放在口袋裡，錐尖就會露出來。比喻有才能的人初露頭角。

[出處]
西漢·司馬遷《史記卷七十六·平原君虞卿列傳第十六》：「夫賢士之處世也，譬若錐之處囊中，其末立見。」

## 脫穎而出

[釋義]
穎：尖端。錐尖透過布囊顯露出來。比喻本領全部顯露出來。

[出處]
西漢·司馬遷《史記卷七十六·平原君虞卿列傳第十六》：「使遂蚤得處囊中，乃穎脫而出，非特其末見而已。」

## 歃血為盟

[釋義]
歃血：古代會盟，把牲畜的血塗在嘴唇上，表示誠意；盟：宣誓締約。泛指發誓訂盟。

西漢·司馬遷《史記卷七十六·平原君虞卿列傳第十六》:「毛遂謂楚王之左右曰:『取雞狗馬之血來。』毛遂奉銅槃而跪進之楚王曰:『王當歃血而定從,次者吾君,次者遂。』」

## 因人成事

[釋義]

因:依賴。依賴別人辦成事情。

[出處]

西漢·司馬遷《史記卷七十六·平原君虞卿列傳第十六》:「公等錄錄,所謂因人成事者也。」

## 九鼎大呂

[釋義]

九鼎:古傳說,夏禹鑄九鼎,象徵九州,是夏商周三代的傳國之寶;大呂:周廟大鐘。比喻說的話分量大,極有作用。

[出處]

西漢·司馬遷《史記卷七十六·平原君虞卿列傳第十六》:「毛先生一至楚,而使趙重於九鼎大呂。」

## 彈丸之地

[釋義]

彈丸:彈弓所用的鐵丸或泥丸。彈丸那麼大的地方。形容地方非常狹小。

[出處]

西漢·司馬遷《史記卷七十六·平原君虞卿列傳第十六》:「誠知秦力之所不能進,此彈丸之地弗予,令秦來年復攻王,王得無割其內而媾乎?」

## 不識大體

[釋義]

不懂得從大局考慮。

[出處]

西漢·司馬遷《史記卷七十六·平原君虞卿列傳第十六》》:「平原君,翩翩濁世之佳公子也,然未睹大體。」

## 急人之困

[釋義]

急:解急,救難。解救別人的困難。

[出處]

西漢·司馬遷《史記卷七十七·魏公子列傳第十七》:「勝所以自附為婚姻者,以公子之高義,為能急人之困。」

## 醇酒婦人

[釋義]

醇酒:味厚的酒。比喻頹廢腐敗的生活。

[出處]

西漢·司馬遷《史記卷七十七·魏公子列傳第十七》:「公子自知再以毀

廢，乃謝病不朝，與賓客為長夜飲，飲醇酒，多近婦女。日夜為樂飲者四歲，竟病酒而卒。」

## 修身潔行

[釋義]

提高自己的品德修養，使自己的行為更加合乎道德規範。

[出處]

西漢·司馬遷《史記卷七十七·魏公子列傳第十七》：「臣修身絜行數十年，終不以監門困故而受公子財。」

## 割肉飼虎

[釋義]

飼：餵。割下身上的肉餵老虎。比喻即使捨棄生命也無法滿足對方的貪欲。

[出處]

西漢·司馬遷《史記卷七十七·魏公子列傳第十七》：「今有難，無他端而欲赴秦軍，譬若以肉投餒虎，何功之有哉？」

## 合而為一

[釋義]

把散亂的事物聚合在一起。

[出處]

西漢·司馬遷《史記卷七十八·春申君列傳第十八》：「臣為王慮，莫若善楚。

秦、楚合而為一以臨韓，韓必斂手。」

## 尺寸之地

[釋義]

尺寸：形容數量少。面積狹小的封地。

[出處]

西漢·司馬遷《史記卷七十九·范睢蔡澤列傳第十九》：「且昔齊湣王南攻楚，破軍殺將，再辟地千里，而齊尺寸之地無得焉者，豈不欲得地哉，形勢不能有也。」

## 青雲直上

[釋義]

比喻官職升得很快、很高。

[出處]

西漢·司馬遷《史記卷七十九·范睢蔡澤列傳第十九》：「賈不意君能自致於青雲之上，賈不敢復讀天下之書，不敢復與天下之事。」

## 睚眥必報

[釋義]

像被人瞪了一眼那樣極小的仇恨也一定要報復，形容心胸極其狹窄。

[出處]

西漢·司馬遷《史記卷七十九·范睢蔡澤列傳第十九》：「一飯之德必償，睚眥之怨必報。」

## 君子交絕，不出惡聲

[釋義]

君子：指品格高尚的人；交：交情；惡聲：傷害詆毀的話。有道德的人即使絕交也不互相詆毀。

[出處]

西漢‧司馬遷《史記卷八十‧樂毅列傳第二十》：「臣聞古之君子，交絕不出惡聲；忠臣去國，不絜其名。」

## 價值連城

[釋義]

價：價格；連城：連成一片的城池。形容物品極為珍貴，價值極高。

[出處]

西漢‧司馬遷《史記卷八十一‧廉頗藺相如列傳第二十一》：「趙惠文王時，得楚和氏璧。秦昭王聞之，使人遺趙王書，願以十五城請易璧。」

## 怒髮衝冠

[釋義]

指憤怒得頭髮直豎，頂著冠帽。形容極度憤怒。

[出處]

西漢‧司馬遷《史記卷八十一‧廉頗藺相如列傳第二十一》：「相如因持璧卻立，倚柱，怒髮上衝冠。」

## 奉公如法

[釋義]

奉：奉行；公：公務。奉公行事，遵守法令。形容辦事守規矩。

[出處]

西漢‧司馬遷《史記卷八十一‧廉頗藺相如列傳第二十一》：「以君之貴，奉公如法則上下平，上下平則國彊，國彊則趙固，而君為貴戚，豈輕於天下邪？」

## 膠柱鼓瑟

[釋義]

用膠把琴柱黏住後奏琴，柱不能移動，就無法調弦。比喻固執拘泥，不知變通。

[出處]

西漢‧司馬遷《史記卷八十一‧廉頗藺相如列傳第二十一》：「王以名使括，若膠柱而鼓瑟耳。括徒能讀其父書傳，不知合變也。」

## 負荊請罪

[釋義]

負：背著；荊：荊條。背著荊條向對方請罪。表示向人認錯賠罪。

[出處]

西漢‧司馬遷《史記卷八十一‧廉頗藺相如列傳第二十一》：「廉頗聞之，肉袒負荊，因賓客至藺相如門謝罪。」

## 完璧歸趙

[釋義]

本指藺相如將完美無瑕的和氏璧,完好地從秦國帶回趙國,後比喻把物品完好地歸還給物品的主人。

[出處]

西漢·司馬遷《史記卷八十一·廉頗藺相如列傳第二十一》:「城入趙而璧留秦;城不入,臣請完璧歸趙。」

## 刎頸之交

[釋義]

比喻可以同生死、共患難的朋友。

[出處]

西漢·司馬遷《史記卷八十一·廉頗藺相如列傳第二十一》:「廉頗聞之,肉袒負荊,因賓客至藺相如門謝罪。曰:『鄙賤之人,不知將軍寬之至此也。』卒相與驩,為刎頸之交。」

## 紙上談兵

[釋義]

在紙面上談論打仗。比喻空談理論,不能解決實際問題。也比喻空談不能成為現實。

[出處]

西漢·司馬遷《史記卷八十一·廉頗藺相如列傳第二十一》記載,戰國時趙國名將趙奢的兒子趙括,少時學兵法,善於談兵,父親也難不倒他。後來代廉頗為趙將,只照搬兵書,不知變通。結果在長平之戰中被秦兵打敗。後用以比喻只憑書本知識空發議論,不能解決實際問題。

## 比物連類

[釋義]

比物:比喻;連:連綴;類:相同的事物。連綴相類的事物,進行排比歸納。

[出處]

西漢·司馬遷《史記卷八十三·魯仲連鄒陽列傳第二十三》:「鄒陽辭雖不遜,然其比物連類,有足悲者,亦可謂抗直不橈矣,吾是以附之列傳焉。」

## 白頭如新

[釋義]

白頭:頭髮白了;新:新交。指交朋友彼此不能了解,時間雖久,仍跟剛認識一樣。

[出處]

西漢·司馬遷《史記卷八十三·魯仲連鄒陽列傳第二十三》:「諺曰:『有白頭如新,傾蓋如故。』何則?知與不知也。」

# 名高天下

[釋義]

比喻全國聞名。

[出處]

西漢·司馬遷《史記卷八十三·魯仲連鄒陽列傳第二十三》：「筦管子不恥身在縲絏之中而恥天下之不治，不恥不死公子糾而恥威之不信於諸侯，故兼三行之過而為五霸首，名高天下而光燭鄰國。」

# 明珠暗投

[釋義]

珍貴的寶珠落入不明價值的人手裡，而得不到賞識或珍愛。比喻有才能的人得不到重視。也比喻好東西落入不識貨人的手裡。

[出處]

西漢·司馬遷《史記卷八十三·魯仲連鄒陽列傳第二十三》：「臣聞明月之珠，夜光之璧，以闇投人於道路，人無不按劍相眄者。何則？無因而至前也。」

# 如膠似漆

[釋義]

像膠和漆那樣黏結。形容感情熾烈，難捨難分。多指夫妻恩愛。

[出處]

西漢·司馬遷《史記卷八十三·魯仲連鄒陽列傳第二十三》：「感於心，合於行，親於膠漆，昆弟不能離，豈惑於眾口哉？」

# 虎狼之國

[釋義]

像餓虎貪狼一樣的國家。形容侵略成性的國家。

[出處]

西漢·司馬遷《史記卷八十四·屈原賈生列傳第二十四》：「秦，虎狼之國，不可信。」

# 隨波逐流

[釋義]

逐：追隨。隨著波浪起伏，跟著流水漂蕩。比喻沒有堅定的立場，缺乏判斷是非的能力，只能隨著別人走。

[出處]

西漢·司馬遷《史記卷八十四·屈原賈生列傳第二十四》：「夫聖人者，不凝滯於物而能與世推移。舉世混濁，何不隨其流而揚其波？」

# 諸子百家

[釋義]

原指先秦時期各種思想的代表人物和各個派別，後用來對先秦至漢初各種流派的總稱。

[出處]

西漢·司馬遷《史記卷八十四·屈原賈生列傳第二十四》:「廷尉乃言賈生年少,頗通諸子百家之書。文帝召以為博士。」

## 奇貨可居

[釋義]

指把稀有的貨物囤積起來,等待高價出售。也比喻拿某種專長或獨占的東西作為資本,等待時機,以撈取名利地位。

[出處]

西漢·司馬遷《史記卷八十五·呂不韋列傳第二十五》:「呂不韋賈邯鄲,見(子楚)而憐之,日:『此奇貨可居。』」

## 一字千金

[釋義]

增損一字,賞予千金。稱讚文辭精妙,不可更改。後來用「一字千金」稱讚詩文精妙,價值極高。

[出處]

西漢·司馬遷《史記卷八十五·呂不韋列傳第二十五》:「布咸陽市門,懸千金其上,延諸侯游士賓客有能增損一字者予千金。」

## 旁若無人

[釋義]

身旁好像沒有人。形容態度傲慢,不把別人放在眼裡。

[出處]

西漢·司馬遷《史記卷八十六·刺客列傳第二十六》:「高漸離擊筑,荊軻和而歌於市中,相樂也,已而相泣,旁若無人者。」

## 布衣黔首

[釋義]

布衣:稱呼平民;黔首:戰國及秦代稱呼百姓。古代指一般百姓。

[出處]

西漢·司馬遷《史記卷八十七·李斯列傳第二十七》:「夫斯乃上蔡布衣,閭巷之黔首,上不知其駑下,遂擢至此。」

## 人人自危

[釋義]

每個人都感到自己不安全,有危險。

[出處]

西漢·司馬遷《史記卷八十七·李斯列傳第二十七》:「法令誅罰日益刻深,群臣人人自危,欲畔者眾。」

## 東門黃犬

[釋義]

用以作為為官遭禍，抽身悔遲之典。

[出處]

西漢‧司馬遷《史記卷八十七‧李斯列傳第二十七》載：「二世二年七月，具斯五刑，論腰斬咸陽市。斯出獄，與其中子俱執，顧謂其中子曰：『吾欲與若復牽黃犬俱出上蔡東門逐狡兔，豈可得乎！』」

## 聲名狼藉

[釋義]

聲名：名譽；狼藉：雜亂不堪。名聲敗壞到了極點。

[出處]

西漢‧司馬遷《史記卷八十八‧蒙恬列傳第二十八》唐‧司馬貞‧索隱言其惡聲狼籍，布於諸國。而劉氏曰「諸侯皆記其惡於史籍」，非也。

## 民不聊生

[釋義]

聊：依賴，憑藉。指老百姓無以為生，活不下去。

[出處]

西漢‧司馬遷《史記卷八十九‧張耳陳餘列傳第二十九》：「北有長城之役，南有五嶺之戍，外內騷動，百姓罷敝，頭會箕斂，以供軍費，財匱力盡，民不聊生。」

## 左提右挈

[釋義]

挈：帶領。比喻共相扶持。也形容父母對子女的照顧。

[出處]

西漢‧司馬遷《史記卷八十九‧張耳陳餘列傳第二十九》：「夫以一趙尚易燕，況以兩賢王左提右挈，而責殺王之罪，滅燕易矣。」

## 大喜過望

[釋義]

過：超過；望：希望。結果比原來希望的還好，因而感到特別高興。

[出處]

西漢‧司馬遷《史記卷九十一‧黥布列傳第三十一》：「出就舍，帳御飲食從官如漢王居，布又大喜過望。」

## 安枕而臥

[釋義]

放好枕頭睡大覺。比喻太平無事，不必擔憂。

[出處]

西漢‧司馬遷《史記卷九十一‧黥布列傳第三十一》：「使布出於上計，山東非漢之有也；出於中計，勝敗之數未可知也；出於下計，陛下安枕而臥矣。」

## 拔幟易幟

[釋義]

幟：旗幟；易：換。後比喻以計謀戰勝敵人，取而代之。

[出處]

西漢・司馬遷《史記卷九十二・淮陰侯列傳第三十二》：「信所出奇兵二千騎，共候趙空壁逐利，則馳入趙壁，皆拔趙旗，立漢赤幟二千。」

## 鼎足而立

[釋義]

鼎：古代烹煮用的炊具，圓形有三足兩耳。比喻事物三足並立，常指政治局勢或力量三方面相持。

[出處]

西漢・司馬遷《史記卷九十二・淮陰侯列傳第三十二》：「誠能聽臣之計，莫若兩利而俱存之，參分天下，鼎足而居，其勢莫敢先動。」

## 國士無雙

[釋義]

國士：國中傑出的人物。指國中獨一無二的人才。

[出處]

西漢・司馬遷《史記卷九十二・淮陰侯列傳第三十二》：「諸將易得耳。至如信者，國士無雙。」

## 疾足先登

[釋義]

登：方言，「得來」的合音。比喻行動敏捷的人先達到目的。

[出處]

西漢・司馬遷《史記卷九十二・淮陰侯列傳第三十二》：「秦失其鹿，天下共逐之，於是高材疾足者先得焉。」

## 解衣衣人

[釋義]

脫下衣服給別人穿，以示關懷之意。

[出處]

西漢・司馬遷《史記卷九十二・淮陰侯列傳第三十二》：「漢王授我上將軍印，予我數萬眾，解衣衣我，推食食我。」

## 敗軍之將

[釋義]

打敗仗的將領。現多用於諷刺失敗的人。

[出處]

西漢・司馬遷《史記卷九十二・淮陰侯列傳第三十二》：「臣聞敗軍之將，不可以言勇，亡國之大夫，不可以圖存。」

## 兵貴先聲

[釋義]

指用兵貴在先以自己的聲勢鎮懾敵人。

[出處]

西漢·司馬遷《史記卷九十二·淮陰侯列傳第三十二》:「兵固有先聲而後實者,此之謂也。」

## 不賞之功

[釋義]

形容功勞極大。

[出處]

西漢·司馬遷《史記卷九十二·淮陰侯列傳第三十二》:「且臣聞勇略震主者身危,而功蓋天下者不賞。」

## 韓信將兵,多多益善

[釋義]

將:統率,指揮。比喻越多越好。

[出處]

西漢·司馬遷《史記卷九十二·淮陰侯列傳第三十二》:「上曰:『於君何如?』曰:『臣多多而益善耳。』」

## 婦人之仁

[釋義]

仁:仁慈。舊指處事姑息優柔,不識大體。

[出處]

西漢·司馬遷《史記卷九十二·淮陰侯列傳第三十二》:「項王見人恭敬慈愛,言語嘔嘔,人有疾病,涕泣分食飲,至使人有功當封爵者,印刓敝,

忍不能予,此所謂婦人之仁也。」

## 高材疾足

[釋義]

高材:才能出眾;疾足:邁步快。形容人才能出眾,行事敏捷。

[出處]

西漢·司馬遷《史記卷九十二·淮陰侯列傳第三十二》:「秦失其鹿,天下共逐之,於是高材疾足者先得焉。」

## 解衣推食

[釋義]

把穿著的衣服脫下給別人穿,把正在吃的食物讓別人吃。形容對人熱情關懷。

[出處]

西漢·司馬遷《史記卷九十二·淮陰侯列傳第三十二》:「漢王授我上將軍印,予我數萬眾,解衣衣我,推食食我,言聽計用,故吾得以至於此。」

## 胯下之辱

[釋義]

胯下:兩條腿之間。從胯下爬過的恥辱。

[出處]

西漢·司馬遷《史記卷九十二·淮陰侯列傳第三十二》》:「淮陰屠中少年有侮信者,曰:『若雖長大,好帶刀

劍，中情怯耳。』眾辱之曰：『信能死，刺我；不能死，出我袴下。』於是信孰視之，俛出袴下，蒲伏。一市人皆笑信，以為怯。」

循士大夫也，此所謂『驅市人而戰之』，其勢非置之死地，使人人自為戰；今予之生地，皆走，寧尚可得而用之乎！」

出自《史記》的成語

## 傳檄而定

[釋義]

檄：討敵文書；定：平定。比喻不待出兵，只要用一紙文書，就可以降服敵方，安定局勢。

[出處]

西漢‧司馬遷《史記卷九十二‧淮陰侯列傳第三十二》：「今大王舉而東，三秦可傳檄而定也。」

## 背水一戰

[釋義]

背水：背對河流，表示沒有退路。比喻與敵人決一死戰。

[出處]

西漢‧司馬遷《史記卷九十二‧淮陰侯列傳第三十二》：「信乃使萬人先行，出，背水陳。趙軍望見而大笑。」

## 人自為戰

[釋義]

為戰：作戰。人人能獨立地戰鬥。

[出處]

西漢‧司馬遷《史記卷九十二‧淮陰侯列傳第三十二》：「且信非得素拊

## 言聽計從

[釋義]

聽：聽從。什麼話都聽從，什麼主意都採納。形容對某人十分信任。

[出處]

西漢‧司馬遷《史記卷九十二‧淮陰侯列傳第三十二》：「漢王授我上將軍印，予我數萬眾，解衣衣我，推食食我，言聽計用，故吾得以至於此。」

## 期期艾艾

[釋義]

形容口吃的人吐辭重複，說話不流利。

[出處]

西漢‧司馬遷《史記卷九十六‧張丞相列傳第三十六》：「而周昌廷爭之彊，上問其說，昌為人吃，又盛怒，曰：『臣口不能言，然臣期期知其不可。陛下雖欲廢太子，臣期期不奉詔。』」

## 高陽酒徒

[釋義]

高陽：古鄉名，在今河南杞縣西南。秦末酈其食即此鄉人，對劉邦自稱

「高陽酒徒」。用以指嗜酒而放蕩不
羈的人。

[出處]

西漢‧司馬遷《史記卷九十七‧酈生
陸賈列傳第三十七》：「酈生瞋目案劍
叱使者曰：『走！復入言沛公，吾高
陽酒徒也，非儒人也。』」

## 北面稱臣

[釋義]

古代君主面南而北，臣子拜見君主則
面北，指臣服於人。

[出處]

西漢‧司馬遷《史記卷九十七‧酈生
陸賈列傳第三十七》：「君王宜郊迎，
北面稱臣，乃欲以新造未集之越，屈
彊於此。」

## 計將安出

[釋義]

計：計策，計謀；安：怎麼，怎樣。
意為「如何制定計謀呢？」

[出處]

西漢‧司馬遷《史記卷九十七‧酈生
陸賈列傳第三十七》：「沛公喜，賜酈
生食，問曰：『計將安出？』」

## 聞所未聞

[釋義]

聽到了從來沒有聽說過的事。形容事

情新奇。

[出處]

西漢‧司馬遷《史記卷九十七‧酈生
陸賈列傳第三十七》：「曰：『越中
無足與語，至生來，令我日聞所不
聞。』」

## 不足掛齒

[釋義]

不足：不值得；掛齒：說起，提到，
掛在口上。表示不值得一提。

[出處]

西漢‧司馬遷《史記卷九十七‧劉敬
叔孫通列傳第三十九》：「此特群盜鼠
竊狗盜耳，何足置之齒牙間。」

## 撫背扼喉

[釋義]

掐著喉嚨，捺住脊背。比喻控制要
害，制敵死命。

[出處]

西漢‧司馬遷《史記卷九十七‧劉
敬叔孫通列傳第三十九》：「夫與人
鬥，不搤其亢，拊其背，未能全其勝
也。」

## 肝腦塗地

[釋義]

塗地：塗抹在地上。形容慘死。也形
容竭盡忠誠，任何犧牲都在所不惜。

西漢·司馬遷《史記卷九十七·劉敬叔孫通列傳第三十九》:「大戰七十,小戰四十,使天下之民肝腦塗地,父子暴骨中野,不可勝數。」

## 攻苦食淡

[釋義]

攻:做;苦:艱苦;淡:清淡。做艱苦的工作,吃清淡的食物。形容刻苦自勵。

[出處]

西漢·司馬遷《史記卷九十七·劉敬叔孫通列傳第三十九》:「呂后與陛下攻苦食啖(淡),其可背哉!」

## 文東武西

[釋義]

本指漢初叔孫通所定的朝儀,文官位東,武將居西。指文武官員的排列位次。

[出處]

西漢·司馬遷《史記卷九十七·劉敬叔孫通列傳第三十九》:「臣列侯諸將軍軍吏以次陳西方,東鄉;文官丞相以下陳東方,西鄉。」

## 計無復之

[釋義]

指再無別的辦法可想,不得不這樣。

[出處]

西漢·司馬遷《史記卷一百·季布欒布列傳第四十》:「夫婢妾賤人感慨而自殺者,非能勇也,其計畫無復之耳。」

## 季布一諾

[釋義]

季布:人名,很講信用,從不食言。季布的承諾。比喻極有信用,不食言。

[出處]

西漢·司馬遷《史記卷一百·季布欒布列傳第四十》:「得黃金百斤,不如得季布一諾。」

## 鬥雞走狗

[釋義]

使公雞相鬥,使狗賽跑。指舊時貴族階級子弟遊手好閒的無聊遊戲。

[出處]

西漢·司馬遷《史記卷一百一·袁盎鼂錯列傳第四十一》:「袁盎病免居家,與閭里浮沉,相隨行,鬥雞走狗。」

## 亟疾苛察

[釋義]

指急遽猛烈,以苛刻煩瑣為明察。

[出處]

西漢·司馬遷《史記卷一百二·張釋之馮唐列傳第四十二》:「且秦以任刀

筆之吏，吏爭以亟疾苛察相高，然其敝徒文具耳，無惻隱之實。」

## 每飯不忘

[釋義]

指時刻不忘。

[出處]

西漢·司馬遷《史記卷一百二·張釋之馮唐列傳第四十二》：「文帝曰：『吾居代時，吾尚食監高袪數為我言趙將李齊之賢，戰於鉅鹿下。今吾每飯，意未嘗不在鉅鹿也。父知之乎？』」

## 避讓賢路

[釋義]

避讓：辭職的謙詞；賢路：賢才仕進路。辭官退隱，讓有才能的出來做事。

[出處]

西漢·司馬遷《史記卷一百三·萬石張叔列傳第四十三》：「願歸丞相侯印，乞骸骨歸，避賢者路。」

## 無出其右

[釋義]

出：超出；右：上，古代以右為尊。沒有能超過他的。

[出處]

西漢·司馬遷《史記卷一百四·田叔列傳第四十四》：「上盡召見，與語，

漢廷臣毋能出其右者，上說，盡拜為郡守、諸侯相。」

## 洞見癥結

[釋義]

洞見：清楚地看到；癥結：腹腔內結塊的病，比喻問題的關鍵。比喻事情的糾葛或問題的關鍵所在。形容觀察銳利，看到了問題的關鍵。

[出處]

西漢·司馬遷《史記卷一百五·扁鵲倉公列傳第四十五》：「扁鵲以其言飲藥三十日，視見垣一方人。以此視病，盡見五藏癥結，特以診脈為名耳。」

## 計出無聊

[釋義]

主意出於無可奈何。

[出處]

西漢·司馬遷《史記卷一百六·吳王濞列傳第四十六》：「今王始詐病，及覺，見責急，愈益閉，恐上誅之，計乃無聊。唯上棄之而與更始。」

## 萬世一時

[釋義]

萬世才有這麼一個機會。形容機會難得。

[出處]

西漢·司馬遷《史記卷一百六·吳王

濞列傳第四十六》》：「慧星出，蝗蟲數起，此萬世一時，而愁勞聖人之所起也。」

## 不直一錢

[釋義]
直：通「值」，價值。比喻毫無價值或無能、品格卑下。

[出處]
西漢·司馬遷《史記卷一百七·魏其武安侯列傳第四十七》：「生平毀程不識不直一錢，今日長者為壽，乃效女兒呫囁耳語！」

## 恨相知晚

[釋義]
恨：懊悔；相知：互相了解，感情很深。後悔彼此建立友誼太遲了。形容新結交而感情深厚。

[出處]
西漢·司馬遷《史記卷一百七·魏其武安侯列傳第四十七》：「兩人相為引重，其游如父子然。相得驩甚，無厭，恨相知晚也。」

## 腹誹心謗

[釋義]
心懷不滿，暗中發洩。

[出處]
西漢·司馬遷《史記卷一百七·魏其武安侯列傳第四十七》：「蚡所愛倡優巧匠之屬，不如魏其、灌夫日夜招聚天下豪桀壯士與論議，腹誹而心謗，不仰視天而俯畫地，辟倪兩宮間，幸天下有變，而欲有大功。」

## 首鼠兩端

[釋義]
猶豫不決、動搖不定。

[出處]
西漢·司馬遷《史記卷一百七·魏其武安侯列傳第四十七》：「武安已罷朝，出止車門，召韓御史大夫載，怒日：『與長孺共一老禿翁，何為首鼠兩端？』」

## 相提並論

[釋義]
把不同的人或事物不加區別地混在一起來談論或者看待。

[出處]
西漢·司馬遷《史記卷一百七·魏其武安侯列傳第四十七》：「相提而論，是自明揚主上之過。」

## 沾沾自喜

[釋義]
形容自以為不錯而得意的樣子。

[出處]
西漢·司馬遷《史記卷一百七·魏其

武安侯列傳第四十七》：「魏其者，沾沾自喜耳，多易。」

## 死灰復燃

[釋義]

原比喻失勢的人重新得勢。現常比喻已經消失了的惡勢力又重新活動起來（含貶義）。常與「東山再起」作比較。

[出處]

西漢・司馬遷《史記卷一百八・韓長儒列傳第四十八》：「御史大夫韓安國者，梁成安人也，後徙睢陽。嘗受韓子、雜家說於騶田生所。事梁孝王為中大夫。吳楚反時，孝王使安國及張羽為將，……其後安國坐法抵罪，蒙獄吏田甲辱安國。安國曰：『死灰獨不復然（燃）乎？』田甲曰：『然即溺之。』居無何，梁內史缺，漢使使者拜安國為梁內史，起徒中為二千石。田甲亡走。」

## 不甘後人

[釋義]

不甘心落在別人後面。

[出處]

西漢・司馬遷《史記卷一百九・李將軍列傳第四十九》：「自漢擊匈奴而廣未嘗不在其中，而諸部校尉以下，才能不及中人，然以擊胡軍功取侯者數十人，而廣不為後人，然無尺寸之功以得封邑者，何也？」

## 才氣無雙

[釋義]

英勇的氣概，天下沒有第二個人。

[出處]

西漢・司馬遷《史記卷一百九・李將軍列傳第四十九》：「李廣才氣，天下無雙，自負其能，數與虜敵戰，恐亡之。」

## 桃李不言，下自成蹊

[釋義]

原意是桃樹不招引人，但因它有花和果實，人們在樹下走來走去，走成了一條小路。比喻人只要真誠、忠實，就能感動別人。

[出處]

西漢・司馬遷《史記卷一百九・李將軍列傳第四十九》：「諺曰：『桃李不言，下自成蹊』。此言雖小，可以諭大也。」

## 薄物細故

[釋義]

薄：微小；物：事物；故：事故。指微小的事情。

[出處]

西漢・司馬遷《史記卷一百十・匈奴列

傳第五十》：「朕追念前事，薄物細故，謀臣計失，皆不足以離兄弟之驩。」

## 貴壯賤老

[釋義]

看重年輕力壯者而輕視年老體弱者。

[出處]

西漢·司馬遷《史記卷一百十·匈奴列傳第五十》：「壯者食肥美，老者食其餘。貴壯健，賤老弱。」

## 不約而同

[釋義]

約：相約。事先沒有約定而相互一致。

[出處]

西漢·司馬遷《史記卷一百一十二·平津侯主父列傳第五十二》：「無尺寸之勢，起閭巷，杖棘矜，應時而皆動，不謀而俱起，不約而同會，壤長地進，至於霸王，時教使然也。」

## 量能授官

[釋義]

根據人的能力大小而授予適當官職。

[出處]

西漢·司馬遷《史記卷一百一十二·平津侯主父列傳第五十二》：「今陛下躬行大孝，鑑三王，建周道，兼文武，屬賢予祿，量能授官。」

## 霜露之病

[釋義]

因感受風寒而引起的病。

[出處]

西漢·司馬遷《史記卷一百一十二·平津侯主父列傳第五十二》：「君不幸罹霜露之病，何恙不已，乃上書歸侯，乞骸骨，是章朕之不德也。」

## 聊以自娛

[釋義]

聊：姑且。姑且用以自我娛樂寬慰。

[出處]

西漢·司馬遷《史記卷一百一十三·南越列傳第五十三》：「老臣妄竊帝號，聊以自娛，豈敢以聞天王哉！」

## 崇論閎議

[釋義]

崇：高；宏：大。指高明宏大越的議論或見解。

[出處]

西漢·司馬遷《史記卷一百一十七·司馬相如列傳第五十七》：「必將崇論閎議，創業垂統，為萬世規。」

## 負弩前驅

[釋義]

弩：弓箭。背著弓箭走在前面。表示極為尊敬。

西漢・司馬遷《史記卷一百一十七・司馬相如列傳第五十七》:「至蜀,蜀太守以下郊迎,縣令負弩矢先驅,蜀人以為寵。」

## 諷一勸百

[釋義]

形容規諷正道的言辭遠遠及不上勸誘奢靡的言辭。意在使人警戒,但結果卻適得其反。

[出處]

西漢・司馬遷《史記卷一百一十七・司馬相如列傳第五十七》:「揚雄以為靡麗之賦,勸百風一,猶馳騁鄭衛之聲,曲終而奏雅,不已虧乎?」

## 不可奈何

[釋義]

奈何:對付,處置。指沒有辦法。

[出處]

西漢・司馬遷《史記卷一百一十八・淮南衡山王列傳第五十八》:「不可奈何,願陛下自寬。」

## 尺布斗粟

[釋義]

比喻兄弟不和。

[出處]

西漢・司馬遷《史記卷一百一十八・淮南衡山王列傳第五十八》引民間歌:「一尺布,尚可縫;一斗粟,尚可舂;兄弟二人不能相容。」

## 側目而視

[釋義]

側:斜著。斜著眼睛看人。形容憎恨又怕又憤恨。

[出處]

西漢・司馬遷《史記卷一百二十・汲鄭列傳第六十》:「天下謂刀筆吏不可以為公卿,果然。必湯也,令天下重足而立,側目而視矣!」

## 門可羅雀

[釋義]

大門之前可以張起網來捕麻雀。形容十分冷落,賓客稀少。

[出處]

西漢・司馬遷《史記卷一百二十・汲鄭列傳第六十》:「下邽翟公有言,始翟公為廷尉,賓客闐門;及廢,門外可設雀羅。」

## 發蒙振落

[釋義]

蒙:遮蓋,指物品上的罩物;振:搖動。把蒙在物體上的東西揭掉,把將要落的樹葉摘下來。比喻事情很容易做到。

[出處]

西漢·司馬遷《史記卷一百二十·汲鄭列傳第六十》:「淮南王謀反,憚黯,曰:『好直諫,守節死義,難惑以非。至如說丞相弘,如發蒙振落耳。』」

## 後來居上

[釋義]

後來的超過先前的。有以稱讚後起之秀超過前輩。

[出處]

西漢·司馬遷《史記卷一百二十·汲鄭列傳第六十》:「陛下用群臣如積薪耳,後來者居上。」

## 不寒而慄

[釋義]

慄:畏懼,發抖。不冷而發抖。形容非常恐懼。

[出處]

西漢·司馬遷《史記卷一百二十二·酷吏列傳第六十二》:「是日皆報殺四百餘人,其後郡中不寒而慄。」

## 救火揚沸

[釋義]

沸:開水。比喻不從根本上解決問題。也形容情況危急。

[出處]

西漢·司馬遷《史記卷一百二十二·酷吏列傳第六十二》:「當是之時,吏治若救火揚沸,非武健嚴酷,惡能勝其任而愉快乎!」

## 漏網之魚

[釋義]

比喻僥倖脫逃的罪犯、敵人等。

[出處]

西漢·司馬遷《史記卷一百二十二·酷吏列傳第六十二》:「網漏於吞舟之魚。」

## 不得要領

[釋義]

要:古「腰」字;領:衣領。要領:比喻關鍵。抓不住要領或關鍵。

[出處]

西漢·司馬遷《史記卷一百二十三·大宛列傳第六十三》:「騫不得其要領。」

## 不可勝言

[釋義]

說不盡。形容非常多或到達極點。

[出處]

西漢·司馬遷《史記卷一百二十三·大宛列傳第六十三》:「所藏活豪士以百數,其餘庸人不可勝言。」

## 借交報仇

[釋義]

幫助別人報仇。

[出處]

西漢・司馬遷《史記卷一百二十四・游俠列傳第六十四》:「慨不快意,身所殺甚眾,以軀借交報仇。」

## 短小精悍

[釋義]

形容人身軀短小,精明強悍。也形容文章或發言簡短而有力。

[出處]

西漢・司馬遷《史記卷一百二十四・游俠列傳第六十四》:「解為人短小精悍,不飲酒。」

## 不名一錢

[釋義]

名:占有。一個錢也沒有。形容極其貧窮。

[出處]

西漢・司馬遷《史記一百二十五・佞幸列傳第六十五》:「長公主賜鄧通,吏輒隨沒入之,一簪不得著身。於是長公主乃令假衣食。竟不得名一錢,寄死人家。」

## 避世金馬

[釋義]

避世:逃避世務;金馬:借指宮殿。指身為高官而逃避世務。

[出處]

西漢・司馬遷《史記卷一百二十六・滑稽列傳第六十六》:「陸沉於俗,避世金馬門。宮殿中可以避世全身,何必深山之中、蒿廬之下!」

## 履舄交錯

[釋義]

鞋子雜亂地放在一起。形容賓客很多。

[出處]

西漢・司馬遷《史記卷一百二十六・滑稽列傳第六十六》:「日暮酒闌,合尊促坐,男女同席,履舄交錯。杯盤狼藉,堂上燭滅。」

## 杯盤狼藉

[釋義]

狼藉:像狼窩裡的草那樣散亂。杯子盤子亂七八糟地放著。形容吃喝以後桌面雜亂的樣子。

[出處]

西漢・司馬遷《史記卷一百二十六・滑稽列傳第六十六》:「日暮酒闌,合尊促坐,男女同席,履舄交錯,杯盤狼藉,堂上燭滅。」

## 正襟危坐

[釋義]

整好衣襟，端端正正地坐著。形容嚴肅、恭敬或拘謹的樣子。

[出處]

西漢・司馬遷《史記卷一百二十七・日者列傳第六十七》：「宋忠、賈誼瞿然而悟，獵纓正襟危坐。」

## 捧腹大笑

[釋義]

用手捂住肚子大笑。形容遇到極可笑之事，笑得不能抑制。

[出處]

西漢・司馬遷《史記卷一百二十七・日者列傳第六十七》：「司馬季主捧腹大笑曰：『觀大夫類有道術者，今何言之陋也，何辭之野也！』」

## 龜冷搘床

[釋義]

比喻壯志未酬，蟄居待時。

[出處]

西漢・司馬遷《史記卷一百二十八・龜策列傳褚少孫論第六十八》：「南方老人用龜支床足，行二十餘歲，老人死，移床，龜尚生不死。」

## 不避湯火

[釋義]

湯：沸水；火：戰火。指不畏凶險。

[出處]

西漢・司馬遷《史記卷一百二十九・貨殖列傳第六十九》：「前蒙矢石，不避湯火之難者，為重賞使也。」

## 變名易姓

[釋義]

改換了原來的姓名。

[出處]

西漢・司馬遷《史記卷一百二十九・貨殖列傳第六十九》：「乃乘扁舟浮於江湖，變名易姓。」

## 俯拾仰取

[釋義]

低頭拾地上的東西，抬頭拿上面的東西。形容一舉一動都有收穫。

[出處]

西漢・司馬遷《史記卷一百二十九・貨殖列傳第六十九》：「然家自父兄子孫約，俯有拾，仰有取。」

## 目挑心招

[釋義]

挑：挑逗；招：指勾引。眉目傳情，心神招引。

西漢‧司馬遷《史記卷一百二十九‧貨殖列傳第六十九》:「今夫趙女鄭姬,設形容,揳鳴琴,揄長袂,躡利屣,目挑心招,出不遠千里,不擇老少者,奔富厚也。」

## 熙熙攘攘

[釋義]

也說熙來攘往。形容人來人往,非常熱鬧。

[出處]

西漢‧司馬遷《史記卷一百二十九‧貨殖列傳第六十九》:「天下熙熙,皆為利來;天下攘攘,皆為利往。」

## 舞文弄法

[釋義]

舞、弄:耍弄,玩弄;文:法令條文;法:法律。扭曲法律條文,舞弊徇私。

[出處]

西漢‧司馬遷《史記卷一百二十九‧貨殖列傳第六十九》:「吏士舞文弄法,刻章偽書,不避刀鋸之誅者,沒於賂遺也。」

## 節衣縮食

[釋義]

節、縮:節省。省吃省穿。形容節約。

[出處]

西漢‧司馬遷《史記卷一百二十九‧貨殖列傳第六十九》:「能薄飲食,忍嗜欲,節衣服。」

## 分庭抗禮

[釋義]

庭:庭院;抗禮:平等行禮。原指賓主相見,分站在庭的兩邊,相對行禮。現比喻平起平坐,彼此對等的關係。

[出處]

西漢‧司馬遷《史記卷一百二十九‧貨殖列傳第六十九》:「(子貢)所至,國君無不分庭與之抗禮。」

## 博而寡要

[釋義]

學識豐富,但不得要領。

[出處]

西漢‧司馬遷《史記卷一百三十‧太史公自序第七十》:「故日:博而寡要,勞而少功。」

## 匡亂反正

[釋義]

消除混亂局面,恢復正常秩序。

[出處]

西漢‧司馬遷《史記卷一百三十‧太史公自序第七十》:「仲尼悼禮廢樂

崩,追修經術,以達王道,匡亂世反
之於正。」

## 控名責實

[釋義]

控:引;責:求。使名聲與實際
相符。

[出處]

西漢．司馬遷《史記卷一百三十．太
史公自序第七十》:「若夫控名責實,
參伍不失,此不可不察也。」

## 世異時移

[釋義]

世、時:社會、時代。異、移:不
同、變化。社會變化了,時代不同
了。亦作「時移世改」、「時移世
異」、「時移俗易」、「時異事殊」。

[出處]

西漢．司馬遷《史記卷一百三十．太
史公自序第七十》:「夫世異時移,事
業不必同,故曰『儉而難遵。』」

# 出自《漢書》的成語

## 口尚乳臭

[釋義]

嘴裡還有奶腥味。表示對年輕人的輕視。

[出處]

東漢‧班固《漢書卷一上‧高帝紀第一上》:「是口尚乳臭,不能當韓信。」

## 師出無名

[釋義]

師:軍隊;名:名義,引伸為理由。出兵沒有正當理由。也引申為做某事沒有正當理由。

[出處]

東漢‧班固《漢書卷一上‧高帝紀第一上》:「兵出無名,事故不成。」

## 企而望歸

[釋義]

企:踮起腳後跟。踮起腳後跟盼望歸來。形容殷切地期望。多用於表達思念之情。

[出處]

東漢‧班固《漢書卷一上‧高帝紀第一上》:「吏卒皆山東之人,日夜企而望歸。」

## 四海為家

[釋義]

任何一個地方都可以當作自己的家。後比喻志在四方,不留戀鄉土或家庭。也形容人漂泊無定所。四海:泛指天下。

[出處]

東漢‧班固《漢書卷一下‧高帝紀第一下》:「且夫天子以四海為家。」

## 比類從事

[釋義]

比:比照。其它類似的情況按照這種精神辦理。

[出處]

東漢‧班固《漢書卷四‧文帝紀第四》:「它不在令者中,皆以此令比類從事。」

## 賤買貴賣

[釋義]

低價買進,高價售出。

[出處]

東漢．班固《漢書卷五．景帝紀第五》：「吏受所監臨，以飲食免，重；受財物，賤買貴賣，論輕。」

## 紀綱人倫

[釋義]

紀綱：綱法，制度；人倫：人與人之間的關係及行為準則。封建社會中應遵守的法度綱常、行為準則。

[出處]

東漢．班固《漢書卷六．武帝紀第六》：「二千石官長紀綱人倫，將何以佐朕燭幽隱，勸元元，屬蒸庶，崇鄉黨之訓哉？」

## 雄才大略

[釋義]

非常傑出的才智和謀略。

[出處]

東漢．班固《漢書卷六．武帝紀第六》：「如武帝之雄才大略，不改文、景之恭儉以濟斯民，雖《詩》、《書》所稱，何有加焉？」

## 安車蒲輪

[釋義]

讓被徵請者坐在安車上，並用蒲葉包著車輪，以便行駛時車身更為安穩。表示皇帝對賢能者的優待。

[出處]

東漢．班固《漢書卷六．武帝紀第六》：「遣使者安車蒲輪，束帛加璧，徵魯申公。」

## 罷黜百家

[釋義]

罷黜：廢棄不用。原指排除諸子雜說，專門推行儒家學說。也比喻只要一種形式，不要其他形式。

[出處]

東漢．班固《漢書卷六．武帝紀第六》：「孝武初立，卓然罷黜百家，表章《六經》。」

## 輕徭薄賦

[釋義]

減輕徭役，降低賦稅。

[出處]

東漢．班固《漢書卷七．昭帝紀第七》：「光知時務之要，輕徭薄賦，與民休息。」

## 安土重遷

[釋義]

土：鄉土；重：看得重，不輕易。安於本鄉本土，不願輕易遷移。

[出處]

東漢．班固《漢書卷九．元帝紀第九》：「安土重遷，黎民之性；骨肉相

附，人情所願也。」

## 山崩地裂

[釋義]

山岳倒塌，大地裂開。形容響聲巨大或變化劇烈。

[出處]

東漢·班固《漢書卷九·元帝紀第九》：「山崩地裂，水泉湧出。天唯降災，震驚朕師。」

## 是古非今

[釋義]

是：認為對；非：認為不對，不以為然。指不加分析地肯定古代的，否認現代的。

[出處]

東漢·班固《漢書卷九·元帝紀第九》：「且儒雅不達時宜，好是古非今，使人眩於名實，不知所守，何足委任！」

## 博覽古今

[釋義]

博：廣博。廣泛閱讀古今書籍。形容學問淵博。

[出處]

東漢·班固《漢書卷十·成帝紀第十》：「博覽古今，容受直辭。」

## 不合時宜

[釋義]

時宜：當時的需要和潮流。不適合時代形勢的需要。也指不合世俗風尚。

[出處]

東漢·班固《漢書卷十一·哀帝紀第十一》：「朕過聽賀良等言，冀為海內獲福，卒亡嘉應。皆違經背古，不合時宜。」

## 債臺高築

[釋義]

戰國時代周赧王欠了債，無法償還，被債主逼得逃到一座宮殿的高臺上。後人稱此臺為「逃債之臺」。後來就用「債臺高築」形容欠債極多。

[出處]

東漢·班固《漢書卷十四·諸侯王表第二》：「分為二周，有逃債之臺。」

## 矯枉過正

[釋義]

指糾正偏差而超過必要的限度。

[出處]

東漢·班固《漢書卷十四·諸侯王表第二》：「而藩國大者誇州兼郡，連城數十，宮室百官同制京師，可謂矯往過其正矣。」

## 三人為眾

[釋義]

數目達到三人即可稱為眾人，已不算少數。

[出處]

東漢‧班固《漢書卷十六‧高惠高後文功臣表第四》：「三人為眾，雖難盡繼，宜從尤功。」

## 金印紫綬

[釋義]

黃金印章和繫印的紫色綬帶。古代相國、丞相、太尉、大司空、太傅、太師、太保、前後左右將軍及六宮后妃所掌。後代指高官顯爵。

[出處]

東漢‧班固《漢書卷十九上‧百官公卿表第七上》：「相國、丞相皆秦官，金印紫綬。」

## 不差累黍

[釋義]

累黍：是古代兩種很小的重量單位，形容數量極小。形容絲毫不差。

[出處]

東漢‧班固《漢書卷二十一上‧律曆志第一上》：「度長短者不失毫釐，量多少者不失圭撮，權輕重者不失黍累。」

## 不失圭撮

[釋義]

圭撮：容量詞，六粟為一圭，十圭為一撮。形容數量準確。

[出處]

東漢‧班固《漢書卷二十一上‧律曆志第一上》：「量多少者不失圭撮。」

## 日月合璧

[釋義]

指地球進入太陽與月球之間或月球進入地球與太陽之間所發生的現象。「日月合璧」在朔發生日食，在望發生月食。

[出處]

東漢‧班固《漢書卷二十一上‧律曆志第一上》：「日月如合璧，五星如連珠。」

## 珠聯璧合

[釋義]

璧：平圓形中間有孔的玉。日月就像美玉結合在一起，五星（指水、金、火、木、土五個行星）就像珍珠聯串在一起。比喻傑出的人才或美好的事物結合在一起。

[出處]

東漢‧班固《漢書卷二十一上‧律曆志第一上》：「日月如合璧，五星如連珠。」

## 國富民安

[釋義]

國家富強，人民安定。

[出處]

東漢‧班固《漢書卷二十三‧刑法志第三》：「至齊桓公任用管仲而國富民安。」

## 監守自盜

[釋義]

竊取公務上自己看管的財物。

[出處]

東漢‧班固《漢書卷二十三‧刑法志第三》：「守縣官財物而即盜之。已論命復有笞罪者，皆棄市。」顏師古注：「即今律所謂主守自盜者也。」

## 赭衣塞路

[釋義]

穿囚服的人擠滿了道路。形容罪犯很多。

[出處]

東漢‧班固《漢書卷二十三‧刑法志第三》：「而奸邪並生，赭衣塞路。」

## 正本清源

[釋義]

正本：從根本上整頓；清源：從源頭上清理。從根本上整頓，從源頭上清理。比喻從根本上加以整頓清理。

[出處]

東漢‧班固《漢書卷二十三‧刑法志第三》：「豈宜唯思所以清原正本之論，刪定律令。」《晉書‧武帝紀》：「思與天下式明王度，正本清源。」

## 貧無立錐

[釋義]

窮得連插下錐子那樣小的地方都沒有。

[出處]

東漢‧班固《漢書卷二十四上‧食貨志第四上》：「富者田連阡伯，貧者亡立錐之地。」

## 穀賤傷農

[釋義]

指糧價過低，損害農民的利益。

[出處]

東漢‧班固《漢書卷二十四上‧食貨志第四上》：「糴甚貴傷民；甚賤傷農。民傷則離散，農傷則國貧。」

## 乘堅策肥

[釋義]

堅：堅固的車子；策：鞭打；肥：肥壯的馬。坐牢固的車，駕肥壯的馬。形容生活豪華。

[出處]

東漢‧班固《漢書卷二十四上‧食

貨志第四上》：「乘堅策肥，履絲曳縞。」

## 背本趨末

[釋義]

古代常以農業為本，手工、商賈為末。指背離主要部分，追求枝微末節。

[出處]

東漢‧班固《漢書卷二十四上‧食貨志第四上》：「時民近戰國，皆背本趨末。」

## 曠日經年

[釋義]

久經時日。

[出處]

東漢‧班固《漢書卷二十五下‧郊祀志第五下》：「曠日經年，靡有毫釐之驗，足以揆今。」

## 殺人如麻

[釋義]

如麻：像亂麻一樣數不清。殺死的人多得像亂麻。形容殺的人多得數不清。

[出處]

東漢‧班固《漢書卷二十六‧天文志第六》：「後秦遂以兵內兼六國，外攘四夷，死人如亂麻。」

## 悔過自責

[釋義]

追悔過錯，譴責自己。

[出處]

東漢‧班固《漢書卷二十七‧五行志第七》：「後得反國，不悔過自責，復會諸侯伐鄭。」

## 操之過急

[釋義]

操：做，從事。處理事情，解決問題過於急躁。

[出處]

東漢‧班固《漢書卷二十七‧五行志第七》：「匹馬觭輪無反者，操之急矣。」

## 五方雜厝

[釋義]

各地方的人雜居一處，形容居民複雜。

[出處]

東漢‧班固《漢書卷二十八‧地理志第八》：「是故五方雜厝，風俗不純。」

## 地曠人稀

[釋義]

曠：空曠；稀：稀少。地方大，人煙稀少。

東漢·班固《漢書卷二十八·地理志第八》:「習俗頗殊,地廣民稀。」

## 桑間濮上

[釋義]

桑間在濮水之上,是古代衛國的地方。古指淫風。後也指男女幽會。

[出處]

東漢·班固《漢書卷二十八·地理志第八》:「衛地有桑間濮上之阻,男子亦亟聚會,聲色生焉。」

## 地廣人稀

[釋義]

地方大,人煙少。

[出處]

東漢·班固《漢書卷二十八·地理志第八》:「習俗頗殊,地廣民稀。」

## 茅屋采椽

[釋義]

指住宿簡陋。

[出處]

東漢·班固《漢書卷三十·藝文志第十》:「茅屋采椽,是以貴儉。」

## 秉要執本

[釋義]

秉:執,拿著;要:重要的;本:根本。指抓住要害和根本。

[出處]

東漢·班固《漢書卷三十·藝文志第十》:「道家者流,蓋出於史官,歷記成敗存亡禍福古今之道,然後知秉要執本。」

## 百家爭鳴

[釋義]

指各種學術流派的自由爭論互相批評。也指不同意見的爭論。百家,這種觀點的人或各種學術派別。鳴,發表見解。

[出處]

東漢·班固《漢書卷三十·藝文志第十》:「凡諸子百家,……蜂出並作,各引一端,崇其所善,以此馳說,聯合諸侯。」

## 譁眾取寵

[釋義]

以浮誇的言論迎合群眾,騙取群眾的信賴和支持。

[出處]

東漢·班固《漢書卷三十·藝文志第十》:「然惑者既失精微,而辟者又隨時抑揚,違離道本,苟以譁眾取寵。」

## 稗官野史

[釋義]

稗官：古代的一種小官，專為帝王蒐集街談巷語，道聽途說，以供省覽，後稱小說或小說家為稗官。指舊時的小說和私人編撰的史書。

[出處]

東漢‧班固《漢書卷三十‧藝文志第十》：「小說家者流，蓋出於稗官，街談巷語，道聽途說者之所造也。」

## 還鄉晝錦

[釋義]

同衣錦晝行，指富貴時穿錦衣回歸故鄉。

[出處]

東漢‧班固《漢書卷三十一‧陳勝項籍傳第一》：「羽見秦宮室皆已燒殘，又懷思東歸，曰：『富貴不歸故鄉，如衣錦夜行。』」

## 金石之交

[釋義]

交：交情。像金石般堅固的交情。

[出處]

東漢‧班固《漢書卷三十四‧韓彭英盧吳傳第四》：「足下雖自以為與漢王為金石交，然終為漢王所禽矣。」

## 靡衣偷食

[釋義]

靡：華麗；偷：苟且。美衣甘食，苟且偷生。

[出處]

東漢‧班固《漢書卷三十四‧韓彭英盧吳傳第四》：「眾庶莫不輟作怠惰，靡衣偷食，傾耳以待命者。」

## 按甲休兵

[釋義]

收拾起鎧甲武器。比喻停止軍事行動。

[出處]

東漢‧班固《漢書卷三十四‧韓彭英盧吳傳第四》：「當今之計，不如按甲休兵，百里之內，牛酒日至，以饗士大夫，北首燕路，然而發一乘之使，奉咫尺之書以使燕，燕必不敢不聽。」

## 黑白不分

[釋義]

指不能分辨黑色和白色；比喻不辨是非，不分好壞。

[出處]

東漢‧班固《漢書卷三十六‧楚元王傳第六》：「今賢不肖渾淆，白黑不分，邪正雜糅，忠讒並進。」

## 如拾地芥

[釋義]

像從地下拾起一根芥菜。比喻非常容易得到（多指官職、名位）。

[出處]

東漢‧班固《漢書卷三十七‧季布欒布田叔傳第七》：「士病不明經術；經術苟明，其取青紫如俯拾地芥耳。」

## 一代宗臣

[釋義]

一個時代中大家所景仰的大臣。

[出處]

東漢‧班固《漢書卷三十九‧蕭何曹參傳第九》：「淮陰黥布等已滅，唯何參擅功名，位冠群臣，聲施後世，為一代之宗臣。」

## 從天而降

[釋義]

降：下落。比喻出於意外，突然出現。

[出處]

東漢‧班固《漢書卷四十‧張陳王周傳第十》：「直入武庫，擊鳴鼓。諸侯聞之，以為將軍從天而下也。」

## 從天而下

[釋義]

比喻出於意外，突然出現。

[出處]

東漢‧班固《漢書卷四十‧張陳王周傳第十》：「直入武庫，擊鳴鼓。諸侯聞之，以為將軍從天而下也。」

## 見利忘義

[釋義]

利：利益；義：道義。見到私利就不顧道義。

[出處]

東漢‧班固《漢書卷四十一‧樊酈滕灌傅靳周傳第十一》：「當孝文時，天下以酈寄為賣友。夫賣友者，謂見利而忘義也。」

## 先斬後奏

[釋義]

原指臣子先把人處決了，然後再報告帝王。現比喻未經請示就先做了某事，然後再向上級報告。

[出處]

東漢‧班固《漢書卷四十二‧張周趙任申屠傳第十二》：「吾悔不先斬錯乃請之。」顏師古注：「言先斬而後奏。」

## 何足掛齒

[釋義]

足：值得；掛齒：提及，談及。哪裡值得掛在嘴上。不值一提的意思。

[出處]

東漢‧班固《漢書卷四十三‧酈陸朱劉叔孫傳第十三》：「此特群盜鼠竊狗盜，何足置齒牙間哉？」

## 民以食為天

[釋義]

天：比喻賴以生存的最重要的東西。人民以糧食為自己生活所繫。指民食的重要。

[出處]

東漢‧班固《漢書卷四十三‧酈陸朱劉叔孫傳第十三》：「王者以民為天，而民以食為天。」

## 黃白之術

[釋義]

古代指方士燒煉丹藥、點化金銀的法術。

[出處]

東漢‧班固《漢書卷四十四‧淮南衡山濟北王傳第十四》：「又有《中篇》八卷，言神仙黃白之術，亦二十餘萬言。」。

## 金城湯池

[釋義]

湯：熱水。池：護城河。金屬鑄造的城牆，沸騰的護城河水。形容城池或陣地極其堅固，不易攻破。

[出處]

東漢‧班固《漢書卷四十五‧蒯伍江息夫傳第十五》：「邊地之城，必將嬰城固守，皆為金城湯池，不可攻也。」

## 先入為主

[釋義]

指先聽進去的話或先獲得的印象會影響人的思考，而後再遇到不同的意見時，不容易接受。

[出處]

東漢‧班固《漢書卷四十五‧蒯伍江息夫傳第十五》：「唯陛下觀覽古今，反覆參考，無以先入之語為主。」

## 鹿走蘇臺

[釋義]

比喻國家敗亡，宮殿荒廢。

[出處]

東漢‧班固《漢書卷四十五‧蒯伍江息夫傳第十五》：「臣今見麋鹿游姑蘇之臺也。」

## 阪上走丸

[釋義]

阪：斜坡；丸：彈丸。像在斜坡上滾彈丸。比喻形勢發展迅速或工作進行順利。

[出處]
東漢·班固《漢書卷四十五·蒯伍江息夫傳第十五》:「為君計者,莫若以黃屋朱輪迎范陽令,使馳鶩於燕趙之郊,則邊城皆將相告曰:『范陽令先下而身富貴』,必相率而降,猶如阪上走丸也。」

## 固若金湯

[釋義]

金屬造的城,滾水形成的護城河。形容工事無比堅固。

[出處]

東漢·班固《漢書卷四十五·蒯伍江息夫傳第十五》:「必將嬰城固守,皆為金城湯池,不可攻也。」

## 貪生怕死

[釋義]

貪:捨不得。貪戀生存,畏懼死亡。指對敵作戰畏縮不前。

[出處]

東漢·班固《漢書卷四十七·文三王傳第十七》:「今立自知賊殺中郎曹將,冬月迫促,貪生畏死,即詐僵仆陽病,徼幸得踰於須臾。」

## 長治久安

[釋義]

形容國家長期安定、鞏固。

[出處]

東漢·班固《漢書卷四十八·賈誼傳第十八》:「建久安之勢,成長治之業。」

## 痛哭流涕

[釋義]

涕:眼淚。形容傷心到極點。

[出處]

東漢·班固《漢書卷四十八·賈誼傳第十八》:「臣竊唯事勢,可為痛哭者一,可為流涕者二,可為長太息者六。」

## 如臂使指

[釋義]

比喻指揮如意,沒有牽制。

[出處]

東漢・班固《漢書卷四十八・賈誼傳第十八》:「令海內之勢如身之使臂,臂之使指,莫不制從。」

## 流行坎止

[釋義]

流:水順勢流;坎:低陷不平。順流而行,遇險即止。比喻順利時出仕,遇挫時退隱。

[出處]

東漢・班固《漢書卷四十八・賈誼傳第十八》:「乘流則逝,得坎則止;縱軀委命,不私與已。」

## 明效大驗

[釋義]

顯著而又巨大的效驗。

[出處]

東漢・班固《漢書卷四十八・賈誼傳第十八》:「禍幾及身,子孫誅絕,此天下之所共見也。是非其明效大驗邪?」

## 廉遠堂高

[釋義]

指天子居於百官之上,其尊嚴不可企及。舊比喻帝王尊嚴。

[出處]

東漢・班固《漢書卷四十八・賈誼傳第十八》:「人主之尊譬如堂,群臣如陛,眾庶如地。故陛九級上,廉遠地,則堂高;陛亡級,廉近地,則堂卑。高者難攀,卑者易陵,理勢然也。」

## 厝火積薪

[釋義]

厝:放置;薪:柴草。把火放到柴堆下面。比喻潛伏著很大危險。

[出處]

東漢・班固《漢書卷四十八・賈誼傳第十八》:「夫抱火厝之積薪之下而寢其上,火未及燃,因謂之安,方今之勢,何以異此。」

## 國耳忘家,公耳忘私

[釋義]

一心為國,不顧家庭。

[出處]

東漢・班固《漢書卷四十八・賈誼傳第十八》:「則為人臣者主耳忘身,國耳忘家,公耳忘私,利不苟就,害不苟去,唯義所在。」

## 投鼠忌器

[釋義]

投:用東西去擲;忌:怕,有所顧慮。想用東西打老鼠,又怕打壞了近

旁的器物。比喻做事有顧忌，不敢放手去做。

[出處]
東漢‧班固《漢書卷四十八‧賈誼傳第十八》：「俚諺曰：『欲投鼠而忌器』，此善諭也。」

## 以夷攻夷

[釋義]
使夷人自相攻伐。本是封建統治階級對少數民族實行的一種民族分化政策。晚清時，亦指利用西方的科學技術來對付其他國家的侵略。

[出處]
東漢‧班固《漢書卷四十九‧爰盎鼂錯傳第十九》：「以蠻夷攻蠻夷，中國之形也。」顏師古注：「不煩華夏之兵，使其同類互相攻擊也。」

## 雷霆萬鈞

[釋義]
鈞：古代重量單位，一鈞合三十斤。形容威力極大。

[出處]
東漢‧班固《漢書卷五十一‧賈鄒枚路傳第二十一》：「雷霆之所擊，無不摧折者；萬鈞之所壓，無不糜滅者。」

## 布衣韋帶

[釋義]
原是古代貧民的服裝，後指沒有做官的讀書人。

[出處]
東漢‧班固《漢書卷五十一‧賈鄒枚路傳第二十一》：「布衣韋帶之士，修身於內，成名於外，而使後世不絕息。」

## 雷霆萬鈞

[釋義]
霆：急雷；鈞：古代重量單位，三十斤為一鈞。形容威力極大，無法阻擋。

[出處]
東漢‧班固《漢書卷五十一‧賈鄒枚路傳第二十一》：「雷霆之所擊，無不摧折者；萬鈞之所壓，無不糜滅者。」

## 千鈞一髮

[釋義]
也說一髮千鈞。千鈞重量吊在一根頭髮上。比喻情況萬分危急。

[出處]
東漢‧班固《漢書卷五十一‧賈鄒枚路傳第二十一》：「夫以一縷之任繫千鈞之重，上懸無極之高，下垂不測之淵，雖甚愚之人猶知哀其將絕也。」

## 安於泰山

[釋義]

如泰山一樣安然不動。形容安然穩固。「泰」文獻亦作「太」。

[出處]

東漢‧班固《漢書卷五十一‧賈鄒枚路傳第二十一》：「易於反掌，安於太山。」

## 水滴石穿

[釋義]

水不停地滴，石頭也能被滴穿。比喻只要有恆心，不斷努力，事情就一定能成功。

[出處]

東漢‧班固《漢書卷五十一‧賈鄒枚路傳第二十一》：「泰山之霤穿石，單極之紝斷幹。水非石之鑽，索非木之鋸，漸靡使之然也。」

## 馬工枚速

[釋義]

工：工巧；速：速度快。原指枚皋文章寫得多，司馬相如文章寫得工。後用於稱讚各有長處。

[出處]

東漢‧班固《漢書卷五十一‧賈鄒枚路傳第二十一》：「為文疾，受詔輒成，故所賦者多；司馬相如善為文而遲，故所作少而善於皋。」

## 公聽並觀

[釋義]

多方面聽取意見和觀察事物。

[出處]

東漢‧班固《漢書卷五十一‧賈鄒枚路傳第二十一》：「公聽並觀，垂明當世。」

## 瓦解土崩

[釋義]

像土崩塌，瓦破碎一樣，不可收拾。比喻徹底垮臺。

[出處]

東漢‧班固《漢書卷五十一‧賈鄒枚路傳第二十一》：「使吳失與而無助，跬步獨進，瓦解土崩，破敗而不救。」

## 刻木為吏

[釋義]

相傳上古人民性情質樸，法令簡易，雖畫地為牢，用木頭雕成獄吏，亦可以為治。後比喻獄吏殘酷苛刻，令人生懼。

[出處]

東漢‧班固《漢書卷五十一‧賈鄒枚路傳第二十一》：「畫地為獄，議不入；刻木為吏，期不對。」

## 死有餘辜

[釋義]

辜：罪。形容罪大惡極，即使處死刑也抵償不了他的罪惡。

[出處]

東漢・班固《漢書卷五十一・賈鄒枚路傳第二十一》：「蓋奏當之成，雖咎繇聽之，猶以為死有餘辜。」

## 稠人廣眾

[釋義]

稠：多而密。指人很多的場合。

[出處]

東漢・班固《漢書卷五十二・竇田灌韓傳第二十二》：「稠人廣眾，薦寵下輩。」

## 卓爾不群

[釋義]

卓爾：特出的樣子。不群：與眾人不一樣。超乎尋常，與眾不同。

[出處]

東漢・班固《漢書卷五十三・景十三王傳第二十三》：「夫唯大雅，卓爾不群。」

## 聚蚊成雷

[釋義]

許多蚊子聚到一起，聲音會像雷聲那樣大。比喻說壞話的人多了，會使人受到很大的損害。

[出處]

東漢・班固《漢書卷五十三・景十三王傳第二十三》：「夫眾煦漂山，聚蚊成雷。」

## 叢輕折軸

[釋義]

指即使輕而小的物件，裝載多了也可以使車軸折斷。

[出處]

東漢・班固《漢書卷五十三・景十三王傳第二十三》：「臣身遠與寡，莫為之先，眾口鑠金，積毀銷骨，叢輕折軸。」

## 犬牙交錯

[釋義]

錯：交叉，錯雜。比喻交界線很曲折，像狗牙那樣參差不齊。也比喻情況複雜，雙方有多種因素參差交錯。

[出處]

東漢・班固《漢書卷五十三・景十三王傳第二十三》：「諸侯王自以骨肉至親，先帝所以廣封連城，犬牙相錯者，為盤石宗也。」

## 如鳥獸散

[釋義]

像一群飛鳥走獸一樣逃散。形容潰敗

逃散。也比喻集團或組織解散後，其成員各奔東西。

[出處]

東漢‧班固《漢書卷五十四‧李廣蘇建傳第二十四》：「今無兵復戰，天明坐受縛矣！各鳥獸散，猶有得脫歸報天子者。」

## 積少成多

[釋義]

只要不斷積累，就會從小變多。

[出處]

東漢‧班固《漢書卷五十六‧董仲舒傳第二十六》：「眾少成多，積小致巨。」

## 解弦更張

[釋義]

更：改換；張：給樂器上弦。改換、調整樂器上的弦，使聲音和諧。比喻改革制度或變更計畫。

[出處]

東漢‧班固《漢書卷五十六‧董仲舒傳第二十六》：「竊譬之琴瑟不調，甚者必解而更張之，乃可鼓也。」

## 同條共貫

[釋義]

條：枝條；貫：錢串。長在同一枝條上。比喻事理相通，脈絡連貫。

[出處]

東漢‧班固《漢書卷五十六‧董仲舒傳第二十六》：「夫帝王之道，豈不同條共貫與？」

## 目不窺園

[釋義]

形容專心致志，埋頭苦讀。

[出處]

東漢‧班固《漢書卷五十六‧董仲舒傳第二十六》：「下帷講誦，弟子傳以久次相授業，或莫見其面。蓋三年不窺園，其精如此。」

## 日削月朘

[釋義]

朘：縮小，減少。日日削減，月月縮小。形容逐漸縮小。也指時時受到搜刮。

[出處]

東漢‧班固《漢書卷五十六‧董仲舒傳第二十六》：「民日削月朘，寖以大窮。」

## 臨淵羨魚

[釋義]

意思是站在水邊想得到魚，不如回家去結網。比喻只有願望而沒有措施，對事情毫無好處。

[出處]

東漢・班固《漢書卷五十六・董仲舒傳第二十六》：「臨淵羨魚，不如退而結網。」

## 積日累久

[釋義]

指經過的時間長。

[出處]

東漢・班固《漢書卷五十六・董仲舒傳第二十六》：「且古所謂功者，以任官稱職為差，非謂積日累久也。」

## 王佐之才

[釋義]

佐：輔佐。輔佐帝王成就大業的才幹。

[出處]

東漢・班固《漢書卷五十六・董仲舒傳第二十六》：「劉向稱董仲舒有王佐之材，雖伊、呂亡以回。」

## 家徒四壁

[釋義]

家裡只有四面牆壁。形容十分貧困，一無所有。

[出處]

東漢・班固《漢書卷五十七下・司馬相如第二十七下》：「文君夜亡奔相如，相如與馳歸成都，家居徒四壁立。」

## 勸百諷一

[釋義]

形容規諷正道的言辭遠遠及不上勸誘奢靡的言辭。意在使人警戒，但結果卻適得其反。

[出處]

東漢・班固《漢書卷五十七下・司馬相如第二十七下》：「揚雄以為靡麗之賦，勸百而諷一，猶馳騁鄭衛之聲，曲終而奏雅，不已虧乎？」

## 東閣待賢

[釋義]

公孫弘當宰相後，別立客館，東向開門，招納四方賢才，一起謀議大事。後遂用「東閣、孫弘閣、公孫閣、孫閣、弘閣、丞相閣」等指款待賓客、招納賢才之所；用「開閣」指納賢待客。

[出處]

東漢・班固《漢書卷五十八・公孫弘卜式兒寬傳第二十八》：「時上方興功業，妻（屢）舉賢良。弘自見為舉首，起徒步，數年至宰相封侯，於是起客館，開東閣以延賢人，與參謀議。」

## 鴻漸之翼

[釋義]

鴻鵠憑藉羽翼而高飛遠行，因以之比喻大才；高才。

[出處]

東漢‧班固《漢書卷五十八‧公孫弘卜式兒寬傳第二十八》：「公孫弘、卜式、兒寬皆以困於燕爵，遠跡羊豕之間，非遇其時，焉能致此位乎？」顏師古注引李奇曰：「漸，進也，鴻一舉而進千里者，羽翼之材也。弘等皆以大材，初為俗所薄，若燕雀不知鴻鵠之志也。」

## 畫地成圖

[釋義]

指在地上畫出地圖，來說明山川河流等地理形勢。形容信手拈來，才能出眾。

[出處]

東漢‧班固《漢書卷五十九‧張湯傳第二十九》。「遷謁大將軍光，問千秋戰鬥方略，山川形勢。千秋口對兵事，畫地成圖，無所忘失。」

## 望風而靡

[釋義]

見對方的威勢就服服帖帖。形容畏懼之狀。

[出處]

東漢‧班固《漢書卷六十‧杜周傳第三十》：「天下莫不望風而靡，自尚書近臣皆結舌杜口，骨肉親屬莫不股栗。」

## 差以毫釐，謬以千里

[釋義]

差：相差；毫釐：很小的計量單位；謬：同「繆」。開始時相差很微小，結果會造成很大的錯誤。

[出處]

東漢‧班固《漢書卷六十二‧司馬遷傳第三十二》：「故《易》曰：『差以毫釐，謬以千里。』」

## 博物洽聞

[釋義]

廣知事物，學識豐富。

[出處]

東漢‧班固《漢書卷六十二‧司馬遷傳第三十二》：「嗚呼！以遷之博物洽聞，而不能以知自全，既陷極刑，幽而發憤，書亦信矣。」

## 不絕如髮

[釋義]

絕：斷。形容局勢危急。

[出處]

東漢‧班固《漢書卷六十三‧武五子傳第三十三》：「先日諸呂陰謀大逆，劉氏不絕如髮。」

## 有害無利

[釋義]

只有壞處沒有好處。

[出處]
東漢‧班固《漢書卷六十四上‧嚴朱吾丘主父徐嚴終王賈傳第三十四上》：「以眾吏捕寡賊，其勢必得。盜賊有害無利，則莫犯法，刑錯之道也。」

## 寡二少雙

[釋義]
寡：少。很少有第二個。形容極其突出。

[出處]
東漢‧班固《漢書卷六十四上‧嚴朱吾丘主父徐嚴終王賈傳第三十四上》：「子在朕前之時，知略輻湊，以為天下少雙，海內寡二。」

## 飛芻輓粟

[釋義]
飛：形容極快；芻：飼料；輓：拉車或船；粟：小米，泛指糧食。指迅速運送糧草。

[出處]
東漢‧班固《漢書卷六十四上‧嚴朱吾丘主父徐嚴終王賈傳第三十四上》：「又使天下飛芻輓粟。」

## 苦不聊生

[釋義]
聊生：賴以維持生活。形容備受痛苦，無法生存。

[出處]
東漢‧班固《漢書卷六十四上‧嚴朱吾丘主父徐嚴終王賈傳第三十四上》：「丁男被甲，丁女轉輸，苦不聊生，自經於道樹，死者相望。」

## 粟紅貫朽

[釋義]
粟：小米；紅：指腐爛變質；貫：穿線的繩子；朽：腐爛。穀子變色了，串錢的線損壞了。形容太平時期富饒的情況。

[出處]
東漢‧班固《漢書卷六十四下‧嚴朱吾丘主父徐嚴終王賈傳第三十四下》：「太倉之粟紅腐而不可食，都內之錢貫朽而不可挍。」

## 綿力薄材

[釋義]
力量小，沒有什麼才能。

[出處]
東漢‧班固《漢書卷六十四下‧嚴朱吾丘主父徐嚴終王賈傳第三十四下》：「越人綿力薄材，不能陸戰。」

## 不相聞問

[釋義]
聞問：互通消息、音訊。指沒有聯繫或斷絕往來。

[出處]

東漢・班固《漢書卷六十四下・嚴朱吾丘主父徐嚴終王賈傳第三十四下》：「於是拜為會稽太守。數年，不聞問。」

## 狗吠之警

[釋義]

比喻輕微的驚動或擾亂。

[出處]

東漢・班固《漢書卷六十四下・嚴朱吾丘主父徐嚴終王賈傳第三十四下》：「今方內無狗吠之警，而使陛下甲卒死亡，暴露中原。」

## 彗氾畫塗

[釋義]

彗：掃帚；氾：水灑地；塗：泥土。用帚掃灑水在地上，用刀劃泥土。比喻極容易做的事。

[出處]

東漢・班固《漢書卷六十四下・嚴朱吾丘主父徐嚴終王賈傳第三十四下》：「水斷蛟龍，陸剸犀革，忽若彗氾畫塗。」

## 干名采譽

[釋義]

干：求；采：取。用不正當的手段謀取名譽。

[出處]

東漢・班固《漢書卷六十四下・嚴朱吾丘主父徐嚴終王賈傳第三十四下》：「矯作威福，以從民望，干名采譽，此明聖所必加誅也。」

## 不次之位

[釋義]

次：順序，等第；遷：官位升遷。比喻超出常規的提升官級。

[出處]

東漢・班固《漢書卷六十五・東方朔傳第三十五》：「武帝初即位，徵天下舉方正賢良文學材力之士，待以不次之位。」

## 無以塞責

[釋義]

自謙之語。無法彌補自己應負的責任。

[出處]

東漢・班固《漢書卷六十五・東方朔傳第三十五》：「妾幸蒙陛下厚恩，先帝遺德，奉朝請之禮，備臣妾之儀，列為公主，賞賜邑人，隆天重地，死無以塞責。」

## 水清無魚

[釋義]

水太清，魚就存不住身，對人要求太

苛刻，就沒有人能當他的夥伴。比喻過分計較人的小缺點，就不能與人合作。

[出處]

東漢‧班固《漢書卷六十五‧東方朔傳第三十五》：「水至清則無魚，人至察則無徒。」

## 管窺蠡測

[釋義]

管：竹管；蠡：貝殼做的瓢。從竹管裡看天，用瓢測量海水。比喻對事物的觀察和了解很狹窄，很片面。

[出處]

東漢‧班固《漢書卷六十五‧東方朔傳第三十五》：「以管窺天，以蠡測海，以莛撞鐘，豈能通其條貫，考其文理，發其音聲哉！」

## 一丘之貉

[釋義]

丘：土山；貉：一種形似狐狸的野獸。同是一個土山裡的貉。比喻彼此同是醜類，沒有什麼差別。

[出處]

東漢‧班固《漢書卷六十七‧楊胡朱梅云傳第三十七》：「若秦時但任小臣，誅殺忠良，竟以滅亡，令親任大臣，即至今耳，古與今如一丘之貉。」

## 竊位素餐

[釋義]

素：空；餐：吃飯，指俸祿。竊居高位，無功受祿。舊指高級官員飽食終日，無所用心。後也用作謙詞。

[出處]

東漢‧班固《漢書卷六十七‧楊胡朱梅云傳第三十七》：「（惲）又不能與群僚同心并力，陪輔朝庭之遺忘，已負竊位素餐之責久矣。」

## 按圖索驥

[釋義]

索：找；驥：良馬。照圖上畫的樣子去尋求好馬。比喻墨守成規辦事；也比喻按照線索去尋求。

[出處]

東漢‧班固《漢書卷六十七‧楊胡朱梅云傳第三十七》：「今不循伯者之道，乃欲以三代選舉之法取當時之士，猶察伯樂之圖，求騏驥於市，而不可得，亦已明矣。」

## 授人以柄

[釋義]

把劍柄交給別人。比喻將權力交給別人或讓人抓住缺點、失誤，使自己被動。

[出處]

東漢‧班固《漢書卷六十七‧楊胡朱

梅云傳第三十七》：「倒持泰阿，授楚其柄。」

## 厲世摩鈍

[釋義]

指磨礪世人，使笨拙的人奮發有為。

[出處]

東漢・班固《漢書卷六十七・楊胡朱梅云傳第三十七》：「爵祿束帛者，天下之底石，高祖所以厲世摩鈍也。」

## 倒持泰阿

[釋義]

泰阿：寶劍名。倒拿著劍，把劍柄給別人。比喻把大權交給別人，自己反受其害。

[出處]

東漢・班固《漢書卷六十七・楊胡朱梅云傳第三十七》：「至秦則不然，張誹謗之罔，以為漢驅除，倒持泰阿，授楚其柄。」

## 小家子氣

[釋義]

形容人的舉止、行動等不大方。也說小家子相。

[出處]

東漢・班固《漢書卷六十八・霍光金日磾傳第三十八》：「使樂成小家子得幸將軍同，至九卿封侯。」

## 曲突徙薪

[釋義]

曲：彎；突：煙囪；徙：遷移；薪：柴草。把煙囪改建成彎的，把灶旁的柴草搬走。比喻事先採取措施，才能防止災禍。

[出處]

東漢・班固《漢書卷六十八・霍光金日磾傳第三十八》：「臣聞客有過主人者，見其灶直突，傍有積薪。客謂主人，更為曲突，遠徙其薪，不者且有火患，主人嘿然不應。俄而家果失火，鄰里共救之，幸而得息。」

## 焦頭爛額

[釋義]

燒焦了頭，灼傷了額。比喻非常狼狽窘迫。有時也形容忙得不知如何是好，帶有誇張的意思。

[出處]

東漢・班固《漢書卷六十八・霍光金日磾傳第三十八》：「今論功而請賓，曲突徙薪亡恩澤，燋頭爛額為上客耶？」

## 芒刺在背

[釋義]

芒刺：細刺。像有細刺扎在背上一樣。形容內心惶恐，坐立不安。

東漢·班固《漢書卷六十八·霍光金日磾傳第三十八》:「宣帝始立,謁見高廟,大將軍光從驂乘,上內嚴憚之,若有芒刺在背。」

## 不學無術

[釋義]

學:學問;術:技能。原指沒有學問因而沒有辦法。現指沒有學問,沒有本領。

[出處]

東漢·班固《漢書卷六十八·霍光金日磾傳第三十八》:「然光不學亡術,闇於大理。」

## 百聞不如一見

[釋義]

聞:聽。聽到一百次,也不如親眼見到一次。

[出處]

東漢·班固《漢書卷六十九·趙充國辛慶忌傳第三十九》:「百聞不如一見,兵難隃度,臣願馳至金城,圖上方略。」

## 不避斧鉞

[釋義]

斧鉞:古代的兵器。不躲避斧鉞之類的兵器。形容將士英勇無畏,或烈士忠義不屈。

[出處]

東漢·班固《漢書卷六十九·趙充國辛慶忌傳第三十九》:「愚臣伏計孰甚,不敢避斧鉞之誅,昧死陳愚,唯陛下省察。」

## 千載之功

[釋義]

千年不朽的功勳。用於形容功績之大。

[出處]

東漢·班固《漢書卷七十·傅常鄭甘陳段傳第四十》:「立千載之功,建萬世之安。」

## 不通水火

[釋義]

形容跟人不相往來。

[出處]

東漢·班固《漢書卷七十七·蓋諸葛劉鄭孫毌將何傳第四十七》:「稚季耳目長,聞知之,杜門不通水火。」顏師古注:「不通水火,謂雖鄰伍亦不往來也。」

## 駟馬高車

[釋義]

套著四匹馬的高蓋車,舊時形容有權勢的人出行時的闊綽場面,也形容顯達富貴。

## [出處]

東漢・班固《漢書卷七十一・雋疏于薛平彭傳第四十一》：「少高大閭門，令容駟馬高蓋車。」

## 褒衣博帶

### [釋義]

褒、博：形容寬大。著寬袍，繫闊帶。指古代儒生的裝束。

### [出處]

東漢・班固《漢書卷七十一・雋疏于薛平彭傳第四十一》：「佩環玦，褒衣博帶，盛服至門上謁。」

## 駟馬高車

### [釋義]

駟馬：一車所駕的四匹馬。套著四匹馬的高蓋車。舊時形容有權勢的人出行時的闊綽場面。也形容顯達富貴。

### [出處]

東漢・班固《漢書卷七十一・雋疏于薛平彭傳第四十一》：「少高大閭門，令容駟馬高蓋車。」

## 漿酒霍肉

### [釋義]

把酒肉當作水漿、豆葉一樣。形容飲食的奢侈。

### [出處]

東漢・班固《漢書卷七十二・王貢兩龔鮑傳第四十二》：「使奴從賓客漿酒霍肉，蒼頭廬兒皆用致富。」

## 喬松之壽

### [釋義]

喬、松：古代傳說中的仙人王喬和赤松子。指像仙人那樣的長壽。

### [出處]

東漢・班固《漢書卷七十二・王貢兩龔鮑傳第四十二》：「大王誠留意如此，則心有堯舜之志，體有喬松之壽。」

## 一身二任

### [釋義]

任：職務，責任。一個人承擔兩種職務。

### [出處]

東漢・班固《漢書卷七十二・王貢兩龔鮑傳第四十二》：「諸侯骨肉，莫親大王，大王於屬則子也，於位則臣也，一身而二任之責加焉。」

## 貢禹彈冠

### [釋義]

比喻樂意輔佐志向相同的人。

### [出處]

東漢・班固《漢書卷七十二・王貢兩龔鮑傳第四十二》：「吉與貢禹為友，世稱『王陽在位，貢公彈冠』。言其取捨同也。」

## 經明行修

[釋義]

舊指通曉經學,品行端正。

[出處]

東漢·班固《漢書卷七十二·王貢兩龔鮑傳第四十二》:「左曹陳咸薦駿賢父子,經明行修,宜顯以厲俗。」

## 迂闊之論

[釋義]

迂:迂腐;闊:大加誇張的。不符合實際的,空洞的言論。

[出處]

東漢·班固《漢書卷七十二·王貢兩龔鮑傳第四十二》:「上以其言迂闊,不甚寵異也。」

## 彈冠相慶

[釋義]

彈冠:揮去帽子上的灰塵,準備做官。指官場中一人當了官或升了官,同夥就互相慶賀將有官可做。

[出處]

東漢·班固《漢書卷七十二·王貢兩龔鮑傳第四十二》:「吉與貢禹為友,世稱『王陽在位,貢公彈冠』,言其取捨同也。」

## 守經據古

[釋義]

守:遵守;經:常規;據:依據;古:古訓。固守過去的常規。

[出處]

東漢·班固《漢書卷七十二·王貢兩龔鮑傳第四十二》:「朕以生有伯夷之廉,史魚之直,守經據古,不阿當世。」

## 謙遜下士

[釋義]

下:禮讓。舊時指達官貴人對地位不高但有才德的人謙虛而有禮貌。

[出處]

東漢·班固《漢書卷七十三·韋賢傳第四十三》:「少好學,修父業,尤謙遜下士。」

## 功德無量

[釋義]

稱頌人功勞卓著,對人恩德極大。

[出處]

東漢·班固《漢書卷七十四·魏相丙吉傳第四十四》:「所以擁全神靈,成育聖躬,功德已亡(無)量矣。」

## 絕口不道

[釋義]

絕口:始終不開口。指閉口不說話。

東漢・班固《漢書卷七十四・魏相丙吉傳第四十四》:「吉為人深厚,不伐善。自曾孫遭遇,吉絕口不道前恩,故朝廷莫能明其功也。」

## 相待而成

[釋義]

互相輔助以取得成功。

[出處]

東漢・班固《漢書卷七十四・魏相丙吉傳第四十四》:「故經謂君為元首,臣為股肱,明其一體,相待而成也。」

## 奉行故事

[釋義]

奉行:遵照辦理;故事:老規矩、老章程。按照老規矩辦事。

[出處]

東漢・班固《漢書卷七十四・魏相丙吉傳第四十四》:「相明《易經》,有師法,好觀漢故事及便宜章奏,以為古今異制,方今務在奉行故事而已。」

## 驕兵必敗

[釋義]

驕傲的軍隊必定打敗仗。

[出處]

東漢・班固《漢書卷七十四・魏相丙

吉傳第四十四》:「恃國家之大,矜民人之眾,欲見威於敵者,謂之驕兵,兵驕者滅:此五者,非但人事,乃天道也。」

## 妖言惑眾

[釋義]

對人散布荒誕離奇的謊話,進行蠱惑。

[出處]

東漢・班固《漢書卷七十五・眭兩夏侯京翼李傳第四十五》:「奏賜、孟妄設祆(妖)言惑眾,大逆不道,皆伏誅。」

## 枹鼓相應

[釋義]

用鼓槌擊鼓,鼓就發聲。比喻相互應和,配合緊密。

[出處]

東漢・班固《漢書卷七十五・眭兩夏侯京翼李傳第四十五》:「順之以善政,則和氣可立致,猶枹鼓之相應也。」

## 章句小儒

[釋義]

指不能通達大義而拘泥於辨析章句的儒生。

[出處]

東漢・班固《漢書卷七十五・眭兩夏

侯京翼李傳第四十五》：「建所謂章句小儒，破碎大道。」

## 問羊知馬

[釋義]

比喻從旁推究，弄清楚事情真相。

[出處]

東漢．班固《漢書卷七十六．趙尹韓張兩王傳第四十六》：「鉤距者，設欲知馬賈，則先問狗，已問羊，又問牛，然後及馬。」

## 五日京兆

[釋義]

京兆：即京兆尹，古時國都所在地的行政長官。比喻任職時間短或即將去職。

[出處]

東漢．班固《漢書卷七十六．趙尹韓張兩王傳第四十六》：「吾為是公盡力多矣，今五日京兆耳，安能復案事？」

## 賞罰分明

[釋義]

該賞的賞，該罰的罰。形容處理事情嚴格而公正。

[出處]

東漢．班固《漢書卷七十六．趙尹韓張兩王傳第四十六》：「敞為人敏疾，

賞罰分明，見惡輒取，時時越法縱舍，有足大者。」

## 以身試法

[釋義]

親身去做觸犯法令的事。指明知故犯。

[出處]

東漢．班固《漢書卷七十六．趙尹韓張兩王傳第四十六》：「明慎所職，毋以身試法。」

## 布鼓雷門

[釋義]

布鼓：用布蒙住的鼓；雷門：古代會稽的城門名。在雷門前擊布鼓。比喻在能手面前賣弄本領。

[出處]

東漢．班固《漢書卷七十六．趙尹韓張兩王傳第四十六》：「毋持布鼓過雷門。」顏師古注：「雷門，會稽城門也，有大鼓，越擊此鼓，聲聞洛陽，故尊引之也。布鼓，謂以布為鼓，故無聲。」

## 靖言庸違

[釋義]

指言語巧飾而行動乖違。

[出處]

東漢．班固《漢書卷七十六．趙尹韓

張兩王傳第四十六》:「傷害陰陽，為國家憂，無承用詔書之意，靖言庸違，象龔滔天。」

## 牛衣對泣

[釋義]

睡在牛衣裡，相對哭泣。形容夫妻共同過著窮困的生活。

[出處]

東漢·班固《漢書卷七十六·趙尹韓張兩王傳第四十六》:「初，章為渚生學長安，獨與妻居。章疾病，無被，臥牛衣中；與妻決，涕泣。」

## 京兆畫眉

[釋義]

京兆：漢朝官名；畫：描。指男女或夫婦相親相愛。

[出處]

東漢·班固《漢書卷七十六·趙尹韓張兩王傳第四十六》:「臣聞閨房之內，夫婦之私，有過於畫眉者。」

## 懲一儆百

[釋義]

懲：懲罰；警：警戒。處死一個人，藉以警戒許多人。又作「殺一儆百」。

[出處]

東漢·班固《漢書卷七十六·趙尹韓

張兩王傳第四十六》:「以一警百，吏民皆服，恐懼改行自新。」

## 發姦擿伏

[釋義]

發、擿：揭發；姦：奸臣，壞人；伏：指隱瞞壞事。揭發隱祕的壞人壞事。

[出處]

東漢·班固《漢書卷七十六·趙尹韓張兩王傳第四十六》:「其發姦擿伏如神。」

## 家喻戶曉

[釋義]

喻：明白；曉：知道。家家戶戶都知道。形容人所共知。

[出處]

東漢·班固《漢書卷七十七·蓋諸葛劉鄭孫毌將何傳第四十七》:「天下不可戶曉。」

## 臣門如市

[釋義]

舊時形容居高位、掌大權的人賓客極多。

[出處]

東漢·班固《漢書卷七十七·蓋諸葛劉鄭孫毌將何傳第四十七》:「臣門如市，臣心如水。願得考覆。」

## 臣心如水

[釋義]

心地潔淨如水。比喻為官清廉。

[出處]

東漢‧班固《漢書卷七十七‧蓋諸葛劉鄭孫毋將何傳第四十七》：「上責崇曰：『君門如市人，何以欲禁切主上？』崇對曰：『臣門如市，臣心如水。願得考覆。』」

## 阿黨相為

[釋義]

阿黨：偏袒、偏私一方。為了謀求私利相互偏袒、包庇。

[出處]

東漢‧班固《漢書卷七十七‧蓋諸葛劉鄭孫毋將何傳第四十七》：「今以四海之大，曾無伏節死誼之臣，率盡苟合取容，阿黨相為，念私門之利，忘國家之政。」

## 傲慢不遜

[釋義]

遜：謙遜。態度高傲自大，對人不講謙讓。

[出處]

東漢‧班固《漢書卷七十八‧蕭望之傳第四十八》：「有司奏君責使者禮，遇丞相亡（無）禮，廉聲不聞，敖（傲）慢不遜。」

## 備位充數

[釋義]

備位：如同尸位，意即徒在其位，不能盡職；充數：用不夠格的人來湊足數額。是自謙不能做事的話。

[出處]

東漢‧班固《漢書卷七十八‧蕭望之傳第四十八》：「吾嘗備位將相，年逾六十矣。」

## 親密無間

[釋義]

間：縫隙。關係親密，沒有隔閡。形容十分親密，沒有任何隔閡。

[出處]

東漢‧班固《漢書卷七十八‧蕭望之傳第四十八》：「蕭望之歷位將相，藉師傅之恩，可謂親暱亡間。及至謀泄隙開，讒邪構之，卒為便嬖宦豎所圖，哀哉！」

## 鳥竄鼠伏

[釋義]

謂如鳥亂飛，如鼠伏地，隱蹤躲藏。

[出處]

東漢‧班固《漢書卷七十八‧蕭望之傳第四十八》：「如使匈奴後嗣卒有鳥竄鼠伏，闕於朝享，不為畔臣。」

## 精力過人

[釋義]

精力旺盛,超過一般人。

[出處]

東漢·班固《漢書卷八十一·匡張孔馬傳第五十一》:「你世農夫,至衡好學,庸作以供資用,精力尤過絕人。」

## 寡聞少見

[釋義]

聽的少,見的少。形容學識淺薄,見聞不廣。

[出處]

東漢·班固《漢書卷八十一·匡張孔馬傳第五十一》:「蓋聰明疏通者戒於大察,寡聞少見者戒於雍蔽。」

## 新學小生

[釋義]

指治學時間不長,見聞淺陋、經驗不足的後生晚輩。

[出處]

東漢·班固《漢書卷八十一·匡張孔馬傳第五十一》:「新學小生,亂道誤人,宜無信用,以經術斷之。」

## 白黑分明

[釋義]

比喻是非分得清楚。

[出處]

東漢·班固《漢書卷八十三·薛宣朱博傳第五十三》:「所貶退稱進,白黑分明,由是知名。」

## 勇猛果敢

[釋義]

形容處事勇敢決斷。

[出處]

東漢·班固《漢書卷八十四·翟方進傳第五十四》:「勇猛果敢,處事不疑。」

## 龜龍鱗鳳

[釋義]

傳統上用來象徵高壽、尊貴、吉祥的四種動物。比喻身處高位、德蓋四海的人。

[出處]

東漢·班固《漢書卷八十四·翟方進傳第五十四》:「太皇太后臨政,有龜龍鱗鳳之應。」

## 列功覆過

[釋義]

羅列功績,掩蓋過錯。

[出處]

東漢·班固《漢書卷七十·傅常鄭甘陳段傳第四十》:「言威武勤勞則大於方叔、吉甫,列功覆過則優於齊桓、貳師。」

## 朝過夕改

[釋義]

形容改正錯誤快。

[出處]

東漢·班固《漢書卷八十四·翟方進傳第五十四》:「傳不云乎,朝過夕改,君子與之,君何疑焉?」

## 靜言令色

[釋義]

靜:安靜;令:和善。指用花言巧語和媚態來迷惑他人。

[出處]

東漢·班固《漢書卷八十四·翟方進傳第五十四》:「兄宣靜言令色,外巧內嫉。」

## 安家樂業

[釋義]

安定地生活,愉快地從事其職業。

[出處]

東漢·班固《漢書卷八十五·谷永杜鄴傳第五十五》:「薄收賦稅,毋殫民財,使天下梨元咸安家樂業。」

## 窮奢極欲

[釋義]

窮:極;奢:奢侈;欲:享樂的觀念。奢侈和貪欲到了極點。

[出處]

東漢·班固《漢書卷八十五·谷永杜鄴傳第五十五》:「窮奢極欲,湛湎荒淫。」

## 勃然大怒

[釋義]

勃然:突然。突然變臉大發脾氣。

[出處]

東漢·班固《漢書卷八十五·谷永杜鄴傳第五十五》:「是故皇天勃然發怒。」

## 一日之雅

[釋義]

雅:交往。指短暫的交往。指交情不深。

[出處] 東漢·班固《漢書卷八十五·谷永杜鄴傳第五十五》:「永斗筲之才,質薄學朽,無一日之雅,左右之介。」

## 列土封疆

[釋義]

帝王將土地分封給大臣。

[出處]

東漢·班固《漢書卷八十五·谷永杜鄴傳第五十五》:「方制海內非為王子,列土封疆非為諸侯,皆以為民也。」

## 送故迎新

[釋義]

舊指歡送卸任的官吏，迎接新來接替的官吏。後也用於一般人事往來。

[出處]

東漢·班固《漢書卷八十六·何武王嘉師丹傳第五十六》：「吏或居官數月而退，送故迎新，交錯道路。」

## 千人所指

[釋義]

千人：眾人，許多人；指：指責。為眾人所侮。

[出處]

東漢·班固《漢書卷八十六·何武王嘉師丹傳第五十六》：「俚諺曰：『千人所指，無病而死。』臣常為之寒心。」

## 參差不齊

[釋義]

長短、高低不齊。形容水準不一。

[出處]

東漢·班固《漢書卷八十七上·揚雄傳第五十七上》：「仲尼以來，國君將相，卿士名臣，參差不齊，一概諸聖。」

## 日薄西山

[釋義]

薄：迫近。太陽快落山了。比喻人已經衰老或事物衰敗腐朽，臨近死亡。

[出處]

東漢·班固《漢書卷八十七上·揚雄傳第五十七上》：「臨汨羅而自損兮，恐日薄於西山。」

## 凌雲之志

[釋義]

凌雲：高入雲霄的志氣。形容遠大的志向。

[出處]

東漢·班固《漢書卷八十七上·揚雄傳第五十七上》：「往時武帝好神仙，相如上《大人賦》欲以風帝，反縹縹有陵（凌）雲之志。」

## 不食馬肝

[釋義]

相傳馬肝有毒，食之能致人於死。比喻不應研討的事不去研討。

[出處]

東漢·班固《漢書卷八十八·儒林傳第五十八》：「上曰：『食肉毋食馬肝，未為不知味也；言學者毋言湯武受命，不為愚。』」

## 首善之區

[釋義]

最好的地方，指首都。

[出處]

東漢·班固《漢書卷八十八·儒林傳

第五十八》：「故教化之行也，建首善，自京師始。」

## 民用凋敝

[釋義]

社會窮困，經濟衰敗，人民生活極端困苦。

[出處]

東漢·班固《漢書卷八十九·循吏傳第五十九》：「民用凋敝，奸軌不禁。」

## 便宜從事

[釋義]

便宜：方便合適。指可斟酌情勢，不拘規制條文，不須請示，自行處理。

[出處]

東漢·班固《漢書卷八十九·循吏傳第五十九》：「臣願丞相御史且無拘臣以文法，得一切便宜從事。」

## 弄兵潢池

[釋義]

潢池：積水塘；弄兵：玩弄兵器。舊時對人民起義的蔑稱。也指發動兵變。

[出處]

東漢·班固《漢書卷八十九·循吏傳第五十九》：「其民困於飢寒而吏不恤，故使陛下赤子盜弄陛下之兵於潢池中耳。」

## 賣劍買牛

[釋義]

原指放下武器，從事耕種。後比喻改業務農或壞人改惡從善。

[出處]

東漢·班固《漢書卷八十九·循吏傳第五十九》：「民有帶持刀劍者，使賣劍買牛，賣刀買犢。」

## 帶牛佩犢

[釋義]

原指漢宣帝時，渤海太守龔遂誘使持刀劍起義的農民放棄武裝抗爭而從事耕種。後比喻改業歸農。

[出處]

東漢·班固《漢書卷八十九·循吏傳第五十九》：「民有帶持刀劍者，使賣劍買牛，賣刀買犢，曰：『何為帶牛佩犢。』」

## 莫測高深

[釋義]

高深的程度無法揣測。指處世的態度、或說話、文章的內容（多不用在正面，帶貶義）。

[出處]

東漢·班固《漢書卷九十·酷吏傳第六十》：「吏民莫能測其意深淺。」

## 閉門投轄

[釋義]

轄：車軸的鍵，去轄則車不能行。比喻主人留客的殷勤。

[出處]

東漢・班固《漢書卷九十二・游俠傳第六十二》：「遵者酒，每大飲，賓客滿堂，輒關門，取客車轄投井中，雖有急，終不得去。」

## 雞鳴狗盜

[釋義]

鳴：叫；盜：偷東西。指微不足道的本領。也指偷偷摸摸的行為。

[出處]

東漢・班固《漢書卷九十二・游俠傳第六十二》：「皆藉王公之勢，競為游俠，雞鳴狗盜，無不賓禮。」

## 東園祕器

[釋義]

皇室、顯宦死後用的棺材。

[出處]

東漢・班固《漢書卷九十三・佞幸傳第六十三》：「及至東園祕器，珠襦玉柙，豫以賜賢，無不備具。」

## 兵連禍結

[釋義]

兵：戰爭；連：接連；結：相聯。戰爭接連不斷，帶來了無窮的災禍。

[出處]

東漢・班固《漢書卷九十四下・匈奴傳六十四下》：「漢武帝選將練兵，約齎輕糧，深入遠戍，雖有克獲之功，胡輒報之；兵連禍結，三十餘年。」

## 天之驕子

[釋義]

驕子：父母溺愛驕縱的兒子。老天爺的寵兒。原指強盛的北方民族胡人，後指為父母溺愛、放肆不受管束的兒子。

[出處]

東漢・班固《漢書卷九十四下・匈奴傳六十四下》：「南有大漢，北有強胡。胡者，天之驕子也。」

## 人面獸心

[釋義]

面貌雖然是人，但心腸像野獸一樣凶狠。形容為人凶殘卑鄙。

[出處]

東漢・班固《漢書卷九十四下・匈奴傳六十四下》：「夷狄之人貪而好利，披髮左衽，人面獸心。」

## 犁庭掃閭

[釋義]

犁平敵人的大本營，掃蕩他的巢穴。比喻徹底摧毀敵方。

[出處]
東漢·班固《漢書卷九十四下·匈奴傳六十四下》:「固已犁其庭,掃其閭,郡縣而置之。」

# 犬吠之警

[釋義]

指搶劫、偷竊之類。

[出處]

東漢·班固《漢書卷九十四下·匈奴傳六十四下》:「是時邊城晏閉,牛馬布野,三世無犬吠之警,黎庶亡干戈之役。」

# 桀驁不馴

[釋義]

性情強暴不馴順。

[出處]

東漢·班固《漢書卷九十四下·匈奴傳六十四下》:「其桀驁尚如斯,安肯以愛子而為質乎?」

# 非驢非馬

[釋義]

不是驢也不是馬。比喻不倫不類,什麼也不像。

[出處]

東漢·班固《漢書卷九十六下·西域傳第六十六下》:「驢非驢,馬非馬,若龜茲王,所謂騾也。」

# 傾國傾城

[釋義]

傾:傾覆;城:國。原指因女色而亡國。後多形容婦女容貌極美。

[出處]

東漢·班固《漢書卷九十七上·外戚傳第六十七上》:「北方有佳人,絕世而獨立,一顧傾人城,再顧傾人國。」

# 姍姍來遲

[釋義]

姍姍:走得緩慢從容。形容慢騰騰地來晚了。出自《漢書.外戚傳上.孝武李夫人》。

[出處]

東漢·班固《漢書卷九十七上·外戚傳第六十七上》:「武帝李夫人既死,使方士召其魂,恍若有見。上愈益相思悲感,為作詩曰:『是耶?非耶?立而望之,偏何姍姍其來遲!』」

# 非常之謀

[釋義]

非常:不平常。不是一般的陰謀。指陰謀篡奪帝位。

[出處]

東漢·班固《漢書卷九十七上·外戚傳第六十七上》:「故世必有非常之變,然後乃有非常之謀。」

## 絕代佳人

[釋義]

絕代：當代獨一無二；佳人：美人。當代最美的女人。

[出處]

東漢·班固《漢書卷九十七上·外戚傳第六十七上》：「延年侍上起舞。歌曰：『北方有佳人，絕世而獨立，一顧傾人城，再顧傾人國。』」

## 躊躇不前

[釋義]

躊躇：遲疑不決的樣子。猶豫不決，不敢前進。

[出處]

東漢·班固《漢書卷九十七下·外戚孝武李夫人傳第六十七下》：「哀裴回以躊躇。」

## 柱石之臣

[釋義]

支梁的柱和承柱的石。舊時指擔負國家重任的大臣。

[出處]

東漢·班固《漢書卷九十八·元后傳第六十八》：「位歷將相，國家柱石臣也。」

## 狗彘不食

[釋義]

連狗跟豬都不吃他的肉。形容其人的品行極端惡劣。

[出處]

東漢·班固《漢書卷九十八·元后傳第六十八》：「受人孤寄，乘便利時，奪取其國，不復顧恩義。人如此者，狗豬不食其餘。」

## 軍法從事

[釋義]

按照軍法嚴辦。

[出處]

東漢·班固《漢書卷九十九下·王莽傳第六十九下》：「敢有趨讙犯法，輒以軍法從事。」

## 日不移晷

[釋義]

比喻只一剎那，非常迅速。

[出處]

東漢·班固《漢書卷九十九下·王莽傳第六十九下》：「人不還踵，日不移晷，霍然四除，更為寧朝。」

## 迫不得已

[釋義]

被逼得沒有辦法，不得不這樣。

東漢·班固《漢書卷九十九下·王莽傳第六十九下》：「將為皇帝定立妃後，有司上名，公女為首，公深辭讓，迫不得已，然後受詔。」

## 惶恐不安
[釋義]
內心害怕，十分不安。

[出處]
東漢·班固《漢書卷九十九下·王莽傳第六十九下》：「人民正營。」唐·顏師古注：「正營，惶恐不安之意也。」

## 鴟目虎吻
[釋義]
鴟：鷂鷹，一種猛禽；吻：嘴唇邊。形容人相貌陰險凶殘。

[出處]
東漢·班固《漢書卷九十九下·王莽傳第六十九下》：「莽所謂鴟目虎吻豺狼之聲者也，故能食人，亦當為人所食。」

## 窮凶極惡
[釋義]
窮：極端。形容極端殘暴凶殘。

[出處]
東漢·班固《漢書卷九十九下·王莽傳第六十九下》：「乃始恣睢，奮其威詐，滔天虐民，窮凶極惡。」

## 囚首垢面
[釋義]
像監獄裡的犯人，好久沒有理髮和洗臉。形容不注意清潔、修飾。

[出處]
東漢·班固《漢書卷九十九下·王莽傳第六十九下》：「莽侍疾，親嘗藥，亂首垢面。」

## 大功告成
[釋義]
功：事業；告：宣告。指巨大工程或重要任務宣告完成。

[出處]
東漢·班固《漢書卷九十九下·王莽傳第六十九下》：「十萬眾並集，平作二旬，大功畢成。」

## 龔行天罰
[釋義]
奉天之命進行懲罰。

[出處]
東漢·班固《漢書卷一百下·敘傳第七十下》：「皇矣漢祖，龔行天罰，赫赫明明。」

## 不屈不撓
[釋義]
屈：屈服；撓：彎曲。比喻面對壓力不屈服，表現十分頑強。

[出處]

東漢‧班固《漢書卷一百下‧敘傳第七十下》：「樂昌篤實，不橈（撓）不詘（屈）。」

## 侯服玉食

[釋義]

侯服：王侯之服；玉食：珍美食品。穿王侯的衣服，吃珍貴的食物。形容豪華奢侈的生活。

[出處]

東漢‧班固《漢書卷一百下‧敘傳第七十下》：「荒殖其貨。侯服王食，敗俗傷化。」

## 攀龍附鳳

[釋義]

指巴結投靠有權勢的人以獲取富貴。

[出處]

東漢‧班固《漢書卷一百下‧敘傳第七十下》：「潁陰商販，曲周庸夫，攀龍附鳳，並乘天衢。」

# 出自《後漢書》的成語

## 後悔莫及

[釋義]

後悔:事後的懊悔。指事後的懊悔也來不及了。

[出處]

南朝·宋·范曄《後漢書卷一上·光武帝紀第一上》:「反水不收,後悔不及。」

## 反水不收

[釋義]

水已潑出去,不能再收回。比喻不可挽回。

[出處]

南朝·宋·范曄《後漢書卷一上·光武帝紀第一上》:「雖仲尼為相,孫子為將,猶恐無能為益。反水不收,後悔無及。」

## 推心置腹

[釋義]

把赤誠的心交給人家。比喻真心待人。

[出處]

南朝·宋·范曄《後漢書·光武帝紀》:「蕭王推赤心置腹中,安得不投死乎!」

## 樂此不疲

[釋義]

因酷愛做某事而不感覺厭煩。形容對某事特別愛好而沉浸其中。

[出處]

南朝·宋·范曄《後漢書卷一上·光武帝紀第一下》:「我自樂此,不為疲也。」

## 日復一日

[釋義]

復:再,又。過了一天又一天。比喻日子久,時間長。也形容光陰徒然地流逝。

[出處]

南朝·宋·范曄《後漢書卷一上·光武帝紀第一下》:「天下重器,常恐不任,日復一日,安敢遠期十歲乎?」

## 三朝元老

[釋義]

元老:資格最老,聲望最高的老臣。原指受三世皇帝重用的臣子。現在用

來指在一個機構中長期工作過的資深的人。

[出處]

南朝・宋・范曄《後漢書卷三・肅宗孝章帝紀第三》:「行太尉事節鄉侯熹三世在位,為國元老。」

## 息事寧人

[釋義]

息:平息;寧:使安定。原指不生事,不騷擾百姓,後指調解糾紛,使事情平息下來,使人們平安相處。

[出處]

南朝・宋・范曄《後漢書卷三・肅宗孝章帝紀第三》:「其令有司,罪非殊死且勿案驗,及吏人條書相告,不得聽受,冀以息事寧人,敬奉天氣。」

## 以觀後效

[釋義]

後效:以後的效果。指將罪犯從輕處分,再看他以後的表現。

[出處]

南朝・宋・范曄《後漢書卷五・孝安帝紀第五》:「設張法禁,懇惻分別,而有司惰任,訖不奉行。秋節既立,鷙鳥將用,且復重申,以觀後效。」

## 白首空歸

[釋義]

白了頭髮,空手回來。比喻年紀已老,學無成就。

[出處]

南朝・宋・范曄《後漢書卷九・孝獻帝紀第九》:「營求糧資,不得專業。結童入學,白首空歸。」

## 馬如游龍

[釋義]

形容人馬熙熙攘攘的景象。

[出處]

南朝・宋・范曄《後漢書卷十・皇后紀第十上》:「前過濯龍門上,見外家問起居者,車如流水,馬如游龍。」

## 車水馬龍

[釋義]

車像流水,馬像游龍。形容來往車馬很多,連續不斷的熱鬧情景。

[出處]

南朝・宋・范曄《後漢書卷十・皇后紀第十上》:「前過濯龍門上,見外家問起居者,車如流水,馬如游龍。」

## 敗材傷錦

[釋義]

敗:破舊,腐爛;傷:妨礙;錦:絲織品的類名。用破敗的材料會傷害美

好的錦緞。比喻用人不當會使國家蒙受損害。

[出處]

南朝‧宋‧范曄《後漢書卷十一‧劉玄劉盆子列傳第一》：「敗材傷錦，所宜至慮。」

## 綠林好漢

[釋義]

綠林：古代山名。指聚集山林反抗封建統治階級的人們。

[出處]

南朝‧宋‧范曄《後漢書卷十一‧劉玄劉盆子列傳第一》：「王莽末，南方饑饉，人庶群入野澤，掘鳧茈而食之，更相侵奪。……於是諸亡命馬武、王常、成母等往從之；共攻離鄉，聚藏於綠林中，數月間至七八千人。」

## 積甲山齊

[釋義]

兵甲堆疊如山。極言其多。

[出處]

南朝‧宋‧范曄《後漢書卷十一‧劉玄劉盆子列傳第一》：「樊崇乃將盆子及丞相徐宣以下三十餘人肉祖降，上所得傳國璽綬、更始七尺寶劍及玉璧各一，積兵甲宜陽城西，與熊耳山齊。」

## 鐵中錚錚

[釋義]

錚錚：金屬器皿相碰的聲音。比喻才能出眾的人。

[出處]

南朝‧宋‧范曄《後漢書卷十一‧劉玄劉盆子列傳第一》：「卿所謂鐵中錚錚，庸中佼佼者也。」

## 不世之功

[釋義]

不世：非凡。指極大的功勞。

[出處]

南朝‧宋‧范曄《後漢書卷十三‧隗囂公孫述列傳第三》：「足下將建伊、呂之業，弘不世之功。而大事草創，英雄未集。」

## 丸泥封關

[釋義]

丸泥：一點泥，比喻少；封：封鎖。形容地勢險要，只要少量兵力就可以把守。

[出處]

南朝‧宋‧范曄《後漢書卷十三‧隗囂公孫述列傳第三》：「元清以一丸泥為大王東封函谷關。」

## 北道主人

[釋義]

北道上接待過客的主人。與「東道主人」同義。

[出處]

南朝·宋·范曄《後漢書卷十五·李王鄧來列傳第五》:「光武曰:『偉卿（鄧晨）以一身從我,不如以一郡為我北道主人。』」

## 握手言歡

[釋義]

握手談笑。多形容發生不和,以後又和好。

[出處]

南朝·宋·范曄《後漢書卷十五·李王鄧來列傳第五》:「及相見,共語移日,握手極歡。」

## 以夷伐夷

[釋義]

夷:舊指外族或外國。指在軍事上利用對方本身的矛盾,使自相衝突,削弱力量。

[出處]

南朝·宋·范曄《後漢書卷十六·鄧寇列傳第六》:「議者咸以羌、胡相攻,縣官之利,以夷伐夷,不宜禁護。」

## 披荊斬棘

[釋義]

劈開叢生多刺的野生植物。比喻在創業過程中或前進道路上清除障礙,克服重重困難。

[出處]

南朝·宋·范曄《後漢書卷十七·馮岑賈列傳第七》:「帝謂公卿曰:『是我起兵時主簿也,為吾披荊棘,定關中。』」

## 乘人之危

[釋義]

乘:趁;危:危險,災難。趁人家危難的時候加以要挾或陷害。

[出處]

南朝·宋·范曄《後漢書卷十八·吳蓋陳臧列傳第八》:「謀事殺良,非忠也;乘人之危,非仁也。」

## 捨近求遠

[釋義]

捨去近處的,追求遠處的。形容做事走彎路。

[出處]

南朝·宋·范曄《後漢書卷十八·吳蓋陳臧列傳第八》:「舍（捨）近謀遠者,勞而無功;舍（捨）遠謀近者,逸而有終。」

## 摧枯折腐

[釋義]

折斷枯樹枝爛木頭。比喻極容易做到。

[出處]

南朝・宋・范曄《後漢書卷十九・耿弇列傳第九》:「反覆數十日,歸發突騎以轔烏合之眾,如摧枯折腐耳。」

## 有志者事竟成

[釋義]

只要有決心,有毅力,事情終究會成功。

[出處]

南朝・宋・范曄《後漢書卷十九・耿弇列傳第九》:「將軍前在南陽,建此大策,常以為落落難合,有志者事竟成也。」

## 毀於一旦

[釋義]

一旦:一天。指來之不易的東西一下子被毀掉。

[出處]

南朝・宋・范曄《後漢書卷二十三・竇融列傳第十三》:「百年累之,一朝毀之。」

## 孤雛腐鼠

[釋義]

孤獨的鳥雛,腐爛的老鼠。比喻微賤而不值得一說的人或事物。

[出處]

南朝・宋・范曄《後漢書卷二十三・竇融列傳第十三》:「今貴主尚見枉奪,何況小人哉!國家棄憲如孤雛腐鼠耳。」

## 三足鼎立

[釋義]

比喻三方面對立的局勢。

[出處]

南朝・宋・范曄《後漢書卷二十三・竇融列傳第十三》:「欲三分鼎足,連衡合從,亦宜以時定。」

## 舉足輕重

[釋義]

只要腳移動一下,就會影響兩邊的輕重。指處於重要地位,一舉一動都足以影響全局。

[出處]

南朝・宋・范曄《後漢書卷二十三・竇融列傳第十三》:「方蜀漢相攻,權在將軍,舉足左右,便有輕重。」

## 畫虎不成反類狗

[釋義]

畫老虎不成，卻像狗。比喻好高騖遠，眼高手低，一事無成。

[出處]

南朝‧宋‧范曄《後漢書卷二十四‧馬援列傳第十四》：「效季良不得，陷為天下輕薄子，所謂畫虎不成反類狗者也。」

## 旗鼓相當

[釋義]

比喻雙方力量不相上下。

[出處]

南朝‧宋‧范曄《後漢書卷二十四‧馬援列傳第十四》：「如令子陽到漢中、三輔，願因將軍兵馬，旗鼓相當。」

## 聚米為谷

[釋義]

比喻指劃形勢，運籌決策。

[出處]

南朝‧宋‧范曄《後漢書卷二十四‧馬援列傳第十四》：「援因說隗囂將帥有土崩之勢，兵進有必破之狀。又於帝前聚米為山谷，指畫形勢，開示眾軍所從道徑往來，分析曲折，昭然可曉。」

## 開心見誠

[釋義]

見：顯現出。披露真心，顯示誠意。形容待人誠懇，顯示出真心實意。

[出處]

南朝‧宋‧范曄《後漢書卷二十四‧馬援列傳第十四》：「且開心見誠，無所隱伏，闊達多大節，略與高帝同。」

## 老當益壯

[釋義]

當：應該；部分國：更加；壯：雄壯。年紀雖老而志氣更旺盛，幹勁更足。

[出處]

南朝‧宋‧范曄《後漢書卷二十四‧馬援列傳第十四》：「丈夫為志，窮當益堅，老當益壯。」

## 不分軒輊

[釋義]

不分高下、輕重。比喻對待二者的態度或看法差不多。

[出處]

南朝‧宋‧范曄《後漢書卷二十四‧馬援列傳第十四》：「居前不能令人輕，居後不能令人軒⋯⋯臣所恥也。」

## 刻鵠類鶩

[釋義]

刻：刻畫；鵠：天鵝；類：似，像；鶩：鴨子。畫天鵝不成，仍有些像鴨子。比喻模仿的雖然不逼真，但還相似。

[出處]

南朝・宋・范曄《後漢書卷二十四・馬援列傳第十四》：「效伯高不得，猶為謹敕之士，所謂刻鵠不成尚類鶩者也。效季良不成，陷為天下輕薄子，所謂畫虎不成反類狗者也。」

## 開誠相見

[釋義]

開誠：敞開胸懷，顯示誠意。形容待人誠懇，顯示出真心實意。

[出處]

南朝・宋・范曄《後漢書卷二十四・馬援列傳第十四》：「且開心見誠，無所隱伏，闊達多大節，略與高帝同。」

## 眉目如畫

[釋義]

形容容貌端正秀麗。

[出處]

南朝・宋・范曄《後漢書卷二十四・馬援列傳第十四》：「為人明鬚髮，眉目如畫。」

## 窮當益堅

[釋義]

空：窮困。處境越窮困，意志應當越堅定。

[出處]

南朝・宋・范曄《後漢書卷二十四・馬援列傳第十四》：「丈夫為志，窮當益堅，老當益壯。」

## 妄自尊大

[釋義]

誇大自己的成就。形容狂妄自大，不把別人放眼裡。

[出處]

南朝・宋・范曄《後漢書卷二十四・馬援列傳第十四》：「子陽井底蛙耳，而妄自尊大，不如專意東方。」

## 馬革裹屍

[釋義]

馬革：馬皮。用馬皮把屍體裹起來。指在戰場上英勇犧牲。

[出處]

南朝・宋・范曄《後漢書卷二十四・馬援列傳第十四》：「男兒要當死於邊野，以馬革裹屍還葬耳，何能臥床上，在兒女子手中邪？」

## 疾言遽色

[釋義]

言語神色粗暴急躁。形容對人發怒時說話的神情。

[出處]

南朝·宋·范曄《後漢書卷二十五·卓魯魏劉列傳第十五》:「典歷三郡,溫仁多恕,雖在倉卒,未嘗疾言遽色。」

## 安貧樂道

[釋義]

安於貧窮,以堅持自己的信念為樂。舊時士大夫所主張的為人處世之道。

[出處]

南朝·宋·范曄《後漢書卷二十六·伏侯宋蔡馮趙牟韋列傳第十六》:「安貧樂道,恬於進趣,三輔諸儒莫不慕仰之。」

## 負重致遠

[釋義]

負:背著;致:送到。背著重東西走遠路。比喻能夠負擔艱巨任務。

[出處]

南朝·宋·范曄《後漢書卷二十六·伏侯宋蔡馮趙牟韋列傳第十六》:「更始笑曰:『繭栗犢,豈能負重致遠乎?』」

## 博洽多聞

[釋義]

洽:廣博;聞:見聞。知識豐富,見聞廣博。

[出處]

南朝·宋·范曄《後漢書卷二十七·宣張二王杜郭吳承鄭趙列傳第十七》:「林從竦受學,博洽多聞,時稱通儒。」

## 布被瓦器

[釋義]

布縫的被子,瓦製的器皿。形容生活儉樸。

[出處]

南朝·宋·范曄《後漢書卷二十七·宣張二王杜郭吳承鄭趙列傳第十七》:「(王良)在位恭儉,妻子不入官舍,布被瓦器。」

## 不甘雌伏

[釋義]

甘:甘心,情願;雌伏:雌鳥伏在那兒不動,比喻隱藏,不進取。比喻不甘心處於無所作為的境地。

[出處]

南朝·宋·范曄《後漢書卷二十七·宣張二王杜郭吳承鄭趙列傳第十七》:「大丈夫當雄飛,安能雌伏!」

## 凶終隙末

[釋義]

凶：殺人；隙：嫌隙，仇恨；終、末：最後，結果。指彼此友誼不能始終保持，朋友變成了仇敵。

[出處]

南朝・宋・范曄《後漢書卷二十七・宣張二王杜郭吳承鄭趙列傳第十七》：「張陳凶其終，蕭朱隙其末，故知全之者鮮矣。」

## 破矩為圓

[釋義]

把方的改成圓的。比喻將刑法去嚴從簡。

[出處]

南朝・宋・范曄《後漢書卷二十七・宣張二王杜郭吳承鄭趙列傳第十七》：「大漢初興，詳覽失得，故破矩為圓，斫雕為樸，蠲除苛政，更立疏網，海內歡欣，人懷寬德。」

## 日月經天，江河行地

[釋義]

太陽和月亮每天經過天空，江河永遠流經大地。比喻人或事物的永恆、偉大。

[出處]

南朝・宋・范曄《後漢書卷二十八・桓譚馮衍列傳第十八上》：「其事昭昭，日月經天，河海帶地，不足以比。」

## 兵戈擾攘

[釋義]

兵戈：武器，指戰爭；擾攘：紛亂。形容戰爭時期社會動盪混亂。

[出處]

南朝・宋・范曄《後漢書卷二十八・桓譚馮衍列傳第十八下》：「遭擾攘之時，值兵革之際。」

## 外圓內方

[釋義]

比喻人表面隨和，內心嚴正。也指錢幣。

[出處]

南朝・宋・范曄《後漢書卷二十九・申屠剛鮑永郅惲列傳第十九》：「案延資性貪邪，外方內圓，朋黨構奸，罔上害人。」

## 樂不可支

[釋義]

支：撐住。快樂到不能撐持的地步。形容欣喜到極點。

[出處]

南朝・宋・范曄《後漢書卷三十一・郭杜孔張廉王蘇羊賈陸列傳第二十一》：「桑無附枝，麥穗兩歧，張公為政，樂不可支。」

## 窮奢極侈

[釋義]

窮：極；奢、侈：奢侈。極端奢侈，儘量享受。形容揮霍浪費，荒淫腐化。

[出處]

南朝・宋・范曄《後漢書卷三十一・郭杜孔張廉王蘇羊賈陸列傳第二十一》：「末世衰主，窮奢極侈，造作無端。」

## 誠惶誠恐

[釋義]

誠：實在，的確；惶：害怕；恐：畏懼。非常小心謹慎以至達到害怕不安的程度。

[出處]

南朝・宋・范曄《後漢書卷三十一・郭杜孔張廉王蘇羊賈陸列傳第二十一》：「詩自以無勞，不安久居大郡，求……奉職無效，久竊祿位，令功臣懷慍，誠惶誠恐。」

## 麥穗兩歧

[釋義]

一根麥長兩個穗。比喻年成好，糧食豐收。

[出處]

南朝・宋・范曄《後漢書卷三十一・郭杜孔張廉王蘇羊賈陸列傳第二十一》：「百姓歌曰：『桑無附枝，麥穗兩岐。張君為政，樂不可支。』」

## 不拘小節

[釋義]

拘：拘泥。不為小事所約束。多指不注意生活小事。

[出處]

南朝・宋・范曄《後漢書卷三十三・朱馮虞鄭周列傳第二十三》：「（延）性敦樸，不拘小節，又無鄉曲之譽。」

## 遼東豕

[釋義]

遼東：地名，今遼寧省遼河以東；豕：豬。比喻知識淺薄，少見多怪。

[出處]

南朝・宋・范曄《後漢書卷三十三・朱馮虞鄭周列傳第二十三》：「往時遼東有豕，生子白頭，異而獻之，行至河東，見群豕皆白，懷慚而還。若以子之功論於朝廷，則為遼東豕也。」

## 遼東白豕

[釋義]

比喻少見多怪。

[出處]

南朝・宋・范曄《後漢書卷三十三・朱馮虞鄭周列傳第二十三》：「往時遼東有豕，生子白頭，異而獻之，行至

河東，見群豕皆白，懷慚而還。若以子之功論於朝廷，則為遼東豕也。」

## 各盡所能

[釋義]

各人盡自己的能力去做。

[出處]

南朝‧宋‧范曄《後漢書卷三十五‧張曹鄭列傳第二十五》：「漢遭秦餘，禮壞樂崩，且因循故事，未可觀省，有知其說者，各盡所能。」

## 入室操戈

[釋義]

操：拿；戈：古代像矛的武器。到他的屋裡去，拿起他的武器攻擊他。比喻引用對方的論點反駁對方。

[出處]

南朝‧宋‧范曄《後漢書卷三十五‧張曹鄭列傳第二十五》：「康成入吾室，操吾戈以伐我乎！」

## 同室操戈

[釋義]

同室：一家，指自己人；操：拿起；戈：古代的兵器。自家人動刀槍。指兄弟爭吵。泛指內部爭執。

[出處]

南朝‧宋‧范曄《後漢書卷三十五‧張曹鄭列傳第二十五》：「康成入我室操吾矛以伐我乎？」

## 含垢忍辱

[釋義]

忍、含：忍受。形容忍受恥辱。

[出處]

南朝‧宋‧范曄《後漢書卷三十五‧張曹鄭列傳第二十五》：「有善莫名，有惡莫辭，忍辱含垢，常若畏懼。」

## 不識時務

[釋義]

不識：不認識；務：事物；時務：當前的重大事情或形勢。指不認識當前重要的事態和時代的潮流。現也指待人接物不知趣。

[出處]

南朝‧宋‧范曄《後漢書卷三十六‧鄭范陳賈張列傳第二十六》：「時皇后兄虎賁中郎將鄧騭，當朝貴盛，聞霸名行，欲與結交，霸逡巡不答，眾人笑其不識時務。」

## 杜漸防萌

[釋義]

杜：堵住；漸：指事物的開端；萌：萌芽。在事故或災害尚未發生時就預防。

[出處]

南朝‧宋‧范曄《後漢書卷三十七‧

桓榮丁鴻列傳第二十七》：「若敕政責躬，杜漸防萌，則凶妖銷滅，害除福湊矣。」

## 樹碑立傳

[釋義]

樹：立。原指把某人生平事跡刻在石碑上或寫成傳記，使他的名聲世代流傳下去。現比喻立個人威信，抬高個人聲望。

[出處]

南朝·宋·范曄《後漢書卷三十七·桓榮丁鴻列傳第二十七》：「蔡邕等共論序其志，僉以為彬有過人者四……乃共樹碑而頌焉。」

## 廣開言路

[釋義]

言路：進言的道路。指儘量給下面創造發表意見的條件。

[出處]

南朝·宋·范曄《後漢書卷三十七·桓榮丁鴻列傳第二十七》：「朝廷廣開言事之路，故且一切假貸。」

## 防微杜漸

[釋義]

微：微小；杜：堵住；漸：指事物的開端。比喻在壞事情壞思想萌芽的時候就加以制止，不讓它發展。

[出處]

南朝·宋·范曄《後漢書卷三十七·桓榮丁鴻列傳第二十七》：「若敕政責躬，杜漸防萌，則凶妖消滅，害除福湊矣。」

## 干雲蔽日

[釋義]

干：衝；蔽：遮擋。衝上雲霄，擋住太陽。形容樹木高大。

[出處]

南朝·宋·范曄《後漢書卷三十七·桓榮丁鴻列傳第二十七》：「干雲蔽日之木，起於蔥青。」

## 發擿奸伏

[釋義]

發：揭發。揭發隱祕的壞人壞事。形容治理政事精明。

[出處]

南朝·宋·范曄《後漢書卷三十八 張法滕馮度楊列傳第二十八》：「善政事，好發擿奸伏，盜賊稀發，吏人畏愛之。」

## 何足介意

[釋義]

何：怎麼；介意：放在心上。指沒有必要放在心上。

[出處]

南朝・宋・范曄《後漢書卷三十八・張法滕馮度楊列傳第二十八》:「所亡少少，何足介意！」

## 望塵莫及

[釋義]

莫：不；及：趕上。望見前面騎馬的人走過揚起的塵土而不能趕上。比喻遠遠落在後面。

[出處]

南朝・宋・范曄《後漢書卷三十九・劉趙淳於江劉周趙列傳第二十九》:「復拜東海相，之官，道經滎陽，令敦煌曹暠，咨之故孝廉也，迎路謁候。咨不為留，暠送至亭次，望塵不及。」

## 百年之柄

[釋義]

柄：權柄。形容長久的大權。

[出處]

南朝・宋・范曄《後漢書卷四十・班彪列傳第三十》:「主有專己之威，臣無百年之柄。」

## 祲威盛容

[釋義]

莊重的聲威和盛大的儀容。

[出處]

南朝・宋・范曄《後漢書卷四十・班彪列傳第三十》:「鳳蓋颯灑，和鑾玲瓏。天官景從，祲威盛容。」

## 鮮車怒馬

[釋義]

怒：氣勢強盛。嶄新的車，肥壯的馬。形容服用講究，生活豪華。

[出處]

南朝・宋・范曄《後漢書卷四十一・第五鐘離宋寒列傳第三十一》:「蜀地肥饒，人吏富貴，掾吏家貲多至千萬，皆鮮車怒馬，以財貨自達。」

## 言傳身教

[釋義]

言傳：用言語講解、傳授；身教：以行動示範。既用言語來教導，又用行動來示範。指行動起模範作用。

[出處]

南朝・宋・范曄《後漢書卷四十一・第五鐘離宋寒列傳第三十一》:「以身教者從，以言教者論。」

## 守正不阿

[釋義]

正：公正；阿：偏袒。處理事情公平正直，不講情面。

[出處]

南朝·宋·范曄《後漢書卷四十六·郭陳列傳第三十六》：「而寵與中山相汝南張彬、東平相應順守正不阿。」

## 代馬依風

[釋義]

代：古代北方的郡名；代馬：北方產的良馬。比喻人心眷戀故土，不願老死他鄉。

[出處]

南朝·宋·范曄《後漢書卷四十七·班梁列傳第三十七》：「臣聞太公封齊，五世葬周，狐死首丘，代馬依風。」

## 燕頷虎頸

[釋義]

頷：下巴頦。舊時形容王侯的貴相或武將相貌的威武。

[出處]

南朝·宋·范曄《後漢書卷四十七·班梁列傳第三十七》：「超問其狀。相者指曰：『生燕頷虎頸，飛而食肉，此萬里侯相也。』」

## 投筆從戎

[釋義]

從戎：從軍，參軍。扔掉筆去參軍。指文人從軍。

[出處]

南朝·宋·范曄《後漢書卷四十七·班梁列傳第三十七》：「家貧，常為官傭書以供養。久勞苦，嘗輟業投筆嘆曰：『大丈夫……安能久事筆研間乎？』後立功西域，封定遠侯。」

## 孤立無援

[釋義]

只有一個人或一方面的力量，得不到外力援助。

[出處]

南朝·宋·范曄《後漢書卷四十七·班梁列傳第三十七》：「焉者以中國大喪，遂功沒都護陳睦。超孤立無援，而龜茲姑墨數發兵攻疏勒。」

## 不入虎穴，焉得虎子

[釋義]

焉：怎麼。不進老虎窩，怎能捉到小老虎。比喻不親歷險境就不能獲得成功。

[出處]

南朝·宋·范曄《後漢書卷四十七·班梁列傳第三十七》：「超曰：『不入虎穴，不得虎子。當今之計，獨有因夜以火攻虜，使彼不知我多少，必大震怖，可殄盡也。』」

# 側足而立

[釋 義]

形容有所畏懼，不敢正立。

[出 處]

南朝·宋·范曄《後漢書卷四十八·楊李翟應霍爰徐列傳第三十八》：「漢性強力，每從征伐，帝未安，恆側足而立。」

# 情有可原

[釋 義]

按情理，有可原諒的地方。

[出 處]

南朝·宋·范曄《後漢書卷四十八·楊李翟應霍爰徐列傳第三十八》：「光之所至，情既可原，守闕連年而終不見理。」

# 差強人意

[釋 義]

差：尚，略；強：振奮。勉強使人滿意。

[出 處]

南朝·宋·范曄《後漢書卷四十八·楊李翟應霍爰徐列傳第三十八》：「帝時遣人觀大司馬何為，還言方修戰攻之具，乃嘆曰：『吳公差強人意，隱若一敵國矣。』」

# 積不相能

[釋 義]

積：積久而成的；能：親善。指一向不和睦。

[出 處]

南朝·宋·范曄《後漢書卷四十八·楊李翟應霍爰徐列傳第三十八》：「君與劉公積不相能，而信其虛淡，不為之備，終受制矣。」

# 大敵當前

[釋 義]

面對著強敵。形容形勢嚴峻。

[出 處]

南朝·宋·范曄《後漢書卷四十八·楊李翟應霍爰徐列傳第三十八》：「大敵在前，而公傷臥、眾心懼矣。」

# 五行並下

[釋 義]

五行文字一併看。形容讀書速度快。

[出 處]

南朝·宋·范曄《後漢書卷四十八·楊李翟應霍爰徐列傳第三十八》：「奉少聰明，自為童兒及長，凡所經履，莫不暗記，讀書五行並下。」

## 一草一木

[釋義]

比喻極微小的東西。

[出處]

南朝·宋·范曄《後漢書卷四十八·楊李翟應霍爰徐列傳第三十八》:「春一草枯則為災,秋一木華亦為異。」

## 矯枉過正

[釋義]

把彎的東西扳正,又歪到了另一邊。比喻糾正錯誤超過了應有的限度。

[出處]

南朝·宋·范曄《後漢書卷四十九·王充王符仲長統列傳第三十九》:「逮至清世,則復入矯枉過正之檢。」

## 克己奉公

[釋義]

克己:約束自己;奉公:以公事為重。克制自己的私心,一心為公。

[出處]

南朝·宋·范曄《後漢書卷五十·孝明八王列傳第四十》:「遵為人廉約小心,克己奉公,賞賜輒盡與士卒,家無私財。」

## 獨木不成林

[釋義]

一棵樹成不了森林。比喻個人力量有限,辦不成大事。

[出處]

南朝·宋·范曄《後漢書卷五十二·崔駰列傳第四十二》:「蓋高樹靡陰,獨木不林,隨時之宜,道貴從凡。」

## 陂湖稟量

[釋義]

比喻度量寬廣恢弘。

[出處]

南朝·宋·范曄《後漢書卷五十三·周黃徐姜申屠列傳第四十三》:「叔度汪汪若千頃陂,澄之不清,淆之不濁,不可量也。」

## 鄙吝復萌

[釋義]

鄙吝:庸俗;萌:發生。庸俗的念頭又發生了。

[出處]

南朝·宋·范曄《後漢書卷五十三·周黃徐姜申屠列傳第四十三》:「時月之間,不見黃生,則鄙吝之萌復存乎心。」

## 混淆黑白

[釋義]

混淆:使界限模糊。故意把黑的說成白的,白的說成黑的,製造混亂。指故意製造混亂,使人辨別不清。

[出處]

南朝・宋・范曄《後漢書卷五十四・楊震列傳第四十四》:「白黑溷淆,清濁同源。」

## 釜底游魚

[釋義]

在鍋裡游著的魚。比喻處在絕境的人。也比喻即將滅亡的事物。

[出處]

南朝・宋・范曄《後漢書卷五十六・張王種陳列傳第四十六》:「若魚游釜中,喘息須臾間耳。」

## 班功行賞

[釋義]

班:排列等級,依次。按照功勞大小,依次給予賞賜。

[出處]

南朝・宋・范曄《後漢書卷五十七・杜欒劉李劉謝列傳第四十七》:「舉厝至重,不可不慎。班功行賞,宜應其實。」

## 博而不精

[釋義]

形容學識豐富,但不精深。

[出處]

南朝・宋・范曄《後漢書卷六十上・馬融列傳第五十上》:「賈君精而不

博,鄭君博而不精;既精既博,吾何加焉。」

## 博通經籍

[釋義]

博:廣博;籍:書籍。廣博而又精通經典文獻。形容人學識淵博。

[出處]

南朝・宋・范曄《後漢書卷六十上・馬融列傳第五十上》:「初,京兆摯恂以儒術教授隱於南山,不應徵聘,名重關西,融從其遊學,博通經籍。恂奇融才,以女妻之。」

## 安貧樂賤

[釋義]

安於貧賤,並以此為樂。

[出處]

南朝・宋・范曄《後漢書卷六十下・蔡邕列傳第五十下》:「夫子生清穆之世,稟醇和之靈,覃思典籍,韞櫝六經,安貧樂賤,與世無營。」

## 拔萃出群

[釋義]

拔:超出。萃:原謂草叢生的樣子,引伸為聚集,指聚集在一處的人或物。超出一般,在眾人之上。

[出處]

南朝・宋・范曄《後漢書卷六十下・

蔡邕列傳第五十下》:「曾不能拔萃出群,揚芳飛文。」

## 盛名難副

[釋義]

盛:大;副:相稱,符合。名望很大的人,實際的才德常是很難跟名聲相符。指名聲常常可能大於實際。用來表示謙虛或自我警戒。

[出處]

南朝・宋・范曄《後漢書卷六十一・左周黃列傳第五十一》:「盛名之下,其實難副。」

## 項背相望

[釋義]

項:頸項。原指前後相顧。後多形容行人擁擠,接連不斷。

[出處]

南朝・宋・范曄《後漢書卷六十一・左周黃列傳第五十一》:「監司項背相望,與同疾疢。」

## 慈明無雙

[釋義]

讚揚兄弟或平輩中之最負聲望者。

[出處]

南朝・宋・范曄《後漢書卷六十二・荀韓鐘陳列傳第五十二》:「爽字慈明,一名諝。幼而好學,年十二,能通《春秋》、《論語》。……潁川為之語曰:『荀氏八龍,慈明無雙。』」

## 梁上君子

[釋義]

竊賊的代稱。現在有時也指脫離實際、脫離群眾的人。

[出處]

南朝・宋・范曄《後漢書卷六十二・荀韓鐘陳列傳第五十二》:「寔陰見,乃起自整拂,呼命子孫,正色訓之曰:『夫人不可以不自勉。不善之人未必本惡,習以性成,遂至於此。梁上君子者是矣!』」

## 引經據典

[釋義]

引用經典書籍作為論證的依據。

[出處]

南朝・宋・范曄《後漢書卷六十二・荀韓鐘陳列傳第五十二》:「爽皆引據大義,正之經典。」

## 搔頭弄姿

[釋義]

原指梳妝打扮。後形容女子賣弄姿色(含貶義)。

[出處]

南朝・宋・范曄《後漢書卷六十三・李杜列傳第五十三》:「大行在殯,路人

掩涕。固獨胡粉飾貌，搔頭弄姿，槃旋偃仰，從容冶步，曾無慘怛之心。」

## 因公假私

[釋義]

借公務謀取私利。

[出處]

南朝‧宋‧范曄《後漢書卷六十三‧李杜列傳第五十三》：「太尉李固，因公假私，依正行邪。」

## 閉門不出

[釋義]

關起門來不外出，指杜絕與外界交往。

[出處]

南朝‧宋‧范曄《後漢書卷六十四‧吳延史盧趙列傳第五十》：「荊竟歸田里，稱病閉門不出。」

## 闔門百口

[釋義]

指全家所有人。

[出處]

南朝‧宋‧范曄《後漢書卷六十四‧吳延史盧趙列傳第五十》：「我北海孫賓石，闔門百口，勢能相濟。」

## 杵臼之交

[釋義]

杵：舂米的木棒；臼：石臼。比喻交朋友不計較貧富和身分。

[出處]

南朝‧宋‧范曄《後漢書卷六十四‧吳延史盧趙列傳第五十》：「公沙穆來遊太學，無資糧，乃變服客傭，為祐賃舂。祐與語大驚，遂共定交於杵臼之間。」

## 才兼文武

[釋義]

指人具有文武兩方面的才能。

[出處]

南朝‧宋‧范曄《後漢書卷六十四‧吳延史盧趙列傳第五十》：「熹平四年，九江蠻反，四府選植才兼文武，拜九江太守，蠻寇賓服。」

## 誑時惑眾

[釋義]

指欺騙迷惑世人。

[出處]

南朝‧宋‧范曄《後漢書卷六十六‧陳王列傳第五十六》：「況乃寢宿塚藏，而孕育其中，誑時惑眾，誣汙鬼神乎？」

## 權宜之計

[釋義]

權宜：暫時適宜，變通；計：計劃，辦法。指為了應付某種情況而暫時採取的辦法。

[出處]

南朝‧宋‧范曄《後漢書卷六十六‧陳王列傳第五十六》：「及在際會，每乏溫潤之色，杖正持重，不循權宜之計，是以群下不甚附之。」

## 心腹之患

[釋義]

心腹：比喻要害。比喻隱藏在內部的嚴重禍害。也泛指最大的隱患。

[出處]

南朝‧宋‧范曄《後漢書卷六十六‧陳王列傳第五十六》：「今寇賊在處，四支之疾；內政不理，心腹之患。」

## 奔走之友

[釋義]

指彼此盡力相助的摯友。

[出處]

南朝‧宋‧范曄《後漢書卷六十七‧黨錮列傳第五十七》：「袁紹慕之，私與往來，結為奔走之友。」

## 望門投止

[釋義]

投止：投宿。在窘迫中見有人家就去投宿。比喻情況急迫，來不及選擇存身的地方。

[出處]

南朝‧宋‧范曄《後漢書卷六十七‧黨錮列傳第五十七》：「儉得亡命，困迫遁走，望門投止，莫不重其名行，破家相容。」

## 黨同伐異

[釋義]

伐：討伐，攻擊。指結幫分派，偏向同夥，打擊不同意見的人。

[出處]

南朝‧宋‧范曄《後漢書卷六十七‧黨錮列傳第五十七》：「自武帝以後，崇尚儒學，至有石渠分爭之論，黨同伐異之說，守文之徒，盛於時矣。」

## 攬轡澄清

[釋義]

攬轡：拉住馬韁。澄清：平治天下。表示刷新政治，澄清天下的抱負。也比喻人在負責一件工作之始，即立志要刷新這件工作，把它做好。

[出處]

南朝‧宋‧范曄《後漢書卷六十七‧黨錮列傳第五十七》：「滂登車攬轡，

慨然有澄清天下之志。」

## 噤若寒蟬

[釋義]

噤：閉口不作聲。像深秋的蟬那樣一聲不吭。比喻因害怕有所顧慮而不敢說話。

[出處]

南朝·宋·范曄《後漢書卷六十七·黨錮列傳第五十七》：「劉勝位為大夫，見禮上賓，而知善不薦，聞惡無言，隱情惜己，自同寒蟬，此罪人也。」

## 羞與為伍

[釋義]

羞：感到羞恥；與：跟；為伍：作夥伴。比喻把跟某人在一起認為是可恥的事。

[出處]

南朝·宋·范曄《後漢書卷六十七·黨錮列傳第五十七》：「逮桓靈之間，主荒政謬，國命委於閹寺，士子羞與為伍。」

## 卑辭厚禮

[釋義]

卑：謙抑。指言辭謙遜，禮物豐厚。

[出處]

南朝·宋·范曄《後漢書卷六十八·

郭符許列傳第五十八》：「曹操微時，常卑辭厚禮求為己目。」

## 覆水難收

[釋義]

倒在地上的水難以收回。比喻事情已成定局，無法挽回。

[出處]

南朝·宋·范曄《後漢書卷六十九·竇何列傳第五十九》：「國家之事，亦何容易！覆水不可收。宜深思之。」

## 噓枯吹生

[釋義]

噓：呵氣。枯了的吹氣使生長，生長著的吹氣使枯乾。比喻在言論中有批評的，有表揚的。

[出處]

南朝·宋·范曄《後漢書卷七十·鄭孔荀列傳第六十》：「孔公緒清談高論，噓枯吹生，並無軍旅之才，執銳之幹。」

## 巢傾卵破

[釋義]

鳥巢倒了，卵也會打碎。比喻整體被毀，其中的個別也不能倖免。

[出處]

南朝·宋·范曄《後漢書卷七十·鄭孔荀列傳第六十》：「左右問父被捕為

何不起，答曰：『安有巢毀而卵不破乎？』」

## 琨玉秋霜

[釋義]

比喻堅貞直烈的品格。

[出處]

南朝·宋·范曄《後漢書卷七十·鄭孔荀列傳第六十》：「懍懍焉，皓皓焉，其與琨玉秋霜比質可也。」

## 才疏意廣

[釋義]

疏：粗疏；廣：廣大。才幹有限而抱負很大。

[出處]

南朝·宋·范曄《後漢書卷七十·鄭孔荀列傳第六十》：「融負其高氣，志在靖難，而才疏意廣，迄無成功。」

## 想當然

[釋義]

憑主觀推斷，認為事情大概是或應該是這樣。

[出處]

南朝·宋·范曄《後漢書卷七十·鄭孔荀列傳第六十》：「以今度之，想當然耳。」

## 桑落瓦解

[釋義]

像桑葉枯落，屋瓦解體。形容事勢敗壞到不可收拾的地步。

[出處]

南朝·宋·范曄《後漢書卷七十·鄭孔荀列傳第六十》：「郜鼎在廟，章孰甚焉！桑落瓦解，其勢可見。」

## 敗法亂紀

[釋義]

敗：毀壞，摧殘；亂紀：破壞法紀。敗壞法令，擾亂紀律。

[出處]

南朝·宋·范曄《後漢書卷七十四上·袁紹劉表列傳第六十四》：「便放志專行，威劫省禁，卑侮王僚，敗法亂紀，坐召三臺，專制朝政。」

## 狐疑不決

[釋義]

傳說狐狸多疑，所以稱多疑叫狐疑。形容心裡疑惑，一時決定不下來。

[出處]

南朝·宋·范曄《後漢書卷七十四上·袁紹劉表列傳第六十四》：「表狐疑不斷，乃遣嵩詣操，觀望虛實。」

## 仰人鼻息

[釋義]

仰：依賴；息：呼吸時進出的氣。依賴別人的呼吸來生活。比喻依賴別人，不能自主。

[出處]

南朝・宋・范曄《後漢書卷七十四上・袁紹劉表列傳第六十四》：「袁紹孤客窮軍，仰我鼻息，譬猶嬰兒在股掌之上，絕其哺乳，立可餓殺。」

## 天怒人怨

[釋義]

天公震怒，人民怨恨。形容為害作惡非常嚴重，引起普遍的憤怒。

[出處]

南朝・宋・范曄《後漢書卷七十四上・袁紹劉表列傳第六十四》：「自是士林憤痛，人怨天怒，一夫奮臂，舉州同聲。」

## 剖肝泣血

[釋義]

形容非常悲傷。

[出處]

南朝・宋・范曄《後漢書卷七十四上・袁紹劉表列傳第六十四》：「臣出身為國，破家立事，至乃懷忠獲釁，抱信見疑，晝夜長吟，剖肝泣血。」

## 門生故吏

[釋義]

故吏：過去的吏屬。指學生和老部下。

[出處]

南朝・宋・范曄《後漢書卷七十四上・袁紹劉表列傳第六十四》：「袁氏樹恩四世，門生故吏遍於天下。」

## 疲於奔命

[釋義]

原指因受命奔走而搞得很累。後也指忙於奔走應付，弄得非常疲乏。

[出處]

南朝・宋・范曄《後漢書卷七十四上・袁紹劉表列傳第六十四》：「使敵疲於奔命，人不得安業，我未勞而彼已困，不及三年，可坐剋也。」

## 開雲見日

[釋義]

拔開雲霧，見到太陽。比喻黑暗已經過去，光明已經到來。也比喻誤會消除。

[出處]

南朝・宋・范曄《後漢書卷七十四上・袁紹劉表列傳第六十四》：「銜命來徵，宣揚朝恩，示以和睦，曠若開雲見日，何喜如之！」

## 鋒芒畢露

[釋義]

鋒：刀鋒；芒：槍頭，矛尖。畢：都，完全，全部；露：暴露。形容人銳氣才華全都顯露出來。也比喻人愛逞強顯能，好表現自己。

[出處]

南朝·宋·范曄《後漢書卷七十四上·袁紹劉表列傳第六十四》：「瓚示梟夷，故使鋒芒挫縮，厥圖不果。」

## 革圖易慮

[釋義]

改變計謀策略。

[出處]

南朝·宋·范曄《後漢書卷七十四上·袁紹劉表列傳第六十四》：「若乃天啟尊心，革圖易慮，則我將軍匍匐悲號於將軍股掌之上。」

## 痛心入骨

[釋義]

形容傷心到了極點。

[出處]

南朝·宋·范曄《後漢書卷七十四上·袁紹劉表列傳第六十四》：「是以智達之士，莫不痛心入骨，傷時人不能相忍也。」

## 飛鷹走狗

[釋義]

放出鷹狗去追捕野獸。指打獵遊蕩的生活。

[出處]

南朝·宋·范曄《後漢書卷七十五·劉焉袁術呂布列傳第六》：「少以俠氣聞，數與諸公子飛鷹走狗，後頗折節。」

## 飢附飽颺

[釋義]

附：依附，歸附；揚：飛揚。不得志時即來依附，得志時便遠走高飛。

[出處]

南朝·宋·范曄《後漢書卷七十五·劉焉袁術呂布列傳第六》：「譬如養鷹，飢即為用，飽則颺去。」

## 孤犢觸乳

[釋義]

原意是獨生子因溺愛，助長了驕氣，父母反受其害。後比喻無依無靠的人請求別人的援助。

[出處]

南朝·宋·范曄《後漢書卷七十六·循吏列傳第六十六》李賢注引謝丞《後漢書》：「孤犢觸乳，驕子罵母。」

## 人微言輕

[釋義]

地位低，說話不受人重視。

[出處]

南朝‧宋‧范曄《後漢書卷七十六‧循吏列傳第六十六》:「而身輕言微，終不蒙察。」

## 合浦珠還

[釋義]

合浦:漢代郡名，在今廣西合浦縣東北。比喻東西失而復得或人去而復回。

[出處]

南朝‧宋‧范曄《後漢書卷七十六‧循吏列傳第六十六》:「(合浦)郡不產谷實，而海出珠寶，與交阯比境……嘗到官，革易前敝，求民病利。曾未逾歲，去珠復還，百姓皆反其業。」

## 阿諛取容

[釋義]

阿諛:曲意逢迎;取容:取悅於人。諂媚他人，以取得其喜悅。

[出處]

南朝‧宋‧范曄《後漢書卷七十八‧宦者列傳第六十八》:「其阿諛取容者，則因公褒舉，以報私惠;有忤逆於心者，必求事中傷，肆其凶忿。」

## 酒色財氣

[釋義]

舊時以此為人生四戒。泛指各種不良品德、習氣。

[出處]

南朝‧宋‧范曄《後漢書卷七十八‧宦者列傳第六十八》:「秉嘗從容言曰:『我有三不惑，酒色財也。』」

## 杜口吞聲

[釋義]

形容一句話也不說。

[出處]

南朝‧宋‧范曄《後漢書卷七十八‧宦者列傳第六十八》:「群公卿士杜口吞聲，莫敢有言。」

## 口含天憲

[釋義]

天憲:指朝廷法令。比喻說話就是法律，可以決定人的生死。

[出處]

南朝‧宋‧范曄《後漢書卷七十八‧宦者列傳第六十八》:「手握王爵，口含天憲，非復掖廷永巷之職。」

## 方領矩步

[釋義]

方領:直的衣領;矩步:行步合乎規矩。指古代儒者的服飾和容態。

[出處]

南朝・宋・范曄《後漢書卷七十九上・儒林列傳第六十九上》:「服方領習矩步者,委它乎其中。」

## 日旰忘餐

[釋義]

形容工作勤勞,忘了時間,忘了吃飯。

[出處]

南朝・宋・范曄《後漢書卷七十九上・儒林列傳第六十九上》:「與班彪親善,每相遇,輒日旰忘食,夜分不寢。」

## 爛醉如泥

[釋義]

醉得癱成一團,扶都扶不住。形容大醉的樣子。

[出處]

南朝・宋・范曄《後漢書卷七十九上・儒林列傳第六十九下》:「一歲三百六十日,三百五十九日齋」唐・李賢注:「《漢官儀》此下云:『一日不齋醉如泥。』」

## 馬鹿易形

[釋義]

出自趙高指鹿為馬的故事,比喻顛倒是非、混淆黑白。

[出處]

南朝・宋・范曄《後漢書卷八十上・文苑列傳第七十上》:「不能結納貞良,以救禍敗,反覆欲鉗塞士口,杜蔽主聽,將欲使玄黃改色,馬鹿易形乎?」

## 出何典記

[釋義]

詰問見於何書,有何根據。借指無稽之談。

[出處]

南朝・宋・范曄《後漢書卷八十上・文苑列傳第七十上》:「但欲眠,思經事。寐與周公通夢,靜與孔子同意。師而可嘲,出何典記?」

## 大腹便便

[釋義]

便便:肥胖的樣子。形容肥胖的樣子。

[出處]

南朝・宋・范曄《後漢書卷八十上・文苑列傳第七十上》:「韶口辯,曾晝日假臥,弟子私嘲之曰:『邊孝先,腹便便。懶讀書,但欲眠。』」

## 火耕流種

[釋義]

古代原始的耕種方法。

[出處]

南朝·宋·范曄《後漢書卷八十上·文苑列傳第七十上》:「水耕流種，功淺得深。」李賢注:「以火燒所伐林株，引水溉之而布種也。」

## 洗垢求瘢

[釋義]

垢:汙垢;瘢:瘢痕。洗掉汙垢來尋找瘢痕。比喻想盡辦法挑剔別人的缺點。

[出處]

南朝·宋·范曄《後漢書卷八十下·文苑列傳第七十下》:「所好則鑽皮出其毛羽，所惡則洗垢求其瘢痕。」

## 使功不如使過

[釋義]

使:用。使用有功績的人，不如使用有過失的人，使其能將功補過。

[出處]

南朝·宋·范曄《後漢書卷八十一·獨行列傳第七十一》:「太守受誅，誠不敢言，但恐天下惶懼，各生疑變。夫使功者不如使過，原以身代太守之命。」

## 釜中生魚

[釋義]

比喻生活困難，斷炊已久。

[出處]

南朝·宋·范曄《後漢書卷八十一·獨行列傳第七十一》:「甑中生塵范史雲，釜中生魚范萊蕪。」

## 孤兒寡婦

[釋義]

死了父親的孩子，死了丈夫的婦女。泛指失去親人，無依無靠者。

[出處]

南朝·宋·范曄《後漢書卷八十一·獨行列傳第七十一》:「戰夫身膏沙漠，居人首繫馬鞍。或舉國掩屍，盡種灰滅，孤兒寡婦，號哭城空，野無青草。」

## 名士風流

[釋義]

名士的風度和習氣。指有才學而不拘禮法。

[出處]

南朝·宋·范曄《後漢書卷八十二上·方術列傳第七十二上》:「漢世之所謂名士者，其風流可知矣。」

## 如墮五里霧中

[釋義]

好像落入一片大霧中。比喻陷入迷離恍惚、莫名其妙的境地。

[出處]

南朝・宋・范曄《後漢書卷八十二上・方術列傳第七十二上》：「性好道術，能作五里霧。」

## 好逸惡勞

[釋義]

逸：安逸；惡：討厭、憎恨。貪圖安逸，厭惡勞動。

[出處]

南朝・宋・范曄《後漢書卷八十二下・方術列傳第七十二下》：「其為療也，有四難焉：自用意而不任臣，一難也；將身不謹，二難也；骨節不強，不能使藥，三難也；好逸惡勞，四難也。」

## 獨步天下

[釋義]

獨步：獨一無二，特別突出。超群出眾，無人可比。

[出處]

南朝・宋・范曄《後漢書卷八十三・逸民列傳第七十三》：「我若仲尼長東魯，大禹出西羌，獨步天下，誰與為偶！」

## 舉案齊眉

[釋義]

送飯時把托盤肖得跟眉毛一樣高。後形容夫妻互相尊敬。

[出處]

南朝・宋・范曄《後漢書卷八十三・逸民列傳第七十三》：「為人賃舂，每歸，妻為具食，不敢於鴻前仰視，舉案齊眉。」

## 相敬如賓

[釋義]

形容夫妻互相尊敬，像對待賓客一樣。

[出處]

南朝・宋・范曄《後漢書卷八十三・逸民列傳第七十三》：「居峴山之南，未嘗入城府。夫妻相敬如賓。」

## 言無二價

[釋義]

貨物的價錢說一不二。

[出處]

南朝・宋・范曄《後漢書卷八十三・逸民列傳第七十三》：「常採藥名山，賣於長安市，口不二價，三十餘年。」

## 狂奴故態

[釋義]

狂奴：對狂士的親暱稱呼；故態：老樣子，老脾氣。舊稱狂士的老脾氣。

[出處]

南朝・宋・范曄《後漢書卷八十三・逸民列傳第七十三》：「霸得書，封奏之。帝笑曰：『狂奴故態也。』」

## 男婚女嫁

[釋義]
指兒女成家。

[出處]
南朝・宋・范曄《後漢書卷八十三・逸民列傳第七十三》:「建武中,男女聚嫁既畢,敕斷家事勿相關,當如我死也。」

## 老牛舐犢

[釋義]
老牛舔小牛。比喻父母疼愛子女。

[出處]
南朝・宋・范曄《後漢書卷八十四・列女傳第七十四》:「子修為曹操所殺,操見彪問曰:『公何瘦之甚?』對曰:『愧無日磾先見之明,猶懷老牛舐犢之愛。』」

## 舐犢情深

[釋義]
比喻對子女的慈愛。

[出處]
南朝・宋・范曄《後漢書卷八十四・列女傳第七十四》:「猶懷老牛舐犢之愛。」

## 先見之明

[釋義]
明・指眼力。事先看清問題的能力。指對事物發展的預見性。

[出處]
南朝・宋・范曄《後漢書卷八十四・列女傳第七十四》:「後子修為曹操所殺,操見彪問曰:『公何瘦之甚?』對曰:『愧無日磾先見之明,猶懷老牛舐犢之愛。』」

## 容頭過身

[釋義]
只要頭容得下,身子就過得去。比喻得過且過。

[出處]
南朝・宋・范曄《後漢書卷八十七・西羌傳第七十七》:「今三郡未復,園陵單外,而公卿選懦,容頭過身,張解設難。」

## 力不從心

[釋義]
心裡想做,可是力量不夠。

[出處]
南朝・宋・范曄《後漢書卷八十八・西域傳第七十八》:「今使者大兵未能得出,如諸國力不從心,東西南北自在地。」

## 百世不磨

[釋義]
磨:消滅,磨滅。千秋萬代永不磨滅。

[出處]

南朝·宋·范曄《後漢書卷八十九·南匈奴列傳第七十九》:「千里之差，興自毫端，失得之源，百世不磨矣。」

## 絡繹不絕

[釋義]

形容行人車馬來來往往，接連不斷。

[出處]

南朝·宋·范曄《後漢書卷八十九·南匈奴列傳第七十九》:「竄逃去塞者，絡繹不絕。」

## 駱驛不絕

[釋義]

絡繹不絕，形容人、馬等連續不斷。

[出處]

南朝·宋·范曄《後漢書卷八十九·南匈奴列傳第七十九》:「無所歸，竄逃入塞者駱驛不絕。」

# 出自《三國志》的成語

## 贓汙狼藉

[釋義]

指貪汙受賄，行為不檢，名聲敗壞。

[出處]

晉‧陳壽《三國志卷一‧魏書一‧武帝紀第一》：「長吏多阿附貴戚，贓汙狼藉。」

## 後患無窮

[釋義]

以後的禍害沒有個完。

[出處]

晉‧陳壽《三國志卷一‧魏書一‧武帝紀第一》：「夫劉備，人傑也。今不擊，必為後患。」

## 精貫白日

[釋義]

形容極端忠誠。

[出處]

晉‧陳壽《三國志卷一‧魏書一‧武帝紀第一》：「君執大節，精貫白日，奮其武怒，運其神策。」

## 撼天震地

[釋義]

撼：搖動；震：震動。震動了天地。形容聲音或聲勢極大。

[出處]

晉‧陳壽《三國志卷二‧魏書二‧文帝紀第二》裴松之注：「唯黃初七年五月七日，大行皇帝崩，嗚呼哀哉！於時天震地駭。《水經注‧河水》：「濤湧波襄，雷奔電泄，震天動地。」

## 天震地駭

[釋義]

震：震動。震動了天地。形容聲音或聲勢極大。有時形容事件、場面令人驚駭。

[出處]

晉‧陳壽《三國志卷二‧魏書二‧文帝紀第二》裴松之注：「唯黃初七年五月七日，大行皇帝崩，嗚呼哀哉！於時天震地駭。」

## 釋生取義

[釋義]

猶言捨生取義。

晉·陳壽《三國志卷四·魏書四·三少帝紀第四》:「（郭修）於廣坐之中手刃擊禕，勇過聶政，功逾介子，可謂殺身成仁，釋生取義者矣。」

## 臨危不顧

[釋義]

臨：遇到；危：危險。遇到危難的時候，一點也不怕。

[出處]

晉·陳壽《三國志卷五·魏書五·后妃傳第五》:「和、琇、撫皆抗不撓，拒會凶言，臨危不顧。」

## 司馬昭之心

[釋義]

比喻人所共知的野心。

[出處]

晉·陳壽《三國志卷五·魏書五·后妃傳第五》:「高貴鄉公卒。」裴松之注引《漢晉春秋》:「司馬昭之心，路人所知也。」

## 迷而知反

[釋義]

迷路後知道回來。比喻有了過失能夠改正。

[出處]

晉·陳壽《三國志卷六·魏書六·董二袁劉傳第六》:「以身試禍，豈不痛哉！若迷而知反，尚可以免。」

## 迷途知返

[釋義]

迷了路知道回來。比喻發覺自己犯了錯誤，知道改正。

[出處]

晉·陳壽《三國志卷六·魏書六·董二袁劉傳第六》:「以身試禍，豈不痛哉！若迷而知返，尚可以免。」

## 揚湯止沸

[釋義]

把鍋裡開著的水舀起來再倒回去，使它涼下來不沸騰。比喻辦法不徹底，不能從根本上解決問題。

[出處]

晉·陳壽《三國志卷六·魏書六·董二袁劉傳第六》:「卓未至，進敗。」裴松之注引《典略》:「臣聞揚湯止沸，不如滅火去薪。」

## 悔之無及

[釋義]

後悔也來不及了。

[出處]

晉·陳壽《三國志卷六·魏書六·董二袁劉傳第六》:「及溺乎船，悔之無及。」

## 萬全之策

[釋義]

策：計策、辦法。極其周到的計謀、辦法。

[出處]

晉・陳壽《三國志卷六・魏書六・董二袁劉傳第六》：「故為將軍計者，不若舉州以附曹公，曹公必將重德將軍；長享福祚，垂之後嗣，此萬全之策也。」

## 有勇有謀

[釋義]

勇：勇氣；謀：計謀。既有膽量又有計謀。

[出處]

晉・陳壽《三國志卷六・魏書六・董二袁劉傳第六》裴松之注引《獻帝起居注》：「呂布受恩而反圖之，斯須之間，頭懸竿端，此有勇而無謀也。」

## 並威偶勢

[釋義]

指聚集聲威勢力。

[出處]

晉・陳壽《三國志卷六・魏書六・董二袁劉傳第六》：「謂為將軍心合意同，混齊一體，必當並威偶勢，禦寇寧家。」

## 變化無方

[釋義]

方：方向，引申為準則。善於變化沒有固定的方向或程式。形容行動不因循守舊，變化多端。

[出處]

晉・陳壽《三國志卷六・魏書六・董二袁劉傳第六》：「曹公善用兵，變化無方，眾雖小，未可輕也，不如以久持之。」

## 問舍求田

[釋義]

只知道置產業。比喻沒有遠大的志向。

[出處]

晉・陳壽《三國志卷七・魏書七・呂布張邈臧洪傳第七》：「君有國士之名，今天下大亂，帝主失所，望君憂國忘家，有救世之意，而君求田問舍，言無可採，是元龍所諱也，何緣當與君語。」

## 求田問舍

[釋義]

舍：房子。多方購買田地，到處問詢屋介。指只知道置產業，謀求個人私利。比喻沒有遠大的志向。

[出處]

晉・陳壽《三國志卷七・魏書七・呂布張邈臧洪傳第七》：「君有國士之

名，今天下大亂，帝主失所，望君憂國忘家，有救世之意，而君求田問舍，言無可採。」

## 睹微知著

[釋義]

微：細小；著：顯著。看到細小的徵兆便知道其性質及發展趨勢。

[出處]

晉·陳壽《三國志卷七·魏書七·呂布張邈臧洪傳第七》：「僕中不敏，又素不能原始見終，睹微知著，竊度主人之心。，豈謂三子宜死，罰當刑中哉？」

## 首當其衝

[釋義]

衝：交通要道。比喻最先受到攻擊或遭到災難。

[出處]

晉·陳壽《三國志卷八·魏書八·二公孫陶四張傳第八》裴松之注引《獻帝春秋》：「蓋聞在昔衰周之世，殭屍流血，以為不然，豈意今日身當其衝。」

## 根據盤互

[釋義]

指把持據守，互相勾結。

[出處]

晉·陳壽《三國志卷九·魏書九·諸夏侯曹傳第九》：「殿中宿衛，歷世舊人皆復斥出，欲置新人以樹私計。根據盤互，縱恣日甚。」

## 堅壁清野

[釋義]

對付強敵入入侵的一種方法。使敵人既攻不下據點，又搶不到物資。

[出處]

晉·陳壽《三國志卷十·魏書十·荀彧荀攸賈詡傳第十》：「今東方皆已收麥，必堅壁清野以待敵軍，將軍攻之不拔，路之無獲，不出十日，則十萬之眾未戰而自固耳。」

## 外愚內智

[釋義]

智：聰慧。外形笨拙憨厚，內心機智聰明。

[出處]

晉·陳壽《三國志卷十·魏書十·荀彧荀攸賈詡傳第十》：「太祖每稱曰：『公達外愚內智』。」

## 勇而無謀

[釋義]

謀：計謀。雖然勇敢，但沒有智謀。

[出處]

晉·陳壽《三國志卷十·魏書十·荀

或荀攸賈詡傳第十》：「呂布勇而無謀，今三戰皆北，其銳氣衰矣。」

## 人各有志

[釋義]

指每個人都有不同的志向。

[出處]

晉‧陳壽《三國志卷十一‧魏書十一‧袁張涼國田王邴管傳第十一》：「太祖曰：『人各有志，出處異趣。』」

## 市不二價

[釋義]

指買賣公道，不相欺詐。形容社會風氣好。同「市無二價」。

[出處]

晉‧陳壽《三國志卷十一‧魏書十一‧袁張涼國田王邴管傳第十一》：「卒於海表。」裴松之注引《先賢行狀》：「烈居之歷年，未嘗有患。使遼東強不凌弱，眾不暴寡，商賈之人，市不二價。」

## 躬耕樂道

[釋義]

躬：親自；道：聖賢之道。親自耕種，樂於信守聖賢之道。指過隱居生活。

[出處]

晉‧陳壽《三國志卷十一‧魏書十一‧

袁張涼國田王邴管傳第十一》：「（胡）昭乃轉居潛山中，躬耕樂道，以以經籍自娛。」

## 不得不爾

[釋義]

得：能；爾：如此。不得不這樣。

[出處]

晉‧陳壽《三國志卷十二‧魏書十二‧崔毛徐何邢鮑司馬傳第十二》：「今諸典農，各言『留者為行者宗田計，課其力，勢不得不爾。』」

## 布衣蔬食

[釋義]

蔬食：蔬菜和穀類食物。穿布衣，吃粗糧。形容生活儉樸。

[出處]

晉‧陳壽《三國志卷十二‧魏書十二‧崔毛徐何邢鮑司馬傳第十二》：「玠居顯位，常布衣蔬食，撫育孤兄子甚篤，賞賜以振施貧族，家無所餘。」

## 春華秋實

[釋義]

華：同「花」。春天開花，秋天結果。比喻人的文采和德行。也比喻事物的因果關係。

[出處]

晉‧陳壽《三國志卷十二‧魏書十二‧

崔毛徐何邢鮑司馬傳第十二》:「(君侯)采庶子之春華,忘家丞之秋實。」

## 唇齒相依

[釋義]

嘴唇和牙齒互相依靠。比喻雙方關係密切,相互依存。

[出處]

晉·陳壽《三國志卷十二·魏書十二·崔毛徐何邢鮑司馬傳第十二》:「王師屢征而未有所克者,蓋以吳蜀唇齒相依,憑阻山水,有難拔之勢故也。」

## 指鹿作馬

[釋義]

比喻有意顛倒黑白,混淆是非。同「指鹿為馬」。

[出處]

晉·陳壽《三國志卷十二·魏書十二·崔毛徐何邢鮑司馬傳第十二》:「大軍還洛陽,曜有罪,勳奏絀遣。而曜密表勳私解邕事。昭曰:『勳指鹿作馬,收付廷尉。』」

## 十鼠同穴

[釋義]

比喻使集中在一起,一網打盡。

[出處]

晉·陳壽《三國志卷十二·魏書十二·崔毛徐何邢鮑司馬傳第十二》:「勳無

活分,而汝等敢縱之!收三官已下付刺奸,當令十鼠同穴。」

## 讀書百遍,其義自見

[釋義]

見:顯現。讀書上百遍,書意自然領會。指書要熟讀才能真正領會。

[出處]

晉·陳壽《三國志卷十三·魏書十三·鍾繇華歆王朗傳第十三》:「人有從學者,遇不肯教,而云:『必當先讀百遍』,言『讀書百遍而義自見。』」

## 令人切齒

[釋義]

令:使;切齒:牙齒相磨切,表示極其憤恨。使人非常憤恨。

[出處]

晉·陳壽《三國志卷十三·魏書十三·鍾繇華歆王朗傳第十三》:「著《史記》非貶孝武,令人切齒。」

## 祕而不露

[釋義]

嚴守祕密,不肯吐露。

[出處]

晉·陳壽《三國志卷十四·魏書十四·程郭董劉蔣劉傳第十四》:「祕而不露,使權得志,非計之上。」

## 百舉百全

[釋義]

每次行動都能完成其事，形容事事得心應手，都能取得好的效果。

[出處]

晉·陳壽《三國志卷十四·魏書十四·程郭董劉蔣劉傳第十四》：「夫智者審於量主，百舉百全，而功名可立也。」

## 多端寡要

[釋義]

端：頭緒；要：重要。頭緒太多，不得要領。

[出處]

晉·陳壽《三國志卷十四·魏書十四·程郭董劉蔣劉傳第十四》：「袁公徒欲效周公之下士，而未知用人之機。多端寡要，好謀無決，欲與共濟天下大難。」

## 兵貴神速

[釋義]

神速：特別迅速。用兵貴在行動特別迅速。

[出處]

晉·陳壽《三國志卷十四·魏書十四·程郭董劉蔣劉傳第十四》：「太祖將征袁尚……嘉表曰：『兵貴神速。今千里襲人，輜重多，難以趣利，且彼聞之，必為備；不如留輜重，輕兵兼道以出，掩其不意。』」

## 無所不為

[釋義]

沒有不做的事情。指做盡壞事。

[出處]

晉·陳壽《三國志卷十五·魏書十五·劉司馬梁張溫賈傳第十五》：「揆其奸心，無所不為。」

## 竭盡心力

[釋義]

竭：盡，用盡。用盡全部力量。

[出處]

晉·陳壽《三國志卷十五·魏書十五·劉司馬梁張溫賈傳第十五》裴松之注引《魏略》：「竭盡心力，奉宣科法。」

## 當今無輩

[釋義]

目前沒人能比得上。輩，比。

[出處]

晉·陳壽《三國志卷十五·魏書十五·劉司馬梁張溫賈傳第十五》：「（孫權）問公卿曰：『溫當今與誰為比？』大農劉基曰：『可與全琮為輩。』太常顧雍曰：『基未詳其為人也。溫當今無輩。』」

## 衣繡晝行

[釋義]

晝:白天。穿了錦繡衣服在白晝行走。比喻在本鄉作官,或富貴後回到故鄉。

[出處]

晉・陳壽《三國志卷十五・魏書十五・劉司馬梁張溫賈傳第十五》:「還君本州,可謂衣繡晝行矣。」

## 粗衣惡食

[釋義]

粗劣的衣食。形容生活儉樸。

[出處]

晉・陳壽《三國志卷十五・魏書十五・劉司馬梁張溫賈傳第十五》:「雖在軍旅,常粗衣惡食,儉以率下。」

## 一心一意

[釋義]

只有一個心眼兒,沒有別的考慮。

[出處]

晉・陳壽《三國志卷十六・魏書十六・任蘇杜鄭倉傳第十六》:「免為庶人,徙章武郡,是歲嘉平元年。」裴松之注引《杜氏新書》:「故推一心,任一意,直而行之耳。」

## 望風希指

[釋義]

指說話行事見機迎合他人意旨。

[出處]

晉・陳壽《三國志卷十六・魏書十六・任蘇杜鄭倉傳第十六》:「近司隸校尉孔羨辟大將軍狂悖之弟,而有司默爾,望風希指,甚於受屬。」

## 出言不遜

[釋義]

遜:謙讓,有禮貌。說話粗暴無禮。

[出處]

晉・陳壽《三國志卷十七・魏書十七・張樂於張徐傳第十七》:「圖(郭圖)慚,又更譖郃曰:『郃快軍敗,出言不遜。』郃懼,乃歸太祖。」

## 假手於人

[釋義]

假:利用。借助別人來為自己辦事。

[出處]

晉・陳壽《三國志卷十八・魏書十八・二李臧文呂許典二龐閻傳第十八》裴松之注引皇甫謐《烈女傳》:「今雖三弟早死,門戶泯絕,而娥親猶在,豈可假手於人哉!」

## 短兵接戰

短兵：刀劍等短兵器；接：交戰。指近距離搏鬥。比喻面對面地進行激烈的爭鬥。

晉‧陳壽《三國志卷十八‧魏書十八‧二李臧文呂許典二龐閻傳第十八》：「韋被數十創，短兵接戰，賊前搏之。」

## 如飢似渴

形容要求很迫切，好像餓了急著要吃飯，渴了急著要喝水一樣。

晉‧陳壽《三國志卷十九‧魏書十九‧任城陳蕭王傳第十九》：「遲奉聖顏，如飢似渴。」

## 倩人捉刀

倩：請；捉刀：代人執筆作文。請人代做文章。

晉‧陳壽《三國志卷十九‧魏書十九‧任城陳蕭王傳第十九》：「言出為論，下筆成章，顧當面試，奈何倩人？」

## 下筆成章

一揮動筆就寫成文章。形容寫文思敏捷。

晉‧陳壽《三國志卷十九‧魏書十九‧任城陳蕭王傳第十九》：「言出為論，下筆成章。」

## 志同道合

道：途徑。志趣相同，意見一致。

晉‧陳壽《三國志卷十九‧魏書十九‧任城陳蕭王傳第十九》：「及其見舉於湯武、周文，誠道合志同，玄漠神通。」

## 率由舊則

率：遵循；舊則：老法規。完全依循舊規辦事。同「率由舊章」。

晉‧陳壽《三國志卷十九‧魏書十九‧任城陳蕭王傳第十九》：「萬邦既化，率由舊則。」

## 操翰成章

操：持，拿；翰：鳥毛，借指毛筆。拿起筆來就寫成文章，形容文思敏捷。

晉·陳壽《三國志卷二十一·魏書二十一·王衛二劉傅傳第二十一》：「幹為司空軍謀祭酒掾屬，五宮將文學。」裴松之注引《先賢行狀》：「幹清玄體道，六行修備，聰識洽聞，操翰成章。」

## 掩目捕雀

[釋義]

遮著眼睛捉麻雀。比喻自己騙自己。

[出處]

晉·陳壽《三國志卷二十一·魏書二十一·王衛二劉傅傳第二十一》：「諺有『掩目捕雀』。夫微物尚不可欺以得志，況大國之事，其可以詐立乎！」

## 倉卒之際

[釋義]

倉卒：倉促，匆忙。匆忙之間。

[出處]

晉·陳壽《三國志卷二十一·魏書二十一·王衛二劉傅傳第二十一》裴松之注引《文士傳》：「天下大亂，豪傑並起，在倉卒之際，強弱未分。」

## 倒屣相迎

[釋義]

屣：鞋。古人家居脫鞋席地而坐，爭於迎客，將鞋穿倒。形容熱情歡迎賓客。

[出處]

晉·陳壽《三國志卷二十一·魏書二十一·王衛二劉傅傳第二十一》：「貴重朝廷，常車騎填巷，賓客盈坐。聞粲在門，倒屣迎之。」

## 枯樹開花

[釋義]

已經枯死的樹又開起花來。比喻絕處逢生獲奇蹟出現。

[出處]

晉·陳壽《三國志卷二十一·魏書二十一·王衛二劉傅傳第二十一》：「起煙於寒灰之上，生華於已枯之木。」

## 枯樹生華

[釋義]

比喻在絕境中又找到了生路。

[出處]

晉·陳壽《三國志卷二十一·魏書二十一·王衛二劉傅傳第二十一》：「臣罪應傾宗，禍應覆族……起煙於寒灰之上，生華於已枯之木。」

## 枯木生花

[釋義]

枯樹開了花。比喻絕處逢生。也比喻不可能實現的事情。

晉‧陳壽《三國志卷二十一‧魏書二十一‧王衛二劉傅傳第二十一》：「起煙於寒灰之上，生花於已枯之木。」

## 旌旗卷舒
[釋義]
舒：展開。戰旗隨風飄動，有時捲起，有時展開。比喻戰事持續。

[出處]
晉‧陳壽《三國志卷二十一‧魏書二十一‧王衛二劉傅傳第二十一》：「掃除凶逆，芟夷遺寇，旌旗卷舒，日不暇給。」

## 冰散瓦解
[釋義]
比喻完全消失或徹底崩潰。

[出處]
晉‧陳壽《三國志卷二十一‧魏書二十一‧王衛二劉傅傳第二十一》：「嘏對曰」裴松之注引晉司馬彪《策略》：「比及三年，左提右挈，虜必冰散瓦解，安受其弊，可坐算而得也。」

## 不足為慮
[釋義]
足：值得；慮：憂。不值得憂慮擔心。

[出處]
晉‧陳壽《三國志卷二十二‧魏書二十二‧桓二陳徐衛盧傳第二十二》：「且合肥城固，不足為慮。」

## 畫餅充飢
[釋義]
畫個餅來解除飢餓。比喻用空想來安慰自己。

[出處]
晉‧陳壽《三國志卷二十二‧魏書二十二‧桓二陳徐衛盧傳第二十二》：「選舉莫取有名，名如畫地作餅，不可啖也。」

## 壯士解腕
[釋義]
勇士手腕被蝮蛇咬傷，就立即截斷，以免毒性擴散全身。比喻作事要當機立斷，不可猶豫不決。

[出處]
晉‧陳壽《三國志卷二十二‧魏書二十二‧桓二陳徐衛盧傳第二十二》：「古人有言：『蝮蛇螫手，壯士解腕。』」

## 豺狼當路
[釋義]
比喻暴虐奸邪的人掌握國政。

[出處]

晉·陳壽《三國志卷二十三·魏書二十三·和常楊杜趙裴傳第二十三》：「方今豺狼當路而狐狸是先，人將謂殿下避強攻弱，進不為勇，退不為仁。」

## 忍無可忍

[釋義]

再也忍受不下去了。

[出處]

晉·陳壽《三國志卷二十四·魏書二十四·韓崔高孫王傳第二十四》：「宣王曰：『且止，忍不可忍！』」

## 秋風掃落葉

[釋義]

秋天的大風把落葉一掃而光。比喻強大的力量迅速而輕易地把腐朽衰敗的事物掃除光。

[出處]

晉·陳壽《三國志卷二十五·魏書二十五·辛毗楊阜高堂隆傳第二十五》：「以明公之威，應困窮之敵，擊疲弊之寇，無異迅風之振秋葉矣。」

## 煎水作冰

[釋義]

比喻不可能的事。

[出處]

晉·陳壽《三國志卷二十五·魏書二十五·辛毗楊阜高堂隆傳第二十五》：「以若所為，求若所致，猶緣木求魚，煎水作冰，其不可得，明矣。」

## 鐘鳴漏盡

[釋義]

漏：滴漏，古代計時器。晨鐘已經敲呼，漏壺的水也將滴完。比喻年老力衰，已到晚年。也指深夜。

[出處]

晉·陳壽《三國志卷二十六·魏書二十六·滿田牽郭傳第二十六》：「年過七十而以居位，譬猶鐘鳴漏盡而夜行不休，是罪人也。」

## 自新之路

[釋義]

罪犯自己改正錯誤，重新做人的出路。

[出處]

晉·陳壽《三國志卷二十六·魏書二十六·滿田牽郭傳第二十六》：「豫悉見諸繫囚，慰諭，開其自新之路，一時破械遣之。」

## 眾寡不敵

[釋義]

眾：多；寡：少；敵：抵擋。少數敵不過多數。

[出處]

晉‧陳壽《三國志卷二十六‧魏書二十六‧滿田牽郭傳第二十六》：「備欲渡漢水來攻。諸將議眾寡不敵，備便乘勝，欲依水為陳以拒之。」

## 顧名思義

[釋義]

顧：看；義：意義，含義。從名稱想到所包含的意義。

[出處]

晉‧陳壽《三國志卷二十七‧魏書二十七‧徐胡二王傳第二十七》：「故以玄默沖虛為名，欲使汝曹顧名思義，不敢違越也。」

## 名不虛傳

[釋義]

傳出的名聲不是虛假的。指實在很好，不是空有虛名。

[出處]

晉‧陳壽《三國志卷二十七‧魏書二十七‧徐胡二王傳第二十七》：「帝大笑，顧左右曰：『名不虛傳。』」

## 迷而不反

[釋義]

迷路後不知回來。比喻犯了錯誤不知改正。

[出處]

晉‧陳壽《三國志卷二十八‧魏書二十八‧王丑丘諸葛鄧鍾傳第二十八》：「若偷安旦夕，迷而不反，大兵一發，玉石皆碎。」

## 表裡受敵

[釋義]

內外受到敵人的攻擊。

[出處]

晉‧陳壽《三國志卷二十八‧魏書二十八‧王丑丘諸葛鄧鍾傳第二十八》：「城固而眾多，攻之必力屈，若有外寇，表裡受敵，此危道也。」

## 體無完膚

[釋義]

全身的皮膚沒有一塊好的。形容遍體都是傷。也比喻理由全部被駁倒，或被批評、責罵得很厲害。

[出處]

晉‧陳壽《三國志卷二十八‧魏書二十八‧王丑丘諸葛鄧鍾傳第二十八》：「子忠與艾俱死」晉‧裴松之注引《世語》：「師纂亦與艾俱死，纂性急少恩，死之日體無完膚。」

## 魚貫而入

[釋義]

像游魚一樣一個跟著一個地接連著走。形容一個接一個地依次序進入。

[出處]

晉‧陳壽《三國志卷二十八‧魏書二十八‧王毌丘諸葛鄧鍾傳第二十八》：「將士皆攀木緣崖，魚貫而進。」

## 魂不守舍

[釋義]

舍：住宅，比喻人的軀殼。靈魂離開了軀殼。指人之將死。也形容精神恍惚。

[出處]

晉‧陳壽《三國志卷二十九‧魏書二十九‧方技傳第二十九》裴松之注引三國‧魏‧管辰《管輅別傳》：「何之視侯，則魂不守宅，血不華色，精爽煙浮，容若槁木，謂之鬼幽。」

## 老生常談

[釋義]

老書生經常說的話。比喻人們聽慣了的沒有新鮮意思的話。

[出處]

晉‧陳壽《三國志卷二十九‧魏書二十九‧方技傳第二十九》：「此老生之常譚。」

## 對症之藥

[釋義]

針對病根下的藥。比喻糾正缺點錯誤所用的相應辦法。

[出處]

晉‧陳壽《三國志卷二十九‧魏書二十九‧方技傳第二十九》：「府吏倪尋、李延共止，俱頭痛身熱，所苦正同。佗曰：『尋當下之，延當發汗。』或難其異，佗曰：『尋外實，延內實，故治之宜殊。』即各與藥，明旦並起。」

## 戶樞不朽

[釋義]

戶樞：門的轉軸；朽：腐爛，敗壞。經常轉動的門軸就不會朽壞。比喻人體經常活動而不至於生病。

[出處]

晉‧陳壽《三國志卷二十九‧魏書二十九‧方技傳第二十九》：「動搖則谷氣得消，血脈流通，病不得生，譬有戶樞不朽是也。」

## 愛人好士

[釋義]

愛護、重視人才。

[出處]

晉‧陳壽《三國志卷三十二‧蜀書二‧先主傳第二》：「聖姿碩茂，神武在

躬，仁覆積德，愛人好士，是以四方歸心焉。」

## 顛慄失箸

[釋義]

顛慄：恐懼的樣子；箸：筷子。害怕得連手裡的筷子都掉了。形容嚇得失去了常態。

[出處]

晉·陳壽《三國志卷三十二·蜀書二·先主傳第二》：「先主未發，是時曹公從容謂先主曰：『今天下英雄，唯使君與操耳。本初之徒，不足數也。』先主方食，失匕箸。」

## 髀肉復生

[釋義]

髀：大腿。因為長久不騎馬，大腿上的肉又長起來了。形容長久過著安逸舒適的生活，無所作為。

[出處]

晉·陳壽《三國志卷三十二·蜀書二·先主傳第二》：「荊州豪傑歸先主者日益多，表疑其心，陰御之。」裴松之注引晉·司馬彪《九州春秋》：「吾常身不離鞍，髀肉皆消；今不復騎，髀裡肉生，日月若馳，老將至矣。」

## 喜怒不形於色

[釋義]

高興和惱怒都不表現在臉色上。指人沉著而有涵養，感情不外露。

[出處]

晉·陳壽《三國志卷三十二·蜀書二·先主傳第二》：「喜怒不形於色，好交結豪俠，年少爭附之。」

## 塚中枯骨

[釋義]

塚：墳墓。墳墓裡的枯骨。比喻沒有力量的人。

[出處]

晉·陳壽《三國志卷三十二·蜀書二·先主傳第二》：「袁公路豈憂國忘家者邪？塚中枯骨，何足介意！」

## 含蓼問疾

[釋義]

蓼：一種苦味水草。不顧辛苦，慰問疾病。舊時比喻君主安撫軍民，跟百姓同甘共苦。

[出處]

晉·陳壽《三國志卷三十二·蜀書二·先主傳第二》：「吾何忍棄去。」裴松之注引晉·習鑿齒曰：「觀其所以結物情者，豈徒投醪撫寒，含蓼問疾而已哉？」

## 去邪歸正

[釋義]

指去掉邪惡，歸於正道。

[出處]

晉·陳壽《三國志卷三十三·蜀書三·後主傳第三》:「五年春,丞相亮出屯漢中,營沔北陽平石馬。」裴松之注引《諸葛亮集》載後主劉禪詔曰:「有能棄邪從正,簞食壺漿以迎王師者,國有常典,封寵大小,各有品限。」

## 案兵束甲

[釋義]

案:通「按」,手撫;兵:兵器;束:捆束;甲:盔甲。放下兵器,捆束鎧甲。指停止作戰。

[出處]

晉·陳壽《三國志卷三十五·蜀書五·諸葛亮傳第五》:「若不能當,何不案兵束甲,北面而事之。」

## 受制於人

[釋義]

制:控制,轄制。受別人所控制,不得自由。

[出處]

晉·陳壽《三國志卷三十五·蜀書五·諸葛亮傳第五》:「吾不能舉全吳之地,十萬之眾,受制於人。」

## 開誠布公

[釋義]

指以誠心待人,坦白無私。

[出處]

晉·陳壽《三國志卷三十五·蜀書五·諸葛亮傳第五》:「諸葛亮之為相國也……開誠心,布公道。」

## 二三其節

[釋義]

二三:指不專一。三心二意,沒有一定的操守。形容心意不專,反覆無常。

[出處]

晉·陳壽《三國志卷三十五·蜀書五·諸葛亮傳第五》裴松之注引孫盛曰:「語曰弈者舉棋不定猶不勝其偶,況量君之才否二三其節,可以推服強鄰,囊括四海者乎?」

## 三顧茅廬

[釋義]

顧:拜訪;茅廬:草屋。原為漢末劉備訪聘諸葛亮的故事。比喻真心誠意,一再邀請。

[出處]

晉·陳壽《三國志卷三十五·蜀書五·諸葛亮傳第五》:「先帝不以臣卑鄙,猥自枉屈,三顧臣於草廬之中,諮臣以當世之事,由是感激,遂許先帝以驅馳。」

## 民殷國富

[釋義]

殷：殷實，富足；阜：豐富。國家人民殷實富裕。

[出處]

晉・陳壽《三國志卷三十五・蜀書五・諸葛亮傳第五》：「民殷國富而不知存恤。」

## 如魚得水

[釋義]

好像魚得到水一樣。比喻有所憑藉。也比喻得到跟自己十分投合的人或對自己很合適的環境。

[出處]

晉・陳壽《三國志卷三十五・蜀書五・諸葛亮傳第五》：「孤之有孔明，猶魚之有水也。」

## 七擒七縱

[釋義]

三國時，諸葛亮出兵南方，將當地酋長孟獲捉住七次，放了七次，使他真正服輸，不再為敵。比喻運用策略，使對方心服。

[出處]

晉・陳壽《三國志卷三十五・蜀書五・諸葛亮傳第五》：「亮率眾南征，其秋悉平。」裴松之注引《漢晉春秋》：

「亮笑，縱使更戰，七縱七擒，而亮猶遣獲。」

## 超群絕倫

[釋義]

倫：同輩。超出一般人，沒有可以相比的。

[出處]

晉・陳壽《三國志卷三十六・蜀書六・關張馬黃趙傳第六》：「當與翼德並驅爭先，猶未及髯之絕倫逸群也。」

## 並驅爭先

[釋義]

指競爭高下。

[出處]

晉・陳壽《三國志卷三十六・蜀書六・關張馬黃趙傳第六》：「孟起兼資文武，雄烈過人，一世之傑，黥彭之徒，當與益德並驅爭先，猶未及髯之絕倫逸群也。」

## 各為其主

[釋義]

各人為自己的主人效力。

[出處]

晉・陳壽《三國志卷三十六・蜀書六・關張馬黃趙傳第六》：「彼各為其主，勿追也。」

## 斷頭將軍

[釋義]

比喻堅決抵抗，寧死不屈的將領。

[出處]

晉‧陳壽《三國志卷三十六‧蜀書六‧關張馬黃趙傳第六》：「卿等無狀，侵奪我州，我州但有斷頭將軍，無有降將軍也。」

## 據水斷橋

[釋義]

依靠河道阻斷橋梁。形容膽識過人，勇敢善戰

[出處]

晉‧陳壽《三國志卷三十六‧蜀書六‧關張馬黃趙傳第六》：「飛據水斷橋，瞋目橫矛日：『某是張益德也，可來共決死！』」

## 不避艱險

[釋義]

不畏懼艱難險阻。

[出處]

晉‧陳壽《三國志卷三十六‧蜀書六‧關張馬黃趙傳第六》：「隨先主周旋，不避艱險。」

## 偃旗息鼓

[釋義]

偃：仰臥，引伸為倒下。放倒旗子，停止敲鼓。原指行軍時隱蔽行蹤，不讓敵人覺察。現比喻事情終止或聲勢減弱。

[出處]

晉‧陳壽《三國志卷三十六‧蜀書六‧關張馬黃趙傳第六》：「成都既定，以雲為翊軍將軍。」裴松之注引《趙雲別傳》：「雲入營，更大開門，偃旗息鼓，公軍疑雲有伏兵，引去。」

## 一身是膽

[釋義]

形容膽量大，無所畏懼。

[出處]

晉‧陳壽《三國志卷三十六‧蜀書六‧關張馬黃趙傳第六》：「以雲為翊軍將軍。」裴松之注引《趙雲別傳》：「先主明旦自來，至雲營圍視昨戰處，日：『子龍一身都是膽也！』」

## 變生肘腋

[釋義]

肘腋：胳肢窩。比喻事變就發生在身邊。

[出處]

晉‧陳壽《三國志卷三十七‧蜀書七‧龐統法正傳第七》：「亮答日：『主公之在公安也，北畏曹公之強，東憚孫權之逼，近則懼孫夫人生變於肘腋之下，當斯之時，進退狼跋。』」

## 百里才

[釋義]

劉備讓鳳雛龐統當縣令，並因「不治」而免其官。魯肅說龐統不是治理百里小邑的人才，望能大用。後來常以百里才指具有小才能的人。

[出處]

晉・陳壽《三國志卷三十七・蜀書七・龐統法正傳第七》:「先主領荊州，統以從事守耒陽令，在縣不治，免官。吳將魯肅遺先生書曰:『龐士元非百里才也，使處治中、別駕之任，始當展其驥足耳。』」

## 萬全之計

[釋義]

極其周到的計謀、辦法。同「萬全之策」。

[出處]

晉・陳壽《三國志卷三十七・蜀書七・龐統法正傳第七》:「親待亞於諸葛亮」裴松之注引《江表傳》:「此誠出於險塗，非萬全之計也。」

## 拔十失五

[釋義]

指選拔人才而失其半數。

[出處]

晉・陳壽《三國志卷三十七・蜀書七・龐統法正傳第七》:「今拔十失五，猶

得其半，而可以崇邁世數，使有志者自勵，不亦可乎?」

## 肘腋之患

[釋義]

肘腋:手臂肘和夾肢窩，比喻極近的地方。產生於身邊的禍患。

[出處]

晉・陳壽《三國志卷三十七・蜀書七・龐統法正傳第七》:「亮答曰:『主公之在公安也，北畏曹公之強，東憚孫權之逼，近則懼孫夫人生變於肘腋之下，當斯之時，進退狼跋。』」

## 禍生肘腋

[釋義]

肘腋:胳肢窩。比喻事變就發生在身邊。

[出處]

晉・陳壽《三國志卷三十七・蜀書七・龐統法正傳第七》:「亮答曰:『主公之在公安也，北畏曹公之強，東憚孫權之逼，近則懼孫夫人生變於肘腋之下，當斯之時，進退狼跋。』」

## 披露腹心

[釋義]

披露:顯露，展示;腹心:真誠的心意。形容以真心示人。

[出處]

晉・陳壽《三國志卷三十七・蜀書七・龐統法正傳第七》:「唯前後披露腹心,自從始初以至於終,實不藏情。」

## 事生肘腋

[釋義]

肘腋:胳肢窩。比喻事變就發生在身邊。

[出處]

晉・陳壽《三國志卷三十七・蜀書七・龐統法正傳第七》:「亮答曰:『主公之在公安也,北畏曹公之強,東憚孫權之逼,近則懼孫夫人生變於肘腋之下,當斯之時,進退狼跋。』」

## 剖蚌求珠

[釋義]

將蚌殼剖開,以取裡面的珍珠。比喻求取賢良的人才。

[出處]

晉・陳壽《三國志卷三十八・蜀書八・許麋孫簡伊秦傳第八》:「甫欲鑿石索玉,剖蚌求珠,今乃隨、和炳然,有如皎日,復何疑哉!」

## 為民除害

[釋義]

替百姓除禍害。

[出處]

晉・陳壽《三國志卷三十八・蜀書八・許麋孫簡伊秦傳第八》:「禹疏江決河,東注於海,為民除害,生民已來功莫先者。」

## 腹有鱗甲

[釋義]

鱗甲:比喻人多巧詐的心。比喻居心險惡,不可接近。

[出處]

晉・陳壽《三國志卷三十九・蜀書九・董劉馬陳董呂傳第九》:「孝起前臨至吳,為吾說正方腹中有鱗甲,鄉黨以為不可近。」

## 縱虎歸山

[釋義]

把老虎放回山去。比喻把壞人放回老巢,留下禍根。

[出處]

晉・陳壽《三國志卷三十九・蜀書九・董劉馬陳董呂傳第九》裴松之注引《零陵先賢傳》:「若使備討張魯,是放虎於山林也。」

## 言過其實

[釋義]

言:語言;過:超過;實:實際。話說得過分,超過了實際情況。

[出處]

晉‧陳壽《三國志卷三十九‧蜀書九‧董劉馬陳董呂傳第九》：「馬謖言過其實，不可大用，君其察之！」

## 互為表裡

[釋義]

表：外部；裡：裡面。互相之間是表與裡的關係。指相輔相成，相互轉化。

[出處]

晉‧陳壽《三國志卷三十九‧蜀書九‧董劉馬陳董呂傳第九》：「陳祗代允為侍中，與黃皓互為表裡。」

## 傾家蕩產

[釋義]

傾：倒出；蕩：掃除，弄光。全部家產都揮霍光了。

[出處]

晉‧陳壽《三國志卷三十九‧蜀書九‧董劉馬陳董呂傳第九》：「貨殖之家，侯服玉食，婚姻葬送，傾家竭產。」

## 勢如水火

[釋義]

形容雙方就像水火一樣互相對立，不能相容。

[出處]

晉‧陳壽《三國志卷四十‧蜀書十‧劉彭廖李劉魏楊傳第十》：「唯楊儀不假借延，延以為至忿，有如水火。」

## 疊矩重規

[釋義]

規與規相重，矩矩與相迭，度數相同，完全符合。原比喻動靜合乎法度或上下相合，後形容模仿、重複。

[出處]

晉‧陳壽《三國志卷四十二‧蜀書十二‧杜周杜許孟來尹李譙郤傳第十二》：「君臣協美於朝，黎庶欣戴於野，動若重規，靜若疊矩。」

## 管窺筐舉

[釋義]

比喻學識淺陋，見聞不廣。

[出處]

晉‧陳壽《三國志卷四十二‧蜀書十二‧杜周杜許孟來尹李譙郤傳第十二》：「夫人心不同，實若其面，子雖光麗，既美且豔，管窺筐舉，守厥所見。」

## 風激電飛

[釋義]

形容勢猛。

[出處]

晉‧陳壽《三國志卷四十二‧蜀書十二‧杜周杜許孟來尹李譙郤傳第

十二》:「雲合霧集，風激電飛，量時揆宜，用取世資。」

## 土龍芻狗

[釋義]

泥土捏的龍，稻草紮的狗。比喻名不副實。

[出處]

晉‧陳壽《三國志卷四十二‧蜀書十二‧杜周杜許孟來尹李譙郤傳第十二》:「曹丕篡弒，自立為帝，是猶土龍芻狗之有名也。」

## 閉門思愆

[釋義]

指關起門來自我反省。同「閉合思過」。

[出處]

晉‧陳壽《三國志卷四十二‧蜀書十二‧杜周杜許孟來尹李譙郤傳第十二》:「坐事去職」裴松之注引《諸葛亮集》:「自謂能以敦厲薄俗，帥之以義。今既不能，表退職，使閉門思愆。」

## 翻然改圖

[釋義]

迅速改變過來，另作打算。

[出處]

晉‧陳壽《三國志卷四十三‧蜀書

十三‧黃李呂馬王張傳第十三》:「將軍若能翻然改圖，易跡更步，古人不難追，鄙土何足宰哉！」

## 背本就末

[釋義]

指背離根本，追逐末節。

[出處]

晉‧陳壽《三國志卷四十三‧蜀書十三‧黃李呂馬王張傳第十三》:「何期臣僕吳越，背本就末乎？」

## 共為唇齒

[釋義]

比喻互相輔助。

[出處]

晉‧陳壽《三國志卷四十五‧蜀書十五‧鄧張宗楊傳第十五》:「蜀有重險之固，吳有三江之阻，合此二長，共為唇齒，進可兼併天下，退可鼎足而立。」

## 死不瞑目

[釋義]

瞑目:閉眼。死了也不閉眼。原指人死的時候心裡還有放不下的事。現常用來形容極不甘心。

[出處]

晉‧陳壽《三國志卷四十六‧吳書一‧孫破虜討逆傳第一》:「卓逆天無道，

蕩覆王室，今不夷汝三族，懸示四海，則吾死不瞑目。」

## 晏然自若

[釋義]

晏然：平靜安定的樣子；自若：不變常態。形容在緊張狀態下沉靜如常。

[出處]

晉·陳壽《三國志卷四十六·吳書一·孫破虜討逆傳第一》：「南陽太守張咨，聞軍至，晏然自若。」

## 車載斗量

[釋義]

載：裝載。用車載，用斗量。形容數量很多，不足為奇。

[出處]

晉·陳壽《三國志卷四十七·吳書二·吳主傳第二》：「遣都尉趙咨使魏」裴松之注引三國·吳·韋昭《吳書》：「如臣之比，車載斗量，不可勝數。」

## 斗量車載

[釋義]

載：裝載。用車載，用斗量。形容數量很多，不足為奇。

[出處]

晉·陳壽《三國志卷四十七·吳書二·吳主傳第二》：「遣都尉趙咨使魏。」裴松之注引《吳書》：「如臣之比，車載斗量，不可勝數。」

## 氣湧如山

[釋義]

形容惱怒到極點。

[出處]

晉·陳壽《三國志卷四十七·吳書二·吳主傳第二》：「權大怒，欲自征淵。」裴松之注引晉·虞溥《江表傳》：「朕年六十，世事難易，靡所不嘗，近為鼠子所前卻，令人氣湧如山。」

## 開門揖盜

[釋義]

開門請強盜進來。比喻引進壞人，招來禍患。

[出處]

晉·陳壽《三國志卷四十七·吳書二·吳主傳第二》：「況今奸宄競逐，豺狼滿道，乃欲哀親戚，顧禮制，是猶開門而揖盜，未可以為仁也。」

## 攀龍附驥

[釋義]

攀：攀附；驥：好馬。比喻攀附聖賢，歸附俊傑。

[出處]

晉·陳壽《三國志卷四十七·吳書二·吳主傳第二》：「此言之誠，有如大江。」裴松之注引《魏略·孫權與浩

周書》:「當垂宿念,為之先後,使獲攀龍附驥,永自固定。其為分惠,豈有量哉!」

## 親臨其境

[釋義]

臨:到;境:境界,地方。親自到了那個地方。

[出處]

晉‧陳壽《三國志卷四十七‧吳書二‧吳主傳第二》:「而曹公已臨其境。」

## 攀龍附驥

[釋義]

攀:攀附;驥:好馬。比喻攀附聖賢,歸附俊傑。

[出處]

晉‧陳壽《三國志卷四十七‧吳書二‧吳主傳第二》:「此言之誠,有如大江。」裴松之注引《魏略‧孫權與浩周書》:「當垂宿念,為之先後,使獲攀龍附驥,永自固定。其為分惠,豈有量哉!」

## 尋章摘句

[釋義]

尋:找;章:篇章;摘:摘錄。舊時讀書人從書本中搜尋摘抄片段語句,在寫作時套用。指寫作時堆砌現成詞句,缺乏創造性。

[出處]

晉‧陳壽《三國志卷四十七‧吳書二‧吳主傳第二》:「屈身於陛下,是其略也。」裴松之注引《吳書》:「雖有餘閒,博覽書傳歷史,藉采奇異,不效諸生尋章摘句而已。」

## 弊車羸馬

[釋義]

破車瘦馬。比喻處境貧窮。

[出處]

晉‧陳壽《三國志卷四十九‧吳書四‧劉繇太史慈士爕傳第四》:「繇伯父寵為漢太尉。」裴松之注引晉‧司馬彪《續漢書》:「八居九列,四登三事。家不藏賄,無重寶器,恆菲飲食,薄衣服,弊車羸馬,號為窶陋。」

## 危在旦夕

[釋義]

旦夕:早晨和晚上,形容時間短。形容危險就在眼前。

[出處]

晉‧陳壽《三國志卷四十九‧吳書四‧劉繇太史慈士爕傳第四》:「今管亥暴亂,北海被圍,孤窮無援,危在旦夕。」

## 吉凶禍福

[釋義]

吉祥、不幸、災禍、幸福。

[出處]

晉·陳壽《三國志卷四十九·吳書四·劉繇太史慈士燮傳第四》:「是為吉凶禍福等耳，吾不獨受此罪。」

## 愛日惜力

[釋義]

珍惜時間，不虛擲精力。

[出處]

晉·陳壽《三國志卷五十·吳書五·妃嬪傳第五》:「且志士愛日惜力，君子慕其大者，高山景行，恥非其次。」

## 不急之務

[釋義]

急：急迫，要緊；務：事情。無關緊要的或不急於做的事情。

[出處]

晉·陳壽《三國志卷五十·吳書五·妃嬪傳第五》:「棄不急之務，以修功業之墓，其於名行，豈不善哉！」

## 成敗得失

[釋義]

得：得利。失：失利。成功與失敗，得到的與丟掉的。

[出處]

晉·陳壽《三國志卷五十二·吳書七·張顧諸葛步傳第七》:「成敗得失，皆如所慮，可謂守道見機，好古之士也。」

## 論功行賞

[釋義]

按功勞的大小給於獎賞。

[出處]

晉·陳壽《三國志卷五十二·吳書七·張顧諸葛步傳第七》:「時論功行賞，以為駐敵之功大，退敵之功小。」

## 總角之好

[釋義]

指小時候很要好的朋友。

[出處]

晉·陳壽《三國志卷五十四·吳書九·周瑜魯肅呂蒙傳第九》裴松之注引《江表傳》:「周公瑾英俊異才，與孤有總角之好。」

## 顧曲周郎

[釋義]

原指周瑜業於音樂。後泛指通音樂戲曲的人。

[出處]

晉·陳壽《三國志卷五十四·吳書九·周瑜魯肅呂蒙傳第九》:「瑜少精意於

音樂，雖三爵之後，其有闕誤，瑜必知之，知之必顧，故時有人謠曰：『曲有誤，周郎顧。』」

## 不習水土

[釋義]

習：習慣，適應。指不能適應一個地方的氣候條件或飲食習慣。

[出處]

晉·陳壽《三國志卷五十四·吳書九·周瑜魯肅呂蒙傳第九》：「驅中國士眾遠涉江湖之間，不習水土，必生疾病。」

## 祕而不宣

[釋義]

宣：公開說出。保守祕密，不肯宣布。

[出處]

晉·陳壽《三國志卷五十四·吳書九·周瑜魯肅呂蒙傳第九》：「密為肅陳三策，肅敬受之，祕而不宣。」

## 刮目相看

[釋義]

指別人已有進步，不能再用老眼光去看他。

[出處]

晉·陳壽《三國志卷五十四·吳書九·周瑜魯肅呂蒙傳第九》：「遂拜蒙母，結友而別。」裴松之注引《江表傳》：「士別三日，即更刮目相待。」

## 士別三日，刮目相待

[釋義]

指別人已有進步，當另眼相看。

[出處]

晉·陳壽《三國志卷五十四·吳書九·周瑜魯肅呂蒙傳第九》：「遂拜蒙母，結友而別。」南朝·宋·裴松之注：「士別三日，即更刮目相待。」

## 不探虎穴，安得虎子

[釋義]

探：探測；安：怎麼。不進老虎窩，怎能捉到小老虎。比喻不冒險進入險境就不能取得成果。

[出處]

晉·陳壽《三國志卷五十四·吳書九·周瑜魯肅呂蒙傳第九》：「貧賤難可居，脫誤有功，富貴可致，且不探虎穴，安得虎子？」

## 談笑自若

[釋義]

自若：跟平常一樣。指能平靜地對待所發生的情況，說說笑笑，不改常態。

[出處]

晉·陳壽《三國志卷五十五·吳書

十‧程黃韓蔣周陳董甘凌徐潘丁傳第十》:「寧受攻累日,敵設高樓。雨射城中,士眾皆懼,唯寧談笑自若。」

## 以功贖罪

[釋義]

贖:抵償。用功勞抵消罪過。

[出處]

晉‧陳壽《三國志卷五十五‧吳書十‧程黃韓蔣周陳董甘凌徐潘丁傳第十》:「以功贖罪。」

## 感恩戴德

[釋義]

戴:尊奉,推崇。感激別人的恩惠和好處。

[出處]

晉‧陳壽《三國志卷五十七‧吳書十二‧虞陸張駱陸吾朱傳第十二》:「今皆感恩戴義,懷欲報之心。」

## 青蠅之弔

[釋義]

死後只有青蠅來弔念。比喻生前沒有知己朋友的人。

[出處]

晉‧陳壽《三國志卷五十七‧吳書十二‧虞陸張駱陸吾朱傳第十二》裴松之注引《虞翻別傳》:「自恨疏節,骨體不媚,犯上獲罪,當長沒海隅。生無可與語,死以青蠅為弔客。」

## 輕才好施

[釋義]

指人不把錢財放在眼裡,樂於慷慨解囊,急公好義。

[出處]

晉‧陳壽《三國志卷五十七‧吳書十二‧虞陸張駱陸吾朱傳第十二》:「謙虛接士,輕財好施,祿賜雖豐而常不足用。」

## 素不相識

[釋義]

素:平素,向來。向來不認識。

[出處]

晉‧陳壽《三國志卷五十七‧吳書十二‧虞陸張駱陸吾朱傳第十二》:「及同郡徐原,愛居會稽,素不相識,臨死遺書,托以孤弱。」

## 忍辱負重

[釋義]

為了完成艱巨的任務,忍受暫時的屈辱。

[出處]

晉‧陳壽《三國志卷五十八‧吳書十三‧陸遜傳第十三》:「國家所以屈諸君使相承望者,以僕有尺寸可稱,能忍辱負重故也。」

## 雷霆之怒

[釋義]

雷霆：霹靂。像霹靂落下般盛怒。形容憤怒到了極點。

[出處]

晉·陳壽《三國志卷五十八·吳書十三·陸遜傳第十三》：「今不忍小忿，而發雷霆之怒，違垂堂之戒，輕萬乘之重，此臣之所惑也。」

## 博采眾議

[釋義]

博：廣；議：建議。廣泛採納群眾的建議。

[出處]

晉·陳壽《三國志卷五十九·吳書十四·吳主五子傳第十四》：「誠宜與將相大臣詳擇時宜，博采眾議，寬刑輕賦，均息力役，以順民望。」

## 恩威並用

[釋義]

安撫和強制同時施行。現也指掌權者對手下人，同時用給予小恩小惠和給予懲罰的兩種手段。

[出處]

晉·陳壽《三國志卷六十·吳書十五·賀全呂周鍾離傳第十五》：「魴在郡十三年卒，賞善罰惡，恩威並行。」

## 恩威並行

[釋義]

安撫和強制同時施行。

[出處]

晉·陳壽《三國志卷六十·吳書十五·賀全呂周鍾離傳第十五》：「魴在郡十三年卒，賞善罰惡，恩威並行。」

## 百舉百捷

[釋義]

做一百件事，成功一百件。指辦事萬無一失。同「百舉百全」。

[出處]

晉·陳壽《三國志卷六十·吳書十五·賀全呂周鍾離傳第十五》：「魴生在江淮，長於時事，見其便利，百舉百捷。」

## 走石飛沙

[釋義]

沙土飛揚，石塊滾動。形容風勢狂暴。

[出處]

晉·陳壽《三國志卷六十一·吳書十六·潘濬陸凱傳第十六》：「蒼梧、南海，歲有風瘴氣之害，風則折木，飛沙轉石，氣則霧郁，飛鳥不經。」

## 不知所措

[釋義]

措:安置,處理。不知道怎麼辦才好。形容處境為難或心神慌亂。

[出處]

晉·陳壽《三國志卷六十四·吳書十九·諸葛滕二孫濮陽傳第十九》:「皇太子以丁酉踐尊號,哀喜交並,不知所措。」

## 位極人臣

[釋義]

君主時代指大臣中地位最高的人。

[出處]

晉·陳壽《三國志卷六十四·吳書十九·諸葛滕二孫濮陽傳第十九》:「臣伏自省,才非幹國,因緣肺腑,位極人臣。」

## 防芽遏萌

[釋義]

錯誤或惡事在未顯露時,即加以阻止、防範。

[出處]

晉·陳壽《三國志卷六十四·吳書十九·諸葛滕二孫濮陽傳第十九》:「大行皇帝覽古戒今,防芽遏萌,慮於千載。」

## 良藥苦口

[釋義]

好藥往往味苦難吃。比喻衷心的勸告,尖銳的批評,聽起來覺得不舒服,但對改正缺點錯誤很有好處。

[出處]

晉·陳壽《三國志卷六十四·吳書十九·諸葛滕二孫濮陽傳第十九》:「夫良藥苦口,惟疾者能甘之。忠言逆耳,惟達者能受之。」

## 哀喜交並

[釋義]

交:交錯。悲痛和喜悅交織。

[出處]

晉·陳壽《三國志卷六十四·吳書十九·諸葛滕二孫濮陽傳第十九》:「皇太子以丁酉踐尊號,哀喜交並,不知所措。」

## 藍田生玉

[釋義]

舊時比喻賢父生賢子。

[出處]

晉·陳壽《三國志卷六十四·吳書十九·諸葛滕二孫濮陽傳第十九》:「諸葛恪字元遜,瑾長子也。」裴松之注引晉·虞溥《江表傳》:「藍田生玉,真不虛也。」

## 貴極人臣

[釋義]

君主時代指大臣中地位最高的人。

[出處]

晉‧陳壽《三國志卷六十四‧吳書十九‧諸葛滕二孫濮陽傳第十九》：「因緣肺腑，位極人臣。」

## 不遑寧息

[釋義]

沒有閒暇的時間過安寧的日子。指忙於應付繁重或緊急的事務。同「不遑寧處」。

[出處]

晉‧陳壽《三國志卷六十五‧吳書二十‧王樓賀韋華傳第二十》：「故勉精歷操，晨興夜寐不遑寧息，經之以歲月，累之以日力。」

# 出處《晉書》的成語

## 戢鱗潛翼

[釋義]

戢：收斂；潛：隱居。魚兒收斂鱗甲，鳥兒收起翅膀。比喻人退出官場，歸隱山林或蓄志待時。

[出處]

唐·房玄齡《晉書晉書卷一·帝紀第一·宣帝紀》：「和光同塵，與時舒晉書卷；戢鱗潛翼，思屬風雲。」

## 巾幗英雄

[釋義]

巾幗：古代婦女配戴的頭巾和髮飾，後借指婦女。指女子中的英雄。

[出處]

唐·房玄齡《晉書晉書卷一·帝紀第一·宣帝紀》：「亮遺懿巾幗婦人之飾以辱之。」

## 尸居餘氣

[釋義]

餘氣：最後一口氣。像屍體一樣但還有一口氣，指人將要死亡。也比喻人暮氣沉沉，無所作為。

[出處]

唐·房玄齡《晉書晉書卷一·帝紀第一·宣帝紀》：「司馬公尸居餘氣，形神已離，不足慮矣。」

## 食少事煩

[釋義]

每日吃飯很少，可是處理的事務非常繁重。形容工作辛勞，身體不佳。

[出處]

唐·房玄齡《晉書晉書卷一·帝紀第一·宣帝紀》：「先是，亮（諸葛亮）使至，帝問曰：『諸葛公起居何如？食可幾（許）米？』對曰：『三四升。』次問政事，曰：『二十罰已上皆自省覽。』」

## 正本清源

[釋義]

正本：從根本上整頓；清源：從源頭上清理。從根本上整頓，從源頭上清理。比喻從根本上加以整頓清理。

[出處]

唐·房玄齡《晉書卷三·帝紀第三·武帝紀》：「思與天下式明王度，正本清源，於置胤樹嫡，非所先務。」

## 八紘同軌

[釋義]

指天下一統。八紘，指八方極遠之地。

[出處]

唐‧房玄齡《晉書卷三‧帝紀第三‧武帝紀》：「廓清梁、岷、包懷揚、越，八紘同軌，祥瑞屢臻。」

## 連理之木

[釋義]

不同根的樹木而枝幹連生在一起。古時認為是吉祥的徵兆。

[出處]

唐‧房玄齡《晉書卷六‧帝紀第六‧元帝記》：「一角之獸，連理之木。」

## 聲色俱厲

[釋義]

聲色：說話時的聲音和臉色；厲：嚴厲。說話時聲音和臉色都很嚴厲。

[出處]

唐‧房玄齡《晉書卷六‧帝紀第六‧明帝紀》：「大會百官而問溫嶠曰：『皇太子何以德稱？』聲色俱厲，必欲使有言。」

## 昧旦晨興

[釋義]

昧旦：破曉。指天不亮就起來。形容勤勞或憂心忡忡。

[出處]

唐‧房玄齡《晉書卷九‧帝紀第九‧簡文帝紀》：「何嘗不昧旦晨興，夜分忘寢。」

## 八音迭奏

[釋義]

八音：古代對樂器的統稱；迭：交互，輪流。八類樂器輪番演奏。表示器樂齊全，演奏場面盛大。

[出處]

唐‧房玄齡《晉書卷二十三‧志第十三‧樂下》：「八音迭奏，雅樂並作。」

## 金章紫綬

[釋義]

紫色印綬和金印，古丞相所用。後用以代指高官顯爵。

[出處]

唐‧房玄齡《晉書卷二十五‧志第十五‧輿服》：「貴人、夫人、貴嬪是為三夫人，皆金章紫綬。」

## 日食萬錢

[釋義]

每天吃喝花費上萬錢財。形容生活極其奢侈。

[出處]

唐‧房玄齡《晉書卷三十三‧列傳第

三·何曾傳》:「食日萬錢,猶日無下
箸處。」

## 食日萬錢

[釋義]

每天飲食要花費上萬的錢。形容飲食
極奢侈。

[出處]

唐·房玄齡《晉書卷三十三·列傳第
三·何曾傳》:「食日萬錢,猶日無下
箸處。」

## 不修小節

[釋義]

不注意生活上的小事。形容處世瀟灑
曠達。

[出處]

唐·房玄齡《晉書卷三十三·列傳第
三·石苞傳》:「石苞……雅曠有智
局,容儀偉麗,不修小節。」

## 博古通今

[釋義]

通:通曉;博:廣博,知道得多。對
古代的事知道得很多,並且通曉現代
的事情。形容知識豐富。

[出處]

唐·房玄齡《晉書卷三十三·列傳第
三·石崇傳》:「君侯博古通今,察遠
照邇,願加三思。」

## 水陸畢陳

[釋義]

水陸:指水陸所產的珍貴食物。各種
山珍海味全都陳列出來。形容菜餚
豐富。

[出處]

唐·房玄齡《晉書卷三十三·列傳第
三·石崇傳》:「絲竹盡當時之選,庖
膳窮水陸之珍。」

## 湮沒無聞

[釋義]

湮:埋沒;無聞:沒有知道。名聲被
埋沒,沒人知道。

[出處]

唐·房玄齡《晉書卷三十四·列傳第
四·羊祜傳》:「自有宇宙,便有此山。
由來賢達勝士,登此望遠,如我與卿
者多矣!皆湮沒無聞,使人悲傷。」

## 勢如破竹

[釋義]

勢:氣勢,威力。形勢就像劈竹子,
頭上幾節破開以後,下面各節順著刀
勢就分開了。比喻節節勝利,毫無
阻礙。

[出處]

唐·房玄齡《晉書卷三十四·列傳第
四·杜預傳》:「今兵威已振,譬如破
竹,數節之後,皆迎刃而解。」

## 迎刃而解

[釋義]

原意是說，劈竹子時，頭上幾節一破開，下面的順著刀口自己就裂開了。比喻處理事情、解決問題很順利。

[出處]

唐·房玄齡《晉書卷三十四·列傳第四·杜預傳》:「今兵威已振，譬如破竹，數節之後，皆迎刃而解。」

## 例直禁簡

[釋義]

法律或禁令簡單明瞭，人民就容易理解和遵守。

[出處]

唐·房玄齡《晉書卷三十四·列傳第四·杜預傳》:「例直易見，禁簡允犯。」

## 錯落有致

[釋義]

錯落：參差不齊。致：情趣。形容事物的布局雖然參差不齊，但卻極有情趣，使人看了有好感。

[出處]

唐·房玄齡《晉書卷三十六·列傳第六·衛恆傳》:「纖波濃點，錯落其間。」

## 臨池學書

[釋義]

臨：靠近，挨著。指刻苦練習書法。

[出處]

唐·房玄齡《晉書卷三十六·列傳第六·衛恆傳》:「弘農張伯英者，因而轉精甚巧。凡家之衣帛，必書而後練之。臨池學書，池水盡墨。」

## 阿平絕倒

[釋義]

以之比喻對對方的言論極為佩服。亦用為譏諷言論極為乖謬，常貽笑大方。

[出處]

據《晉書卷三十六·列傳第六·衛玠傳》及《王澄傳》載：玠好言玄理。琅玡王澄字平子，兄曉稱之曰:「阿平」。有高名，少所推許，每聞玠言，輒嘆息絕倒。故時為之語曰:「衛玠談道，平子絕倒。」

## 情恕理遣

[釋義]

恕：原諒；遣：排遣。以情相恕，以理排遣。指待人接物寬厚和平，遇事不加計較。

[出處]

唐·房玄齡《晉書卷三十六·列傳第六·衛玠傳》:「玠嘗以人有不及，可

以情恕；非意相干，可以理遣，故終
身不見喜慍之容。」

## 非意相干

[釋 義]

非意：意料之外；干：冒犯。意外的
無故冒犯。

[出 處]

晉‧王隱《晉書卷三十六‧列傳第六‧
衛玠傳》：「玠嘗以人有不及，可以情
恕；非意相干，可以理遣，故終身不
見喜慍之容。」

## 珠玉在側

[釋 義]

側：旁邊。比喻儀態俊秀的人在身邊。

[出 處]

唐‧房玄齡《晉書卷三十六‧列傳第
六‧衛玠傳》：「玠風神秀異，驃騎，
將軍王濟，玠之舅也，每見玠輒日：
『珠玉在側，覺我形穢。』」

## 一面如舊

[釋 義]

初次見面就像老朋友一樣。

[出 處]

唐‧房玄齡《晉書卷三十六‧列傳第
六‧張華傳》：「初入洛，不推中國人
士，見華一面如舊，欽華德範，如師
資之禮焉。」

## 應對如流

[釋 義]

對答像流水一樣。形容答話很快，很
流利。

[出 處]

唐‧房玄齡《晉書卷三十六‧列傳第
六‧張華傳》：「華應對如流，聽者忘
倦。」

## 緯武經文

[釋 義]

指有文有武，有治理國家的才能。

[出 處]

唐‧房玄齡《晉書卷三十八‧列傳第
八‧文六王傳贊》：「彼美齊獻，卓爾
不群，自家刑國，緯武經文。」

## 移天換日

[釋 義]

改變天，更換日。比喻價目表使用欺
騙手段篡奪政權。

[出 處]

唐‧房玄齡《晉書卷三十八‧列傳第
八‧齊王冏傳》：「趙庶人聽任孫秀移
天易日。」

## 移天易日

[釋 義]

易：更換。比喻野心家篡奪政權。

**[出處]**

唐·房玄齡《晉書卷三十八·列傳第八·齊王冏傳》:「趙庶人聽任孫秀,移天易日。」

## 博學洽聞

**[釋義]**

博學:廣博。學問廣博,見識豐富。

**[出處]**

唐·房玄齡《晉書卷三十九·列傳第九·荀顗傳》:「性至孝,總角知名,博學洽聞,理思周密。」

## 南郭先生

**[釋義]**

比喻無才而占據其位的人。

**[出處]**

唐·房玄齡《晉書卷四十一·列傳第十一·劉寔傳》:「推賢之風不立,濫舉之法不改,則南郭先生之徒盈於朝矣。」

## 門不停賓

**[釋義]**

賓:賓客。門外不停留客人。形容勤於待客。

**[出處]**

唐·房玄齡《晉書卷四十三·列傳第十三·王渾傳》:「渾撫循羈旅,虛懷綏納,座無空席,門不停賓。」

## 矜功負氣

**[釋義]**

矜:自恃。自以為有功而賭氣。

**[出處]**

唐·房玄齡《晉書卷四十三·列傳第十三·王渾傳》:「或矜功負氣,或恃勢驕陵,競構南箕,成茲貝錦。」

## 座無虛席

**[釋義]**

虛:空。座位沒有空著的。形容出席的人很多。

**[出處]**

唐·房玄齡《晉書卷四十三·列傳第十三·王渾傳》:「時吳人新附,頗懷畏懼。渾撫循羈旅,虛懷綏納,座無空席,門不停賓,於是江東之士莫不悅附。」

## 落落穆穆

**[釋義]**

落落:冷落的樣子;穆穆:淡薄的樣子。形容待人冷淡。

**[出處]**

唐·房玄齡《晉書卷四十三·列傳第十三·王澄傳》:「澄嘗謂衍曰:『兄形似道,而神鋒太儁。』衍曰:『誠不如卿落落穆穆然也。』」

## 角巾私第

[釋義]

脫掉官服，戴上頭巾，居住在私宅。指閒居不仕。

[出處]

唐・房玄齡《晉書卷四十三・列傳第十三・王濬傳》：「卿旋旆之日，角巾私第，口不言平吳之事。」

## 劉毅答詔

[釋義]

指勇於諫諍。

[出處]

唐・房玄齡《晉書卷四十五・列傳第十五・劉毅傳》：「帝大笑曰：『桓靈之世，不聞此言。今有直臣，故不同也。』」

## 財殫力竭

[釋義]

錢財和力量全部用盡。比喻生活陷入困窘的境地。

[出處]

唐・房玄齡《晉書卷四十五・列傳第十五・劉毅傳》：「自桓玄以來，驅蹙殘敗，至乃男不被養，女無匹對，逃亡去就，不避幽深，自非財殫力竭，無以至此。」

## 犬馬之勞

[釋義]

願像犬馬那樣為君主奔走效力。表示心甘情願受人驅使，為人效勞。

[出處]

唐・房玄齡《晉書卷四十八・列傳第十八・段灼傳》：「願陛下思子方之仁，念犬馬之勞，思帷蓋之報，發仁惠之詔，廣開養老之制。」

## 矜功伐善

[釋義]

矜、伐：自誇。誇耀自己的功勞和才能。形容極不虛心。

[出處]

唐・房玄齡《晉書卷四十八・列傳第十八・段灼傳》：「艾性剛急，矜功伐善，而不能協同朋類，輕犯雅俗，失君子之心。」

## 金貂換酒

[釋義]

取下冠飾換美酒。形容不拘禮法，恣情縱酒。

[出處]

唐・房玄齡《晉書卷四十九・列傳第十九・阮孚傳》：「遷黃門侍郎、散騎常侍。嘗以金貂換酒，復為所司彈劾，帝宥之。」

## 得意忘形

[釋義]

形：形態。形容高興得失去了常態。

[出處]

唐·房玄齡《晉書卷四十九·列傳第十九·阮籍傳》：「嗜酒能嘯，善彈琴，當其得意，忽忘形骸。」

## 豎子成名

[釋義]

指無能者僥倖得以成名。

[出處]

唐·房玄齡《晉書卷四十九·列傳第十九·阮籍傳》：「（阮籍）嘗登廣武，觀楚漢戰處，嘆曰：『時無英雄，使豎子成名。』」

## 狷介之士

[釋義]

狷介：孤僻高傲，潔身自好。指孤僻高傲，不肯同流合汙之人。

[出處]

唐·房玄齡《晉書卷四十九·列傳第十九·向秀傳》：「以為巢許狷介之士，未達堯心，豈足多慕。」

## 城狐社鼠

[釋義]

社：土地廟。城牆上的狐狸，社廟裡的老鼠。比喻依仗權勢作惡，一時難以驅除的小人。

[出處]

唐·房玄齡《晉書卷四十九·列傳第十九·謝鯤傳》：「對曰：『隗誠始禍，然城狐社鼠也。』」

## 投梭折齒

[釋義]

投梭：用梭子擲人。比喻女子抗拒男子的挑逗引誘。

[出處]

唐·房玄齡《晉書卷四十九·列傳第十九·謝鯤傳》：「鄰家高氏女有美色，鯤嘗挑之，女投梭，折其兩齒。」

## 滄海橫流

[釋義]

滄海：指大海；橫流：水往四處奔流。海水四處奔流。比喻政治混亂，社會動盪。

[出處]

唐·房玄齡《晉書卷四十九·列傳第十九·王尼傳》：「滄海橫流，處處不安也。」

## 土木形骸

[釋義]

形骸：指人的形體。形體像土木一樣。比喻人的本來面目，不加修飾。

唐·房玄齡《晉書卷四十九·列傳第十九·嵇康傳》:「身長七尺八寸,美詞氣,有風儀,而土木形骸,不自藻飾。」

## 懸河瀉水

[釋義]

懸河:瀑布;瀉水:水很快地往下流。河水直往下瀉。比喻說話滔滔不絕或文辭流暢奔放。

[出處]

唐·房玄齡《晉書卷五十·列傳第二十·郭象傳》:「聽象語,如懸河瀉水,注而不竭。」

## 覆車之戒

[釋義]

比喻失敗可以作為以後的教訓。

[出處]

唐·房玄齡《晉書卷五十·列傳第二十·庾純傳》:「純以凡才,備位卿尹,不唯謙敬之節,不忌覆車之戒,陵上無禮,悖言自口。」

## 披榛采蘭

[釋義]

披:拔開;榛:叢生的荊棘。撥開荊棘,採摘蘭草。比喻選拔人才。

唐·房玄齡《晉書卷五十二·列傳第二十二·皇甫謐傳》:「陛下披榛采蘭,並收蒿艾,是以皋陶振褐,不仁者遠。」

## 一舉兩得

[釋義]

做一件事得到兩方面的好處。

[出處]

唐·房玄齡《晉書卷五十二·列傳第二十二·束皙傳》:「賜其十年之復,以慰重遷之情。一舉兩得,外實內寬。」

## 博學多才

[釋義]

學識廣博,有多方面的才能。

[出處]

唐·房玄齡《晉書卷五十二·列傳第二十二·郤詵傳》:「詵博學多才,瑰偉倜儻,不拘細行,州郡禮命並不應。」

## 蟾宮折桂

[釋義]

蟾宮:月宮。攀折月宮桂花。科舉時代比喻應考得中。

[出處]

唐·房玄齡《晉書卷五十二·列傳第二十二·郤詵傳》:「武帝於東堂會

送，問詵曰：『卿自以為如何？』詵
對曰：『臣舉賢良封策，為天下第一，
猶桂林之一枝，崑山之片玉。』」

## 崑山片玉

[釋義]

崑崙山上的一塊玉。原是一種謙虛的
說法，意思是只是許多美好者當中的
一個，後比喻許多美好事物中突出的。

[出處]

唐·房玄齡《晉書卷五十二·列傳第
二十二·郤詵傳》：「臣舉賢良對策，
為天下第一，猶桂林之一枝，崑山之
片玉。」

## 桂林一枝

[釋義]

桂花林中的一枝花。原為晉時郤詵的
自謙語。後稱譽人才學出眾。

[出處]

唐·房玄齡《晉書卷五十二·列傳第
二十二·郤詵傳》：「累遷雍州刺史。
武帝於東堂會送，問詵曰：『卿自以
為何如？』詵對曰：『臣舉賢良對策，
為天下第一，猶桂林之一枝，崑山之
片玉。』」

## 高步雲衢

[釋義]

步：行走；衢：大路；雲衢：雲中大

路，比喻顯位。原指官居顯位。後也
指科舉登第。

[出處]

唐·房玄齡《晉書卷五十二·列傳第
二十二·郤詵傳》：「郤詵等並輴價
州里，袖然應召，對揚天問，高步雲
衢，求之前哲，亦足稱矣。」

## 公私兩濟

[釋義]

指於公於私都有好處。

[出處]

唐·房玄齡《晉書卷五十二·列傳第
二十二·阮種傳》：「若人有所患苦
者，有宜損益，使公私兩濟者，委曲
陳之。」

## 矇昧無知

[釋義]

矇昧：知識未開。沒有知識，不明事
理。指糊塗不懂事理。

[出處]

唐·房玄齡《晉書卷五十二·列傳第
二十二·阮種傳》：「臣誠矇昧，所以
為罪。」

## 矜功自伐

[釋義]

以為功高而自我誇耀。

唐·房玄齡《晉書卷五十四·列傳第二十四·陸機傳》：「冏既矜功自伐，受爵不讓，機惡之，作《豪士賦》以刺焉。」

## 百代文宗

[釋義]

宗：被人所傚法的人物。在過去堪為文人楷模的人物。

[出處]

唐·房玄齡《晉書卷五十四·列傳第二十四·陸機陸雲傳論》：「遠超枚（枚乘）馬（司馬相如），高躡王（王粲）劉（劉楨），百代文宗，一人而已。」

## 龍駒鳳雛

[釋義]

比喻英俊秀穎的少年。常作恭維語。

[出處]

唐·房玄齡《晉書卷五十四·列傳第二十四·陸雲傳》：「雲字士龍，六歲能屬文，性清正，有才理。少與兄機齊名，雖文章不及機，而持論過之，號曰『二陸』。幼時吳尚書廣陵閔鴻見而奇之，曰：『此兒若非龍駒，當是鳳雛。』」

## 砥礪名節

[釋義]

砥礪磨煉，立名立節。

[出處]

唐·房玄齡《晉書卷五十五·列傳第二十五·夏侯湛傳》：「論者謂湛雖生不砥礪名節，死則儉約令終，是深達存亡之理。」

## 拔群出萃

[釋義]

高出眾人。多指才能。

[出處]

唐·房玄齡《晉書卷五十五·列傳第二十五·夏侯湛傳》：「弱年而入公朝，矇蔽而當顯舉，進不能拔群出萃，卻不能抗排當世。」

## 龍肝豹胎

[釋義]

比喻極難得的珍貴食品。

[出處]

唐·房玄齡《晉書卷五十五·列傳第二十五·潘尼傳》：「厥肴伊何？龍肝豹胎。」

## 望塵而拜

[釋義]

指迎候有權勢的人，看見車揚起的塵土就下拜。形容卑躬屈膝的神態。

[出處]

唐・房玄齡《晉書卷五十五・列傳第二十五・潘岳傳》:「岳性輕躁,趨勢利,與石崇等諂事賈謐,每候其出,與崇輒望塵而拜。」

## 規行矩步

[釋義]

規、矩:圓規和角尺,引伸為準則;步:用腳走。指嚴格按照規矩辦事,毫不苟且。也指辦事死板,不靈活。

[出處]

唐・房玄齡《晉書卷五十五・列傳第二十五・張載傳》:「今士循常習故,規行矩步,積階級,累閥閱,碌碌然以取世資。」

## 名山勝川

[釋義]

風景優美的著名河山。

[出處]

唐・房玄齡《晉書卷五十六・列傳第二十六・孫統傳》:「居職不留心碎務,縱意遊肆,名山勝川,靡不窮究。」

## 銅駝荊棘

[釋義]

銅駝:銅製的駱駝,古代置於宮門外。形容國土淪陷後殘破的景象。

[出處]

唐・房玄齡《晉書卷六十・列傳第三十・索靖傳》:「靖有先識遠量,知天下將亂,指洛陽宮門銅駝,嘆曰:『會見汝在荊棘中耳?』」

## 扼腕嘆息

[釋義]

扼:握住,抓住。握著手腕發出嘆息的聲音。形容十分激動地發出長嘆的情態。

[出處]

晉・王隱《晉書卷六十一・列傳第三十一・劉琨傳》:「臣所以泣血宵吟扼腕長嘆者也。」

## 先我著鞭

[釋義]

著:下。比喻快走一步,占先。

[出處]

唐・房玄齡《晉書卷六十一・列傳第三十一・劉琨傳》:「吾枕戈待旦,志梟逆虜,常恐祖生先吾著鞭耳。」

## 枕戈待旦

[釋義]

戈:古代的一種兵器;旦:早晨。意思是立志殺敵,枕著武器睡覺等天亮。形容時刻準備作戰。

[出處]

唐·房玄齡《晉書卷六十一·列傳第三十一·劉琨傳》:「吾枕戈待旦,志梟逆虜,常恐祖生先吾著鞭。」

## 聞雞起舞

[釋義]

聽到雞叫就起來舞劍。後比喻有志報國的人及時奮起。

[出處]

唐·房玄齡《晉書卷六十二·列傳第三十二·祖逖傳》:「中夜聞荒雞鳴,蹴琨覺曰:『此非惡聲也。』因起舞。」

## 中流擊楫

[釋義]

擊:敲打;楫:槳。比喻立志奮發圖強。

[出處]

唐·房玄齡《晉書卷六十二·列傳第三十二·祖逖傳》:「中流擊楫而誓曰:『祖逖不能清中原而復濟者,有如大江!』」

## 逆臣賊子

[釋義]

逆臣:叛亂之臣;賊子:忤逆之子。不忠不孝的反叛臣子。

[出處]

唐·房玄齡《晉書卷六十五·列傳第三十五·王導傳》:「逆臣賊子,何世無之?豈意今者近出臣族!」 唐·陳子昂《請措刑科》:逆臣賊子,頓伏嚴誅。」

## 大筆如椽

[釋義]

椽:放在檁上架著屋頂的木條。像椽那樣大的筆。形容著名的文章。也指有名的作家。

[出處]

唐·房玄齡《晉書卷六十五·列傳第三十五·王珣傳》:「珣夢人以大筆如椽與之,既覺,語人曰:『此當有大手筆事。』」

## 爭分奪秒

[釋義]

一分一秒也不放過。形容充分利用時間。

[出處]

唐·房玄齡《晉書卷六十六·列傳第三十六·陶侃傳》:「常語人曰:『大禹聖者,乃惜寸陰,至於眾人,當惜分陰。』」

## 奇形怪狀

[釋義]

不同一般的，奇奇怪怪的形狀。

[出處]

唐‧房玄齡《晉書卷六十七‧列傳第三十七‧溫嶠傳》：「須臾，見水族覆滅，奇形異狀，或乘車馬著赤衣者。」

## 精神滿腹

[釋義]

形容富有才智，滿腹經綸。

[出處]

唐‧房玄齡《晉書卷六十七‧列傳第三十七‧溫嶠傳》：「深結錢鳳，為之聲譽；每曰：『錢世儀精神滿腹。』」

## 計無所出

[釋義]

計：計策，辦法。想不出什麼辦法。

[出處]

唐‧房玄齡《晉書卷六十八‧列傳第三十八‧顧榮傳》：「兄弟姻婭盤固州郡，威逼士庶以為臣僕，於時賢愚計無所出。」

## 直言不諱

[釋義]

諱：避忌，隱諱。說話坦率，毫無顧忌。

[出處]

唐‧房玄齡《晉書卷六十九‧列傳第三十九‧劉波傳》：「臣鑑先徵，竊惟今事，是以敢肆狂瞽，直言無諱。」

## 草間求活

[釋義]

草間：草野之中。形容只求目前能馬馬虎虎活下去。

[出處]

唐‧房玄齡《晉書卷六十九‧列傳第三十九‧周顗傳》：「吾備位大臣，朝廷喪敗，寧可復草間求活，外投胡越邪！」

## 少不更事

[釋義]

少：年輕；更：經歷。年紀輕，沒有經歷過什麼事情。指經驗不多。

[出處]

唐‧房玄齡《晉書卷六十九‧列傳第三十九‧周顗傳》：「君少年未更事。」

## 刻畫無鹽

[釋義]

無鹽：傳說中的古代醜女。精細地描摹醜女無鹽。比喻以醜比美，引喻比擬得不恰當。

唐‧房玄齡《晉書卷六十九‧列傳第
三十九‧周顗傳》:「庾亮嘗謂顗曰:
『諸人咸以君方樂廣。』顗曰:『何乃
刻畫無鹽,唐突西施也。』」

## 分甘共苦

[釋義]
同享幸福,分擔艱苦。

[出處]
晉‧王隱《晉書卷七十‧列傳第四十‧
應詹傳》:「詹與分甘共苦,情若弟
兄。」

## 摧枯拉朽

[釋義]
枯、朽:枯草朽木。摧折枯朽的草
木。形容輕而易舉。也比喻摧毀腐朽
勢力的強大氣勢。

[出處]
唐‧房玄齡《晉書卷七十‧列傳第
四十‧甘卓傳》:「將軍之舉武昌,若
摧枯拉朽,何所顧慮乎?」

## 握拳透爪

[釋義]
爪:指甲。緊握拳頭,指甲穿過掌
心。形容憤慨到極點。

[出處]
唐‧房玄齡《晉書卷七十‧列傳第

四十‧卞壺傳》:「卞壺拒蘇峻,父子戰
死。其後盜發壺墓,屍僵,鬢髮蒼白,
面如生,兩手悉拳,爪甲穿達手背。」

## 泰山壓卵

[釋義]
泰山壓在蛋上。比喻力量相差極大,
強大的一方必然壓倒弱小的一方。

[出處]
唐‧房玄齡《晉書卷七十一‧列傳第
四十一‧孫惠傳》:「猛獸吞狐,泰山
壓卵,因風燎原,未足方也。」

## 驚弓之鳥

[釋義]
被弓箭嚇怕了的鳥不容易安定。比喻
經過驚嚇的人碰到一點動靜就非常
害怕。

[出處]
唐‧房玄齡《晉書卷七十一‧列傳第
四十一‧王鑑傳》:「黷武之眾易動,
驚弓之鳥難安。」

## 豺狼當塗

[釋義]
比喻暴虐奸邪的人掌握國政。

[出處]
唐‧房玄齡《晉書卷七十一‧列傳第
四十一‧熊遠傳》:「孝懷皇帝宮未
反,豺狼當塗,人神同忿。」

## 束之高閣

[釋義]

高閣：儲藏器物的高架。捆起來以後放在高高的架子上。比喻放著不用。

[出處]

唐·房玄齡《晉書卷七十三·列傳第四十三·庾翼傳》：「此輩宜束之高閣，俟天下太平，然後議其任耳。」

## 上方不足，下比有餘

[釋義]

比上不足，比下有餘。

[出處]

唐·房玄齡《晉書卷七十五·列傳第四十五·王湛傳》：「時人謂湛上方山濤不足，下比魏舒有餘。」

## 憤憤不平

[釋義]

憤憤：很生氣的樣子。心中不服，感到氣憤。

[出處]

晉·王隱《晉書卷七十四·列傳第四十四·桓祕傳》：「祕亦免官，居於宛陵，每憤憤有不平之色。」

## 暴虐無道

[釋義]

殘暴狠毒，喪盡道義。

[出處]

唐·房玄齡《晉書卷七十四·列傳第四十四·桓彝傳》：「遂肆意酒色，暴虐無道，多所殘害。」

## 盡心盡力

[釋義]

指費盡心力。

[出處]

唐·房玄齡《晉書卷七十四·列傳第四十四·王坦之傳》：「且受遇先帝，綢繆繾綣，並志竭忠貞，盡心盡力，歸誠陛下，以報先帝。」

## 高自標置

[釋義]

比喻自己把自己看得很了不起。

[出處]

唐·房玄齡《晉書卷七十四·列傳第四十四·劉惔傳》：「溫曰：『第一復誰？』曰：『故在我輩。』其高自標置如此。」

## 圖謀不軌

[釋義]

不軌：越出常軌，不守法度。謀劃越出常規、法度之事。

[出處]

晉·陳壽《晉書卷七十六·列傳第四十六·王彬傳》：「因勃然數敦曰：

『兄抗旌犯順，殺戮忠良。圖謀不軌，禍及門戶。』

## 聲淚俱下

[釋義]

一邊說一邊哭。形容極其悲慟。

[出處]

唐・房玄齡《晉書卷七十六・列傳第四十六・王彬傳》：「音辭慷慨，聲淚俱下。」

## 悲喜交集

[釋義]

悲傷和喜悅的心情交織在一起。

[出處]

唐・房玄齡《晉書卷七十六・列傳第四十六・王廙傳》：「當大明之盛，而守局遐外，不得不奉贈大禮，聞問之日，悲喜交集。」

## 避坑落井

[釋義]

躲過了坑，又掉進井裡。比喻躲過一害，又受一害。

[出處]

唐・房玄齡《晉書卷七十七・列傳第四十七・褚裒》：「今宜共戮力以備賊，幸無外難，而內自相擊，是避坑落井也。」

## 竹馬之友

[釋義]

指兒童時期的朋友。

[出處]

唐・房玄齡《晉書卷七十七・列傳第四十七・殷浩傳》：「少時吾與浩共騎竹馬，我棄去，浩輒取之。」

## 蘭艾同焚

[釋義]

蘭花跟艾草一起燒掉。比喻不分好壞，一同消滅。

[出處]

唐・房玄齡《晉書卷七十八・列傳第四十八・孔坦傳》：「蘭艾同焚，賢愚所嘆。」

## 摧鋒陷陣

[釋義]

摧毀敵軍的陣地並深入敵營。

[出處]

唐・房玄齡《晉書卷七十九・列傳第四十九・謝安傳》：「廣武將軍恆寶為前鋒，摧鋒陷陣，殺賊甚多。」

## 芝蘭玉樹

[釋義]

比喻有出息的子弟。

[出處]

唐‧房玄齡《晉書卷七十九‧列傳第四十九‧謝安傳》：「譬如芝蘭玉樹，欲使其生於庭階耳。」

## 倒執手版

[釋義]

古代官員持手版以朝。倒執手版，指驚惶失態。

[出處]

唐‧房玄齡《晉書卷七十九‧列傳第四十九‧謝安傳》：「[桓溫]入赴山陵，止新亭，大陳兵衛，將移晉室，呼安及王坦之，欲於座害之。坦之甚懼……既見溫，坦之汗流沾衣，倒執手版。安從容就席。」

## 屐齒之折

[釋義]

形容內心喜悅之甚。

[出處]

唐‧房玄齡《晉書卷七十九‧列傳第四十九‧謝安傳》：「既罷，還內，過戶限，心喜甚，不覺屐齒之折，其矯情鎮物如此。」

## 矢志不渝

[釋義]

表示永遠不變心。

[出處]

唐‧房玄齡《晉書卷七十九‧列傳第四十九‧謝安傳》：「安雖受朝寄，然東山之志始末不渝，每形於言色。」

## 矯情鎮物

[釋義]

比喻故作鎮靜，使人無法猜度。

[出處]

唐‧房玄齡《晉書卷七十九‧列傳第四十九‧謝安傳》：「既罷，還內，過戶限，心喜甚，不覺屐齒之折。其矯情鎮物如此。」

## 功敗垂成

[釋義]

垂：接近，快要。事情在將要成功的時候遭到了失敗。

[出處]

唐‧房玄齡《晉書卷七十九‧列傳第四十九‧謝玄傳》：「廟算有遺，良圖不果；降齡何促，功敗垂成。」

## 風聲鶴唳

[釋義]

唳：鶴叫聲。形容驚慌失措，或自相驚憂。

[出處]

唐‧房玄齡《晉書卷七十九‧列傳第四十九‧謝玄傳》：「聞風聲鶴唳，皆

以為王師已至。」

## 草行露宿

[釋義]

走在野草中，睡在露天下。形容走遠路的人艱苦和匆忙的情形。

[出處]

唐·房玄齡《晉書卷七十九·列傳第四十九·謝玄傳》：「聞風聲鶴唳，皆以為王師已至，草行露宿，重以飢凍，死者十七八。」

## 春蚓秋蛇

[釋義]

比喻字寫得不好，彎彎曲曲，像蚯蚓和蛇爬行的痕跡。

[出處]

唐·房玄齡《晉書卷八十·列傳第五十·王羲之》：「（蕭子雲）僅得成書，無丈夫之氣，行行若縈春蚓，字字如綰秋蛇。」

## 心慕手追

[釋義]

慕：羨慕；追：追求。心頭羨慕，手上模仿。形容竭力模仿。

[出處]

唐·房玄齡《晉書卷八十·列傳第五十·王羲之》：「玩之不覺為倦，覽之莫識其端，心慕手追，此人而已。」

## 矯若驚龍

[釋義]

矯：矯健。常用於形容書法筆勢剛健，或舞姿婀娜。

[出處]

唐·房玄齡《晉書卷八十·列傳第五十·王羲之》：「論者稱其筆勢，以為飄若浮雲，矯若驚龍。」

## 行行蛇蚓

[釋義]

形容字體如蛇蚓盤繞，難以辨認。

[出處]

唐·房玄齡《晉書卷八十·列傳第五十·王羲之》：「行行若縈春蚓，字字如綰秋蛇。」宋·利登《野農謠》詩：「行行蛇蚓字相續，野農不識何由讀？」

## 放浪形骸

[釋義]

放浪：放蕩；形骸：人的形體。指行動不受世俗禮節的束縛。

[出處]

唐·房玄齡《晉書卷八十·列傳第五十·王羲之》：「或因寄所托，放浪形骸之外。」

## 窺豹一斑

[釋義]

從竹管的小孔裡看豹，只看到豹身上的一塊斑紋。比喻只看到事物的一部分，指所見不全面或略有所得。

[出處]

唐·房玄齡《晉書卷八十·列傳第五十·王獻之傳》：「曰：『南風不競。』門生曰：『此郎亦管中窺豹，時見一斑！』」

## 放浪不羈

[釋義]

羈：約束。放縱任性，不加檢點，不受約束。

[出處]

唐·房玄齡《晉書卷八十二·列傳第五十二·王長文傳》：「少以才學知名，而放蕩不羈，州府辟命皆不就。」

## 放蕩不羈

[釋義]

羈：約束。放縱任性，不加檢點，不受約束。

[出處]

晉·王隱《晉書卷八十二·列傳第五十二·王長文傳》：「少以才學知名，而放蕩不羈，州府辟命皆不就。」

## 狼子獸心

[釋義]

比喻凶暴的人用心殘忍，有如野獸。

[出處]

唐·房玄齡《晉書卷八十二·列傳第五十二·虞預傳》：「然狼子獸心，輕薄易動。」

## 閉口捕舌

[釋義]

猶言甕中捉鱉。比喻敵方已被控制，無法逃脫。

[出處]

唐·房玄齡《晉書卷八十六·列傳第五十六·張玄靚傳》：「旋謂基曰：『綝擊其東，我等絕其西，不六旬，天下可定，斯閉口捕舌也。』」

## 補闕拾遺

[釋義]

闕：通「缺」，缺失。拾遺：補錄遺漏。補錄缺失遺漏的內容。

[出處]

唐·房玄齡《晉書卷八十六·列傳第五十六·張軌傳》：「聖王將舉大事，必崇三訊之法，朝置諫官以匡大理，疑承輔弼以補闕拾遺。」

## 好行小惠

[釋義]

好：喜歡；行：施行；惠：仁慈。指喜歡給人小恩小惠。

[出處]

唐‧房玄齡《晉書卷八十六‧列傳第五十六‧殷仲堪傳》：「及在州，綱目不舉，而好行小惠，夷夏頗安附之。」

## 甘之如薺

[釋義]

薺：甜菜。荼菜雖苦，但是和內心的痛苦相比，覺得就像薺菜一樣甜美。後指事如樂意為之，雖苦亦甜。同「甘心如薺」。

[出處]

唐‧房玄齡《晉書卷八十九‧列傳第五十九‧劉沈傳》：「投袂之日，期之必死。菹醢之戮，甘之如薺。」

## 隨時制宜

[釋義]

隨：根據；制：制訂，採取；宜：適宜的措施。根據當時的情況，採取適當的措施。

[出處]

唐‧房玄齡《晉書卷八十九‧列傳第五十九‧周崎傳》：「州將使求援於外，本無定指，隨時制宜耳。」

## 背恩忘義

[釋義]

背：背叛。辜負別人對自己的恩義。

[出處]

唐‧房玄齡《晉書卷八十九‧列傳第五十九‧忠義傳》：「雖背恩忘義之徒不可勝載，而蹈節輕生之士無乏於時。」

## 洛陽紙貴

[釋義]

比喻著作有價值，流傳廣。

[出處]

唐‧房玄齡《晉書卷九十二‧列傳第六十二‧左思傳》：「於是豪貴之家競相傳寫，洛陽為之紙貴。」

## 蓴羹鱸膾

[釋義]

蓴：蓴菜；膾：切得很細的肉。比喻懷念故鄉的心情。

[出處]

唐‧房玄齡《晉書卷九十二‧列傳第六十二‧張翰》：「翰因見秋風起，乃思吳中菰菜、蓴羹、鱸魚膾。」

## 漸入佳境

[釋義]

原指甘蔗下端比上端甜，從上到下，越吃越甜。後比喻境況逐漸好轉或興趣逐漸濃厚。

[出處]

唐·房玄齡《晉書卷九十二·列傳第六十二·顧愷之》:「愷之每食甘蔗,恆自尾至本,人或怪之。云:『漸入佳境。』」

## 頰上添毫

[釋義]

頰:面頰;毫:毫毛。為人畫像時在臉上添上幾根毫毛。比喻文章經潤色後更加精采。

[出處]

唐·房玄齡《晉書卷九十二·列傳第六十二·顧愷之傳》:「嘗圖裴楷橡,頰上夾三毛,觀者覺神明殊勝。」

## 皮裡春秋

[釋義]

指藏在心裡不說出來的言論。

[出處]

唐·房玄齡《晉書卷九十三·列傳第六十三·褚裒傳》:「曰:『季野有皮裡春秋。』言其外無臧否,而內有所褒貶也。」

## 木人石心

[釋義]

形容意志堅定,任何誘惑都不動心。

[出處]

唐·房玄齡《晉書卷九十四·列傳第六十四·夏統》:「統危坐如故,若無所聞。充等各散曰:『此吳兒是木人石心也。』」

## 不為五斗米折腰

[釋義]

五斗米:指微薄的俸祿;折腰:下拜,彎腰行禮。比喻為人清高,有骨氣。

[出處]

唐·房玄齡《晉書卷九十四·列傳第六十四》:「吾不能為五斗米折腰,拳拳事鄉里小人邪!」

## 環堵蕭然

[釋義]

環堵:坪著四堵牆;蕭然:蕭條的樣子。形容室中空無所有,極為貧困。

[出處]

唐·房玄齡《晉書卷九十四·列傳第六十四》:「環堵蕭然,不蔽風日,短褐穿結。」

## 敗國喪家

[釋義]

敗:衰敗,淪亡;喪:喪失。使國家淪亡,家庭敗落。

[出處]

唐·房玄齡《晉書卷九十六·列傳第六十六·劉聰妻劉氏》:「自古敗國喪家,未始不由婦人者也。」

## 排山壓卵

[釋義]

比喻事情極容易成功，毫不費力。

[出處]

唐・房玄齡《晉書卷九十六・列傳第六十六・杜有道妻嚴氏》：「何鄧執政，必為玄害，亦由排山壓卵，以湯沃雪耳，奈何與之為親？」

## 將功補過

[釋義]

將：拿。用功勞來補償過錯。

[出處]

唐・房玄齡《晉書卷九十八・列傳第六十八・王敦傳》：「當令任不過分，役其所長，以功補過，要之將來。」

## 明目張膽

[釋義]

明目：睜亮眼睛；張膽：放開膽量。原指有膽識，敢做敢為。後形容公開放肆地做壞事。

[出處]

唐・房玄齡《晉書卷九十八・列傳第六十八・王敦傳》：「今日之事，明目張膽為六軍之首，寧忠臣而死，不無賴而生矣。」

## 擊碎唾壺

[釋義]

唾壺：古代的痰盂。形容對文學作品的高度讚賞。

[出處]

唐・房玄齡《晉書卷九十八・列傳第六十八・王敦傳》：「以如意打唾壺為節，壺邊盡缺。」

## 算無遺策

[釋義]

算：計劃；遺策：失算。形容策劃精密準確，從來沒有失算。

[出處]

唐・房玄齡《晉書卷九十九・列傳第六十九・桓玄傳》：「自謂經略指授，算無遺策。」

## 黎庶塗炭

[釋義]

形容人們處於水深火熱的境地。

[出處]

唐・房玄齡《晉書卷一百一・載記第一・劉元海載記》：「黎庶塗炭，靡所控告。」

## 骨肉相殘

[釋義]

比喻自相殘殺。

[出處]

唐・房玄齡《晉書卷一百一・載記第一・劉元海載記》：「今司馬氏骨肉相殘，四海鼎沸，興邦復業，此其時矣。」

## 自相魚肉

[釋義]

魚肉：當作魚肉一般任意宰割。比喻內部自相殘殺。

[出處]

唐・房玄齡《晉書卷一百一・載記第一・劉元海載記》：「今司馬氏父子兄弟自相魚肉，此天厭晉德，授之於我。」

## 自顧不暇

[釋義]

暇：空閒。光顧自己還來不及。指沒有力量再照顧別人。

[出處]

唐・房玄齡《晉書卷一百二・載記第二・劉聰載記》：「彼方憂自固，何暇來耶！」

## 迅雷不及掩耳

[釋義]

雷聲來得非常快，連捂耳朵都來不及。比喻來勢凶猛，使人來不及防備。

[出處]

唐・房玄齡《晉書卷一百四・載記第四・石勒上》：「出其不意，直衝末抔帳，敵必震惶，計不及設，所謂迅雷不及掩耳。」

## 鹿死誰手

[釋義]

原比喻不知政權會落在誰的手裡。現在也泛指在競賽中不知誰會取得最後的勝利。

[出處]

唐・房玄齡《晉書卷一百五・載記第五・石勒下》：「朕若逢高皇，當北面而事之，與韓彭競鞭而爭先耳。朕遇光武，當並驅於中原，未知鹿死誰手。」

## 飽以老拳

[釋義]

飽：充分；以：用。痛打，盡情地揍。

[出處]

唐・房玄齡《晉書卷一百五・載記第五・石勒下》：「孤往日厭卿老拳，卿亦飽孤毒手。」

## 論功封賞

[釋義]

論：按照。按功勞的大小給予獎賞。

[出處]
唐‧房玄齡《晉書卷一百六‧載記第六‧石季龍傳上》:「季龍入遼宮,論功封賞各有差。」

# 抱子弄孫

[釋義]
弄:逗弄。意謂抱弄子孫,安享快樂。

[出處]
唐‧房玄齡《晉書卷一百七‧載記第七‧石季龍載記下》:「自非天崩地陷,當復何愁,但抱子弄孫,日為樂耳。」

# 自相殘殺

[釋義]
殘:傷害。自己人互相殺害。

[出處]
唐‧房玄齡《晉書卷一百七‧載記第七‧石季龍載記下》:「季龍十三子,五人為冉閔所殺,八人自相殘殺。」

# 鑑機識變

[釋義]
察看時機,了解動向。

[出處]
唐‧房玄齡《晉書卷一百一十一‧載記第十一‧皇甫真載記》:「燕朝無綱紀,實可圖之,鑑機識變,唯皇甫真耳。」

# 傷弓之鳥

[釋義]
被弓箭嚇怕了的鳥。比喻受過驚嚇,遇到一點動靜就怕的人。

[出處]
唐‧房玄齡《晉書卷一百一十二‧載記第十二‧苻生》:「傷弓之鳥,落於虛發。」

# 樂而忘返

[釋義]
非常快樂,竟忘記回家。形容沉迷於某種場合,捨不得離開。

[出處]
唐‧房玄齡《晉書卷一百一十三‧載記第十三‧苻堅載記上》:「堅嘗如鄴,狩於西山,旬餘,樂而忘返。」

# 一軌同風

[釋義]
車軌相同,風俗一致。比喻國家統一。

[出處]
唐‧房玄齡《晉書卷一百一十三‧載記第十三‧苻堅載記上》:「一軌九州,同風天下。」

# 成敗在此一舉

[釋義]
舉:舉動。成功、失敗就決定於這次

行動了。指採取事關重大的行動。

[出處]

唐‧房玄齡《晉書卷一百一十三‧載記第十三‧苻堅載記上》:「成敗之機,在斯一舉。」

## 八公山上,草木皆兵

[釋義]

將八公山上的草木,都當作是士兵。形容極度驚恐,疑神疑鬼。

[出處]

唐‧房玄齡《晉書卷一百一十四‧載記第十四‧苻堅載記下》:「(苻)堅與苻融登城而望王師,見部陣齊整,將士精銳,又北望八公山上草木皆類人形,顧謂融曰:『此亦勁敵也,何謂少乎?』憮然有懼色。」

## 生靈塗炭

[釋義]

生靈:百姓;塗:泥沼;炭:炭火。人民陷在泥塘和火坑裡。形容人民處於極端困苦的境地。

[出處]

唐‧房玄齡《晉書卷一百一十五‧載記第十五‧苻丕載記》:「先帝晏駕賊庭,京師鞠為戎穴,神州蕭條,生靈塗炭。」

## 矯邪歸正

[釋義]

矯邪:糾正邪惡、邪念;歸正:歸於正路。改正錯誤,走上正道。

[出處]

唐‧房玄齡《晉書卷一百二十二‧載記第二十二‧呂光》:「向使矯邪歸正,革偽為忠,......則燕秦之地可定,桓文之功可立。」

## 可乘之機

[釋義]

可以利用的時機。

[出處]

唐‧房玄齡《晉書卷一百二十二‧載記第二十二‧呂纂傳》:「宜繕甲養銳,勸課農殖,待可乘之機,然後一舉蕩滅。」

## 拔本塞源

[釋義]

本:根本,根源。拔起樹根,塞住水源。比喻防患除害要從根本上打主意。

[出處]

唐‧房玄齡《晉書卷一百二十三‧載記第二十三‧慕容垂》:「將軍欲裂冠毀冕,拔本塞源者,自可任將軍兵勢,何復多云。」

## 凌霄之志

[釋義]

凌霄：高入雲霄的志氣。形容遠大的志向。

[出處]

唐·房玄齡《晉書卷一百二十三·載記第二十三·慕容垂》：「遇風塵之會，必有凌霄之志。」

## 叱吒風雲

[釋義]

叱吒：怒喝聲。一聲呼喊、怒喝，可以使風雲翻騰起來。形容威力極大。

[出處]

唐·房玄齡《晉書卷一百二十五·載記第二十五·乞伏熾磐載記論》：「熾磐叱吒風雲，見機而動。」

## 枕戈寢甲

[釋義]

枕著戈、穿著鎧甲睡。形容經常生活在戰爭之中。

[出處]

唐·房玄齡《晉書卷一百三十·載記第三十·赫連勃勃載記》：「朕無拔亂之才，不能弘濟兆庶，自枕戈寢甲，十有二年，而四海未同，遺寇尚熾。」

# 出自《宋書》的成語

## 叩心泣血

[釋義]
形容悲痛之極。

[出處]
南朝・梁・沈約《宋書卷一・本紀第一・武帝上》:「裕等所以叩心泣血,不遑啟處者也。」

## 虎步龍行

[釋義]
原形容帝王的儀態不同一般。後也形容將軍的英武姿態。

[出處]
南朝・梁・沈約《宋書卷一・本紀第一・武帝上》:「劉裕龍行虎步,視瞻不凡,恐不為人下,宜蚤為其所。」

## 魚潰鳥散

[釋義]
比喻軍隊潰敗。

[出處]
南朝・梁・沈約《宋書卷二・本紀第二・武帝中》:「番禺之功,俘級萬數,左里之捷,魚潰鳥散。」

## 柴天改物

[釋義]
指改朝換代。改物,改變前朝的文物制度。

[出處]
南朝・梁・沈約《宋書卷二・本紀第二・武帝中》:「至於鐘石變聲,柴天改物,民已去晉,異於延康之初,功實靜亂,又殊感熙之末。」

## 龍行虎步

[釋義]
形容帝王的儀態,比喻威儀莊重,氣度不凡。

[出處]
南朝・梁・沈約《宋書卷二・本紀第二・武帝中》:「劉裕龍行虎步,視瞻不凡,恐不為人下,宜蚤為其所。」

## 朝成暮毀

[釋義]
形容翻新之速。

[出處]
南朝・梁・沈約《宋書卷四・本紀第四・少帝》:「穿池築觀,朝成暮毀,

徵發工匠，疲極兆民。」

## 梯山航海

[釋義]

登山航海。比喻長途跋涉，經歷險遠的旅程。

[出處]

南朝·梁·沈約《宋書卷八·本紀第八·明帝》：「日月所照，梯山航海；風雨所均，削衽襲帶。」

## 匡俗濟時

[釋義]

匡：糾正；濟：救助。拯救社會時局和風氣，使之歸於正道。

[出處]

南朝·梁·沈約《宋書卷八·本紀第八·明帝紀》：「王公卿尹，群僚庶官，其有嘉謀直獻，匡俗濟時，咸切事陳奏，無或依隱。」

## 遺訓餘風

[釋義]

前代遺留下來的風尚教化。

[出處]

南朝·梁·沈約《宋書卷八·本紀第八·明帝紀》：「聖人立法垂制，所以必稱先王，蓋由遺訓餘風，足以貽之來世也。」

## 遺芬餘榮

[釋義]

比喻前人留下的盛德美名和功烈業績。

[出處]

南朝·梁·沈約《宋書卷十六·志第六·禮志三》：「爰泊姬漢，風流尚存，遺芬餘榮，綿映紀緯。」

## 移風改俗

[釋義]

改變舊的風俗習慣。同「移風易俗」。

[出處]

南朝·梁·沈約《宋書卷十九·志第九·樂志一》：「移風改俗，致和樂之極。」

## 三夫成市虎

[釋義]

比喻說的人多了，就能使人們把謠言當事實。同「三人成虎」。

[出處]

南朝·梁·沈約《宋書卷二十一·志第十一·樂志三》：「三夫成市虎，慈母投杼趨。」

## 威鳳祥麟

[釋義]

麒麟和鳳凰，古代傳說是吉祥的象徵，只有在太平盛世才能見到。後比喻非常難得的人才。

[出處]

南朝‧梁‧沈約《宋書卷二十八‧志第十八‧符瑞中》:「元康四年,南郡獲威風。」

## 山搖地動

[釋義]

山和地都在動搖。形容聲勢或力量的巨大。

[出處]

南朝‧梁‧沈約《宋書卷三十四‧志第二十四‧五行志五》:「大明六年七月甲申,地震,有聲自河北來,魯郡山搖地動。」

## 背公向私

[釋義]

指損公肥私,違法求利。

[出處]

南朝‧梁‧沈約《宋書卷四十‧志第三十‧百官志下》:「二千石不奉詔書,遵承典制,背公向私,旁詔守利,侵漁百姓,聚斂為奸。」

## 變炫無窮

[釋義]

變化多種多樣,沒有窮盡。極言變化之多。

[出處]

南朝‧梁‧沈約《宋書卷四十一‧列傳第一‧后妃》:「自元嘉以降,內職稍繁,椒庭綺觀,千門萬戶,而淫妝怪飾,變炫無窮。」

## 贓貨狼藉

[釋義]

指貪汙受賄,行為不檢,名聲敗壞。

[出處]

南朝‧梁‧沈約《宋書卷四十二‧列傳第二‧劉穆之傳》:「穆之中子式之字延叔,通易好士……在任贓貨狼藉,揚州刺史王弘遣從事檢校。」

## 風馬不接

[釋義]

猶言風馬牛不相及。

[出處]

南朝‧梁‧沈約《宋書卷四十二‧列傳第二‧王弘之》:「凡祖離送別,必在有情,下官與殷風馬不接,無緣扈從。」

## 風驅電擊

[釋義]

形容迅速出擊。同「風馳電擊」。

[出處]

南朝‧梁‧沈約《宋書卷四十四‧列傳第四‧謝晦傳》:「散騎常侍、驍騎將軍段宏鐵馬二千,風驅電擊,步自竟陵,直至鄢郢。」

## 不痴不聾

[釋義]

人不傻，耳朵也不聾。常與「不成姑公」連用，意為不故作痴呆，不裝聾作啞，就不能當長輩。形容長輩要寬宏大量。

[出處]

南朝・梁・沈約《宋書卷五十三・列傳第十三・庾炳之傳》：「不痴不聾，不成姑公。」

## 終焉之志

[釋義]

在此安身終老的想法。

[出處]

南朝・梁・沈約《宋書卷五十五・列傳第十五・傅隆傳》：「義熙初，年四十，始為孟昶建威將軍，員外散騎侍郎。坐辭兼，免。復為會稽徵虜參軍。家在上虞，及東歸，便有終焉之志。」

## 臭名遠颺

[釋義]

名：名聲；揚：傳播。壞名聲傳得很遠。

[出處]

南朝・梁・沈約《宋書卷五十六・列傳第十六・劉義真傳》：「案車騎將軍義真，凶殘之性，爰自稚弱，咸陽之酷，臭聲遠播。」

## 應有盡有

[釋義]

該有的全都有。形容很齊全。

[出處]

南朝・梁・沈約《宋書卷五十九・列傳第十九・江智淵傳》：「懷文每稱之曰：『人所應有盡有，人所應無盡無，其江智淵乎！』」

## 波屬雲委

[釋義]

屬：連接；委：累積。波濤連綿，雲層堆疊。比喻連續不斷，層見疊出。

[出處]

南朝・梁・沈約《宋書卷六十七・列傳第二十七・謝靈運》：「自建武暨乎義熙，歷載將百，雖綴響聯辭，波屬雲委，莫不寄言上德，托意玄珠。」

## 五色相宣

[釋義]

各種相互映襯。形容詩歌辭藻華麗。

[出處]

南朝・梁・沈約《宋書卷六十七・列傳第二十七・謝靈運》：「夫五色相宣，八音協暢，由乎玄黃律呂，各適物宜。」

## 高義薄雲天

[釋義]

原指文章表達的內容很有意義。後形容人很講義氣。同「高義薄雲」。

[出處]

南朝・梁・沈約《宋書卷六十七・列傳第二十七・謝靈運》:「英辭潤金石,高義薄雲天。」

## 義薄雲天

[釋義]

正義之氣直上高空。形容為正義而奮鬥的精神極其崇高。

[出處]

南朝・梁・沈約《宋書卷六十七・列傳第二十七・謝靈運》:「屈平、宋玉,導清源於前,賈誼、相如,振芳塵於後,英辭潤金石,高義薄雲天。」

## 自始至終

[釋義]

從開始到末了。指一貫到底。

[出處]

南朝・梁・沈約《宋書卷六十七・列傳第二十七・謝靈運》:「以晉氏一代,自始至終,竟無一家之史,令靈運撰《晉書》,粗立條流,書竟不就。」

## 慧業文人

[釋義]

指有文學天才並與文字結為業緣的人。

[出處]

南朝・梁・沈約《宋書卷六十七・列傳第二十七・謝靈運》:「得道應須慧業文人,生天當在靈運前,成佛必在靈運後。」

## 高義薄雲

[釋義]

薄:迫近。原指文章表達的內容很有意義。後形容人很講義氣。

[出處]

南朝・梁・沈約《宋書卷六十七・列傳第二十七・謝靈運》:「賈誼、相如振芳塵於後,英辭潤金石,高義薄雲天。」

## 顧盼自雄

[釋義]

左看右看,自以為了不起。形容得意忘形的樣子。

[出處]

南朝・梁・沈約《宋書卷六十九・列傳第二十九・范曄傳》:「躍馬顧盼,自以為一世之雄。」

## 雨湊雲集

[釋義]

比喻眾多的人或事物聚集一處。

[出處]

南朝·梁·沈約《宋書卷七十·列傳第三十·袁淑傳》:「汴泗秀士,星流電燭;徐阜嚴兵,雨湊雲集。」

## 蟻萃蝱集

[釋義]

像螞蟻、蝱斯一般集聚。比喻集結者之眾多。

[出處]

南朝·梁·沈約《宋書卷七十·列傳第三十·袁淑傳》:「羯寇遺醜,趨致畿甸,蟻萃蝱集,聞以崩殲。」

## 老牛破車

[釋義]

老牛拉破車。比喻做事慢吞吞,一點不俐落。也比喻才能低下。

[出處]

南朝·梁·沈約《宋書卷七十三·列傳第三十三·顏延之傳》:「常乘羸牛笨車,逢峻鹵簿,即屏往道側。」

## 自厝同異

[釋義]

指自找矛盾,彼此不和。

[出處]

南朝·梁·沈約《宋書卷七十四·列傳第三十四·沈攸之傳》:「卿忘廉、藺、寇、賈之事邪?吾本以濟國活家,豈計彼此之升降。且我能下彼,彼必不能下我,共濟艱難,豈可自厝同異。」

## 鷹瞵鶚視

[釋義]

鶚:魚鷹。形容用威猛凶狠的目光盯視著。

[出處]

南朝·梁·沈約《宋書卷七十四·列傳第三十四·沈攸之傳》:「勁志駕日,接衝拔距,鷹瞵鶚視。」

## 再造之恩

[釋義]

再造:再生。像救了自己性命那樣大的恩德。

[出處]

南朝·梁·沈約《宋書卷七十五·列傳第三十五·王僧達傳》:「再造之恩,不可妄屬。」

## 乘風破浪

[釋義]

乘:趁著。船隻乘著風勢破浪前進。比喻人的志向遠大,氣魄雄偉,奮勇前進。

[出處]

南朝‧梁‧沈約《宋書卷七十六‧列傳第三十六‧宗愨傳》:「愨少時，炳問其志。愨答曰:『願乘長風破萬里浪。』」

## 白面書生

[釋義]

指缺乏閱歷經驗的讀書人。也指面孔白淨的讀書人。

[出處]

南朝‧梁‧沈約《宋書卷七十七‧列傳第三十七‧沈慶之傳》:「陛下今欲伐國，而與白面書生輩謀之，事何有濟？」

## 盡心竭力

[釋義]

用盡心思，使出全力。形容做事十分努力。

[出處]

南朝‧梁‧沈約《宋書卷八十三‧列傳第四十三‧宗越傳》:「誅戮群公及何邁等，莫不盡心竭力，故帝憑其爪牙，無所忌憚。」

## 賣官鬻爵

[釋義]

鬻:賣。形容政治腐敗，統治階級靠出賣官職來搜刮財富。

[出處]

南朝‧梁‧沈約《宋書卷八十四‧列傳第四十四‧鄧琬傳》:「至是父子並賣官鬻爵，使婢僕出市道販賣，酣歌博奕，日夜不休。」

## 不識大體

[釋義]

識:懂得;大體:大局，整體利益。不懂得以大局為重。

[出處]

南朝‧梁‧沈約《宋書卷八十八‧列傳第四十八‧劉義宣傳》:「嘗獻世祖酒，先自酌飲，封送所餘，其不識大體如此。」

## 以身殉國

[釋義]

忠於自己的國家而獻出生命。

[出處]

南朝‧梁‧沈約《宋書卷八十八‧列傳第四十八‧沈文秀傳》:「伯宗曰:『丈夫當死戰場，以身殉國，安能歸死兒女手中乎？』」

## 不能自拔

[釋義]

拔:擺脫。比喻耽溺很深，無法從痛苦、錯誤等中解脫出來。

[出處]

南朝‧梁‧沈約《宋書卷八十九‧列傳第四十九‧劉義恭傳》:「世祖前鋒至新亭,劭挾義恭出戰,恆錄在左右,故不能自拔。」

## 拔叢出類

[釋義]

猶言拔萃出類。指高出眾人。

[出處]

南朝‧梁‧沈約《宋書卷九十一‧列傳第五十一‧潘綜》:「二子微猷,彌久彌芳。拔叢出類,景行朝陽。」

## 狐藉虎威

[釋義]

比喻仰仗別人威勢或倚仗別人的勢力欺壓人。同「狐假虎威」。

[出處]

南朝‧梁‧沈約《宋書卷九十四‧列傳第五十四‧恩幸傳》:「曾不知鼠憑社貴,狐藉虎威,外無逼主之嫌,內有專用之功。」

## 挾朋樹黨

[釋義]

朋:互相勾結的同類人。依仗同類,樹立黨派。

[出處]

南朝‧梁‧沈約《宋書卷九十四‧列傳第五十四‧恩幸傳》:「外無逼主之嫌,內無專用之功,勢傾天下,未之或悟,挾朋樹黨,政以賄成。」

## 生髮未燥

[釋義]

胎髮未乾。用以指孩童之時。

[出處]

南朝‧梁‧沈約《宋書卷九十五‧列傳第五十五‧索虜傳》:「燾大怒,謂奇曰:『我生頭髮未燥,便聞河南是我家地。』」

## 狐奔鼠竄

[釋義]

比喻非常狼狽的逃竄。

[出處]

南朝‧梁‧沈約《宋書卷九十五‧列傳第五十五‧索虜傳》:「或有狐奔鼠竄,逃首北境,而輒便苞納,待之若舊,資其糧仗,縱為寇賊。」

## 弔民伐罪

[釋義]

弔:慰問;伐:討伐。慰問受苦的人民,討伐有罪的統治者。

[出處]

南朝‧梁‧沈約《宋書卷九十五‧列傳第五十五‧索虜傳》:「興雲散雨,慰大旱之思;弔民伐罪,積後己之情。」

## 蜂屯蟻聚

[釋義]

形容成群的人聚集在一處。

[出處]

南朝．梁．沈約《宋書卷九十五．列傳第五十五．索虜傳》：「首尾逼畏，蜂屯蟻聚，假息旦夕，豈復能超蹈長河，以當堂堂之陣哉。」

## 迷而知返

[釋義]

迷路後知道回來。比喻有了過失能夠改正。

[出處]

南朝．梁．沈約《宋書卷九十九．列傳第五十九．元凶劭》：「所以淹霆緩電者，猶冀弟迷而知返耳。」

# 出自《南齊書》的成語

## 聞名遐邇

[釋義]

遐：遠；邇：近。形容名聲很大，遠近都知道。

[出處]

梁·蕭子顯《南齊書卷一·本紀第一·高帝紀上》：「上流聲議，遐邇所聞。」

## 方斯蔑如

[釋義]

方：比擬；斯：此；蔑：無。沒有誰能夠與此相比的。比喻人的情操高尚。

[出處]

梁·蕭子顯《南齊書卷一·本紀第一·高帝紀上》：「昔保衡翼殷，博陸匡漢，方斯蔑如也。」

## 參差不一

[釋義]

形容不整齊或不一致。同「參差不齊」。

[出處]

梁·蕭子顯《南齊書卷九·志第一·禮志上》：「至於嗣位之君，參差不一，宜有定制。」

## 紅日三竿

[釋義]

指天已大亮，時候不早。

[出處]

梁·蕭子顯《南齊書卷十二·志第四·天文志上》：「永明五年十一月丁亥，日出高三竿，朱色赤黃，日暈，虹抱珥直背。」

## 日出三竿

[釋義]

太陽升起來離地面已有三根竹竿那樣高。約為午前八、九點鐘。形容天已大亮，時間不早了。也形容人起床太晚。

[出處]

梁·蕭子顯《南齊書卷十二·志第四·天文志上》：「永明五年十一月丁亥，日出高三竿，朱色赤黃，日暈，虹抱珥直背。」

## 白板天子

[釋義]

沒有國璽的皇帝。晉元帝東渡，玉璽先後失陷於劉石，數帝皆無玉璽。北人稱之為白板天子。按，自秦漢以來，玉璽為傳國之大寶，正統之象徵，北人所稱，蓋意東晉諸帝為名存實亡之皇帝。

[出處]

《南齊書卷十七·志第九·輿服志》：「晉中原亂沒胡，江左初無之，北方人呼晉家『白板天子』。」

## 出手得盧

[釋義]

盧：古時樗蒲戲一擲五子皆黑，為最勝采。比喻一下子就取得勝利。

[出處]

梁·蕭子顯《南齊書卷二十四·列傳第五·張瓌傳》：「獻捷，太祖以告領軍張沖，沖曰：『瓌以百口一擲，出手得盧矣。』」

## 三十六計，走為上計

[釋義]

原指無力抵抗敵人，以逃走為上策。指事情已經到了無可奈何的地步，沒有別的好辦法，只能出逃。

[出處]

梁·蕭子顯《南齊書卷二十六·列傳第七·王敬則傳》：「檀公三十六策，走是上計，汝父子唯應急走耳。」

## 走為上計

[釋義]

遇到強敵或陷於困境時，以離開、迴避為最好的策略。

[出處]

梁·蕭子顯《南齊書卷二十六·列傳第七·王敬則傳》：「檀公三十六策，走是上計。」

## 時和歲稔

[釋義]

四時和順，五穀豐收。用以稱頌太平盛世。同「時和年豐」。

[出處]

梁·蕭子顯《南齊書卷二十六·列傳第七·王敬則傳》：「救民拯弊，莫過減賦。時和歲稔，尚爾虛乏，儻值水旱，寧可熟念？」

## 驍勇善戰

[釋義]

勇猛，善於戰鬥。

[出處]

梁·蕭子顯《南齊書卷三十·列傳第十一·戴僧靜傳》：「其黨輔國將軍孫曇瓘驍勇善戰，每盪一合，輒大殺傷，官軍死者百餘人。」

## 摧堅陷陣

[釋義]

摧：擊潰；堅：鋒芒，引伸為精銳；
陷：攻入。攻入並摧毀敵軍的陣地。

[出處]

梁‧蕭子顯《南齊書卷三十‧列傳第
十一‧桓康傳》：「隨世祖起義，摧
堅陷陣，膂人絕人，所經村邑，恣行
暴害。

## 閉壁清野

[釋義]

猶言堅壁清野。是作戰時採取的一種
策略。

[出處]

梁‧蕭子顯《南齊書卷三十‧列傳第
十一‧曹虎傳》；「部勒小戍，閉壁
清野。」

## 蟬腹龜腸

[釋義]

古人認為蟬只須飲露，烏龜只要喝
水。比喻飢餓之極。

[出處]

梁‧蕭子顯《南齊書卷三十三‧列傳
第十四‧王僧虔傳》：「蟬腹龜腸，為
日已久，飢彪能嚇，人遽與肉；餓驎
不噬，誰為落毛？」

## 填街塞巷

[釋義]

形容人非常多。

[出處]

梁‧蕭子顯《南齊書卷三十四‧列
傳第十五‧虞玩之傳》：「又生不長
髮，便謂為道人，填街溢巷，是處皆
然。」

## 千載難逢

[釋義]

一千年裡也難碰到一次。形容機會極
其難得。

[出處]

南朝‧齊‧孔琇之《南齊書卷三十四‧
列傳第十五‧臨終上表》：「臣以凡
庸，謬徹昌運，獎擢之厚，千載難
逢。」

## 豈有此理

[釋義]

哪有這個道理。指別人的言行或某一
事物極其荒謬。

[出處]

梁‧蕭子顯《南齊書卷三十七‧列傳
第十八‧虞悰傳》：「鬱林廢，悰竊嘆
曰：『王徐遂縛綺廢天子，天下豈有
此理邪？』」

## 寄人籬下

[釋義]

依附於他人籬笆下。比喻依附別人生活。

[出處]

梁·蕭子顯《南齊書卷四十一·列傳第二十二·張融傳》:「丈夫當刪《詩》、《書》,制禮樂,何至因循寄人籬下?」

## 量體裁衣

[釋義]

按照身材裁剪衣服。比喻按照實際情況辦事。

[出處]

梁·蕭子顯《南齊書卷四十一·列傳第二十二·張融傳》:「今送一通故衣,意謂雖故,乃勝新也。是吾所著,已令裁減稱卿之體。」

## 風驅電掃

[釋義]

形容像颱風、閃電那樣迅速馳赴和掃除。

[出處]

梁·蕭子顯《南齊書卷五十一·列傳第三十二·裴叔業傳》:「征虜將軍投袂以先國急,束馬旅師,橫江競濟,風驅電掃,制勝轉丸。」

## 天懸地隔

[釋義]

懸、隔:距離遠。比喻相差極大。

[出處]

梁·蕭子顯《南齊書卷五十二·列傳第三十三·陸厥傳》:「一人之思,遲速天懸;一家之文,工拙壞隔。」

## 賣兒貼婦

[釋義]

指因生活所迫,把妻子兒女賣給別人。

[出處]

梁·蕭子顯《南齊書卷五十三·列傳第三十四·虞願》:「陛下起此寺,皆是百姓賣兒貼婦錢,佛若有知,當悲哭哀愍。」

## 前因後果

[釋義]

起因和結果。泛指事情的整個過程。

[出處]

梁·蕭子顯《南齊書卷五十四·列傳第三十五·高逸傳論》:「史臣曰:『今樹以前因,報以後果,業行交酬,連鎖相襲。』」

## 慈悲為本

[釋義]

慈悲:慈善和憐憫。原佛教語,以惻

隱憐憫之心為根本。

[出處]

梁‧蕭子顯《南齊書卷五十四‧列傳第三十五‧高逸傳論》:「今則慈悲為本,常樂為宗,施舍惟機,低舉成敬。」

# 出自《梁書》的成語

## 菲食薄衣

[釋義]

菲：微薄。微薄的衣服，粗劣的食物。形容生活十分儉樸。

[出處]

唐‧姚思廉《梁書卷第一‧本紀第一‧武帝紀上》：「其中有可以率先卿士，準的甿庶，菲食薄衣，請自孤始。」

## 較如畫一

[釋義]

較：通「皎」，明顯；畫一：同「劃一」，一致，一律。指規章明顯一致。

[出處]

唐‧姚思廉《梁書卷第一‧本紀第一‧武帝紀上》：「懷柔萬姓，經營四方。舉直措枉，較如畫一。」

## 懸河注火

[釋義]

謂以河水傾瀉於火。比喻以強大力量去消滅敵方。

[出處]

唐‧姚思廉《梁書卷第一‧本紀第一‧武帝紀上》：「況擁數州之兵以誅群盜，懸河注火，奚有不滅？」

## 不攻自拔

[釋義]

拔：攻破。不用攻擊就自動破滅。形容情節、論點虛謬，經不起反駁。

[出處]

唐‧姚思廉《梁書卷第一‧本紀第一‧武帝紀上》：「糧食既足，士眾稍多，圍守兩城，不攻自拔，天下之事，臥取之耳。」

## 玉石同焚

[釋義]

焚：燒。美玉和石頭一樣燒壞。比喻好壞不分，同歸於盡。

[出處]

唐‧姚思廉《梁書卷第一‧本紀第一‧武帝紀上》：「時運艱難，宗社危殆，昆同已燎，玉石同焚。」

## 揚清抑濁

[釋義]

猶揚清激濁。

[出處]
唐·姚思廉《梁書卷第一·本紀第一·武帝紀上》:「公揚清抑濁,官方有序,多士聿興。」

## 投袂援戈
[釋義]
表示為國效命。同「投袂荷戈」。

[出處]
唐·姚思廉《梁書卷第一·本紀第一·武帝紀上》:「獨夫醜縱,方煽京邑。投袂援戈,克弭多難。」

## 執迷不悟
[釋義]
堅持錯誤而不覺悟。

[出處]
唐·姚思廉《梁書卷第一·本紀第一·武帝紀上》:「若執迷不悟,距逆王師,大眾一臨,刑茲罔赫,所謂火烈高原,芝蘭同泯。」

## 懷質抱真
[釋義]
指人格和品德純潔高尚,質樸無華。同「懷真抱素」。

[出處]
唐·姚思廉《梁書卷第一·本紀第一·武帝紀上》:「其有勇退忘進,懷質抱真者,選部或以未經朝謁,難於進用。」

## 趑趄不前
[釋義]
遲疑畏縮;不敢向前(趑趄:想往前走又不敢的樣子)。

[出處]
唐·姚思廉《梁書卷第一·本紀第一·武帝紀》:「距義陽百餘里,眾以魏軍盛,趑趄莫敢前。」

## 銷毀骨立
[釋義]
銷:久病枯瘦。形容身體枯瘦如柴。

[出處]
唐·姚思廉《梁書卷第一·本紀第一·武帝紀》:「高祖形容本壯,及還京都,銷毀骨立。」

## 狩岳巡方
[釋義]
謂帝王巡狩方岳。

[出處]
唐·姚思廉《梁書卷第二·本紀第二·武帝紀中》:「觀風省俗,哲後弘規;狩岳巡方,明王盛軌。」

## 諸如此例
[釋義]
許多像這樣的事例。

[出處]
唐·姚思廉《梁書卷第二·本紀第二·

武帝紀中》：「凡後宮樂府，西解暴室，諸如此例，一皆放遣。」

## 逖聽遠聞

[釋義]

謂能見可聞的範圍很遠很廣。

[出處]

唐·姚思廉《梁書卷第二·本紀第二·武帝紀中》：「庶以矜隱之念，昭被四方，逖聽遠聞，事均親覽。」

## 五體投地

[釋義]

五體：頭和四肢；投地：著地。兩手、兩膝和頭一起著地。原為古代印度最恭敬的一種致敬儀式。後比喻心悅誠服或敬佩到了極點。

[出處]

唐·姚思廉《梁書·天竺國傳》：「今以此國君臣民庶，山川珍重，一切珍重，一切歸屬，五體投地，歸誠大王。」

## 恣心所欲

[釋義]

恣：放縱。恣縱己意，心想事成。

[出處]

唐·姚思廉《梁書·中天竺國傳》：「其宮殿皆雕文鏤刻，街曲市里，屋舍樓觀，鐘鼓音樂，服飾香華，水陸通流，百賈交會，奇玩珍瑋，恣心所欲。」

## 寒心消志

[釋義]

見「寒心銷志」。

[出處]

唐·姚思廉《梁書卷第三·本紀第三·武帝紀下》：「聯寒心消志，為日久矣，每當食投箸，方眠徹枕，獨坐懷憂，憤慨申旦，非為一人，百姓故耳。」

## 無遮大會

[釋義]

無遮：沒有遮攔，指不分貴賤、僧俗、智愚、善惡，平等看待。佛家語，原指布施僧俗的大會。後也用作其它的泛稱。

[出處]

唐·姚思廉《梁書卷第三·本紀第三·武帝紀下》：「輿駕幸同泰寺，設四部無遮大會。」

## 弗欺暗室

[釋義]

暗室：比喻暗中。在無人看見的地方，也不做虧心事。

[出處]

唐·姚思廉《梁書卷第四·本紀第四·簡文帝紀》：「弗欺暗室，豈況三光。」

## 十行俱下

[釋義]

眼睛一瞥就能看下十行文字。形容讀書極快。

[出處]

唐・姚思廉《梁書卷第四・本紀第四・簡文帝紀》:「讀書十行俱下,九流百氏,經目必記。」

## 鳥伏獸窮

[釋義]

如飛鳥棲伏,野獸奔走無路。形容勢竭力窮,處境困難。

[出處]

唐・姚思廉《梁書卷第五・本紀第五・元帝紀》:「賊景鳥伏獸窮,頻擊頻挫,奸竭詐盡,深溝自固。」

## 是可忍,孰不可容

[釋義]

是:這個;孰:什麼。如果這個都可以容忍,還有什麼不可容忍的呢?絕不能容忍。

[出處]

唐・姚思廉《梁書卷第五・本紀第五・元帝紀》:「畢、原、……是可忍也,孰不可容!」

## 投袂荷戈

[釋義]

振起衣袖,拿起武器。表示為國效命。

[出處]

唐・姚思廉《梁書卷第五・本紀第五・元帝紀》:「幕府據有上流,實唯分陝,投袂荷戈,志在畢命。」

## 扣心泣血

[釋義]

扣:敲打。比喻極其悲憤痛心。

[出處]

唐・姚思廉《梁書卷第五・本紀第五・元帝紀》:「孤以不德,天降之災,枕戈飲膽,扣心泣血。」

## 逐日追風

[釋義]

逐日:追逐太陽;追風:追趕風。形容馬跑得極快。

[出處]

唐・姚思廉《梁書卷第五・本紀第五・元帝紀》:「騎則逐日追風,弓則吟猿落雁。」

## 十鼠爭穴

[釋義]

穴:動物的窩巢。比喻壞人聚集互相爭鬥。

[出處]

唐‧姚思廉《梁書卷第五‧本紀第五‧元帝紀》：「侯景奔竄，十鼠爭穴，郭默清夷，晉熙附義。」

## 執迷不反

[釋義]

見「執迷不返」。

[出處]

唐‧姚思廉《梁書卷第五‧本紀第五‧元帝紀》：「若執迷不反，拒逆王師，大軍一臨，刑茲罔赦。」

## 枕戈飲膽

[釋義]

見「枕戈嘗膽」。

[出處]

唐‧姚思廉《梁書卷第五‧本紀第五‧元帝紀》：「孤以不德，天降之災，枕戈飲膽，扣心泣血。」

## 日角龍顏

[釋義]

舊時相術家謂額頭隆起為龍顏。「日角龍顏」為帝王的貴相。

[出處]

唐‧姚思廉《梁書卷第五‧本紀第五‧元帝紀》：「陛下日角龍顏之姿，表於徇齊之日；彤雲素氣之瑞，基於應物之初。」

## 惡衣菲食

[釋義]

粗劣的衣食。形容生活儉樸。

[出處]

唐‧姚思廉《梁書卷第七‧列傳第一‧太祖張皇后等傳序》：「高祖撥亂反正，深鑑奢逸，惡衣菲食，務先節儉。」

## 耳後風生

[釋義]

形容馳驅迅速。

[出處]

唐‧姚思廉《梁書卷第九‧列傳第三‧曹景宗傳》：「覺耳後風生，鼻頭出火，此樂使人忘死，不知老之將至。」

## 耳後生風

[釋義]

像耳後颶風一樣。形容激烈、迅速運動時耳後根產生的感覺。

[出處]

唐‧姚思廉《梁書卷第九‧列傳第三‧曹景宗傳》：「景宗謂所親曰：『我昔日在鄉里，騎快馬如龍，與年少輩數十騎，……覺耳後生風，鼻頭出火，此樂使人忘死，不知老之將至。」

## 衝堅陷陣

[釋義]

衝：衝擊；陷：攻陷；陷陣：攻破，深入敵陣。向敵人衝鋒，深入敵人陣地。形容作戰勇猛。

[出處]

唐‧姚思廉《梁書卷第九‧列傳第三‧曹景宗傳》：「景宗為偏將，每衝堅陷陣，輒有所獲，以勳除游擊將軍。」

## 三日新婦

[釋義]

舊時過門三日之新婦，舉止不得自專。因以喻行動備受拘束者。

[出處]

唐‧姚思廉《梁書卷第九‧列傳第三‧曹景宗傳》：「今來揚州作貴人，動轉不得，路行開車幔，小人輒言不可。閉置車中，如三日新婦。遭此邑邑，使人無氣。」

## 激貪厲俗

[釋義]

謂抑制貪婪之風，勸勉良好的世俗。

[出處]

唐‧姚思廉《梁書卷第一十‧列傳第四‧蕭穎達傳》：「在於布衣，窮居介然之行，尚可以激貪厲俗，惇此薄夫。」

## 手不輟卷

[釋義]

輟：中止；卷：書本。書本不離手。形容勤奮好學。

[出處]

唐‧姚思廉《梁書卷第一十‧列傳第四‧楊公則傳》：「性好學，雖居軍旅，手不輟卷。」

## 詭狀殊形

[釋義]

詭：怪異；殊：特殊。奇特怪異的形狀。

[出處]

唐‧姚思廉《梁書卷第十三‧列傳第七‧沈約傳》：「或坳或平，盤堅枕臥，詭狀殊形。」

## 吞雲吐霧

[釋義]

原形容道士修煉養氣，不吃五穀，後形容人抽菸。

[出處]

唐‧姚思廉《梁書卷第十三‧列傳第七‧沈約傳》：「始餐霞而吐霧，終凌虛而倒影。」

## 騁目流眄

[釋義]

騁目：放眼四望；眄：斜著眼睛看；

流眄：轉動眼睛。形容極目四處遠望。

[出處]
唐・姚思廉《梁書卷第十三・列傳第七・沈約傳》引《郊居賦》：「臨巽維而騁目，即堆塚而流眄。」

## 積讒糜骨

[釋義]

指不斷的譖謗能使人毀滅。同「積讒磨骨」。

[出處]
唐・姚思廉《梁書卷第十四・列傳第八・江淹傳》：「下官聞積毀銷金，積讒糜骨，遠則直生取疑於盜金，近則伯魚被名於不義。」呂向注：「言毀讒之深，能銷磨金石之堅。」

## 千載一逢

[釋義]

見「千載一遇」。

[出處]
唐・姚思廉《梁書卷第十四・列傳第八・任昉傳》：「千載一逢，再造難答。」

## 揚眉抵掌

[釋義]

抵掌：雙掌合在一起。揚起眉毛，雙掌合在一起。非常喜悅、珍惜的神態。

[出處]
唐・姚思廉《梁書卷第十四・列傳第八・任昉傳》：「見一善則盱衡扼腕，遇一才則揚眉抵掌。」

## 怯防勇戰

[釋義]

小心設防，勇敢出戰。

[出處]
唐・姚思廉《梁書卷第十八・列傳第十二・馮道根傳》：「眾頗笑之。道根曰：『怯防勇戰，此之謂也。』」

## 懷黃佩紫

[釋義]

指懷裡揣著金印，腰間佩著紫綬。指身居高官顯位。

[出處]
唐・姚思廉《梁書卷第二十・列傳第十四・陳伯之傳》：「佩紫懷黃，贊帷幄之謀；乘軺建節，奉疆場之任。」

## 萬代一時

[釋義]

時：時機。萬世才有這麼一個機會。形容機會難得。

[出處]
唐・姚思廉《梁書卷第二十・列傳第十四・陳伯之傳》：「三倉無米，東境饑流，此萬代一時也，機不可失。」

## 賓客迎門

[釋義]

盈門：滿門。客人擠滿門庭。形容家裡客人非常多。

[出處]

唐‧姚思廉《梁書卷第二十一‧列傳第十五‧王暕傳》：「時文憲作宰，賓客盈門，見暕相謂曰：『公才公望，復在此矣。』」

## 讓棗推梨

[釋義]

小兒推讓食物的典故。比喻兄弟友愛。

[出處]

唐‧姚思廉《梁書卷第二十一‧列傳第十五‧王泰傳》：「年數歲時，祖母集諸孫姪，散棗栗於床上。群兒皆競之，泰獨不取。」

## 一身兩役

[釋義]

一個人做兩件事。

[出處]

唐‧姚思廉《梁書卷第二十一‧列傳第十五‧張充傳》：「一身兩役，無乃勞乎？」

## 良質美手

[釋義]

質：本質；美手：好手。指心靈善美，手工靈巧。

[出處]

唐‧姚思廉《梁書卷第二十一‧列傳第十五‧柳惲傳》：「卿巧越嵇心，妙臻羊體，良質美手，信在今辰。」

## 仰屋著書

[釋義]

仰：臉向上；著：寫。形容一心放在著作上。

[出處]

唐‧姚思廉《梁書卷第二十二‧列傳第十六‧南平元襄王偉傳》：「下官歷觀世人，多有不好歡樂，乃仰眠床上，看屋梁而著書。千秋萬歲，誰傳此者。」

## 自我得之，自我失之

[釋義]

從我手裡得到的東西，又從我手裡失去。比喻興敗無常或得失相抵。

[出處]

唐‧姚思廉《梁書卷第二十二‧列傳第十六‧邵陵王綸傳》：「高祖嘆曰：『自我得之，自我失之，亦復何恨。』」

## 推賢下士

[釋義]

推：讚許。指有地位的人能降格與有賢德的人交往。

[出處]

唐‧姚思廉《梁書卷第二十五‧列傳第十九‧徐勉傳》：「當應推賢下士，先物後身，然後可以報恩明主，克保元吉。」

## 玉振金聲

[釋義]

喻文章道德之盛。

[出處]

唐‧姚思廉《梁書卷第二十五‧列傳第十九‧徐勉傳》：「網羅經誥，玉振金聲，義貫幽微，理入神契。」

## 禮壞樂缺

[釋義]

禮：社會道德、行為的規範；樂：教化的規範；缺：殘破，廢缺。形容社會綱紀紊亂，動盪不安。

[出處]

唐‧姚思廉《梁書卷第二十五‧列傳第十九‧徐勉傳》：「禮壞樂缺，故國異家殊，實宜以時修定，以為永準。」

## 改俗遷風

[釋義]

遷：改。改變風俗習氣。

[出處]

唐‧姚思廉《梁書卷第二十五‧列傳第十九‧何胤傳》：「兼以世道澆暮，爭詐繁起，改俗遷風，良有未易。」

## 始終如一

[釋義]

自始至終一個樣子。指能堅持；不間斷。

[出處]

唐‧姚思廉《梁書卷第二十七‧列傳第二十一到洽傳》：「明公儒學稽古，淳厚篤成，立身行道，終始如一。」

## 激薄停澆

[釋義]

形容振作人心，挽回不良的社會風氣。

[出處]

唐‧姚思廉《梁書卷第二十七‧列傳第二十一明山賓傳》：「此言足使還淳反樸，激薄停澆矣。」

## 珥金拖紫

[釋義]

珥：插；拖：下垂。插金璫，拖紫袍。指官位顯赫。

[出處]
唐·姚思廉《梁書卷第二十七·列傳第二十一明山賓傳》:「明祭酒雖出撫大藩,擁旄推轂,珥金拖紫,而恆事屢空。」

## 還淳反樸

[釋義]
同「還淳反樸」。

[出處]
唐·姚思廉《梁書卷第二十七·列傳第二十一·明山賓傳》:「處士阮孝緒聞之,嘆曰:『此言足使還淳反樸,激薄停澆矣。』」

## 未明求衣

[釋義]
天沒有亮就穿衣起床。形容勤於政事。

[出處]
唐·姚思廉《梁書卷第三十列·傳第二十四·顧協傳》:「伏唯陛下未明求衣,思賢如渴,爰發明詔,各舉所知。」

## 遠害全身

[釋義]
保全自身,遠離禍害。

[出處]
唐·姚思廉《梁書卷第三十一·列傳第二十五·袁昂傳》:「豈若翻然改圖,自招多福,進則遠害全身,退則長守祿位。」

## 鳴雁直木

[釋義]
古人認為雁隨陽而處,木隨陽而直。比喻良才。

[出處]
唐·姚思廉《梁書卷第三十一·列傳第二十五·袁昂傳》:「臣東國賤人,學行何取,既殊鳴雁直木,故無結綬彈冠。」

## 千軍萬馬

[釋義]
有千軍萬馬。形容人很多;勢力強大。

[出處]
唐·姚思廉《梁書卷第三十二·列傳第二十六·陳慶之傳》:「先是洛陽童謠曰:『名師大將莫自牢,千兵萬馬避白袍。』」

## 露膽披誠

[釋義]
同「露膽披肝」。

[出處]
唐·姚思廉《梁書卷第三十三·列傳第二十七·王僧孺傳》:「露膽披誠,何能以酬屢顧。」

## 尺板斗食

[釋義]

舊時形容小官位低祿少。

[出處]

唐‧姚思廉《梁書卷第三十三‧列傳第二十七‧王僧孺傳》:「久為尺板斗食之吏,以從皂衣黑綬之役。」

## 畫地刻木

[釋義]

比喻進監獄,受審訊。

[出處]

唐‧姚思廉《梁書卷第三十三‧列傳第二十七‧王僧孺傳》:「蓋畫地刻木,昔人所惡,叢棘既累,於何可聞,所以握手戀戀,離別珍重。」

## 躡影追風

[釋義]

形容速度極快。

[出處]

唐‧姚思廉《梁書卷第三十三‧列傳第二十七‧王僧孺傳》:「入班九棘,出專千里,據操撮之雄官,參人倫之顯職,雖古之爵人不次,取士無名,未有躡影追風,奔驟之若此者也。」

## 捕影繫風

[釋義]

風和影子都是抓不到的。比喻說話做事絲毫沒有事實根據。

[出處]

唐‧姚思廉《梁書卷第三十三‧列傳第二十七‧劉孝綽傳》:「但雕朽汙糞,徒成延獎;捕影繫風,終無效答。」

## 老而彌篤

[釋義]

彌:更加;篤:深厚。人越老對某事物的感情越深厚。

[出處]

唐‧姚思廉《梁書卷第三十三‧列傳第二十七‧王筠傳》:「余少好書,老而彌篤,雖偶見瞥觀,皆即疏記,後重省覽,歡興彌深,習與性成,不覺筆倦。」

## 情同一家

[釋義]

比喻情誼深厚,如同一家。

[出處]

唐‧姚思廉《梁書卷第三十五‧列傳第二十九‧蕭子恪》:「我與卿兄弟,便是情同一家。」

## 心手相應

[釋義]

形容手法熟練,心裡怎麼想,手就怎麼做。

（接上頁）

## 不刊之典

[釋義]

指無法更改或磨滅的有關帝王的記
載、欽定典制。

[出處]

唐·姚思廉《梁書卷第三十五·列傳
第二十九·蕭子雲傳》：「伏以聖旨
所定樂論鐘律緯緒，文思深微，命世
一出，方懸日月，不刊之典，禮樂之
孝，致治所成。」

## 恃才傲物

[釋義]

恃：依靠、憑藉；物：人，大眾。仗
著自己有才能，看不起人。

[出處]

唐·姚思廉《梁書卷第三十五·列傳
第二十九·蕭子顯傳》：「恃才傲物，
宜謚曰驕。」

## 九流賓客

[釋義]

先秦到漢初有法、名、墨、儒、道、
陰陽、縱橫、雜、農九種學術流派。
指上中下各品的人才和各種人物。

[出處]
唐·姚思廉《梁書卷第三十五·列傳
第二十九·蕭子顯傳》：「見九流賓
客，不與交言。」

## 所向披靡

[釋義]

風所吹到的地方；草木全被吹倒。比
喻力量所達到的地方；一切障礙全被
掃除。所向：指風吹到的地方；靡：
音同「米」；披靡：草木被吹倒。

[出處]

唐·姚思廉《梁書卷第三十五·列傳
第二十九·蕭確傳》：「鐘山之役，確
苦戰，所向披靡，群虜憚之。」

## 胼胝之勞

[釋義]

胼胝：皮膚等的異常變硬和增厚。形
容極為辛苦。

[出處]

唐·姚思廉《梁書卷第三十八·列傳
第三十二·賀琛傳》：「不憚胼胝之
勞，不矢癯瘦之勞。」

## 烏合之卒

[釋義]

烏合：像烏鴉一樣倉猝聚集一處。比
喻倉猝聚集的、毫無組織紀律的一
群人。

[出處]

唐‧姚思廉《梁書卷第三十九‧列傳第三十三‧羊侃傳》:「今驅烏合之卒,至王城之下,虜馬飲淮,矢集帝室,豈有人臣而至於此?」

## 鄒魯遺風

[釋義]

鄒、魯:孔子是魯人,孟子是鄒人。「文教興盛」之地的代稱。指孔孟留下來的儒家風氣。

[出處]

唐‧姚思廉《梁書卷第三十九‧列傳第三十三‧羊侃傳》:「吾聞仁者有勇,今見勇者有仁,可謂鄒魯遺風,英賢不絕。」

## 飛蛾撲火

[釋義]

蛾:像蝴蝶似的昆蟲。飛蛾撲到火上。比喻自尋死路;自取滅亡。

[出處]

唐‧姚思廉《梁書卷第四十‧列傳第三十四‧到溉傳》:「如飛蛾之赴火,豈焚身之可吝。」

## 飛蛾赴火

[釋義]

像蛾撲火一樣。比喻自找死路、自取滅亡。

[出處]

唐‧姚思廉《梁書卷第四十‧列傳第三十四‧到溉傳》:「如飛蛾之赴火,豈焚身之可吝。」

## 飛蛾投火

[釋義]

像蛾撲火一樣。比喻自找死路、自取滅亡。

[出處]

唐‧姚思廉《梁書卷第四十‧列傳第三十四‧到溉傳》:「如飛蛾之赴火,豈焚身之可吝。」

## 西山餓夫

[釋義]

指不食周粟的伯夷與叔齊。

[出處]

唐‧姚思廉《梁書卷第四十‧列傳第三十四‧劉顯傳》:「之遴嘗聞夷、叔、柳惠,不逢仲尼一言,則西山餓夫、東土黜士,名啟施於後世。」

## 懷珠抱玉

[釋義]

見「懷珠韞玉」。

[出處]

唐‧姚思廉《梁書卷第四十‧列傳第三十四‧劉顯傳》:「懷珠抱玉,有歿世而名不稱者,可為長太息,孰過於

斯！」

## 出類拔群

[釋義]

出：超過；類：同類；拔：超出。指人的品德才能超出同類之上。

[出處]

唐·姚思廉《梁書卷第四十·列傳第三十四·劉顯傳》：「竊痛友人沛國劉顯，韞櫝藝文，研精覃奧，聰明特達，出類拔群。」

## 研精覃奧

[釋義]

覃：深入；奧：深奧。研究精深的事理，深入奧妙的學問。

[出處]

唐·姚思廉《梁書卷第四十·列傳第三十四·劉顯傳》：「竊痛友人沛國劉顯，韞櫝藝文，研精覃奧，聰明特達，出類拔群。」

## 辭微旨遠

[釋義]

辭：文詞，言詞。微：隱蔽，精深。旨：意思，目的。言詞隱微而表達的意思很深遠。

[出處]

唐·姚思廉《梁書卷第四十·列傳第三十四·劉之遴傳》：「省所撰《春秋》義，比事論書，辭微旨遠。」

## 膏腴貴遊

[釋義]

猶言富家貴族。

[出處]

唐·姚思廉《梁書卷第四十一·列傳第三十五·王承傳》：「時膏腴貴遊，咸以文學相尚，罕以經術為業，唯承獨好之。」

## 以身殉職

[釋義]

殉：為達到某種目的而犧牲。為了忠於本職工作而犧牲。

[出處]

唐·姚思廉《梁書卷第四十三·列傳第三十七·韋粲傳》：「謂仲禮曰：『下官才非禦侮，直欲以身殉職。』」

## 蔬食布衣

[釋義]

穿布衣，吃粗糧。形容生活儉樸。

[出處]

唐·姚思廉《梁書卷第四十三·列傳第三十七·張嵊傳》：「嵊父臨青州，為土民所害。嵊感家禍，終身蔬食布衣，手不執刀刃。」

## 瀝膽抽腸

[釋義]

瀝膽披肝。

[出處]

唐・姚思廉《梁書卷第四十五・列傳第三十九・王僧辯傳》:「世受先朝之德,身當將帥之任,而不能瀝膽抽腸,共誅奸逆,雪天地之痛,報君父之仇。」

## 菲食卑宮

[釋義]

菲:微薄;卑:低。飲食菲薄,宮室簡陋。指不講究享受,勵精圖治。

[出處]

唐・姚思廉《梁書卷第四十五・列傳第三十九・王僧辯傳》:「高祖菲食卑宮,春秋九十,屈志凝威,憤終賊手。」

## 偃旗臥鼓

[釋義]

見「偃旗息鼓」。

[出處]

唐・姚思廉《梁書卷第四十五・列傳第三十九・王僧辯傳》:「及賊前鋒次江口,僧辯乃命眾軍,乘城固守,偃旗臥鼓,安若無人。」

## 計無所之

[釋義]

猶言計無所出。

[出處]

唐・姚思廉《梁書卷第四十五・列傳第三十九・王僧辯傳》:「子仙等困蹙,計無所之,乞輸郢城,身還就景。」

## 同心協力

[釋義]

團結一致;共同努力。協:合。

[出處]

唐・姚思廉《梁書卷第四十五・列傳第三十九・王僧辯傳》:「討逆賊於咸陽,誅叛子於雲夢,同心協力,克定邦家。」

## 戮力齊心

[釋義]

戮力:併力,合力。指齊心協力。同「戮力同心」。

[出處]

唐・姚思廉《梁書卷第四十五・列傳第三十九・王僧辯傳》:「卿志格玄穹,精貫白日,戮力齊心,芟夷逆醜。」

## 砥身礪行

[釋義]

猶言砥節礪行。

[出處]

唐‧姚思廉《梁書卷第四十八‧列傳第四十二‧儒林傳》:「建國君民,立教為首,砥身礪行,由乎經術。」

## 張王趙李

[釋義]

泛指一些人。也指尋常之輩。

[出處]

唐‧姚思廉《梁書卷第四十八‧列傳第四十二‧范縝傳》:「亦可張甲之情,寄王乙之軀,李丙之性,托趙丁之體。」

## 芒屩布衣

[釋義]

屩:麻草鞋。穿著草鞋和粗布衣服。形容衣著樸素。

[出處]

唐‧姚思廉《梁書卷第四十八‧列傳第四十二‧范縝傳》:「在瓛門下積年,去來歸家,恆芒屩布衣,徒行於路。」

## 墜溷飄茵

[釋義]

見「墜茵落溷」。

[出處]

唐‧姚思廉《梁書卷第四十八‧列傳第四十二‧范縝傳》:「人之生譬如一樹花,同發一枝,俱於茵席之上,自有關籬牆,落於糞溷之側。」

## 飄茵落溷

[釋義]

比喻由於偶然的機緣而有富貴貧賤的不同命運。亦多指女子墮落風塵。

[出處]

唐‧姚思廉《梁書卷第四十八‧列傳第四十二‧范縝傳》:「子良問曰:『君不信因果,世間何得有富貴,何得有貧賤?』縝答曰:『人之生譬如一樹花,同發一枝,俱開一蒂,隨風而墮,自有拂簾幌墜於茵席之上,自有關籬牆落於糞溷之側。墜茵席者,殿下是也;落糞溷者,下官是也。貴賤雖復殊途,因果竟在何處?』」

## 等價連城

[釋義]

同樣價值連城。比喻同樣貴重。

[出處]

唐‧姚思廉《梁書卷第四十八‧列傳第四十二‧范縝》:「晉棘、荊和,等價連城,驊騮、騄驪,俱致千里。」

215

## 一日三復

[釋義]

謂在一天之內多次反覆玩味。

[出處]

唐·姚思廉《梁書卷第四十九·列傳第四十三·何遜傳》：「沈約亦愛其文，嘗謂遜曰：『吾每讀卿詩，一日三復，猶不能已。』」

## 齒過肩隨

[釋義]

謂尊禮長者。

[出處]

唐·姚思廉《梁書卷第五十·列傳第四十四·陸雲公》：「見與齒過肩隨，禮殊拜絕，懷抱相得，忘其年義。」

## 應天從人

[釋義]

應：順，順應。上順天命，下適應民意。舊常用作頌揚建立新的朝代。亦作「應天從民」、「應天從物」。

[出處]

唐·姚思廉《梁書卷第五十·列傳第四十四·顏協傳》：「我自應天從人，何預天下士大夫事？而顏見遠乃至於此也。」

## 恐遭物議

[釋義]

物：這裡指人；議：議論。擔心遭到眾人的非議。

[出處]

唐·姚思廉《梁書卷第五十·列傳第四十四·謝幾卿傳》：「時左丞庚仲容亦免歸，二人意志相得，並肆誕縱，或乘露車歷遊郊野，既醉則執鐸輓歌，不屑物議。」

## 白首不渝

[釋義]

渝：改變。白頭到老也不變。形容人一生忠誠、堅定。

[出處]

唐·姚思廉《梁書卷第五十一·列傳第四十五·何點傳》：「新除侍中何點，棲遲衡泌，白首不渝。」

## 誅鋤異己

[釋義]

指清除反對自己或與自己意見不合的人。誅：殺害；鋤：剗除。

[出處]

唐·姚思廉《梁書卷第五十二·列傳第四十六·陶季直傳》：「齊武帝崩，明帝作相，誅鋤異己，季直不能阿意，明帝頗忌之，乃出為輔國長史，北海太守。」

## 揚清厲俗

[釋義]

發揚清操,激勵世俗。

[出處]

唐‧姚思廉《梁書卷第五十二‧列傳第四十六‧諸葛璩》:「璩安貧守道,悅《禮》敦《詩》,未嘗投刺邦宰,曳裾府寺,如其簡退,可以揚清厲俗。」

## 連輿接席

[釋義]

行並車,止同席。形容親密友愛。

[出處]

唐‧姚思廉《梁書卷第五十二‧列傳第四十六‧昭明太子統傳》:「望苑招賢,華池愛客,連輿接席。」

## 破觚為圓,斫雕為樸

[釋義]

觚:稜角。毀方為圓。比喻去嚴刑而從簡政。

[出處]

唐‧姚思廉《梁書卷第五十三‧列傳第四十七‧良吏傳》:「梁興,破觚為圓,斫雕為樸,教民以孝悌,勸之以農桑。」

## 雲悲海思

[釋義]

如雲似海的愁思。

[出處]

唐‧姚思廉《梁書卷第五十五‧列傳第四十九‧豫章王綜傳》:「窺明鏡,罷容色,雲悲海思徒撝抑。」

## 分形共氣

[釋義]

見「分形同氣」。

[出處]

唐‧姚思廉《梁書卷第五十五‧列傳第四十九‧武陵王紀傳》:「友於兄弟,分形共氣。」

## 威鳳一羽

[釋義]

謂略見善政一斑之意。

[出處]

唐‧姚思廉《梁書卷第五十五‧列傳第四十九‧劉遵傳》:「及弘道下邑,未申善政,而能使民結去思,野多馴雉,此亦威鳳一羽,足以驗其五德。」

## 焚骨揚灰

[釋義]

燒掉屍骨,揚棄骨灰。形容非常仇視。

[出處]
唐·姚思廉《梁書卷第五十六·列傳第五十·侯景傳》：「曝屍於建康市，百姓爭取屠膾啖食，焚骨揚灰。」

## 注螢沃雪

[釋義]
注螢：用水澆螢火；沃雪：用沸水澆雪。比喻事情很容易辦成。

[出處]
唐·姚思廉《梁書卷第五十六·列傳第五十·侯景傳》高澄與景書：「若使旗鼓相望，埃塵相接，勢如沃雪，事等注螢。」

## 只輪莫返

[釋義]
只：一個。連戰車的一隻輪子都未能返回。比喻全軍覆沒。

[出處]
唐·姚思廉《梁書卷第五十六·列傳第五十·侯景傳》：「趙超伯拔自無能，任居方伯。韓山之役，女妓自隨，裁聞敵鼓，與妾俱逝，不待貞陽，故只輪莫返。」

## 甘言厚幣

[釋義]
甘：甜；幣：禮物，金錢。動聽的言辭，貴重的禮品。

[出處]
唐·姚思廉《梁書卷第五十六·列傳第五十·侯景傳》：「不顧社稷之安危，唯恐私門之不植。甘言厚幣，規滅忠梗。」

## 投杼之惑

[釋義]
投杼：拋下織布的梭子；惑：疑心。比喻沒有事實依據的謠言所造成的疑慮。

[出處]
唐·姚思廉《梁書卷第五十六·列傳第五十·侯景傳》：「當是不逞之人，曲為口端之說，遂懷市虎之疑，乃致投杼之惑耳。」

## 惡稔貫盈

[釋義]
稔：成熟；貫盈：穿滿了繩索，指到了極點。罪惡積蓄成熟，像錢串已滿。形容作惡多端，終有報應。

[出處]
唐·姚思廉《梁書卷第五十六·列傳第五十侯景傳》：「而惡稔貫盈，元凶殞斃，弟洋繼逆，續長亂階。」

## 青絲白馬

[釋義]
因「侯景之亂」的緣故，後以「青絲

白馬」指作亂的人。

[出處]
唐・姚思廉《梁書卷第五十六・列
傳第五十・侯景傳》。南朝・梁・普
通年間,「有童謠日:『青絲白馬壽
陽來。』」其後侯景作亂,乘白馬以
青絲為韁,兵皆青衣,從壽春進軍
建康。

## 時移世易

[釋義]
時代變遷,世事也不一樣。

[出處]
唐・姚思廉《梁書卷第五十六・列傳
第五十・侯景傳》:「假使日往月來,
時移世易,門無強蔭,家有幼孤,猶
加璧不遺,分宅相濟,無忘先德,以
恤後人。」亦作「時移世變」。

# 出自《陳書》的成語

## 方足圓顱

[釋義]

方形腳、圓形頭為人的特徵，因以指
人類。同「方趾圓顱」。

[出處]

唐‧姚思廉《陳書卷一‧本紀第一‧
高祖紀上》：「茫茫宇宙，慄慄黎元，
方足圓顱，萬不遺一。」

## 綢繆帷幄

[釋義]

指運籌帷幄，在軍營帳幕之中謀劃軍
國大事。

[出處]

唐‧姚思廉《陳書卷三‧本紀第三‧
世祖紀》：「或宣哲協規，綢繆帷幄；
或披荊汗馬。」

## 極惡窮凶

[釋義]

指極端凶殘。

[出處]

唐‧姚思廉《陳書卷四‧本紀第四‧
廢帝紀》：「逆賊華皎，極惡窮凶，遂
樹立蕭巋，謀危社稷。」

## 徵名責實

[釋義]

指考察其名以求其實，就其言而觀其
行，以求名實相符。亦作「循名責
實」。

[出處]

唐‧姚思廉《陳書卷五‧本紀第五‧
宣帝紀》：「方欲仗茲舟楫，委成股
肱，徵名責實，取寧多士。」

## 賄賂公行

[釋義]

賄賂：因請託而私贈財物；公行：公
開做。指公開行賄受賂。

[出處]

唐‧姚思廉《陳書卷七‧列傳第一‧
後主張貴妃》：「內外勾結，轉相引
進，賄賂公行，賞罰無常。」

## 富貴驕人

[釋義]

富：有錢；貴：指有地位。有財有
勢，盛氣凌人。

[出處]

唐‧姚思廉《陳書卷十三‧列傳第七‧

魯悉達傳》:「悉達雖仗義任俠,不以富貴驕人。」

## 贓賄狼藉

[釋義]

指貪汙受賄,行為不檢,名聲敗壞。亦作「贓賄狼籍」。

[出處]

唐‧姚思廉《陳書卷十六‧列傳第十‧蔡景歷傳》:「天嘉之世,贓賄狼藉,聖恩錄用,許以更鳴,裂壤崇階,不遠斯復。」

## 失之毫釐,差以千里

[釋義]

指細微的失誤,可導致巨大的差錯。

[出處]

唐‧姚思廉《陳書卷十九‧列傳第十三‧虞荔傳》:「夫安危之兆,禍福之機,匪獨天時,亦由人事。失之毫釐,差以千里。是以明智之士,據重位而不傾,執大節而不失,豈惑於浮辭哉?」

## 析珪判野

[釋義]

謂封爵分土。

[出處]

唐‧姚思廉《陳書卷十九‧列傳第十三‧虞寄傳》:「今將軍以藩戚之重,東南之眾,盡力奉上,戮力勤王,豈不勳高寶融,寵過吳芮,析珪判野,南面稱孤?」

## 出人意表

[釋義]

表:外。出乎人們意料之外。

[出處]

唐‧姚思廉《陳書卷二十四‧列傳第十八‧袁憲傳》:「憲常招引諸生,與之談論,每有新議,出人意表,同輩咸嗟服焉。」

## 生離死別

[釋義]

分離好像和死者永別一樣。指離別後很難再見或永別。

[出處]

唐‧姚思廉《陳書卷二十六‧列傳第二十‧徐陵傳》:「況吾生離死別,多歷暄寒,孀室嬰兒,何可言念。」

## 千聞不如一見

[釋義]

指聽得再多還不如親見更為可靠。

[出處]

唐‧姚思廉《陳書卷三十一‧列傳第二十五‧蕭摩訶傳》:「安都謂摩訶曰:『卿驍勇有名,千聞不如一見。』」

## 進退無路

[釋義]

指前進後退均無路可走,處境困難。

[出處]

唐‧姚思廉《陳書卷三十一‧列傳第二十五‧蕭摩訶傳》:「今求戰不得,進退無路,若潛軍突圍,未足為恥。」

## 觸目成誦

[釋義]

成誦:能背誦。看上一眼就能背下來。形容記憶力強。

[出處]

唐‧姚思廉《陳書卷三十四‧列傳第二十八‧陸瑜傳》:「論其博綜子史,諳究儒墨,經耳無遺,觸目成誦。」

## 背恩負義

[釋義]

指辜負別人對自己的恩義。同「背恩忘義」。

[出處]

唐‧姚思廉《陳書卷三十五‧列傳第二十九‧陳寶應傳》:「遂乃背恩負義,各立異圖。」

## 謙恭下士

[釋義]

舊時指達官貴人對地位不高但有才德的人謙虛而有禮貌。

[出處]

唐‧姚思廉《陳書卷三十六‧列傳第三十‧始興王伯茂傳》:「伯茂性聰敏,好學,謙恭下士。」

# 出自《魏書》的成語

## 雍容雅步

[釋義]

指神態從容，舉止斯文。

[出處]

北齊・魏收《魏書卷四・帝紀第四・世祖紀》：「古之君子，養志衡門，德成業就，才為世使。或雍榮雅步，三命而後至；或棲棲遑遑，負鼎而自達。」

## 頤神養性

[釋義]

指保養精神元氣。

[出處]

北齊・魏收《魏書卷六・帝紀第六・顯祖紀》：「其踐升帝位，克廣洪業，以光祖宗之烈，使朕優游履道，頤神養性，可不善歟？」

## 永垂不朽

[釋義]

朽：磨滅。指光輝的事跡和偉大的精神永遠流傳，不會磨滅。

[出處]

北齊・魏收《魏書卷九・帝紀第七下・高祖紀下》：「雖不足綱範萬度，永垂不朽，且可釋滯目前，厘整時務。」

## 山棲谷飲

[釋義]

棲息於山中，汲取山谷的泉水來喝。形容隱居生活。

[出處]

北齊・魏收《魏書卷九・帝紀第九・肅宗紀》：「其懷道丘園，昧跡版築，山棲谷飲，舒卷從時者，宜廣爰帛，緝和鼎飪。」

## 雲徹霧卷

[釋義]

煙消雲散。

[出處]

北齊・魏收《魏書卷十一・廢出三帝紀第十一・出帝紀》：「神武之所牢籠，威風之所轇轕，莫不雲徹霧卷，瓦解冰消。」

## 分道揚鑣

[釋義]

分路而行。比喻目標不同，各走各的路或各做各的事。

[出處]
北齊·魏收《魏書卷十四·列傳第二·神元平文諸帝子孫》:「洛陽我之豐沛，自應分路揚鑣。自今以後，可分路而行。」

## 矢不虛發

[釋義]
:矢:箭。形容射箭本領極高。

[出處]
北齊·魏收《魏書卷十七·明元六王列傳第五》:「車駕還，詔健殿後，蠕蠕萬騎追之，健與數十騎擊之，矢不虛發，所中皆應弦而斃。」

## 習以為常

[釋義]
習:習慣。指某種事情經常去做，或某種現象經常看到，也就覺得很平常了。

[出處]
北齊·魏收《魏書卷十八·太武五王傳第六》:「將相多尚公主，王侯亦娶後族，故無妾媵，習以為常。」

## 無所顧忌

[釋義]
顧:顧慮;忌:忌憚。沒有什麼顧慮、畏懼。

[出處]
北齊·魏收《魏書卷十八·太武五王傳第六》:「步眄高上，無所顧忌。」

## 膽小如鼠

[釋義]
膽子小得像老鼠。形容非常膽小。

[出處]
北齊·魏收《魏書卷十九·列傳第七上·汝陰王天賜傳》:「言同百舌，膽若鼷鼠。」

## 蓬頭垢面

[釋義]
頭髮蓬亂，臉上很髒。舊時形容貧苦人生活生活條件很壞的樣子。也泛指沒有修飾。

[出處]
北齊·魏收《魏書卷二十·列傳第八·封軌傳》:「君子整其衣冠，尊其瞻視，何必蓬頭垢面，然後為賢?」

## 意氣自得

[釋義]
意氣:神態，氣勢;自得:自覺得意。形容十分驕傲得意的樣子。

[出處]
北齊·魏收《魏書卷二十一上·列傳第九上》:「兄顥入洛，成敗未分，便以意氣自得為時人所笑。」

# 一字連城

【解釋】：極言文辭的精妙。

【出自】：《魏書卷二十一下·獻文六王列傳第九下·彭城王》：「黃門侍郎崔光讀暮春群臣應詔詩。至勰詩，高祖仍為之改一字……勰曰：『臣聞《詩》三百，一言可蔽。今陛下賜刊一字，足以價等連城。』」

# 握蛇騎虎

[釋義]

比喻處境極其險惡。

[出處]

北齊·魏收《魏書卷二十一下·獻文六王列傳第九下·彭城王》：「兄識高年長，故知有夷險；彥和握蛇騎虎，不覺艱難。」

# 師老兵疲

[釋義]

老：衰竭；疲：疲乏。指用兵的時間太長，兵士勞累，士氣低落。

[出處]

北齊·魏收《魏書卷二十四·列傳第二十·許謙傳》：「慕容無道，侵我疆場，師老兵疲，天亡期至。」

# 名聞遐邇

[釋義]

名聲傳揚到各地，形容名聲很大。

[出處]

北齊·魏收《魏書卷三十五·列傳第二十三·崔浩傳》：「奚斤辨捷智謀，名聞遐邇。」

# 腹背受敵

[釋義]

腹：指前面；背：指後面。前後受到敵人的夾攻。

[出處]

北齊·魏收《魏書卷三十五·列傳第二十三·崔浩傳》：「裕西入函谷，則進退路窮，腹背受敵。」

# 胸中甲兵

[釋義]

甲兵：披甲的士兵。比喻人具有軍事才能。

[出處]

北齊·魏收《魏書卷三十五·列傳第二十三·崔浩傳》：「汝曹視此人，尫纖懦弱，手不能彎弓持矛，其胸中所懷，乃逾於甲兵。」

# 承顏候色

[釋義]

看人臉色行事，不敢有不同意見。

[出處]

北齊·魏收《魏書卷四十二·列傳第二十五·寇治傳》：「畏避勢家，承顏

候色，不能有所執據。」

## 指腹為婚

[釋義]

在懷孕時就為子女定下婚約。

[出處]

北齊·魏收《魏書卷三十八·列傳第二十六》：「汝等將來所生，皆我之自出，可指腹為親。」

## 勢傾朝野

[釋義]

形容權勢極大，壓倒一切人。

[出處]

北齊·魏收《魏書卷四十七·列傳第三十五·盧玄傳》：「時靈太后臨朝，黃門侍郎李神軌勢傾朝野，求結婚姻。」

## 習以成俗

[釋義]

俗：習慣。長期以來就是這樣做，成了習俗。

[出處]

北齊·魏收《魏書卷四十八·列傳第三十六·高允傳》：「雖條旨久頒，而俗不革變。將由居上者未能悛改，為下者習以成俗，教化陵遲，一至於斯。」

出自《魏書》的成語

## 博采眾長

[釋義]

從多方面吸取各家的長處。

[出處]

北齊·魏收《魏書卷五十五·列傳第三十八·劉芳傳》：「考括墳籍，博采群議。」

## 搜岩采幹

[釋義]

比喻多方搜求民間遺才。

[出處]

北齊·魏收《魏書卷五十二·列傳第四十·段承根傳》：「剖蚌求珠，搜岩采慍。野無投綸，朝盈逸翰。」

## 後顧之憂

[釋義]

顧：回頭看。來自後方的憂患。指在前進過程中，擔心後方發生問題。

[出處]

北齊·魏收《魏書卷五十八·列傳第四十一·李沖傳》：「朕以仁明忠雅，委以臺司之寄，使我出境無後顧之憂，一朝忽有此患。」

## 回山倒海

[釋義]

形容力量和氣勢極強大，能壓倒一切。

[出處]

北齊·魏收《魏書卷五十九·列傳第四十二·高閭傳》:「昔世祖以回山倒海之威，步騎數十萬南臨瓜步，諸郡盡降。」

## 移風革俗

[釋義]

改變舊的風俗習慣。同「移風易俗」。

[出處]

北齊·魏收《魏書卷五十九·列傳第四十二·高閭傳》:「移風革俗，天保載定。」

## 矜貧恤獨

[釋義]

矜：憐憫；恤：賙濟；獨：老年無子的人。憐憫救助貧苦和孤獨的人。

[出處]

北齊·魏收《魏書卷五十九·列傳第四十二·高閭傳》:「甄忠明孝，矜貧恤獨，開納讜言，抑絕讒佞。」

## 傷風敗俗

[釋義]

傷、敗：敗壞。指敗壞社會風俗。多用來遣責道德敗壞的行為。

[出處]

北齊·魏收《魏書卷六十·列傳第四十三·游明根傳附肇》:「肇，儒者，動存名教，直繩所舉，莫非傷風敗俗。」

## 日久月深

[釋義]

深：長久。指時間長久。

[出處]

北齊·魏收《魏書卷五十九·列傳第四十七·蕭寶夤傳》:「又在京之官，積年一考……雖當時文簿，記其殿最，日久月深，駁落都盡，人有去留，誰復掌其勤墮？」

## 深思熟慮

[釋義]

反覆深入地考慮。

[出處]

北齊·魏收《魏書卷六十五·列傳第四十八·程駿傳》:「且攻難守易，則力懸百倍，不可不深思，不可不熟慮。」

## 兔絲燕麥

[釋義]

兔絲：菟絲子。菟絲不是絲，燕麥不是麥。比喻有名無實。

[出處]

北齊·魏收《魏書卷六十六·列傳第五十四·李崇傳》:「今國子雖有學

官之名，而無教授之實，何異兔絲燕麥，南箕北哉？」

## 晝耕夜誦
[釋義]
白天耕種，夜晚讀書。比喻讀書勤奮。

[出處]
北齊‧魏收《魏書卷六十七‧列傳第五十五‧崔光傳》：「家貧好學，晝耕夜誦，傭書以養父母。」

## 知無不言
[釋義]
凡是知道的沒有不說的。

[出處]
北齊‧魏收《魏書卷六十七‧列傳第五十五‧崔光傳》：「臣之愚識，知無不言。」

## 衣錦晝游
[釋義]
衣：穿。白天身著華貴官服，使人看見。舊時比喻富貴後還鄉，向鄉親們誇耀。

[出處]
北齊‧魏收《魏書卷六十八‧列傳第五十六‧甄琛傳》：「未幾，除征北將軍，定州刺史，衣錦晝游，在為稱滿。」

## 精神恍惚
[釋義]
恍惚：迷糊。形容精神不集中的樣子。

[出處]
北齊‧魏收《魏書卷七十四‧列傳第五十七‧爾朱榮傳》：「榮亦精神恍惚，不自支持。」

## 喜怒無常
[釋義]
一會兒高興，一會兒生氣。形容態度多變。

[出處]
北齊‧魏收《魏書卷七十三‧列傳第六十一‧楊大眼傳》：「征淮堰之役，喜怒無常。」

## 以身報國
[釋義]
把身體獻給國家。指寧願為國家的安危奉獻自己的生命。

[出處]
北齊‧魏收《魏書卷八十七‧列傳第六十五‧辛雄傳》：「卿等備位納言，當以身報國。」

## 死得其所
[釋義]
所：地方。指死得有價值，有意義。

北齊‧魏收《魏書卷七十八‧列傳第六十六‧張普惠傳》:「人生有死,死得其所,夫復何恨。」

## 博聞多識

[釋義]
博:廣博;聞:見聞;識:學識。知識豐富,見聞廣博。

[出處]
北齊‧魏收《魏書卷七十九‧列傳第六十七‧李業興傳》:「博聞多識,萬門千戶,所宜訪詢。」

## 無所畏懼

[釋義]
什麼也不怕。形容非常勇敢。

[出處]
北齊‧魏收《魏書卷七十九‧列傳第六十七‧董紹傳》:「此是紹之壯辭,云巴人勁勇,見敵無所畏懼,非實瞎也。」

## 同盤而食

[釋義]
同吃一個盤中的食物。形容兄弟之間骨肉情深。

[出處]
北齊‧魏收《魏書卷八十‧列傳第六十八‧楊椿傳》:「吾兄弟,若在家,必同盤而食,若有近行,不至,必待其還,亦有過中不食,忍飢相待。」

## 神情恍惚

[釋義]
神志不清,心神不定。

[出處]
北齊‧魏收《魏書卷八十‧列傳第六十八‧侯莫陳悅傳》:「悅自殺岳后,神情恍惚,不復如常。」

## 首尾相繼

[釋義]
指前後連接不斷。

[出處]
北齊‧魏收《魏書卷八十‧列傳第六十八‧侯淵傳》:「時青州城人饋糧者首尾相繼。」

## 自出一家

[釋義]
指在某一方面的學問或技術有獨到的見解或獨特的做法,能自成體系。

[出處]
北齊‧魏收《魏書卷八十二‧列傳第七十‧祖瑩傳》:「文章須自出機杼,成一家風骨,何能共人同生活也。」

## 機杼一家

[釋義]

指文章能獨立經營，自成一家。

[出處]

北齊·魏收《魏書卷八十二·列傳第七十·祖瑩傳》：「文章須出自機杼，成一家風骨，何能共人生活也。」

## 自出機杼

[釋義]

機杼：本指織布機上的筘，織布時每條經線都要從筘齒間穿過，比喻心思、心意。比喻寫文章能創造出新的風格和體裁。

[出處]

北齊·魏收《魏書卷八十二·列傳第七十·祖瑩傳》：「文章須自出機杼，成一家風骨。」

## 玉食錦衣

[釋義]

錦衣：鮮豔華美的衣服；玉食：珍美的食品。精美的衣食。形容豪華奢侈的生活。

[出處]

北齊·魏收《魏書卷八十二·列傳第七十·常景傳》：「錦衣玉食，可頤其形。」

## 錦衣玉食

[釋義]

精美的衣食。形容豪華奢侈的生活。

[出處]

北齊·魏收《魏書卷八十二·列傳第七十·常景傳》：「夫如是，故綺閣金門，可安其宅；錦衣玉食，可頤其形。」

## 怨聲盈路

[釋義]

盈：滿。怨恨的聲音充滿道路。形容人民群眾普遍強烈不滿。

[出處]

北齊·魏收《魏書卷八十三下·列傳外戚第七十一下·高肇傳》：「肇既當衡軸，每事任己，本無學識，動違禮度，好改先朝舊制，出情妄作，減削封秩，抑黜勳人。由是怨聲盈路矣。」

## 至誠高節

[釋義]

至：最。最忠誠，最高尚的節操。形容人品高尚。

[出處]

北齊·魏收《魏書卷八十四·列傳儒林第七十二·徐遵明傳》：「至誠高節，堙沒無聞，朝野人士，相與嗟悼。」

## 賣公營私

[釋義]

指出賣公眾利益以謀求個人私利。

[出處]

北齊·魏收《魏書卷九十四·列傳良吏第七十六·趙黑傳》:「高官祿厚,足以自給,賣公營私,本非情願。」

## 篳門圭竇

[釋義]

篳門:用荊條或竹子編成籬笆作門。柴門小戶,比喻窮人的住處。

[出處]

北齊·魏收《魏書卷九十六·列傳逸士第七十八·李謐傳》:「繩樞甕牖之室,篳門圭竇之堂,尚不然矣。」

## 攤書傲百城

[釋義]

比喻藏書之富或嗜書之深。

[出處]

北齊·魏收《魏書卷九十六·列傳逸士第七十八·李謐傳》。北魏李謐博覽群書,無意做官,將家產都花在收羅書籍上。經他細加審訂的書有四千卷之多。他有句名言:「丈夫擁書萬卷,何假南面百城!」意即只要有萬卷書,又何必做管轄百城的官。

## 百城之富

[釋義]

形容藏書極多,似擁有許多城市那樣富有。

[出處]

北齊·魏收《魏書卷九十六·列傳逸士第七十八·李謐傳》:「丈夫擁書萬卷,何假南面百城。」

## 坐擁百城

[釋義]

有一萬卷書,勝似管理一百座城的大官。比喻藏書極豐富。

[出處]

北齊·魏收《魏書卷九十六·列傳逸士第七十八·李謐傳》:「丈夫擁書萬卷,何假南面百城?」

## 杜門卻掃

[釋義]

杜:關上。關上大門,不再打掃庭院路徑。指閉門謝客,清靜自適。

[出處]

北齊·魏收《魏書卷九十六·列傳逸士第七十八·李謐》:「杜門卻掃,棄產營書。」

## 南面百城

[釋義]

舊時比喻尊貴富有。也比喻藏書很多。

[出處]
北齊‧魏收《魏書卷九十六‧列傳逸士第七十八‧李謐》:「丈夫擁書萬卷,何假南面百城?」

## 擁書百城

[釋義]

比喻藏書極其豐富或嗜書之深。

[出處]

北齊‧魏收《魏書卷九十六‧列傳逸士第七十八‧李謐》:「丈夫擁書萬卷,何假南面百城!」

## 富面百城

[釋義]

形容藏書非常豐富。

[出處]

北齊‧魏收《魏書卷九十六‧列傳逸士第七十八‧李謐》:「每日:『丈夫擁書萬卷,何假南面百城。』遂絕跡下幃,杜門卻掃,棄產營書,手自刪削,卷無重複者四千有餘矣。」

## 意況大旨

[釋義]

意況:概要;旨:宗旨,大意。指概括大意。

[出處]

北齊‧魏收《魏書卷九十一‧列傳術藝第七十九‧殷紹傳》:「法穆時共影

為臣開述《九章》數家雜要,披釋章次意況大旨。」

## 朽棘不雕

[釋義]

比喻人不可造就或事物和局勢敗壞而不可救藥。同「朽木不可雕」。

[出處]

北齊‧魏收《魏書卷九十三‧列傳恩幸第八十一‧趙修》:「小人難育,朽棘不雕,長惡不悛,豈容撫養。」

## 三分鼎立

[釋義]

比喻三方分立,互相抗衡。同「三分鼎足」。

[出處]

北齊‧魏收《魏書卷九十五‧列傳第八十三‧匈奴劉聰等傳序》:「論土不出江漢,語地僅接褒斜,而謂握皇符,乘帝籍,三分鼎立,比蹤王者。」

## 人不自安

[釋義]

人心惶惶,動搖不定。

[出處]

北齊‧魏收《魏書卷九十五‧列傳第八十三‧慕容盛傳》:「於是上下震局,人不自安,雖忠誠親戚,亦僉懷離貳。」

## 販官鬻爵

[釋義]

鬻：賣；爵：爵位，官爵。出賣官爵，以斂取財物。

[出處]

北齊‧魏收《魏書卷九十六‧列傳第八十四‧司馬睿傳》：「兵食資儲，斂為私積；販官鬻爵，威恣百城。」

## 眾星拱極

[釋義]

比喻眾物圍繞一物或眾人擁戴一人。同「眾星環極」。

[出處]

北齊‧魏收《魏書‧盧水胡沮渠蒙遜傳》：「有土者莫不跨峙一隅，有民者莫不榮其私號，不遵眾星拱極之道，不慕細流歸海之義。」

## 日行千里

[釋義]

一天能走一千里。形容速度驚人。

[出處]

北齊‧魏收《魏書卷一百一‧列傳第八十九‧吐谷渾傳》：「吐谷渾嘗得波斯草馬，放入海，因生驄駒，能日行千里，世傳青海驄者是也。」

## 累土聚沙

[釋義]

比喻積累收聚。

[出處]

北齊‧魏收《魏書卷一百十四‧志第二十‧釋老志》：「苟能精緻，累土聚沙，福鍾不朽。」

## 盡忠報國

[釋義]

為國家竭盡忠貞，不惜犧牲一切報效國家。

[出處]

唐‧李百藥《卷四十五‧列傳第三十七‧文苑傳‧顏之儀》：「公等備受朝恩，當盡忠報國。」

## 多如牛毛

[釋義]

像牛身上的毛那樣多。形容極多。

[出處]

唐‧李百藥《卷四十五‧列傳第三十七‧文苑傳》：「學者如牛毛，成者如麟角。」

## 風流罪過

[釋義]

風流：原為封建士大夫的所謂風雅。原指因為風雅而致的過錯。後也指因複雜的男女關係而做錯的事。

[出處]

唐・李百藥《北齊書卷四十六・列傳
第三十八・循吏傳・郎基》:「潘子義
曾遺之書曰:『在官寫書,亦是風流
罪過。』」

# 出自《北齊書》的成語

## 止戈散馬

[釋義]

停用兵戈，放還戰馬，意謂結束戰爭。

[出處]

唐‧李百藥《北齊書卷二‧帝紀第二‧神武下》：「止戈散馬，各事家業。」

## 持衡擁璇

[釋義]

比喻掌握國家政權。

[出處]

唐‧李百藥《北齊書卷四‧帝紀第四‧文宣帝紀》：「昔放勳馳世，沉璧屬子；重華握曆，持衡擁璇。」

## 踐律蹈禮

[釋義]

指遵循禮法。

[出處]

唐‧李百藥《北齊書卷四‧帝紀第四‧文宣帝紀》：「以王踐律蹈禮，軌物蒼生。」

## 率土歸心

[釋義]

率土：四海之內。指天下歸心。同「率土宅心」。

[出處]

唐‧李百藥《北齊書卷四‧帝紀第四‧文宣帝紀》：「故百僚師師，朝無秕政，網疏澤洽，率土歸心。」

## 快刀斬亂麻

[釋義]

比喻做事果斷，能採取堅決有效的措施，很快解決複雜的問題。

[出處]

唐‧李百藥《北齊書卷四‧帝紀第四‧文宣帝紀》：「高祖嘗試觀諸子意識，各使治亂絲，帝獨抽刀斬之，曰：『亂者須斬！』」

## 策無遺算

[釋義]

策：計謀，策劃；算：計劃，籌謀。所出的謀略周密準確，沒有遺漏失算之處。

## 不甚了了

[釋義]

甚：很；了了：明白。不很明白，不很懂。

[出處]

唐·李百藥《北齊書卷十·永安王浚傳》：「文宣末年多酒，浚謂親近曰：『二兄舊來不甚了了，自登祚已後，識解頓進。』」

## 蓬首垢面

[釋義]

頭髮很亂，臉上很髒。舊時形容貧苦人生活生活條件很壞的樣子。也泛指沒有修飾。

[出處]

唐·李百藥《北齊書卷十·列傳第二·高祖十一王·任城王湝傳》：「妃盧氏賜斛斯徵，蓬首垢面，長齋不言笑。」

## 腦滿腸肥

[釋義]

腦滿：指肥頭大耳；腸肥：指身體胖，肚子大。形容飽食終日的剝削者大腹便便，肥胖醜陋的形象。

[出處]
唐·李百藥《北齊書卷十二·列傳第四·文宣四王·琅邪王儼傳》：「琅邪王年少，腸肥腦滿，輕為舉措。」

## 腸肥腦滿

[釋義]

腸肥：指身體胖，肚子大；腦滿：指肥頭大耳。形容不勞而食的人吃得飽飽的，養得胖胖的。

[出處]

唐·李百藥《北齊書卷十二·列傳第四·文宣四王·琅邪王儼傳》：「琅邪王年少，腸肥腦滿，輕為舉措，長大自不復然，願寬其罪。」

## 鶻入鴉群

[釋義]

鶻：同「隼」，一種凶猛的大鳥。比喻驍勇無敵。

[出處]

唐·李百藥《北齊書卷十七·列傳第九·南安王思好傳》：「爾擊賊如鶻入鴉群，宜思好事。」

## 曉以利害

[釋義]

曉：使人知道。把事情的利害關係給人講清楚。

唐・李百藥《北齊書卷二十・列傳第十二・薛修義傳》:「遂輕詣壘下,曉以利害。」

## 推誠相見

[釋義]
誠:相信。指以真心對待人。

[出處]
唐・李百藥《北齊書卷二十・列傳第十二・慕容紹宗傳》:「我與晉州推誠相待,何忽輒相猜阻,橫生此言。」

## 舍生存義

[釋義]
指為正義而犧牲生命。

[出處]
唐・李百藥《北齊書卷二十四・列傳第十六・孫搴等傳》:「彥舉驅馳,萬高行波,元康忠勇,舍生存義。」

## 百死一生

[釋義]
形容生命極其危險,處於死亡的邊緣。

[出處]
唐・李百藥《北齊書卷二十四・列傳第十六・杜弼傳》:「諸勳人身觸鋒刃,百死一生,縱其貪鄙,所取處大,不可同之循常例也。」

## 言無不盡

[釋義]
把內心的話說盡,毫不保留。

[出處]
唐・李百藥《北齊書卷三十・列傳第二十二・高德政傳》:「德政與帝舊相昵愛,言無不盡。」

## 衝鋒陷陣

[釋義]
陷:攻破,深入。不顧一切,攻入敵人陳地。形容作戰勇猛。

[出處]
唐・李百藥《北齊書卷三十・列傳第二十二・崔暹傳》:「衝鋒陷陣,大有其人。」

## 為人師表

[釋義]
師表:榜樣,表率。在人品學問方面作別人學習的榜樣。

[出處]
唐・李百藥《北齊書卷三十一・王昕書》:「楊愔重其德業,以為人之師表。」

## 風流蘊藉

[釋義]
蘊藉:平和寬厚,含蓄內秀。形容人風雅瀟灑,才華橫溢。也形容文章詩

畫意趣飄逸含蓄。

[出處]
唐·李百藥《北齊書卷三十一·王昕傳》:「學識有風訓,生九子,並風流蘊藉,世號王氏九龍。」

## 物外司馬

[釋義]
北齊王晞不為世務所羈,故稱。

[出處]
唐·李百藥《北齊書卷三十一·列傳第二十三·王晞傳》:「武平初,遷大鴻臚,如儀同三司,監修起居注,待詔文林館。性閒淡寡欲,雖王事鞅掌,而雅操不移。在并州,雖戎馬填閭,未嘗以世務為累。良辰美景,嘯詠遨遊,登臨山水,以談謔為事,人士謂之物外司馬。」

## 身首異處

[釋義]
身體和頭顱分在不同地方。指被殺頭。

[出處]
唐·李百藥《北齊書卷三十二·列傳第二十四·王琳傳》:「身首異處,有足悲者。」

## 田夫野老

[釋義]
鄉間農夫,山野父老。泛指民間百姓。

[出處]
唐·李百藥《北齊書卷三十二·列傳第二十四·王琳傳》:「當時田夫野老,知與不知,莫不為之觀歔流泣。」

## 亭亭玉立

[釋義]
亭亭:高聳直立的樣子。形容女子身材頎長。也形容花木等形體挺拔。

[出處]
唐·李百藥《北齊書卷三十三·列傳第二十五·徐之才傳》:「白雲初見空中有五色物,稍近,變成一美婦人,去地數丈,亭亭而立。」

## 吾家龍文

[釋義]
是對自己後代之優秀者的愛稱。

[出處]
唐·李百藥《北齊書卷三十四·列傳第二十六·楊愔傳》:「已是吾家龍文,十歲後,當求之千里外。」

出自《北齊書》的成語

## 半面不忘

[釋義]

半面:見過面。見過面就不遺忘。形容記憶力極強。

[出處]

唐‧李百藥《北齊書卷三十四‧列傳第二十六‧楊愔傳》:「其聰記強識,半面不忘。」

## 施號發令

[釋義]

發布號令。

[出處]

唐‧李百藥《北齊書卷三十四‧列傳第二十六‧楊愔傳》:「每天子臨軒,公卿拜授,施號發令,宣揚詔冊,愔辭氣溫辯,神儀秀髮,百僚觀聽,莫不悚動。」

## 骨肉相連

[釋義]

像骨頭和肉一樣互相連接著。比喻關係非常密切,不可分離。

[出處]

唐‧李百藥《北齊書卷三十四‧列傳第二十六‧楊愔傳》:「常山王以磚叩頭,進而言曰:『臣與陛下骨肉相連。』」

## 驚惶失措

[釋義]

驚慌惶恐,舉止失去常態。

[出處]

唐‧李百藥《北齊書卷三十六‧列傳二十八‧元暉業傳》:「孝友臨刑,驚惶失措,暉業神色自若。」

## 驚惶無措

[釋義]

由於驚慌,一下子不知怎麼辦才好。

[出處]

唐‧李百藥《北齊書卷三十六‧列傳二十八‧元暉業傳》:「孝友臨刑,驚慌失措,暉業神色自若。」

## 寧可玉碎,不能瓦全

[釋義]

寧做玉器被打碎,不做瓦器而保全。比喻寧願為正義事業犧牲,不願喪失氣節,苟且偷生。

[出處]

唐‧李百藥《北齊書卷四十一‧列傳第三十三‧元景安傳》:「大丈夫寧可玉碎,不能瓦全。」

## 禍不旋踵

[釋義]

旋踵:旋轉腳跟,比喻時間極短。禍害不久就將到來。

唐・李百藥《北齊書卷四十二・袁聿
修傳》:「若違忤要勢,即恐禍不旋
踵,雖以清白自守,猶不免請謁之
累。」

## 波駭雲屬

[釋義]

猶波屬雲委。比喻連續不斷,層見
迭出。

[出處]

唐・李百藥《北齊書・文苑傳序》:
「至夫游、夏以文詞擅美,顏回則庶
幾將聖,屈、宋所以後塵,卿、雲
未能輆簡。於是辭人才子,波駭雲
屬。」

# 出自《周書》的成語

## 首尾受敵

[釋義]

指前後皆受到敵人的攻擊。

[出處]

唐·令狐德棻《周書卷一·帝紀第一·文帝上》:「今逼以上命,悉令赴關,悅躡其後,歡邀其前,首尾受敵,其勢危矣。」

## 違天逆理

[釋義]

做事殘忍,違背天道倫理。

[出處]

唐·令狐德棻《周書卷一·帝紀第一·文帝上》:「侯莫陳悅違天逆理,酷害良臣,自以專戮罪重,不恭詔命,阻兵水洛,強梁秦隴。」

## 益國利民

[釋義]

對國家、對人民都有利。

[出處]

《周書卷二·帝紀第二·文帝下》:「參考變通,可以益國利民便時適治者,為二十四新制。」

## 黷武窮兵

[釋義]

濫用兵力,任意征討。

[出處]

唐·令狐德棻《周書卷六·帝紀第六·武帝下》:「若使翌日之瘥無爽,經營之志獲申,黷武窮兵,雖見譏於良吏。」

## 土階茅屋

[釋義]

泥土的臺階,茅草的房屋。比喻住房簡陋。

[出處]

《卷六·帝紀第六·武帝下》:「上棟下宇,土階茅屋。」

## 飛聲騰實

[釋義]

飛:飛揚;騰:上升。指名聲和實際都好。

[出處]

唐·令狐德棻《周書卷十·列傳第二·邵惠公顥等傳論》:「其茂親則有魯衛、梁楚,其疏屬則有凡蔣、荊燕,咸能飛聲騰實,不泯於百代之後。」

## 折節待士

[釋義]

指屈己待人。

[出處]

唐‧令狐德棻《周書卷十‧列傳第二‧邵廣傳》:「時晉公護諸子及廣弟杞國公亮等,服玩侈靡,踰越制度,廣獨率由禮則,又折節待士,朝野以是稱焉。」

## 蠹政害民

[釋義]

危害國家和人民。同「蠹國害民」。

[出處]

唐‧令狐德棻《周書卷十一‧列傳第三‧晉蕩公護傳》:「凡所委任,皆非其人,兼諸子貪殘,僚屬縱逸,恃護威勢,莫不蠹政害民。」

## 提劍汗馬

[釋義]

手提寶劍,身跨戰馬。比喻在戰場上建立功勳。

[出處]

唐‧令狐德棻《周書卷十九‧列傳第十一‧宇文貴傳》:「男兒當以取公侯,何能如先生為博士也。」

## 威福自己

[釋義]

威福:指賞罰。任賞任罰,自己一人說了算。比喻大權在握,獨斷專行。

[出處]

唐‧令狐德棻《周書卷二十一‧列傳第十三‧尉遲迥傳》:「楊堅以凡庸之才,藉後父之勢,挾幼主而令天下,威福自己,賞罰無章,不臣之跡,暴於行路。」

## 貪榮慕利

[釋義]

貪圖榮耀,羨慕財利。

[出處]

唐‧令狐德棻《周書卷二十二‧列傳第十四‧柳帶韋傳》:「夫顧親戚,懼誅夷,貪榮慕利,此生人常也。」

## 孤軍深入

[釋義]

孤立無援的軍隊深入到敵作戰區。

[出處]

唐‧令狐德棻《周書卷二十八列傳第二十‧賀若敦傳》:「瑱等以敦孤軍深入,規欲取之。」

## 臨機制變

[釋義]

臨到時機制定應變計畫。

[出處]
唐‧令狐德棻《周書卷二十八列傳第二十‧陸騰傳》:「必望臨機制變,未敢頂陳。」

## 保境息民

[釋義]

保衛國家邊疆,使人民得以安寧。

[出處]

唐‧令狐德棻《周書卷二十九‧列傳第二十一‧劉雄傳》:「先是,國家與齊通好,約言各保境息民,不相侵擾。」

## 推誠布信

[釋義]

拿出真心,廣布信義。即以真心信義待人。

[出處]

唐‧令狐德棻《周書卷三十‧列傳第二十二‧於翼傳》:「翼又推誠布信,事存寬簡,夷夏感悅,比之大小馮君焉。」

## 計盡力窮

[釋義]

窮:盡。計謀、力量都用盡了。

[出處]

唐‧令狐德棻《周書卷三十一‧列傳第二十三‧韋孝寬傳》:「齊人歷年赴救,喪敗而反,內離外叛,計盡力窮。」

## 一時之秀

[釋義]

一個時期的優秀人物。

[出處]

唐‧令狐德棻《周書卷三十二‧列傳第二十四‧唐瑾傳》:「時六尚書皆一時之秀,周文自謂得人,號為六俊。」

## 背惠食言

[釋義]

指忘恩失信。

[出處]

唐‧令狐德棻《周書卷三十三‧列傳第二十五‧楊薦傳》:「薦至蠕蠕,責其背惠食言,並論結婚之意。」

## 必爭之地

[釋義]

敵對雙方非爭奪不可的策略要地。

[出處]

唐‧令狐德棻《周書卷三十三‧列傳第二十五‧王悅傳》:「白馬要衝,是必爭之地。今城守寡弱,易可圖也。」

## 決斷如流

[釋義]

決策、斷事猶如流水。形容決策迅速、順暢。

[出處]

唐·令狐德棻《周書卷三十四·列傳第二十六·斐漢傳》:「漢善尺牘,尤便簿領,理識明瞻,決斷如流。」

## 齊心協力

[釋義]

形容認識一致,共同努力。

[出處]

唐·令狐德棻《周書卷三十五·列傳第二十七·崔謙傳》:「然後與宇文行臺,同心協力,電討不庭,則桓文之勳,復興於茲日矣。」

## 衣錦之榮

[釋義]

顯貴後回歸故鄉的榮耀。

[出處]

唐·令狐德棻《周書卷三十六·列傳第二十八·令狐整傳》:「然公門之內,須有衣錦之榮。」

## 辭多受少

[釋義]

辭:推辭掉。受:接受。推辭不受的多而接受的少。

[出處]

唐·令狐德棻《周書卷三十六·列傳第二十八·裴文舉傳》:「憲矜其貧窶,每欲資給之。文舉恆自謙遜,辭多受少。

## 亡命之徒

[釋義]

指逃亡的人。也指冒險犯法,不顧性命的人。

[出處]

唐·令狐德棻《周書卷三十七·列傳第二十九·郭彥傳》:「亡命之徒,咸從賦役。」

## 斷決如流

[釋義]

如流:像流水一樣多而迅速。決斷事務多而快。

[出處]

唐·令狐德棻《周書卷三十七·列傳第二十九·李彥傳》:「彥在尚書十有五載,屬軍國草創,庶務殷繁,留心省閱,未嘗懈怠,斷決如流,略無疑滯。」

## 始終不易

[釋義]

易:改變,違背。自始自終一直不變。指守信用。

[出處]

唐·令狐德棻《周書卷三十八·列傳第三十·蘇湛傳》:「臣自唯言辭不如伍被遠矣,然始終不易,竊謂過之。」

## 弊衣疏食

[釋義]

破舊的衣著，粗粝的飯食。指生活清苦。

[出處]

唐·令狐德棻《周書卷三十八·列傳第三十·柳虬傳》:「弊衣疏食，未嘗改操。」

## 畫野分疆

[釋義]

指劃分疆域而治。

[出處]

唐·令狐德棻《周書卷三十九·列傳第三十一·杜杲傳》:「仍請畫野分疆，永敦鄰好。」

## 權衡輕重

[釋義]

權衡：衡量。衡量哪個輕，哪個重。比喻比較利害得失的大小。

[出處]

唐·令狐德棻《周書卷四十一·列傳第三十三·王褒庾信傳論》:「權衡輕重，斟酌古今，和而能壯，麗而能典。」

## 博覽群書

[釋義]

博：廣泛。廣泛地閱讀各種書。形容讀書很多。

[出處]

唐·令狐德棻《卷四十一·列傳第三十三·庾信傳》:「庾信，字子山，南陽新野人也。……幼而俊邁，聰敏絕倫，博覽群書，尤善《春秋左氏傳》。」

## 長繩繫景

[釋義]

指留住時光。

[出處]

唐·令狐德棻《周書卷四十二·列傳第三十四·蕭大圜傳》:「人生若浮雲朝露，寧俟長繩繫景，實不願之。」

## 浮雲朝露

[釋義]

漂浮的雲彩，清晨的露水。比喻時光易逝，人生短促。

[出處]

唐·令狐德棻《周書卷四十二·列傳第三十四·蕭大圜傳》:「人生若浮雲朝露，寧俟長繩繫景，實不願之。」

## 弊衣簞食

[釋義]

破舊的衣服和粗礪的飯食。指生活清苦。

[出處]

唐·令狐德棻《周書卷四十五·列傳

第三十七·儒林傳》:「其沉默孤微
者，亦篤志於章句，以先王之道，飾
腐儒之姿，達則不過侍講訓冑，窮則
終於弊衣簞食。」

## 鏤冰雕朽

[釋義]

鏤、雕：雕刻。雕刻冰塊和朽木。比
喻勞而無功。

[出處]

唐·令狐德棻《周書卷四十五·列傳
第三十七·儒林傳》:「鏤冰雕朽，迄
用無成。」

# 出自《隋書》的成語

## 一依舊式

[釋義]

一切按照原來的規格或方式進行。

[出處]

唐‧魏徵《隋書卷一‧帝紀第一‧高祖上》：「隋國置丞相以下，一依舊式。」

## 文經武略

[釋義]

經世的文才和軍事謀略。

[出處]

唐‧魏徵《隋書卷一‧帝紀第一‧高祖上》：「伊我祖考之代，任寄已深，入掌禁兵，外司藩政，文經武略，久播朝野。」

## 揚鑣分路

[釋義]

指驅馬前進。分路而行。比喻目標不同，各走各的路或各做各的事。

[出處]

唐‧魏徵《隋書卷一‧帝紀第一‧高祖上》：「已詔使人，所在賑恤，揚鑣分路，將遍四海，必令為朕耳目。」

## 蠅飛蟻聚

[釋義]

比喻人眾多雜沓，聚集一處。

[出處]

唐‧魏徵《隋書卷一‧帝紀第一‧高祖上》：「申部殘賊，充斥一隅，蠅飛蟻聚，攻州略地。」

## 晝伏夜游

[釋義]

猶晝伏夜動。

[出處]

唐‧魏徵《隋書卷二‧帝紀第二‧高祖下》：「歷陽廣陵，窺覦相繼，或謀圖城邑，或劫剝吏人，晝伏夜游，鼠竊狗盜。」

## 逆天暴物

[釋義]

違逆天理，殘害生物。

[出處]

唐‧魏徵《隋書卷二‧帝紀第二‧高祖下》：「昔有苗不賓，唐堯薄伐，孫皓僭虐，晉武行誅。有陳竊據江表，逆天暴物。」

## 眾寡懸殊

[釋義]

形容雙方人力的多少相差極大。

[出處]

唐‧魏徵《隋書卷四‧帝紀第四‧楊善會傳》:「每恨眾寡懸殊,未能滅賊。」

## 長惡靡悛

[釋義]

指長期作惡,不肯悔改。

[出處]

唐‧魏徵《隋書卷四‧帝紀第四‧煬帝紀下》:「朕以許其改過,乃詔班師,而長惡靡悛,宴安鴆毒,此而可忍,孰不可容!」

## 矯情飾行

[釋義]

掩飾實情,故作姿態。同「矯情飾貌」。

[出處]

唐‧魏徵《隋書卷四‧帝紀第四‧煬帝紀下》:「每矯情飾行,以釣虛名,陰有奪宗之計。」

## 開天闢地

[釋義]

古代神話傳說:盤古氏開闢天地,開始有人類歷史。後常比喻空前的,自古以來沒有過的。

[出處]

唐‧魏徵《隋書卷十四‧志第九‧音樂中》:「開天闢地,峻岳夷海。」

## 眾川赴海

[釋義]

眾多的河流都奔赴大海。比喻眾多的力量彙集在一起。

[出處]

唐‧魏徵《隋書卷十四‧志第九‧音樂中》:「天覆地載,成以四時。唯皇是則,比大於茲。群星拱極,眾川赴海。萬宇駿奔,一朝咸在。」

## 應規蹈矩

[釋義]

應:順應;規:圓規;蹈:履行;矩:角尺。夫和矩分別是定圓和方的標準工具,借指禮儀、法度。指謹遵禮法,不越分寸。

[出處]

唐‧魏徵《隋書卷十四‧志第九‧音樂中》:「齊之以禮,相趨帝庭,應規蹈矩,玉色金聲。」

## 失之千里,差若毫釐

[釋義]

指細微的失誤,可導致巨大的差錯。

[出處]

唐‧魏徵《隋書卷十九‧志第十四‧

天文上》：「失之千里，差若毫釐，大象一乖，餘何可驗！」

## 經邦論道

[釋義]

指治理國家，談論治國之道。比喻位居高層。

[出處]

唐·魏徵《隋書卷三十七·列傳第二·李穆傳》：「臣日薄桑榆，位高軒冕，經邦論道，自顧缺然。」

## 同生共死

[釋義]

生死與共，形容情誼極深。

[出處]

唐·魏徵《隋書卷三十六·列傳第三·鄭譯傳》：「鄭譯與朕同生共死，間關危難，興言急此，何日忘之。」

## 先下手為強

[釋義]

在對手沒有準備好的時候首先動手，取得主動地位。

[出處]

唐·魏徵《隋書卷四十·列傳第五·元冑傳》：「兵馬悉他家物，一先下手，大事便去。」

## 孤軍作戰

[釋義]

孤立無援的軍隊單獨奮戰。比喻單獨辦事，沒有人支援。

[出處]

唐·魏徵《隋書卷四十·列傳第五·虞慶則傳》：「由是長儒孤軍奮戰，死者十八九。」

## 雕蟲小技

[釋義]

雕：雕刻；蟲：指鳥蟲書，古代漢字的一種字體。比喻小技或微不足道的技能。

[出處]

唐·魏徵《隋書卷四十二·列傳第七·李德林傳》：「雕蟲小技，殆相如、子雲之輩。」

## 臨敵易將

[釋義]

易：改變，變換。臨到作戰之前調換將領。

[出處]

唐·魏徵《隋書卷四十二·列傳第七·李德林傳》：「且臨敵代將，自古所難，樂毅所以辭燕，趙括以之敗趙。」

## 長驅深入

[釋義]

猶言長驅直入。

[出處]

唐·魏徵《隋書卷四十五·列傳第十·楊諒傳》:「王所部將吏家屬,盡在關西,若用此等,即宜長驅深入,直擄京都,所謂疾雷不及掩耳。」

## 風行電擊

[釋義]

形容氣勢迅速猛烈。

[出處]

唐·魏徵《隋書卷四十五·列傳第十·楊諒傳》:「文安請為前鋒,王以大軍繼後,風行電擊,頓於霸上,咸陽以東可指麾而定。」

## 十羊九牧

[釋義]

十頭羊卻用九個人放牧。比喻官多民少,賦稅剝削很重。也比喻使令不一,無所適從。

[出處]

唐·魏徵《隋書卷四十六·列傳第十一·楊尚希傳》:「所謂民少官多,十羊九牧。」

## 求賢若渴

[釋義]

像口渴思飲那樣訪求賢士。形容網羅人才的迫切。

[出處]

唐·魏徵《隋書卷四十七·列傳第十二·韋世康傳》:「朕夙夜庶幾,求賢若渴,冀與公共治天下,以致太平。」

## 逸群絕倫

[釋義]

指超出世人和同輩。

[出處]

唐·魏徵《隋書卷四十八·列傳第十三·楊素傳》:「處道當逸群絕倫,非常之器,非汝曹所逮也。」

## 閉戶讀書

[釋義]

關著門在家裡埋頭讀書。

[出處]

唐·魏徵《隋書卷五十七·列傳第二十二·盧思道傳》:「思道讀之,多所不解,於是感激,閉戶讀書,師事河間邢才子。」

## 高視闊步

[釋義]

眼睛向上看,邁大步走路。形容氣概不凡或態度傲慢。

唐・魏徵《隋書卷五十七・列傳第二十二・盧思道傳》：「俄而抵掌揚眉，高視闊步。」

## 紆青佩紫

[釋義]
比喻顯貴。

[出處]
唐・魏徵《隋書卷五十七・列傳第二十二・盧思道傳》：「外呈厚貌，內蘊百心，繇是則紆青佩紫，牧州典郡。」

## 以蚓投魚

[釋義]
用蚯蚓做魚餌釣魚。比喻用較小的代價換得較大的收穫。

[出處]
唐・魏徵《隋書卷五十七・列傳第二十二・薛道衡傳》：「魏收曰：『傅縡所謂以蚓投魚耳。』」

## 冰銷葉散

[釋義]
比喻事物消失瓦解。

[出處]
唐・魏徵《隋書卷五十九・列傳第二十四・越王侗傳》：「若王師一臨，舊章暫睹，自應解甲倒戈，冰銷葉散。」

## 下車伊始

[釋義]
伊：文言助詞；始：開始。舊指新官剛到任。現比喻帶著工作任務剛到一個地方。

[出處]
唐・魏徵《隋書卷六十二・列傳第二十七・劉行本傳》：「然臣下車之始，與其為約。此吏故違，請加徒一年。」

## 下車之始

[釋義]
指官吏剛到任所。同「下車伊始」。

[出處]
唐・魏徵《隋書卷六十二・列傳第二十七・劉行本傳》：「然臣下車之始，與其為約。」

## 遲疑不決

[釋義]
猶豫疑惑，不能決定。

[出處]
唐・魏徵《隋書卷六十三・列傳第二十八・段文振傳》：「遲疑不決，非上策也。」

## 奮勇當先

[釋義]
鼓起勇氣，站在最前列。

[出處]
唐·魏徵《隋書卷六十三·列傳第二十八·史祥傳》：「公竭誠奮勇，一舉克定。」

## 月露風雲
[釋義]
指綺麗浮靡，吟風弄月的詩文。
[出處]
唐·魏徵《隋書卷六十六·列傳第三十一·李諤傳》：「連篇累牘，不出月露之形，積案盈箱，唯是風雲之狀。」

## 損本逐末
[釋義]
猶捨本逐末。謂拋棄根本，專在枝節上用功夫。
[出處]
唐·魏徵《隋書卷六十六·列傳第三十一·李諤傳》：「故文筆日繁，其政日亂，良由棄大聖之軌模，構無用以為用也。損本逐末，流遍華壤，遞相師祖，久而愈扇。」

## 連篇累牘
[釋義]
累：重疊；牘：古代寫字的木片。形容篇幅過多，文辭冗長。

[出處]
唐·魏徵《隋書卷六十六·列傳第三十一·李諤傳》：「連篇累牘，不出月露之形；積案盈箱，唯是風雲之狀。」

## 松筠之節
[釋義]
松與竹歲寒不凋，用以比喻堅貞的節操。
[出處]
唐·魏徵《隋書卷六十六·列傳第三十一·柳莊傳》：「梁主奕葉重光，委誠朝廷，而今已後，方見松筠之節。」

## 積案盈箱
[釋義]
堆滿書桌，塞滿書箱。形容書籍、文稿、卷宗等非常多。
[出處]
唐·魏徵《隋書卷六十六·列傳第三十一·李諤傳》：「連篇累牘，不出月露之形；積案盈箱，唯是風雲之狀。」

## 鳥驚魚潰
[釋義]
潰：潰散。像鳥驚飛，像魚潰散而逃。形容軍隊因受驚擾而亂紛紛地四下潰散。

唐‧魏徵《隋書卷七十‧列傳第
三十五‧楊玄感傳》:「民為凋盡,徭
戍無期,率土之心,烏驚魚潰。」

## 孤軍作戰

[釋義]

孤立無援的軍隊單獨奮戰。比喻單獨
處事,沒有人支援。

[出處]

唐‧魏徵《隋書卷七十一‧列傳第
三十六‧虞慶則傳》:「由是長儒孤軍
獨戰,死者十八九。」

## 直道事人

[釋義]

以正直之道對待人。形容為人直誠不
虛偽。

[出處]

唐‧魏徵《隋書卷七十一‧列傳第
三十六‧馮慈明傳》:「慈明直道事
人,有死而已。不義之言,非所敢
對。」

## 天命有歸

[釋義]

天命有所歸屬。謂君王興衰,由上天
所定。因常指改朝換代,將有新君主
出現。

[出處]

唐‧魏徵《隋書卷七十一‧列傳第
三十六‧堯君素傳》:「必若隋室傾
敗,天命有歸,吾當斷頭以付諸君
也。」

## 眾寡懸殊

[釋義]

形容雙方人力的多少相差極大。

[出處]

唐‧魏徵《隋書卷七十一‧列傳第
三十六‧楊善會傳》:「每恨眾寡懸
殊,未能滅賊。」

## 烏鵲通巢

[釋義]

烏鴉與喜鵲同巢。比喻異類和睦
共處。

[出處]

唐‧魏徵《隋書卷七十二‧列傳第
三十七‧郭雋傳》:「家門雍睦,七葉
共居,犬豕同乳,烏鵲通巢,時人以
為義感之應。」

## 水火無交

[釋義]

沒有財物牽涉。形容為官清正廉潔。

[出處]

唐‧魏徵《隋書卷七十三‧列傳第
三十八‧循吏傳‧趙軌》:「別駕在

官，水火不與百姓交，是以不敢以壺
酒相送。」

## 蜂扇蟻聚

[釋義]

蜂翅搧動，螞蟻聚合。比喻人雖眾多
但發揮不了大作用。

[出處]

唐·魏徵《隋書卷七十四·列傳第
三十九·房彥謙傳》：「況乎蕞爾一隅，
蜂扇蟻聚，楊諒之愚鄙，群小之凶慝，
而欲憑陵畿甸，覬幸非望者哉！」

## 緩步代車

[釋義]

緩：舒緩不急切。慢步行走以代
乘車。

[出處]

唐·魏徵《隋書卷七十五·列傳第
四十·劉炫傳自讚》：「玩文史以怡
神，閱魚鳥以散慮，觀省野物，登臨
園沼，緩步代車，無事為貴。」

## 閉目塞耳

[釋義]

堵塞視聽。指對外界事物不聞不問或
不了解。

[出處]

唐·魏徵《隋書卷八十一·列傳第
四十六·東夷傳·高麗》：「王乃坐之

空館，嚴加防守，使其閉目塞耳，永
無聞見。」

## 舞文弄墨

[釋義]

舞、弄：玩弄。也說舞弄文墨。玩弄
文字技巧。歪曲、利用法律條文來
作弊。

[出處]

唐·魏徵《隋書卷八十五·列傳第
五十·王充傳》：「明習法令，而舞弄
文墨，高下其心。」

# 出自《南史》的成語

## 步步生蓮花

[釋義]

蓮花：荷花。形容女子步態輕盈，姿態曼妙。

[出處]

唐·李延壽《卷五·齊本紀下第五·廢帝東昏侯》:「（東昏侯）又鑿金為蓮華（花）以貼地，令潘妃行其上，日:『此步步生蓮華（花）也。』」

## 百品千條

[釋義]

指繁多的名目。

[出處]

唐·李延壽《卷五·齊本紀下第五·廢帝東昏侯》:「又訂出雄雉頭、鶴氅、白鷺縗，百品千條，無復窮已。」

## 風激電駭

[釋義]

形容勢猛。同「風激電飛」。

[出處]

唐·李延壽《南史卷六·梁本紀上第六·武帝》:「憑險作守，兵食兼資，風激電駭，莫不震疊。」

## 聲振寰宇

[釋義]

寰宇：天下。形容聲威極盛。

[出處]

唐·李延壽《南史卷八·梁本紀下第八》:「介冑仁義，折衝尊俎，聲振寰宇，澤流遐裔。」

## 安若泰山

[釋義]

形容極其平安穩固。同「安如泰山」。

[出處]

唐·李延壽《南史卷八·梁本紀下第八·梁紀下論》:「自謂安若泰山，算無遺策。」

## 方趾圓顱

[釋義]

方腳圓頭。指人類。

[出處]

唐·李延壽《南史卷九·陳本紀上第九·高祖》:「茫茫宇宙，懍懍黎元，方趾圓顱，萬不遺一。」

## 全無心肝

[釋義]

比喻不知羞恥。

[出處]

唐‧李延壽《南史卷十‧陳本紀下第十‧後主》:「隋文帝曰:『叔保全無心肝。』」

## 一衣帶水

[釋義]

一條衣帶那樣狹窄的水。指雖有江河湖海相隔,但距離不遠,不足以成為交往的阻礙。

[出處]

唐‧李延壽《南史卷十‧陳本紀下第十‧後主》:「隋文帝謂僕射高穎曰:『我為百姓父母,豈可限一衣帶水不拯之乎?』」

## 不習地土

[釋義]

對於一個地方的氣候條件或飲食習慣不能適應。

[出處]

唐‧李延壽《南史卷十一‧列傳第一‧王融傳》:「宋弁曰:『當是不習地土。』」

## 半老徐娘

[釋義]

徐娘:梁元帝妃徐氏,泛指婦女。指尚有風韻的中年婦女。

[出處]

唐‧李延壽《南史‧后妃傳下‧梁元帝徐妃》:「蕭漂陽馬雖老猶駿,徐娘雖老,猶尚多情。」

## 壞裳為褲

[釋義]

裳,下衣,指老百姓的服裝;褲,指軍裝。後以之代指從軍。

[出處]

唐‧李延壽《南史卷十五‧列傳第五‧劉穆之傳》載,劉裕召劉穆之為主簿(軍吏),穆之「壞布裳為褲」,往見劉裕。

## 嗜痂成癖

[釋義]

嗜:愛好;痂:瘡口表面的硬殼。形容怪異的癖好。

[出處]

唐‧李延壽《南史卷十五‧列傳第五‧劉穆之傳》:「邕性嗜食瘡痂,以為味似鰒魚。」

## 唱籌量沙

[釋義]

把沙當做米，計量時高呼數字。比喻以假象安定軍心，迷惑敵人。

[出處]

唐‧李延壽《南史卷十五‧列傳第五‧檀道濟傳》：「道濟夜唱籌量沙，以所餘少米散其上。及旦，魏軍謂資糧有餘，故不復追。」

## 目光如炬

[釋義]

目光發亮像火炬。形容憤怒地注視著。也形容見識遠大。

[出處]

唐‧李延壽《南史卷十五‧列傳第五‧檀道濟傳》：「道濟見收，憤怒氣盛，目光如炬，俄爾間引飲一斛。」

## 飲馬長江

[釋義]

在長江邊讓戰馬喝水。指渡江南下進行征伐。

[出處]

唐‧李延壽《南史卷十五‧列傳第五‧檀道濟傳》：「道濟見收，憤怒氣盛，目光如炬，俄爾間引飲一斛。乃脫幘投地，曰：『乃壞汝萬里長城。』魏人聞之，皆曰：『道濟已死，吳子輩不足復憚。』自是頻歲南伐，有飲馬長江之志。」

## 文通武達

[釋義]

以文學通登顯貴，以武略位居達官。指不管學文學武，只要為國出力，就都有前途。也形容文武雙全的人。

[出處]

唐‧李延壽《南史卷十五‧列傳第五‧檀珪傳》：「檀珪與僧虔書曰：『僕一門雖謝文通，乃添武達。」

## 齒牙餘論

[釋義]

比喻隨口稱譽的話。

[出處]

唐‧李延壽《南史卷十九‧列傳第九‧謝朓傳》：「士子聲名未立，應共獎成，無惜齒牙餘論。」

## 芳蘭竟體

[釋義]

芳蘭：蘭草的香氣；竟體：滿身。香氣滿身。比喻舉止閒雅，風采極佳。

[出處]

唐‧李延壽《南史卷二十‧列傳第十‧謝覽傳》：「覽意氣閒雅，視瞻聰明。武帝目送良久，謂徐勉曰：『覺此生芳蘭竟體。』」

## 清風明月

[釋義]

只與清風、明月為伴。比喻不隨便結交朋友。也比喻清閒無事。

[出處]

唐‧李延壽《南史二十‧列傳第十‧謝惠傳》:「入吾室者,但有清風,對吾飲者,唯當明月。」

## 讓棗推梨

[釋義]

小兒推讓食物的典故。比喻兄弟友愛。

[出處]

《南史卷二十二‧列傳第十二‧王泰傳》:「年數歲時,祖母集諸孫姪,散棗栗於床。群兒競之,泰獨不取。」

## 積雪封霜

[釋義]

形容操守高潔堅貞。

[出處]

唐‧李延壽《南史卷二十二‧列傳第十二‧齊江夏王鋒傳》:「常忽忽不樂,著〈修柏賦〉以見志,曰:『……衝風不能摧其枝,積雪不能改其性。』」

## 一歲三遷

[釋義]

比喻官職升得極快。

[出處]

唐‧李延壽《南史卷二十五‧列傳第十五‧到溉傳》:「懷其舊德,至是一歲三遷。」

## 披心瀝血

[釋義]

剖開心滴出血來。比喻竭盡忠誠。

[出處]

唐‧李延壽《南史卷二十六‧列傳第十六‧袁昂傳》:「推恩及罪,在臣實大,披心瀝血,敢乞言之。」

## 鬚髯如戟

[釋義]

髯:兩頰上的鬍子。戟:古代的一種兵器,長桿頭上附有月牙狀的利刃。鬍鬚又長又硬,一根根像戟似的怒張著。舊時形容丈夫氣概。

[出處]

唐‧李延壽《南史卷三十‧列傳第二十‧褚彥回傳》:「君鬚髯如戟,何無丈夫意?」

## 推襟送抱

[釋義]

比喻坦誠相見(襟抱:指心意)。

[出處]
《南史卷三十一·列傳第二十一·張充傳》:「所可通夢交魂,推襟送抱者,唯丈人而已。」

## 忘年交

[釋義]

即不拘年歲行輩產差異而結交的朋友。同「忘年之好」。

[出處]

唐·李延壽《南史卷三十三·列傳第二十三·何遜傳》:「遜字仲言,八歲能賦詩,弱冠,州舉秀才。南鄉范雲見其對策,大相稱賞,因結忘年交。」

## 弦外之意

[釋義]

弦:樂器上發音的絲線。比喻言外之意,即在話裡間接透露,而不是明說出來的意思。

[出處]

唐·李延壽《南史卷三十三·列傳第二十三·范曄傳》:「其中體趣,言之不可盡。弦外之意,虛響之音,不知所從而來。」

## 鋪錦列繡

[釋義]

鋪:鋪陳;列:陳列;錦、繡:原指精緻華麗的絲繡品,比喻華麗的詞藻。形容文章充滿華麗的詞藻。

[出處]

唐·李延壽《南史卷三十四·列傳第二十四·顏延之傳》:「君詩若鋪錦列繡,亦雕繢眼。」

## 朝成暮遍

[釋義]

早晨剛寫成,晚上就到處流傳。形容文章流傳迅速。

[出處]

唐·李延壽《南史卷三十九·列傳第二十九·劉孝綽傳》:「孝綽辭藻為後進所宗,時重其文,每作一篇,朝成暮遍,好事者咸誦傳寫,流聞河朔,亭苑柱壁莫不題之。」

## 心手相應

[釋義]

心和手互相呼應。形容配合得好。

[出處]

唐·李延壽《南史卷四十二·列傳第三十二·蕭子雲傳》:「筆力勁駿,心手相應,巧逾杜度,美過崔寔,當與元常並驅爭先。」

## 咫尺萬里

[釋義]

形容畫幅雖小,意境深遠。後也指詩文的含意深遠。

[出處]

唐‧李延壽《南史卷四十四‧列傳第三十四‧蕭賁傳》：「幼好學，有文才，能書善畫，於扇上畫山水，咫尺之內，便覺萬里為遙。」

## 生生世世

[釋義]

指今生、來世以至永世。

[出處]

唐‧李延壽《南史卷四十五‧列傳第三十五‧王敬則傳》：「唯願後身生生世世不復天王作因緣。」

## 吞刀刮腸

[釋義]

比喻決心改過自新。

[出處]

唐‧李延壽《南史卷四十七‧列傳第三十七‧荀伯玉傳》：「若許某自新，必吞刀刮腸，飲灰洗胃。」

## 鼻頭出火

[釋義]

形容意氣風發；情緒激昂。

[出處]

唐‧李延壽《南史卷五十五‧列傳第四十五‧曹景宗傳》：「我昔在鄉里，騎快馬如龍，與年少輩數十騎，拓弓弦作礔礰聲，箭如餓鴟叫，平澤中逐

獐，數肋射之，渴飲其血，飢食其脯，甜如甘露漿，覺耳後生風，鼻頭出火，此樂使人忘死。」

## 聽人穿鼻

[釋義]

聽：任憑；穿鼻：穿牛鼻子環。比喻聽憑別人擺布。

[出處]

唐‧李延壽《南史卷五十六‧列傳第四十六‧張弘策傳》：「徐孝嗣才非柱石，聽人穿鼻。」

## 百萬買宅，千萬買鄰

[釋義]

比喻好鄰居千金難買。

[出處]

唐‧李延壽《南史卷五十六‧列傳第四十六‧呂僧珍傳》：「宋季雅罷南康郡，市宅居僧珍宅側。僧珍問宅價。曰：『一千一百萬。』怪其貴。季雅曰：『一百萬買宅，千萬買鄰。』」

## 百不為多，一不為少

[釋義]

指難得的好人或好東西。

[出處]

唐‧李延壽《南史卷五十九‧列傳第四十九‧任昉傳》：「褚彥回嘗謂遙曰：『聞卿有令子，相為喜之。所謂

百不為多，一不為少。』由是聞聲藉甚。」

# 以天下為己任

[釋義]

把國家的興衰治亂作為自己的責任。

[出處]

唐‧李延壽《南史卷六十‧列傳第五十‧孔休源傳》：「休源風範強正，明練政體，常以天下為己任。」

# 人中騏驥

[釋義]

騏驥：良馬。比喻才能出眾的人。

[出處]

唐‧李延壽《南史卷六十‧列傳第五十‧徐勉傳》：「此所謂人中騏驥，必能致千里。」

# 迷途知反

[釋義]

迷途：迷路；反：反回。迷了路知道回來。比喻犯了錯誤能改正。

[出處]

唐‧李延壽《南史卷六十一‧列傳第五十一‧陳伯之傳》：「夫迷途知反，往哲是與。」

# 以噎廢餐

[釋義]

由於吃飯打噎，便不敢再進食。比喻因偶然受到挫折，就停止應做的事情。

[出處]

唐‧李延壽《南史卷六十二‧列傳第五十二‧賀琛傳》：「卿又云『百司莫不奏事，詭競求進』。今不許外人呈事，於義可否？以噎廢餐，此之謂也。」

# 天上麒麟

[釋義]

稱讚他人之子有文才。

[出處]

唐‧李延壽《南史卷六十二‧列傳第五十二‧徐陵傳》：「年數歲，家人攜以候沙門釋寶志，寶志摩其頂曰：『天上石麒麟也。』」

# 以身許國

[釋義]

許：預先答應給予。把身體獻給國家。指盡忠報國，臨難不顧。

[出處]

唐‧李延壽《南史卷六十三‧列傳第五十三‧羊侃傳》：「久以淡為死，猶復在邪？吾以身許國，誓死行陣，終不以爾而生進退。」

## 行吟坐詠

[釋義]

吟、詠：聲調抑揚地念，唱。走著念，坐著唱。形容到處都在讀書。

[出處]

唐‧李延壽《南史卷七十‧列傳第六十‧郭祖深傳》：「陛下昔歲尚學，置立五館，行吟坐詠，誦聲溢境。」

## 項領之功

[釋義]

項領：首要。指第一功。

[出處]

唐‧李延壽《南史卷七十三‧列傳第六十三‧樂預傳》：「升之與君，有項領之功。令一言而二功俱解，豈願聞之乎？」

## 隨月讀書

[釋義]

利用月光來照明讀書。形容家境清貧，勤學苦讀。

[出處]

唐‧李延壽《南史卷七十三‧列傳第六十三‧江泌傳》：「泌少貧，晝日斫屧為業，夜讀書隨月光，光斜則握卷升屋，睡極墮地則更登。」

## 阿意取容

[釋義]

阿意：迎合他人的心意；取容：博取別人的歡心。曲從其意，以取悅於人。

[出處]

唐‧李延壽《卷七十四‧列傳第六十四‧孝義傳下‧陶季直》：「季直不能阿意取容，明帝頗忌之，出為輔國長史、北海太守。」

## 然糠自照

[釋義]

然：同燃，燒；糠：穀殼。燒糠照明。比喻勤奮好學。

[出處]

唐‧李延壽《南史卷七十五‧列傳第六十五‧顧歡傳》：「鄉中有學舍，歡貧無以受業，於舍壁後倚聽，無遺忘者。夕則然松節讀書，或然糠自照。」

## 山中宰相

[釋義]

南朝梁時陶弘景，隱居茅山，屢聘不出，梁武帝常向他請教國家大事，人們稱他為「山中宰相」。比喻隱居的高賢。

[出處]

唐‧李延壽《南史卷七十五‧列傳第六十五‧陶弘景傳》：「國家每有吉凶

征討大事，無不前以諮詢。月中常有數信，時人謂為山中宰相。」

## 州如斗大

州：古代行政區劃；斗：古時量具。州僅像斗一樣大。形容地盤很小。

唐‧李延壽《南史卷七十七‧列傳第六十七‧呂文顯傳》：「宗愨年將六十，為國竭命，政得一州如斗大，不能復與典簽共臨！」

## 惜指失掌

惜：吝惜。因捨不得一個指頭而失掉一個手掌。比喻因小失大。

唐‧李延壽《南史卷七十七‧列傳第六十七‧阮佃夫傳》：「佃夫拂衣出戶，曰：『惜指失掌邪？』」

## 烏面鵠形

臉黑如烏，身瘦如鵠。形容人困餓潦倒之狀。

唐‧李延壽《南史卷八十‧列傳第七十‧侯景傳》：「百姓流亡，死者塗地……其絕粒久者，烏面鵠形。」

# 出自《北史》的成語

## 車馬填門

[釋義]

車子充滿門庭,比喻賓客很多。同「車馬盈門」。

[出處]

唐·李延壽《北史卷一·魏本紀第一·拓跋深傳》:「是故餘人攝選,車馬填門;及臣居邊,賓游罕至。」

## 飛揚跋扈

[釋義]

飛揚:放縱;跋扈:蠻橫。原指意態狂豪,不愛約束。現多形容驕橫放肆,目中無人。

[出處]

唐·李延壽《北史卷六·齊本紀上第六·高祖神武帝》:「景專制河南十四年矣,常有飛揚跋扈志。」

## 背信棄義

[釋義]

背:違背;信:信用;棄:扔掉;義:道義。違背諾言,不講道義。

[出處]

唐·李延壽《卷十·周本紀下第十·高祖武帝》:「背惠怒鄰,棄信忘義。」

## 引咎自責

[釋義]

咎:罪責。主動承擔錯誤的責任並批評自己。

[出處]

唐·李延壽《卷十·周本紀下第十·高祖武帝》:「公卿各引咎自責。」

## 破竹之勢

[釋義]

比喻節節勝利,毫無阻礙。

[出處]

唐·李延壽《卷十·周本紀下第十·武帝》:「嚴軍以待,擊之必克。然後乘破竹之勢,鼓行而東,足以窮其窟穴。」

## 各安生業

[釋義]

各自安於賴以生活的職業。生業:謀生之業。

唐‧李延壽《北史卷十二‧隋本紀下第十二‧隋煬帝紀》:「輕徭薄賦,比屋各安其業。」

## 背公徇私

[釋義]
違背正道,營私舞弊。

[出處]
唐‧李延壽《北史卷十二‧隋本紀下第十二‧煬帝紀》:「侵害百姓,背公徇私。」

## 口不擇言

[釋義]
指情急時說話不能正確用詞表達或指說話隨便。

[出處]
唐‧李延壽《北史卷十五‧列傳第三‧魏艾陵伯子華傳》:「性甚褊急,當其急也,口不擇言,手自捶擊。」

## 諂上抑下

[釋義]
討好上司,欺壓下級。

[出處]
唐‧李延壽《北史卷二十‧列傳第八‧安同傳》:「(安同)性平正柔和,未嘗有喜怒色,忠篤愛厚,不諂上抑下。」

## 因敵取資

[釋義]
因:依,靠;資:財物,資用。從敵方取得資源、養分。

[出處]
唐‧李延壽《北史卷二十一‧列傳第九‧燕鳳傳》:「輕行速捷,因敵取資。」

## 以古方今

[釋義]
用古代人的人事與今天的人事相比。

[出處]
唐‧李延壽《北史卷二十二‧列傳第十‧長孫嵩傳》:「昔叔孫辭沃壤之地,蕭何就窮僻之鄉,以古方今,無慚曩哲。」

## 一箭雙鵰

[釋義]
原指射箭技術高超,一箭射中兩隻鵰。後比喻做一件事達到兩個目的。

[出處]
唐‧李延壽《北史卷二十二‧列傳第十‧長孫晟傳》:「嘗有二鵰飛而爭肉,因以箭兩隻與晟,請射取之。晟馳往,遇鵰相攫,遂一發雙貫焉。」

## 拜恩私室

[釋義]

指感謝有權勢的人的推薦提拔。

[出處]

唐·李延壽《北史卷二十四·列傳第十二·王晞傳》:「受爵天朝,拜恩私室,自古以為干紀。」

## 同堂兄弟

[釋義]

同祖的兄弟,即堂兄弟。

[出處]

唐·李延壽《北史卷二十七·列傳第十五·公孫表傳》:「二公孫,同堂兄弟耳。」

## 喜形於色

[釋義]

形:表現;色:臉色。內心的喜悅表現在臉上。形容抑制不住內心的喜悅。

[出處]

唐·李延壽《北史卷三十一·列傳第十九·高允傳》:「允喜形於色,語人曰:『天恩以我篤老,大有所賚,得以贍客矣。』」

## 劍戟森森

[釋義]

比喻人心機重,城府深。

[出處]

唐·李延壽《北史卷三十三·列傳第二十一·李義深傳》:「時人語曰:『劍戟森森李義深。』」

## 致之度外

[釋義]

指不放在心上。同「置之度外」。

[出處]

唐·李延壽《北史卷三十六·列傳第二十四·薛辯傳》:「朕且含養,致之度外,勿以言辭相析。」

## 裙屐少年

[釋義]

裙:下裳;屐:木鞋。裙屐是六朝貴族子弟的衣著。形容只知道講究穿戴的年輕人。

[出處]

唐·李延壽《北史卷四十三·列傳三十一·邢巒傳》:「蕭深藻是裙屐少年,未治政務。」

## 看人眉睫

[釋義]

比喻看人眼色。

[出處]

唐·李延壽《北史卷四十四·列傳第三十二·崔亮傳》:「亮曰:『弟妹饑寒,豈容獨飽?自可觀書於市,安能

看人眉睫乎！』」

## 仰人眉睫

[釋義]

指看別人的臉色行事。

[出處]

唐‧李延壽《北史卷四十四‧列傳第三十二‧崔亮傳》：「亮曰：『弟妹饑寒，豈容獨飽？自可觀書於市，安能看人眉睫乎！』」

## 看人眉睫

[釋義]

比喻看人眼色。

[出處]

唐‧李延壽《北史卷四十四‧列傳第三十二‧崔亮傳》：「亮曰：『弟妹饑寒，豈容獨飽？自可觀書於市，安能看人眉睫乎！』」

## 衣錦夜游

[釋義]

穿了錦繡衣裳在夜間出行。比喻雖居官位，卻無法使人看到自己的榮耀顯貴。同「衣繡夜行」。

[出處]

唐‧李延壽《北史卷四十六‧列傳第三十四‧鹿悆傳》：「且衣錦夜游，有識不許。」

## 李下瓜田

[釋義]

比喻容易引起嫌疑的場合。

[出處]

唐‧李延壽《北史卷四十七‧列傳第三十五‧袁翻傳》：「瓜田李下，古人所慎。」

## 曠古絕倫

[釋義]

曠古：古來所無；絕倫：超過同輩。空前未有，超出一般。

[出處]

唐‧李延壽《北史卷五十五‧列傳第四十三‧趙彥深傳》：「彥深小心恭慎，曠古絕倫。」

## 不事邊幅

[釋義]

指不修邊幅。

[出處]

唐‧李延壽《北史卷六十二‧列傳第五十‧王羆傳》：「羆性儉率，不事邊幅。」

## 寸陰若歲

[釋義]

歲：年。一剎那像過一年。形容非常殷切地期待和盼望。

[出處]

唐‧李延壽《北史卷六十八‧列傳第五十六‧韓禽傳》:「班師凱入,誠知非遠,相思之甚,寸陰若歲。」

## 喃喃細語

[釋義]

形容小聲說話。

[出處]

唐‧李延壽《北史卷七十一‧列傳第五十九‧房陵王勇傳》:「乃向西北奮飛,喃喃細語。」

## 捐本逐末

[釋義]

捐:拋棄;逐:追逐。指拋棄根本,追求末節。

[出處]

唐‧李延壽《北史卷七十七‧列傳第六十五‧李諤傳》:「捐本逐末,流遍華壤,遞相師祖,久而愈扇。」

## 尋幽入微

[釋義]

形容對深奧的事理探求達到非常深刻的程度。

[出處]

唐‧李延壽《北史卷八十九‧列傳第七十七‧楊伯醜傳》:「分析爻象,尋幽入微。」

## 聞名不如見面

[釋義]

只聽名聲不如見面更能幫助了解。

[出處]

唐‧李延壽《北史卷八十九‧列傳第七十七‧列女傳》:「吾聞聞名不如見面,小人未見禮教,何足責哉。」

# 出自《舊唐書》的成語

## 優柔失斷

[釋義]

形容遇事猶豫，不能當機立斷。

[出處]

後晉‧劉昫等《舊唐書卷一‧本紀第一‧高祖李淵》：「由是攫金有恥，伏莽知非，人懷漢道之寬平，不責高皇之慢罵。然而優柔失斷，浸潤得行，誅文靜則議法不從，酬裴寂則曲恩太過。」

## 正本澄源

[釋義]

猶正本清源。

[出處]

後晉‧劉昫等《舊唐書卷一‧本紀第一‧高祖李淵》：「欲使玉石區分，薰蕕有辨，長存妙道，永固福田，正本澄源，宜從沙汰。」

## 若釋重負

[釋義]

形容緊張心情過去以後的的輕鬆愉快。同「如釋重負」。

[出處]

後晉‧劉昫等《舊唐書卷一‧本紀第一‧高祖李淵》：「宜依前典，趨上尊號，若釋重負，感泰兼懷。」

## 濟世安民

[釋義]

使國家得到治理，百姓安居樂業。

[出處]

後晉‧劉昫等《舊唐書卷二‧本紀第二‧太宗上》：「龍鳳之姿，天日之表，其年將二十，必能濟世安民矣。」

## 策名就列

[釋義]

書名於策，就位朝班。意指做官。

[出處]

後晉‧劉昫等《舊唐書卷二‧本紀第二‧太宗上》：「然情存今古，世踵澆季，而策名就列，或乖大禮。」

## 垂簾聽政

[釋義]

垂簾太后或皇后臨朝聽政，殿上用簾

子遮隔。聽治理。指太后臨朝管理國家政事。

[出處]

後晉·劉昫等《舊唐書卷五·本紀第五·高宗李治下》：「時帝風疹不能聽朝，政事皆決於天后。自誅上官儀後，上每視朝，天后垂簾於御座後，政事大小皆預聞之，內外稱為二聖。」

## 龍盤鳳翥

[釋義]

比喻山勢雄壯蜿蜒。指王者的氣象。亦比喻書法筆勢飛動。

[出處]

後晉·沈昫《舊唐書卷九·本紀第九·玄宗李隆基下》：「初，上皇親拜五陵，至橋陵，見金粟山有龍盤鳳翥之勢。」

## 齊心滌慮

[釋義]

淨潔身心，清除雜念。

[出處]

後晉·劉昫等《舊唐書卷十一·本紀第十一·代宗李豫》：「朕受昊天之成命，承累聖之鴻業，齊心滌慮，夙夜憂勞。」

## 空口說白話

[釋義]

形容光說不做事，或光說而沒有實際行動證明。

[出處]

後晉·劉昫等《舊唐書卷十五·本紀第十五·憲宗李純下》：「凡好事口說則易，躬行則難。卿等既言之，須行之，勿空口說。」

## 氣憤填膺

[釋義]

膺：胸。形容憤怒之情充滿胸中。

[出處]

後晉·劉昫等《舊唐書卷十七下·本紀第十七下·文宗李昂下》：「我每思貞觀開元之時，觀今日之事，往往憤氣填膺耳。」

## 一班一級

[釋義]

猶言一官半職。泛指官職。

[出處]

後晉·劉昫等《舊唐書卷十八上·本紀第十八上·武宗李炎》：「寒士縱有出人之才，登第之後，始得一班一級，固不能熟習也。」

出自《舊唐書》的成語

## 韜光晦跡

[釋義]

韜光把才華隱藏起來；晦跡不讓人知道自己的蹤跡。指隱藏才能，不使外露。

[出處]

後晉・劉昫等《舊唐書卷十八下・本紀第十八下・宣宗李忱》：「歷太和會昌朝，愈事韜晦，群居遊處，未嘗有言。」

## 韜光養晦

[釋義]

指隱藏才能，不使外露。

[出處]

後晉・劉昫等《舊唐書卷十八下・本紀第十八下・宣宗李忱》：「歷太和會昌朝，愈事韜晦，群居遊處，未嘗有言。」

## 韜晦之計

[釋義]

韜把才華隱藏起來；晦不讓人知道自己的蹤跡。指隱藏才能，不使外露。

[出處]

後晉・劉昫等《舊唐書卷十八下・本紀第十八下・宣宗李忱》：「歷太和會昌朝，愈事韜晦，群居遊處，未嘗有言。」

## 櫛沐風雨

[釋義]

風梳髮，雨洗頭。形容奔波勞苦。同「櫛風沐雨」。

[出處]

後晉・沈昫《舊唐書卷十八下・本紀第十八下・宣宗李忱》：「況將士等櫛沐風雨，暴露郊原，披荊棘而刁斗夜嚴，逐豺狼而穹廬曉破。」

## 狐假鴟張

[釋義]

如狐之假借虎威，鴟之張翅撲噬。比喻以勢嚇人。

[出處]

後晉・劉昫等《舊唐書.僖宗紀》：「初則狐假鴟張，自謂驍雄莫敵；旋則鳥焚魚爛，無非破敗而終。」

## 鴟張魚爛

[釋義]

比喻外表誇張，內則潰爛不堪因而自行覆滅。

[出處]

後晉・劉昫等《舊唐書卷十九下・本紀第十九下・僖宗紀》：「初則狐假鴟張，自謂驍雄莫敵；旋則鳥焚魚爛，無非破敗而終。」

## 飛蛾赴焰

[釋義]

比喻自找死路、自取滅亡。同「飛蛾赴火」。

[出處]

後晉‧劉昫等《舊唐書卷十九下‧本紀第十九下‧僖宗紀》:「既知四隅斷絕,百計奔衝,如窮鳥觸籠,似飛蛾赴焰。」

## 回天再造

[釋義]

回:挽回,扭轉。指轉變不好的形勢,重新建設國家。形容忠心衛國,功勳卓著。

[出處]

後晉‧劉昫等《舊唐書卷二十上‧本紀第二十上‧昭宗李曄》:「二月壬申朔。甲戌,制賜全忠『回天再造竭忠守正功臣』名。」

## 汗流浹背

[釋義]

汗流得滿背都是。形容非常恐懼或非常害怕。現也形容出汗很多,背上的衣服都濕透了。同「汗流浹背」。

[出處]

後晉‧劉昫等《舊唐書卷二十上‧本紀第二十上‧昭宗李曄》:「昭宗臨軒自諭之日:『卿等藩侯,宜存臣節,

稱兵入朝,不由奏請,意在何也?』茂貞、行瑜汗流浹背,不能對。」

## 目不知書

[釋義]

指讀書很少或沒讀過書;不甚識字或不識字。

[出處]

後晉‧劉昫等《舊唐書卷二十下‧本紀第二十下‧哀帝李柷》:「楷目不知書,手僅能執筆,其文羅袞作也。」

## 顛倒錯亂

[釋義]

顛倒:本末倒置;錯亂:錯雜混亂。把本來的順序完全搞亂,完全失去正常狀態。

[出處]

後晉‧劉昫等《舊唐書卷二十一‧志第一‧禮儀一》:「玄析之為三,顛倒錯亂,皆率胸臆,曾無典據,何足可憑。」

## 重熙累盛

[釋義]

形容累世聖明有德,天下昇平昌盛。同「重熙累洽」。

[出處]

後晉‧劉昫等《舊唐書卷二十六‧志第六‧禮儀六》:「國家系本仙宗,業

承聖祖，重熙累盛，既錫無疆之休，合享登神，思弘不易之典。」

## 咽苦吐甘

[釋義]

指母親自己吃粗劣食物，而以甘美之物哺育嬰兒。形容母愛之深。

[出處]

後晉・劉昫等《舊唐書卷二十七・志第七・禮儀七》：「子之於母，慈愛特深；非母不育；推燥居濕，咽苦吐甘，生養勞瘁，恩斯極矣。」

## 縮地補天

[釋義]

指改造天地宇宙。比喻做非凡之事。

[出處]

後晉・劉昫等《舊唐書卷二十八・志第八・音樂一》：「高祖縮地補天，重張區宇；反魂肉骨，再造生靈。」

## 重熙累葉

[釋義]

形容累世聖明有德，天下昇平昌盛。同「重熙累洽」。

[出處]

後晉・劉昫等《舊唐書卷三十一・志第十一・音樂志四》：「三光再朗，庶績其凝。重熙累葉，景命是膺。」

## 憂形於色

[釋義]

形：表現。憂慮的心情在臉上表現出來。形容抑制不住內心的憂慮。

[出處]

後晉・劉昫等《舊唐書卷三十七・志第十七・五行》：「四年六月，天下旱，蝗食田，禱祈無效，上憂形於色。」

## 選賢任能

[釋義]

任用賢能的人。亦作「選賢與能」、「選賢舉能」。

[出處]

後晉・劉昫等《舊唐書卷四十八・志第二十八・食貨上》：「設官分職，選賢任能，得其人則有益於國家，非其才則貽患於黎庶，此以不可不知也。」

## 雀屏中選

[釋義]

雀屏：畫有孔雀的門屏。指得選為女婿。

[出處]

後晉・劉昫等《舊唐書卷五十一・列傳第一・后妃上・高祖竇皇后傳》：「乃於門屏畫二孔雀，諸公子有求婚者，輒與兩箭射之，潛約中目者許之。前後數十輩莫能中。高祖後至，兩發各中一目。毅大悅，遂歸於我帝。」

## 一席之地

[釋義]

放一個席位的地方。比喻應有的一個位置。

[出處]

後晉・劉昫等《舊唐書卷五十一・列傳第一・后妃上》:「婦人智識不遠,有忤盛情,然貴妃久承恩顧,何惜宮中一席之地,使其京戮,安忍取辱於外哉!」

## 不奪農時

[釋義]

奪:侵占,耽誤。不耽誤農作物的播種時節。

[出處]

後晉・劉昫等《舊唐書卷五十三・列傳第三・李密傳》:「是以輕徭薄賦,不奪農時,寧積於人無藏於府。」

## 血流成河

[釋義]

形容被殺的人極多。

[出處]

後晉・劉昫等《舊唐書卷五十三・列傳第三・李密傳》:「屍骸蔽野,血流成河,積怨滿於山川,號哭動於天地。」

## 罄竹難書

[釋義]

罄:盡,完;竹:古時用來寫字的竹簡。形容罪行多得寫不完。

[出處]

後晉・劉昫等《舊唐書卷五十三・列傳第三・李密傳》:「罄南山之竹,書罪未窮;決東海之波,流惡難盡。」

## 鯨吞虎據

[釋義]

據:占據。如鯨那樣吞食,似虎那樣占據著。原來比喻割據一方,後也比喻兼併土地或侵略領土。

[出處]

後晉・劉昫等《舊唐書卷五十六・列傳第六・蕭銑等傳》:「自隋朝維絕,宇縣瓜分,小則鼠竊狗偷,大則鯨吞虎據。」

## 皂白鬚分

[釋義]

皂:黑色。黑白要分清楚。比喻必須明辨是非。

[出處]

《舊唐書卷五十七・列傳第七・裴寂傳》:「朕之有天下者,本公所推,今豈有貳心?皂白鬚分,所以推究耳。」

## 從容自若

[釋義]

從容不慌不忙，很鎮靜；自若自在，如常，保持原樣。不慌不忙，沉著鎮定。

[出處]

後晉‧劉昫等《舊唐書卷五十七‧列傳第七‧劉世龍傳》:「而思禮以為得計，從容自若，嘗與相忤者，必引令枉誅。」

## 日角龍庭

[釋義]

舊時相術家指天庭隆起為龍庭。稱之為帝王的貴相。

[出處]

後晉‧劉昫等《舊唐書卷五十八‧列傳第八‧唐儉傳》:「（高祖）密訪時事，儉曰『明公日角龍庭，李氏又在圖牒，天下屬望，非在今朝。』」

## 臨難不屈

[釋義]

猶言臨危不懼。

[出處]

後晉‧劉昫等《舊唐書卷五十八‧列傳第八‧劉弘基傳》:「高祖嘉其臨難不屈，賜其家粟帛甚厚。」

## 衣錦還鄉

[釋義]

舊指富貴以後回到故鄉。有向鄉里誇耀的意思。

[出處]

後晉‧劉昫等《舊唐書卷五十九‧列傳第九‧姜暮傳》:「衣錦還鄉，古人所尚。今以本州相授，用答元功。」

## 衣錦榮歸

[釋義]

舊指富貴以後回到故鄉。有向鄉里誇耀的意思。

[出處]

後晉‧劉昫等《舊唐書卷五十九‧列傳第九‧姜暮傳》:「衣錦還鄉，古人所尚。今以本州相授，用答元功。」

## 智小言大

[釋義]

指才智低下，說話口氣卻很大。

[出處]

後晉‧劉昫等《舊唐書卷六十‧列傳第十‧江夏王道宗傳》:「君集智小言大，舉止不倫，以臣觀之，必為戎首。」

## 賓客盈門

[釋義]

指來客很多。

[出處]

後晉‧劉昫等《舊唐書卷六十一‧列傳第十一‧竇威傳》:「時諸兄並以軍功致仕通顯,交結豪貴,賓客盈門,而威職掌閒散。」

## 固執己見

[釋義]

頑固地堅持自己的意見,不肯改變。

[出處]

後晉‧劉昫等《舊唐書卷六十二‧列傳第十二‧李綱傳》:「時左僕射楊素、蘇威當朝,綱每固執所見,不與之同,由是二人深惡之。」

## 北叟失馬

[釋義]

比喻禍福沒有一定。

[出處]

後晉‧劉昫等《舊唐書卷六十三‧列傳第十三‧蕭瑀傳》:「應遭剖心之禍,翻見太平之日,北叟失馬,事亦難常。」

## 肝髓流野

[釋義]

形容戰鬥激烈殘酷、屍橫遍野。

[出處]

後晉‧劉昫等《舊唐書卷六十三‧列傳第十三‧蕭瑀傳》:「上奔播六年,中原之人,與賊肝髓流野,得復宗廟,遺老殘民聞輿馬音,流涕相歡。」

## 飛鳥依人

[釋義]

依:依戀。像小鳥那樣依傍著人。比喻可親可愛的情態。後形容少女或小孩嬌小可愛的樣子。

[出處]

後晉‧劉昫等《舊唐書卷六十五‧列傳第十五‧長孫無忌傳》:「褚遂良學問稍長,性亦堅正,既寫忠誠,甚親附於朕,譬如飛鳥依人,自加憐愛。」

## 千里猶面

[釋義]

比喻傳達事情清楚確實。

[出處]

後晉‧劉昫等《舊唐書卷六十六‧列傳第十六‧房玄齡傳》:「此人深識機宜,足堪委任,每為我兒陳事,必會人心,千里之外猶對面語耳。」

## 閱人多矣

[釋義]

形容人閱歷多,跟各式各樣的人打過交道,一眼就能看出人的好壞乃至於他的前程。

後晉‧劉昫等《舊唐書卷六十六‧列傳第十六‧房玄齡傳》:「僕閱人多矣,未見如此郎者,必成偉器。」

## 聳壑凌霄
[釋義]
出於幽谷,高入雲霄。比喻成就比別人高。

[出處]
後晉‧劉昫等《舊唐書卷六十六‧列傳第十六‧房玄齡傳》:「僕閱人多矣,未見如此郎者。必成偉器,但恨不睹其聳壑凌霄耳。」

## 房謀杜斷
[釋義]
指唐太宗時,名相房玄齡多謀,杜如晦善斷。兩人同心濟謀,傳為美談。

[出處]
後晉‧劉昫等《舊唐書卷六十六‧列傳第十六‧房玄齡杜如晦傳論》:「世傳太宗嘗與文昭圖事,則曰『非如晦莫能籌之。』及如晦至焉,竟從齡之策也。蓋房知杜之能斷大事,杜知房之善建嘉謀。」

## 一代楷模
[釋義]
一個時代的模範人物。

[出處]
後晉‧劉昫等《舊唐書卷六十七‧列傳第十七‧李靖傳》:「朕今非直成公雅志,欲以公為一代楷模。」

## 知機識變
[釋義]
指能了解、掌握時機,識別、適應時局的變化。

[出處]
後晉‧劉昫等《舊唐書‧尉遲敬德等傳論》:「皆謂猛將謀臣,知機識變,有唐之盛,斯實賴焉。」

## 薏苡之謗
[釋義]
比喻被人汙衊,蒙受冤屈。

[出處]
後晉‧劉昫等《舊唐書卷七十‧列傳第二十‧王珪杜正倫等傳論》:「正倫以能文被舉,以直道見委,參典機密,出入兩宮,斯謂得時。然被承乾金帶之譏,孰與夫薏苡之謗,士大夫慎之。」

## 簡能而任
[釋義]
簡:選擇;任:作用。選擇有才能的人委以重任。

[出處]

後晉・劉昫等《舊唐書卷七十一・列傳第二十一・魏徵傳》:「簡能而任之,擇善而從之。」

## 以古為鏡

[釋義]

借歷史上的成敗得失為鑑。

[出處]

後晉・劉昫等《舊唐書卷七十一・列傳第二十一・魏徵傳》:「夫以銅為鏡,可以正衣冠;以古為鏡,可以知興替;以人為鏡,可以明得失。」

## 松喬之壽

[釋義]

松喬神話中仙人赤松子與王子喬。指長生不老。

[出處]

後晉・劉昫等《舊唐書卷七十一・列傳第二十一・魏徵傳》:「文武爭馳,君臣無事,可以盡豫遊之樂,可以養松喬之壽。」

## 堯鼓舜木

[釋義]

堯、舜:古代傳說中的兩位賢君;鼓:諫鼓;木:箴木。堯門旁設諫鼓,舜門外置箴木。形容君主賢明,能隨時接受意見,聽取忠告。

[出處]

後晉・劉昫等《舊唐書卷七十二・列傳第二十二褚亮傳》:「堯木訥諫,舜木求箴。」

## 自作門戶

[釋義]

指自己創立派別或結成宗派。同「自立門戶」。

[出處]

後晉・劉昫等《舊唐書卷七十五・列傳第二十五・韋雲起傳》:「今朝廷之內,多山東人,而自作門戶,更相剡薦,附下罔上,共為朋黨。」

## 輕言肆口

[釋義]

指說話輕率、放肆。

[出處]

後晉・劉昫等《舊唐書卷七十五・列傳第二十五・張玄素傳》:「近代宋孝武輕言肆口,侮弄朝臣,攻其門戶,乃至狼狽。」

## 虛生浪死

[釋義]

意思是活得沒有意義,死得沒有價值。

[出處]

後晉・劉昫等《舊唐書卷七十六・列

傳第二十六・越王貞傳》：「不可虛生浪死，取笑於後代。」

## 笑裡藏刀

[釋義]
形容對人外表和氣，卻陰險毒辣。

[出處]
後晉・劉昫等《舊唐書卷八十二・列傳第三十二・李義府傳》：「義府貌狀溫恭，與人語必嬉怡微笑，而褊忌陰賊。既處要權，欲人附己，微忤意者，輒加傾陷。故時人言義府笑中有刀。」

## 隨機應變

[釋義]
機：時機，形勢。隨著情況的變化靈活機動地應付。

[出處]
後晉・劉昫等《舊唐書卷八十三・列傳第三十三・郭孝恪傳》：「世充日蹙月迫，力盡計窮，懸首面縛，翹足可待。建德遠來助虐，糧運阻絕，此是天喪之時。請固武牢，屯軍汜水，隨機應變，則易為克殄。」

## 臨機應變

[釋義]
機：時機，形勢。隨著情況的變化靈活機動地應付。

[出處]
後晉・劉昫等《舊唐書卷八十三・列傳第三十三・郭孝恪傳》世充日蹙月迫，力盡計窮，懸首面縛，翹足可待。建德遠來助虐，糧運阻絕，此是天喪之時。請固武牢，屯軍汜水，隨機應變，則易為克殄。」

## 膽大於身

[釋義]
猶言膽大如斗。指無所忌憚。

[出處]
後晉・劉昫等《舊唐書卷八十七・列傳第三十七・李昭德傳》：「臣觀其膽，乃大於身，鼻息所衝，上拂雲漢。」

## 觸機便發

[釋義]
機：弓弩上的發箭器。原指弓弩上的發箭器，一經觸發，箭便射出。亦指人遇到機會便開始行動。

[出處]
後晉・劉昫等《舊唐書卷八十八・列傳第三十八・韋思謙傳》：「吾狂鄙之性，假以雄權，觸機便發，固宜為身災也。」

## 遁跡銷聲

[釋義]
指隱居不出。

[出處]

後晉・劉昫等《舊唐書卷八十八・列傳第三十八・韋嗣立傳》:「若任用無才,則有才之路塞,賢人君子所以遁跡銷聲,常懷嘆恨者也。」

## 損人利己

[釋義]

損害別人,使自己得到好處。

[出處]

後晉・劉昫等《舊唐書卷八十八・列傳第三十八・陸象先傳》:「為政者理則可矣,何必嚴刑樹威。損人益己,恐非仁恕之道。」

## 才望高雅

[釋義]

形容人富有才學,享有很高的聲望,不同流俗。

[出處]

後晉・劉昫等《舊唐書卷八十八・列傳第三十八・陸象先傳》:「陸景初才望高雅,非常所及。」

## 思如湧泉

[釋義]

才思猶如噴出的泉水。形容人的才思敏捷,才力充沛。

[出處]

後晉・劉昫等《舊唐書卷八十八・列傳第三十八・蘇頲傳》:「舍人思如湧泉,嶠所不及也。」

## 終始不渝

[釋義]

自始至終,一直不變。

[出處]

後晉・劉昫等《舊唐書卷八十九・列傳第三十九・姚璹傳》:「卿早荷朝恩,委任斯重。居中作相,弘益已多;防邊訓兵,心力俱盡。歲寒無改,終始不渝。」

## 守道安貧

[釋義]

堅守正道,安於貧窮。舊時用來頌揚貧困而有節操的士大夫。

[出處]

後晉・劉昫等《舊唐書卷九十・列傳第四十・王及善等傳》:「守道安貧,懷遠當仁。」

## 兩腳野狐

[釋義]

比喻奸詐的人。

[出處]

後晉・劉昫等《舊唐書卷九十・列傳第四十・楊再思傳》:「左補闕戴令言作《兩腳野狐賦》以譏諷之,再思聞之怒。」

## 積以為常

[釋義]

指習慣成自然。同「習以為常」。

[出處]

後晉‧劉昫等《舊唐書卷九十一‧列傳第四十一‧張柬之傳》:「今姚府所置之官……唯知詭謀狡算，恣情割剝，貪叨動掠，積以為常。」

## 獨立不群

[釋義]

指人的儀表或思想出眾。

[出處]

後晉‧劉昫等《舊唐書卷九十二‧列傳第四十二‧韋陟傳》:「陟自幼風標整峻，獨立不群。」

## 冒名接腳

[釋義]

假冒別人的名，接替他。

[出處]

後晉‧劉昫等《舊唐書卷九十二‧列傳第四十二‧韋陟傳》:「後為吏部侍郎，常病選人冒名接腳，闕員既少，取士良難。」

## 立功贖罪

[釋義]

贖罪抵銷所犯的罪過。以立功來抵償罪過。

[出處]

後晉‧劉昫等《舊唐書卷九十三‧列傳第四十三‧王孝傑傳》:「使未至幽州，而宏暉已立功贖罪，竟免誅。」

## 模稜兩可

[釋義]

模稜含糊，不明確；兩可可以這樣，也可以那樣。指不表示明確的態度，或沒有明確的主張。

[出處]

後晉‧劉昫等《舊唐書卷九十四‧列傳第四十四‧蘇味道傳》:「處事不欲決斷明白，若有錯誤，必貽咎譴，但模稜以持兩端可矣。」

## 天生羽翼

[釋義]

指就像天然生長的羽毛和翅膀一樣。比喻兄弟的血肉關係。

[出處]

後晉‧劉昫等《舊唐書卷九十五‧列傳第四十五‧讓皇帝憲傳》:「昔魏文帝詩:『西山一何高，高出殊無極。上有兩仙童，不飲亦不食。賜我一丸藥，光耀有五色。服藥四五日，身輕生羽翼。』朕每思服藥而求羽翼，何如骨肉兄弟天生之羽翼乎？」

## 好生惡殺

[釋義]

愛惜生命，不好殺戮。好生：愛惜生命。

[出處]

後晉·劉昫等《舊唐書卷九十六·列傳第四十六·姚崇傳》：「陛下好生惡殺，此事情不煩出敕，乞容臣出牒處分。」

## 長命富貴

[釋義]

既長壽又富裕顯貴。

[出處]

後晉·劉昫等《舊唐書卷九十六·列傳第四十六·姚崇傳》：「經云：『求長命得長命，求富貴得富貴。』」

## 黨邪陷正

[釋義]

與壞人結夥，陷害好人。

[出處]

後晉·劉昫等《舊唐書卷九十六·列傳第四十六·宋璟傳》：「璟謂曰：『名義至重，神道難欺，必不可黨邪陷正，以求苟免！』」

## 伴食宰相

[釋義]

伴食：陪人一起吃飯。用來諷刺無所作為，不稱職的官員。

[出處]

後晉·劉昫等《舊唐書卷九十八·列傳第四十八·盧懷慎傳》：「開元三年，遷黃門監。懷慎與紫微令姚崇對掌樞密，懷慎自以為吏道不及崇，每事皆推讓之，時人謂之伴食宰相。」

## 南山可移

[釋義]

南山終南山。比喻已經定案，不可更改。

[出處]

後晉·劉昫等《舊唐書卷九十八·列傳第四十八·李元紘傳》：「南山或可改移，此判終無搖動。」

## 歲時伏臘

[釋義]

歲時：一年四季；伏臘：伏日和臘日。指四季時節更換之時。

[出處]

後晉·劉昫等《舊唐書卷九十九·列傳第四十九·張九齡傳》：「又以其弟九章，九皋為嶺南道刺史，令歲時伏臘，皆得寧覲。」

## 燕昭好馬

[釋義]

燕昭王喜愛駿馬，作求賢之典。

## [出處]

後晉・劉昫等《舊唐書卷一百一・列傳第五十一・薛登傳》：「燕昭好馬，則駿馬來庭；葉公好龍，則真龍入室。」

## 假譽馳聲

### [釋義]

指沒有真才實學，靠互相吹捧揚名。

### [出處]

後晉・劉昫等《舊唐書卷一百一・列傳第五十一・薛登傳》：「比來舉薦，多不以才，假譽馳聲，互相推獎。」

## 收攬人心

### [釋義]

收攬：招納。收買拉攏眾人，以取得好感。

### [出處]

後晉・劉昫等《舊唐書卷一百一・列傳第五十一・韓思復傳》：「不可不收攬人心也。」

## 晨炊星飯

### [釋義]

清晨炊煮早飯，入夜才吃晚飯。形容早出晚歸，整日辛勤勞苦。

### [出處]

後晉・劉昫等《舊唐書卷一百一・列傳第五十一・張廷珪傳》：「又役鬼不可，唯人是營，通計工匠，率多貧窶，朝驅暮役，勞筋苦骨，簞食瓢飲，晨炊星飯，飢渴所致，疾疹交集。」

## 藥籠中物

### [釋義]

藥籠中備用的藥材。比喻備用的人才。

### [出處]

《新唐書卷一百二・列傳第五十二・元行沖傳》：「君正吾藥籠中物，不可一日無也。」

## 比肩皆是

### [釋義]

到處都是。形容同類的事物或情況很多。

### [出處]

後晉・劉昫等《舊唐書卷一百二・列傳第五十二・元行沖傳》：「然雅達通博，不代而生；浮學守株，比肩皆是。」

## 當局者迷，旁觀者清

### [釋義]

當局者：下棋的人；旁觀者：看棋的人；清：清楚，明白。比喻一件事情的當事人往往因為對利害得失考慮得太多，認識不全面，反而不及旁觀的人看得清楚。

[出處]

後晉‧劉昫等《舊唐書卷一百二‧列傳第五十二‧元行沖傳》：「當局稱迷，傍（旁）觀見審。」

## 不得人心

[釋義]

心：心願，願望。得不到群眾的支持擁護；得不到眾人的好評。

[出處]

後晉‧劉昫等《舊唐書卷一百四‧列傳第五十四‧哥舒翰傳》：「先是，翰數奏祿山雖竊河朔，而不得人心，請持重以弊之，彼自離心，因而翦滅之，可不傷兵擒茲寇矣。」

## 智者千慮，或有一失

[釋義]

指聰明人對問題深思熟慮，也難免出現差錯。

[出處]

後晉‧劉昫等《舊唐書卷一百五‧列傳第五十五‧宇文融傳》：「臣聞智者千慮，或有一失；愚夫千計，亦有一得。」

## 胸有城府

[釋義]

形容心機深沉，毫不外露，難於窺測。

[出處]

後晉‧劉昫等《舊唐書‧李林甫傳》：「林甫性沉密，城府深阻，未嘗以愛憎見於容色。」

## 文武雙全

[釋義]

文：文才；武：武藝。能文能武，文才和武藝都很出眾。

[出處]

後晉‧劉昫等《舊唐書卷一百一十‧列傳第六十‧李光弼傳》：「蘊孫、吳之略、有文武之才。」

## 靴刀誓死

[釋義]

指戰死沙場的決心。

[出處]

後晉‧劉昫等《舊唐書卷一百一十‧列傳第六十‧李光弼傳》：「及是擊賊，常納短刀於靴中，有決死之志，城上面西拜舞，三軍感動。」

## 刀耕火耨

[釋義]

耨：除草。古人播種前先伐去樹木燒掉野草，以灰肥田。泛指原始的耕作技術。

[出處]

後晉‧劉昫等《舊唐書卷一百一十七‧

列傳第六十七‧嚴震傳》：「梁漢之間，刀耕火耨。」

## 刀耕火種

[釋義]

古時一種耕種方法，把地上的草燒成灰做肥料，就地挖坑下種。

[出處]

後晉‧劉昫等《舊唐書卷一百一十七‧列傳第六十七‧嚴震傳》：「梁漢之間，刀耕火耨。」

## 監主自盜

[釋義]

竊取公務上自己看管的財物。同「監守自盜」。

[出處]

後晉‧劉昫等《舊唐書卷一百一十八‧列傳第六十八‧楊炎傳》：「更召他吏繩之，日『監主自盜，罪絞。』」

## 百無一堪

[釋義]

指百人中無一人能勝任。

[出處]

後晉‧劉昫等《舊唐書卷一百二十‧列傳第七十‧郭子儀傳》：「蓋以六軍之兵，素非精練，皆市肆屠沽之人，務掛虛名，苟避征賦，及驅以就戰，百無一堪。」

## 七子八婿

[釋義]

形容子、婿眾多。

[出處]

後晉‧劉昫等《舊唐書卷一百二十‧列傳第七十‧郭子儀傳》載唐郭子儀有子八人，婿七人，皆朝廷重官。

## 料敵若神

[釋義]

料：預料。形容對敵方活動預料非常準確。

[出處]

後晉‧劉昫等《舊唐書卷一百二十‧列傳第七十‧郭子儀傳》：「故太尉、兼中書令、上柱國、汾陽郡王、尚父子儀，天降人傑，生知王佐，訓師如子，料敵如神。」

## 簡賢任能

[釋義]

指選用賢能。

[出處]

後晉‧劉昫等《舊唐書卷一百二十‧列傳第七十‧郭子儀傳》：「委諸相以簡賢任能，付老臣以練兵禦侮，則黎元自理，寇盜自平，中興之功，旬月可冀。」

## 料敵如神

[釋義]

料:預料。形容對敵方活動預料非常準確。

[出處]

後晉‧劉昫等《舊唐書卷一百二十‧列傳第七十‧郭子儀傳》:「故太尉、兼中書令、上柱國、汾陽郡王、尚父子儀,天降人傑,生知王佐,訓師如子,料敵如神。」

## 沉默寡言

[釋義]

沉默不出聲;寡少。不聲不響,很少說話。

[出處]

後晉‧劉昫等《舊唐書卷一百二十一‧列傳第七十一‧梁崇義傳》:「梁崇義,長安人,以升斗給於市,有臂力,能卷金舒鉤。為羽林射生,從來瑱於襄陽,沉默寡言,眾悅之,累遷為偏裨。」

## 獐頭鼠目

[釋義]

頭型像獐子那樣又小又尖,眼睛像老鼠那樣又小又圓。形容人相貌醜陋,神情狡猾。

[出處]

後晉‧劉昫等《舊唐書卷一百二十六‧列傳第七十六‧李揆傳》:「龍章鳳姿之士不見用,獐頭鼠目之子乃求官。」

## 以水洗血

[釋義]

指消除冤仇,以求和好。

[出處]

後晉‧劉昫等《舊唐書卷一百二十七‧列傳第七十七‧源休傳》:「吾今以水洗血,不亦善乎!」

## 以血洗血

[釋義]

洗:洗雪。用仇敵的血來洗雪血仇。指殺敵報仇。

[出處]

後晉‧劉昫等《舊唐書卷一百二十七‧列傳第七十七‧源休傳》:「我國人皆欲殺汝,唯我不然。汝國已殺突董等,吾又殺汝,猶以血洗血,汙益甚爾。」

## 背義負恩

[釋義]

指背棄道義,辜負別人對自己的恩德。

[出處]

後晉‧劉昫等《舊唐書卷一百二十七‧列傳第七十七‧喬琳傳》:「上以其累經重任,頓虧臣節,自受逆命,頗

聞讒諧悖慢之言，背義負恩，固不可舍，命斬之。」

## 不識一丁

[釋義]

形容一個字也不認識。

[出處]

後晉・劉昫等《舊唐書卷一百二十九・列傳第七十九・張弘靖傳》：「天下無事，汝輩挽得兩石弓，不如識一丁字。」

## 目不識丁

[釋義]

連最普通的「丁」字也不認識。形容一個字也不認得。

[出處]

後晉・劉昫等《舊唐書卷一百二十九・列傳第七十九・張弘靖傳》：「今天下無事，汝輩挽得兩石力弓，不如識一丁字。」

## 力學不倦

[釋義]

力學：努力學習。倦：疲倦。勤勉學習而不知疲倦。

[出處]

後晉・劉昫等《舊唐書卷一百三十・列傳第八十・子繁傳》：「以其警悟異常，泌之故人為宰相，左右援拯，後得累居郡守，而力學不倦。」

## 君聖臣賢

[釋義]

君主聖明，臣子賢良。形容君臣契合，政治清明。

[出處]

後晉・劉昫等《舊唐書卷一百三十四・列傳第八十四・馬燧傳》：「道無不行，謀無不臧，君聖臣賢，運泰時康。」

## 同德同心

[釋義]

謂思想行動完全一致。同「同心同德」。

[出處]

後晉・劉昫等《舊唐書卷一百三十四・列傳第八十四・馬燧傳》：「長城壓境，巨艦濟川，同德同心，扶危持顛。」明・羅貫中《平山冷燕》第一迥然君臣同德同心，於茲可見。」

## 狂妄自大

[釋義]

狂妄：極端的自高自大。指極其放肆，自高自大，自中無人。

[出處]

後晉・劉昫等《舊唐書卷一百三十五・列傳第八十五・皇甫槫傳》：「執誼，

287

叔文乘時多僻，而欲斡運六合，斟酌
萬幾；……而狂妄之甚也。」

## 加膝墜泉

[釋義]

喜歡就抱在膝上，不喜歡就推到深水
裡。比喻用人愛憎無常。同「加膝墜
淵」。

[出處]

後晉‧劉昫等《舊唐書卷一百三十八‧
列傳第八十八‧姜公輔傳》：「公輔一
言悟主，驟及臺司；一言不合，禮遽疏
薄，則加膝墜泉之間，君道可知矣！」

## 下筆如神

[釋義]

指寫起文章來，文思奔湧，如有神
力。形容文思敏捷，善於寫文章或文
章寫得很好。

[出處]

後晉‧劉昫等《舊唐書卷一百三十九‧
列傳第八十九‧陸贄傳》：「其於議論
應對，明練理體，敷陳剖判，下筆如
神，當時名流，無不推挹。」

## 悼心疾首

[釋義]

心裡傷感，頭部疼痛。形容悲痛到了
極點。

[出處]

後晉‧劉昫等《舊唐書卷一百四十一‧
列傳第九十一‧田布傳》：「況其臨命
須臾，處之不撓，載形章表，益深衷
悃，間使發緘，悼心疾首。」

## 虎子狼孫

[釋義]

比喻凶暴貪殘的人。

[出處]

後晉‧劉昫等《舊唐書卷一百四十二‧
列傳第九十二‧王廷湊傳》：「虎子狼
孫，茫茫黔首，於何叫閽。」

## 全軍覆沒

[釋義]

整個軍隊全部被消滅。比喻事情徹底
失敗。

[出處]

後晉‧劉昫等《舊唐書卷一百四十五‧
列傳第九十五‧李希烈傳》：「官軍皆
為其所敗，荊南節度使張伯儀全軍覆
沒。」

## 北門之寄

[釋義]

指負軍事重任。

[出處]

後晉‧劉昫等《舊唐書卷一百四十六‧
列傳第九十六‧李自良傳》：「德宗以

河東密邇胡戎，難於擇帥，翌日，自良謝，上謂之日：『卿與馬燧存軍中事分，誠為得禮；然北門之寄，無易於卿。』」

## 百福具臻

[釋義]

形容各種福運一齊來到。

[出處]

後晉‧劉昫等《舊唐書卷一百四十八‧列傳第九十八‧李藩傳》：「伏望陛下每以漢文孔子之意為準，則百福具臻。」

## 無堅不摧

[釋義]

形容力量非常強大，沒有什麼堅固的東西不能摧毀。

[出處]

後晉‧劉昫等《舊唐書‧孔巢父傳》：「（田）悅酒酣，自其騎之藝，拳勇之略，因日：『若蒙見用，無堅不摧。』」

## 人神共憤

[釋義]

人和神都憤恨。形容民憤極大。

[出處]

後晉‧劉昫等《舊唐書卷一百五十六‧列傳第一百六‧于頔傳》：「肆行暴虐，人神共憤，法令不容。」

## 誅求無度

[釋義]

斂取、需索財賄沒有限度。

[出處]

後晉‧劉昫等《舊唐書卷一百五十六‧列傳第一百六‧于頔傳》：「擅興全師，僭為正樂，侵辱中使，擅止制囚，殺戮不辜，誅求無度，臣故定諡為屬。」

## 積厚成器

[釋義]

指根基深厚，養成才幹。

[出處]

後晉‧劉昫等《舊唐書卷一百五十六‧列傳第一百六‧韓弘傳》：「降神挺材，積厚成器，中蘊深閎之量，外標嚴重之姿。」

## 瓜李之下

[釋義]

瓜李：瓜田李下。比喻人有嫌疑。

[出處]

後晉‧劉昫等《舊唐書卷一百六十五‧列傳第一百一十五‧柳公權傳》：「瓜李之嫌，何以戶曉？」

## 籠街喝道

[釋義]

意思是封建時代的官員外出時，侍從

人員鳴鑼開道，吆喝街坊上的行人迴避；表示儀仗的威風。

[出處]

後晉・劉昫等《舊唐書卷一百六十五・列傳第一百一十五・溫造傳》：「臣聞元和、長慶中，中丞行李不過半坊，今乃遠至兩坊，謂之籠街喝道。」

## 勝敗乃兵家常事

[釋義]

勝利或失敗是帶兵作戰的人常遇到的事情。意思是不要把偶然一次的勝利或失敗看得太重。

[出處]

後晉・劉昫等《舊唐書卷一百七十・列傳第一百二十・裴度傳》：「一勝一負，兵家常勢。」

## 不吝指教

[釋義]

不要捨不得指點教導。

[出處]

後晉・劉昫等《舊唐書卷一百七十・列傳第一百二十・裴度傳》：「大則以訏謨排禍難，小則以讜正匡過失，內不慮身計，外不恤人言，古人所難也。」

## 不恤人言

[釋義]

不管別人的議論。表示不管別人怎麼說，還是按照自己的意思去做。

[出處]

後晉・劉昫等《舊唐書卷一百七十・列傳第一百二十・裴度傳》：「大則以訏謨排禍難，小則以讜正匡過失，內不慮身計，外不恤人言，古人所難也。」

## 調和鼎鼐

[釋義]

鼎：古代烹調食物的器具，三足兩耳；鼐：大鼎。於鼎鼐中調味。比喻處理國家大事。多指宰相職責。

[出處]

後晉・劉昫等《舊唐書卷一百七十・列傳第一百二十・裴度傳》：「果聞勿藥之喜，更喜調鼎之功。」

## 倒持太阿

[釋義]

太阿：寶劍名。倒拿著劍，把劍柄給別人。比喻把大權交給別人，自己反受其害。

[出處]

後晉・劉昫等《舊唐書卷一百七十三・列傳第一百二十三・陳夷行傳》：「自三數年來，奸臣竊權，陛下不可倒持太阿，授人鐏柄。」

## 蕭曹避席

[釋義]

蕭曹指漢高祖的丞相蕭何、曹參；避席起立離座，表示敬意。連蕭何、曹參都要對他肅然起敬。比喻政治才能極大，超過前人。

[出處]

後晉·劉昫等《舊唐書卷一百七十四·列傳第一百二十四·李德裕傳》：「語文章，則嚴、馬扶輪；論政事，則蕭、曹避席。」

## 正人君子

[釋義]

舊時指品行端正的人。現多作諷刺的用法，指假裝正經的人。

[出處]

後晉·劉昫等《舊唐書卷一百七十七·列傳第一百二十七·崔胤傳》：「胤所悅者闒茸下輩，所惡者正人君子。人人悚懼，朝不保夕。」

## 禍從天降

[釋義]

降：落下。比喻突然遭到了意外的災禍。

[出處]

後晉·劉昫等《舊唐書卷一百七十七·列傳第一百二十七·劉瞻傳》：「宗召荷恩之日，寸祿不沾，進藥之時，又不同義，此乃禍從天降，罪匪己為。」

## 孤標獨步

[釋義]

孤標：獨特的標格；獨步：超群出眾，獨一無二。形容品格極其清高。

[出處]

後晉·劉昫等《舊唐書卷一百七十七·列傳第一百二十七·杜審權傳》：「塵外孤標，雲間獨步。」

## 衝冠怒髮

[釋義]

形容極為憤怒。

[出處]

後晉·劉昫等《舊唐書卷一百七十八·列傳第一百二十八·鄭畋傳》：「而畋衝冠怒髮，投袂冶兵，羅劍戟於樽前，練貔貅於閫外。」

## 一匡九合

[釋義]

春秋時管仲輔助齊桓公「一匡天下，九合諸侯」，建立霸業，亦指立國大事。

[出處]

後晉·劉昫等《舊唐書卷一百七十八·列傳第一百二十八·鄭畋傳》：「臣始仕從戎，爰承指顧，稟三令五申之戒，預一匡九合之謀。」

## 狐鳴狗盜

[釋義]

指作惡偷盜之徒。舊時統治者對造反者的貶稱。

[出處]

後晉‧劉昫等《舊唐書卷一百七十八‧列傳第一百二十八‧鄭畋傳》:「畋謬領藩垣,榮兼將相,每枕戈而待旦,常泣血以忘餐,誓與義士忠臣,共剪狐鳴狗盜。」

## 指掌可取

[釋義]

掌:手掌。手掌裡的東西隨時可以取得。形容非常容易。

[出處]

後晉‧劉昫等《舊唐書卷一百七十九‧列傳第一百二十九‧張濬傳》:「若能此際排難解紛,陳師鞠旅,共誅寇盜,迎奉鑾輿,則富貴功名,指掌可取。」

## 文理俱愜

[釋義]

文、理:指文辭表達和思想內容;愜:滿足、滿意。文章的形式和內容都令人滿意。

[出處]

後晉‧劉昫等《舊唐書卷一百七十九‧列傳第一百二十九‧陸扆傳》:「扆文思敏速,初無思慮,揮翰如飛,文理俱愜。」

## 花朝月夕

[釋義]

有鮮花的早晨,有明月的夜晚。指美好的時光和景物。舊時也特指農曆二月十五和八月十五。

[出處]

後晉‧劉昫等《舊唐書卷第一百八十一‧列傳第一百三十一‧羅威傳》:「每花朝月夕,與賓佐賦詠,甚有情致。」

## 高爵厚祿

[釋義]

泛指爵位高,俸祿厚。同「高爵重祿」。

[出處]

後晉‧劉昫等《舊唐書卷第一百八十三‧列傳第一百三十三‧外戚‧外戚傳》:「蓋恃宮掖之寵,接宴私之歡,高爵厚祿驕其內,聲色服玩惑於外,莫知師友之訓,不達危亡之道。」

## 抽心泣血

[釋義]

形容內心悲痛之極。

[出處]

後晉‧劉昫等《舊唐書卷第一百八十五上‧列傳第一百三十五‧良吏上‧薛大

鼎》:「請勿攻河東，從龍門直渡，據永豐倉，傳檄遠近，則足食足兵。既總天府，據百二之所，斯亦拊心泣血之計。」

## 吉網羅鉗

[釋義]

比喻酷吏朋比為奸，陷害無辜。

[出處]

後晉·劉昫等《舊唐書卷第一百八十六下·列傳第一百三十六·酷吏下·羅希奭》:「唐天寶初，李林甫為相，任酷吏吉溫、羅希奭為御史。吉羅承李旨意，誣陷異己，製造冤獄，時稱羅鉗吉網」。

## 獨是獨非

[釋義]

指不採納眾議，是與非自己說了算，獨斷專行。

[出處]

後晉·劉昫等《舊唐書卷第一百八十七上·列傳第一百三十七·忠義上·王義方》:「天子置三公，……本欲水火相濟，鹽梅相成，然後庶績咸熙，風雨交泰，亦不可獨是獨非，皆由聖旨。」

## 一心無二

[釋義]

指一心一意地做某種事情，沒有雜念。

[出處]

後晉·劉昫等《舊唐書卷第一百八十七下·列傳第一百三十七·忠義下·張巡傳》:「諸公為國家戮力守城，一心無二，經年乏食，忠義不衰。」

## 百忍成金

[釋義]

形容忍耐的可貴。

[出處]

後晉·劉昫等《舊唐書卷第一百八十八·列傳第一百三十八·張公藝》:「鄆州壽張人張公藝，九代同居……麟德中，高宗有事泰山，路過鄆州，親幸其宅，問其義由。其人請紙筆，但書百餘『忍』字。」

## 背碑覆局

[釋義]

看過的碑文能背誦，棋局亂後能復舊。指記憶力強。

[出處]

後晉·劉昫等《舊唐書卷一百九十上·列傳第一百四十·文苑傳上·張蘊古》:「張蘊古，相州洹水人也。性聰敏，博涉書傳，善綴文，能背碑覆局，尤曉時務，為州閭所稱。」

## 王後盧前

[釋義]

指詩文齊名。

[出處]

後晉·劉昫等《舊唐書卷一百九十上·列傳第一百四十·文苑傳上·楊炯》：「炯與王勃、盧照鄰、駱賓王以文詞齊名，海內稱為王、楊、盧、駱，亦號為『四傑』。炯聞之，謂人曰：『吾愧在盧前，恥居王後。』當時議者，亦以為然。」

## 不拘細節

[釋義]

猶不拘小節。

[出處]

後晉·劉昫等《舊唐書卷一百九十中·列傳第一百四十·文苑傳中·元萬頃》：「萬頃屬文敏速，然性疏曠，不拘細節，無儒者之風。」

## 天下文宗

[釋義]

指受天下眾人尊崇的文章大家。

[出處]

後晉·劉昫等《舊唐書卷一百九十中·列傳第一百四十·陳子昂傳》：「初為〈感遇詩〉三十首，京兆司功王適見而驚曰：『此子必為天下文宗矣！』由是知名。」

## 匪夷匪惠

[釋義]

夷：殷末周初的伯夷；惠：春秋時魯國的柳下惠。既不是伯夷，又不是柳下惠；不具備這兩位賢人的品德。形容才德不高而又不聽指揮的人。

[出處]

後晉·劉昫等《舊唐書卷一百九十下·列傳第一百四十·文苑下·司空圖傳》：「匪夷匪惠，難居公正之明；載省載思，當徇棲衡之志，可放還山。」

## 膽大心細

[釋義]

形容辦事果斷，考慮周密。

[出處]

後晉·劉昫等《舊唐書卷一百九十一·列傳第一百四十一·孫思邈傳》：「膽欲大而心欲小，智欲圓而行欲方。」

## 膽大心小

[釋義]

形容辦事果斷，考慮周密。

[出處]

後晉·劉昫等《舊唐書卷一百九十一·列傳第一百四十一·孫思邈傳》：「膽欲大而心欲小，智欲圓而行欲方。」

## 衣鉢相傳

[釋義]
中國禪宗師徒間道法傳授，常常舉行
授予衣鉢的儀式。比喻技術、學術的
師徒相傳。

[出處]
後晉・劉昫等《舊唐書卷一百九十一・
列傳第一百四十一・神秀傳》：「昔
後魏末，有僧達摩者，本天竺王子，
以護國出家，入南海，得禪宗妙法，
云自釋迦相傳，有衣鉢為記，世相付
授。」

# 出自《新唐書》的成語

## 好大喜功

[釋義]

指不管條件是否許可,一心想做大事立大功。多用以形容浮誇的作風。

[出處]

宋·歐陽脩、宋祁《新唐書卷二·本紀第二·太宗李世民》:「至其牽於多愛,復立浮圖,好大喜功,勤兵於遠;此中材庸主之所常。」

## 春秋責備賢者

[釋義]

春秋:孔子修訂《春秋》書;賢者:指才德兼備的人。指《春秋》書對賢者常常責備,嚴格要求。

[出處]

宋·歐陽脩、宋祁《新唐書卷二·本紀第二·太宗李世民》:「然《春秋》書中,常責備賢者,是以後世君子之欲成人之美者,莫不嘆息於斯焉。」

## 懸龜繫魚

[釋義]

指任高官顯宦。

[出處]

宋·歐陽脩、宋祁《新唐書卷二十四·志第十四·車服》:「高宗給五品以上隨身魚袋……天授二年,改佩魚為龜。其後三品以上龜袋飾以金,四品以銀,五品以銅。中宗初,罷龜袋,復給以魚。」

## 貓鼠同眠

[釋義]

貓跟老鼠睡在一起。比喻官吏失職,包庇下屬做壞事。也比喻上下狼狽為奸。

[出處]

宋·歐陽脩、宋祁《新唐書卷三十四·志第二十四·五行一》:「龍朔元年十一月,洛州貓鼠同處。鼠隱伏象盜竊,貓職捕嚙,而反與鼠同,象司盜者廢職容奸。」

## 貓鼠同乳

[釋義]

比喻官吏失職,包庇下屬做壞事。也比喻上下狼狽為奸。同「貓鼠同眠」。

## [出處]

宋‧歐陽脩、宋祁《新唐書卷三十四‧志第二十四‧五行一》：「天寶元年十月，魏郡貓鼠同乳。同乳者，甚於同處。」

## 逖聽遐視

### [釋義]

指能見、可聞的範圍很遠很廣。

### [出處]

宋‧歐陽脩、宋祁《新唐書卷四十五‧志第三十五‧選舉志下》：「聖主明目達聰，逖聽遐視，罪其私冒不慎舉者，小加譴責，大正刑典，責成授任，誰敢不勉？」

## 金雞消息

### [釋義]

金雞：古時大赦時，所舉行的一種儀式，即豎長桿，頂立金雞，然後集結罪犯，擊鼓，宣讀赦令。指皇帝下赦令招安的消息。

### [出處]

宋‧歐陽脩、宋祁《新唐書卷四十八‧志第三十八‧百官三》：「赦日，樹金雞於仗南，竿長七丈，有雞高四尺，黃金飾首，銜絳幡長七尺，承以彩盤，維以絳繩。」

## 經史子集

### [釋義]

中國傳統的圖書分類法，把所有圖書劃分為經、史、子、集四大類，稱為四部。經部包括儒家經傳和小學方面的書。史部包括各種歷史書，也包括地理書。子部包括諸子百家的著作。集部包括詩、文、詞、賦等。

### [出處]

宋‧歐陽脩、宋祁《新唐書卷五十七‧志第四十七‧藝文一》：「兩都各聚書四部，以甲乙丙丁為次，列經史子集四庫。」

## 變態百出

### [釋義]

形容事物形態變化之多。

### [出處]

宋‧歐陽脩、宋祁《新唐書卷五十七‧志第四十七‧藝文一》：「歷代盛衰，文章與時高下。然其變態百出，不可窮極，何其多也。」

## 知小言大

### [釋義]

聰明才智不濟，說話口氣卻很大。

### [出處]

宋‧歐陽脩、宋祁《新唐書卷七十八‧列傳第三‧宗室‧李道宗傳》：「侯君集破高昌還，頗怨望。道宗嘗從

容奏言：『君集知小言大，且為戎首。』……既而君集反，帝笑曰：『如公素揣。』」

## 牛角掛書

[釋義]

比喻讀書勤奮。

[出處]

宋‧歐陽脩、宋祁《新唐書卷八十四‧列傳第九‧李密傳》：「聞包愷在緱山，往從之。以蒲韉乘牛，掛《漢書》一帙角上，行且讀。」

## 牛角書生

[釋義]

比喻勤奮讀書的人。

[出處]

宋‧歐陽脩、宋祁《新唐書卷八十四‧列傳第九‧李密傳》：「聞包愷在緱山，往從之。以蒲韉乘牛，掛《漢書》一帙角上，行且讀。」

## 騎牛讀漢書

[釋義]

形容刻苦攻讀。

[出處]

宋‧歐陽脩、宋祁《新唐書卷八十四‧列傳第九‧李密傳》：「聞包愷在緱山，往從之。以蒲韉乘牛，掛《漢書》一帙角上，行且讀。」

## 瓜分鼎峙

[釋義]

比喻國土分裂，群雄對立。

[出處]

宋‧歐陽脩、宋祁《新唐書卷八十六‧列傳第十一‧李軌傳》：「隋亡，英雄焱起，號帝王者瓜分鼎峙。」

## 投機之會，間不容穟

[釋義]

投機：迎合時機；會：際會，遭遇；間：間隔；穟：同「穗」。機會極其難得，稍放鬆一點就錯過。指行事要抓緊時機，不可延誤。

[出處]

宋‧歐陽脩、宋祁《新唐書卷八十九‧列傳第十四‧張公瑾傳》：「『投機之會，間不容穟。』公瑾所以抵龜而決也。」

## 尚堪一行

[釋義]

尚堪：還可以；一行：走一趟。比喻雖年老尚有餘力。

[出處]

宋‧歐陽脩、宋祁《新唐書卷九十三‧列傳第十八‧李靖傳》：「吐谷渾犯邊，太宗曰：『李靖能復為帥乎？』靖曰：『吾雖老，尚堪一行。』帝喜，以為行軍大總管。」

## 自拔來歸

[釋義]

拔：擺脫，離開。自覺離開惡劣環境，歸向光明。指敵方人員投奔過來。

[出處]

宋·歐陽脩、宋祁《新唐書卷九十三·列傳第十八·李勣傳》：「自拔以歸，從秦王伐東都，戰有功。」

## 剪鬚和藥

[釋義]

剪：剪掉；鬚：鬍鬚；和：調製。剪下鬍鬚調製配藥。比喻體恤下屬。

[出處]

宋·歐陽脩、宋祁《新唐書卷九十三·列傳第十八·李勣傳》：「帝乃自剪鬚以和藥，及愈入謝，頓首流血。」

## 奇龐福艾

[釋義]

龐：大。舊時言人相貌奇偉，多福氣。

[出處]

宋·歐陽脩、宋祁《新唐書卷九十三·列傳第十八·李勣傳》：「臨事選將，必訾相其奇龐福艾者遣之。」

## 煮粥焚鬚

[釋義]

比喻兄弟友愛。

[出處]

宋·歐陽脩、宋祁《新唐書卷九十三·列傳第十八·李勣傳》：「性友愛，其姊病，嘗自為粥而燎其鬚。」

## 使智使勇

[釋義]

使：用。用人所長，以收其功。

[出處]

宋·歐陽脩、宋祁《新唐書卷九十四·列傳第十九·侯君集傳》：「軍法曰：『使智使勇，使貪使愚，故智者樂立其功，勇者好行其志，貪者邀趨其利，愚者不計其死。』是以前聖使人，必收所長而棄所短。」

## 使貪使愚

[釋義]

使：用；貪：不知足；愚：笨。用人所短，為己服務。也形容利用人的不同特點，以發揮他的長處。

[出處]

宋·歐陽脩、宋祁《新唐書卷九十四·列傳第十九·侯君集傳》：「軍法曰：『使智使勇，使貪使愚，故智者樂立其功，勇者好行其志，貪者邀趨其利，愚者不計其死。』是以前聖使

人，必收所長而棄所短。」

## 與草木俱腐

[釋義]
俱：全，都。和草木一起腐爛。形容人生前無所作為，死後也默默無聞。

[出處]
宋・歐陽脩、宋祁《新唐書卷九十五・列傳第二十・高竇》：「古來賢豪，不遭與運，埋光鏟采，與草木俱腐者，可勝吒哉！」

## 一見如舊

[釋義]
初次見面就情投意合，如同老朋友一樣。

[出處]
宋・歐陽脩、宋祁《新唐書卷九十六・列傳第二十一・房玄齡傳》：「太宗以敦煌公徇渭北，策杖上謁軍門，一見如舊。」

## 聳壑昂霄

[釋義]
跳越溪谷，直入雲霄。比喻出人頭地。

[出處]
宋・歐陽脩、宋祁《新唐書卷九十六・列傳第二十一・房玄齡傳》：「當為國器，但恨不見其聳壑昂霄。」

## 杜斷房謀

[釋義]
喻指多謀善斷。

[出處]
宋・歐陽脩、宋祁《新唐書卷九十六・列傳第二十一・杜如晦傳》：「每議事帝所，玄齡必曰：『非如晦莫籌之。』及如晦至，卒用玄齡策也。蓋如晦長於斷，而玄齡善謀，兩人深相知，故能同心濟謀，以佐佑帝。」

## 臨機輒斷

[釋義]
面對事機就做出決斷。形容遇事果斷。

[出處]
宋・歐陽脩、宋祁《新唐書卷九十六・列傳第二十一・杜如晦傳》：「如晦少英爽，喜書，以風流自命，內負大節，臨機輒斷。」

## 為鬼為魅

[釋義]
魅：精怪。像鬼蜮一樣陰險狠毒。比喻使用陰謀詭計，暗中害人。

[出處]
宋・歐陽脩、宋祁《新唐書卷九十七・列傳第二十二・魏徵傳》：「若人漸澆詭，不復返撲，今當為鬼為魅，尚安得而化哉！」

## 攜老扶幼

[釋義]

攜：牽引，攙扶。指攙著老人，領著小孩。形容不分老少全部出動。

[出處]

宋·歐陽脩、宋祁《新唐書卷九十七·列傳第二十二·魏徵傳》：「貞觀初，頻年霜旱，幾內戶口並就關外，攜老扶幼，來往數年。」

## 自比於金

[釋義]

把自己比作尚未冶煉的黃金。比喻未成熟，急需鍛鍊。

[出處]

宋·歐陽脩、宋祁《新唐書卷九十七·列傳第二十二·魏徵傳》：「朕方自比於金，以卿為良匠而加礪焉，卿雖疾未及衰，庸得便爾。」

## 疾惡好善

[釋義]

憎恨醜惡，喜好善美。形容事非界線清楚。

[出處]

宋·歐陽脩、宋祁《新唐書卷九十八·列傳第二十三·王珪傳》：「至激濁揚清，疾惡好善，臣於數子有一日之長。」

## 潔濁揚清

[釋義]

猶激濁揚清。比喻清除壞的，發揚好的。

[出處]

宋·歐陽脩、宋祁《新唐書卷九十八·列傳第二十三·王珪傳》：「至潔濁揚清，疾惡好善，臣於數子有一日之長。」

## 感激涕泗

[釋義]

形容極度感激。

[出處]

宋·歐陽脩、宋祁《新唐書卷九十八·列傳第二十三·薛收傳》：「命輿疾至府，親舉袂撫之，論敘生平，感激涕泗。」

## 河東三鳳

[釋義]

指唐代河東薛收、薛德音、薛元敬。三人都以才華聞名於世，故稱。後以「河東三鳳」指薛收、薛德音、薛元敬。三人同時以才華名於世。

[出處]

宋·歐陽脩、宋祁《新唐書卷九十八·列傳第二十三·薛元敬傳》：「元敬，隋選郎邁之子，與收及收族兄德音齊名，世稱『河東三鳳』。收為長離，

德音為鷟鷟，元敬年最少，為鶓雛。」

## 鳴玉曳履

[釋義]

佩玉飾，曳絲履。指獲高官厚祿。

[出處]

宋・歐陽脩、宋祁《新唐書卷九十八・列傳第二十三・馬周傳》：「今超授高爵，與外廷朝會，驅豎倡子，鳴玉曳履，臣竊恥之。」

## 鳴玉曳組

[釋義]

佩玉飾，曳印組。指任高官。

[出處]

宋・歐陽脩、宋祁《新唐書卷九十九・列傳第二十四・李綱傳》：「今新造天下，開太平之基，功臣賞未及遍，高才猶伏草茅，而先令舞胡鳴玉曳組，位五品，趨丹地，殆非創業垂統，貽子孫之道也。」

## 亡不旋踵

[釋義]

猶亡不旋踵。形容時間極短。

[出處]

宋・歐陽脩、宋祁《新唐書卷一百一・列傳第二十六・蕭瑀傳》：「漢分王子弟，享國四百年。魏晉廢之，亡不旋踵。」

## 狼顧麇驚

[釋義]

狼顧：狼行走時常回頭後顧，比喻後顧之憂；麇：獐子。比喻驚恐萬狀。

[出處]

宋・歐陽脩、宋祁《新唐書卷一百二・列傳第二十七・岑文本傳》：「大王誠縱兵剽系，恐江嶺以南，向化心沮，狼顧麇驚。」

## 精明能幹

[釋義]

機靈聰明，辦事能力強。

[出處]

宋・歐陽脩、宋祁《新唐書卷一百三・列傳第二十八・蘇弁傳》：「弁通學術，吏事精明，承延齡後，平賦緩役，略煩苛，人賴其寬。」

## 窮侈極欲

[釋義]

猶言窮奢極侈。

[出處]

宋・歐陽脩、宋祁《新唐書卷一百三・列傳第二十八・孫伏伽傳》：「方自謂功德盛五帝，邁三王，窮侈極欲，使天下士肝腦塗地。」

## 計不旋踵

[釋義]

指計謀的實現十分神速。

[出處]

宋‧歐陽脩、宋祁《新唐書卷一百三‧列傳第二十八‧孫伏伽傳》:「陛下舉晉陽,天下響應,計不旋踵,大業以成。」

## 從善若流

[釋義]

形容能迅速地接受別人的好意見。同「從善如流」。

[出處]

宋‧歐陽脩、宋祁《新唐書卷一百三‧列傳第二十八‧張玄素傳》:「從善若流,尚恐不逮,飾非拒諫,禍可既乎?」

## 高居深拱

[釋義]

指高居帝位,垂拱而治。

[出處]

宋‧歐陽脩、宋祁《新唐書卷一百三‧列傳第二十八‧張玄素傳》:「若上賢右能,使百司善職,則高居深拱,疇敢犯之?」

## 衣錦過鄉

[釋義]

舊指富貴以後回到故鄉。含有向鄉里誇耀的意思。

[出處]

宋‧歐陽脩、宋祁《新唐書卷一百四‧列傳第二十九‧于高張傳》:「吾乃送公衣錦過鄉邪!」

## 強本弱支

[釋義]

比喻削減地方勢力,加強中央權力。同「強本弱枝」。

[出處]

宋‧歐陽脩、宋祁《新唐書卷一百四‧列傳第二十九‧高季輔傳》:「強本弱支,自古常事。」

## 唾手可取

[釋義]

唾手:往手上吐唾沫。比喻非常容易得到。

[出處]

宋‧歐陽脩、宋祁《新唐書卷一百五‧列傳第三十‧褚遂良傳》:「但遣一二慎將,付銳兵十萬,翔旛雲輧,唾手可取。」

## 撲殺此獠

[釋義]

撲殺：打死；獠：古時罵人的話。打死這個壞蛋。形容對某人憎恨之極。

[出處]

宋・歐陽脩、宋祁《新唐書卷一百五・列傳第三十・褚遂良傳》：「武氏從幄後呼曰：『何不撲殺此獠？』」

## 寵辱不驚

[釋義]

指受寵或受辱都不放在心上。形容不以得失而動心。

[出處]

宋・歐陽脩、宋祁《新唐書卷一百六・列傳第三十一・盧承慶傳》：「初，承慶典選，校百官考，有坐漕舟溺者，承慶以『失所載，考中下』。以示其人，無慍也。更曰：『非力所及，考中中。』亦不喜。承慶嘉之曰：『寵辱不驚，考中上。』」

## 移風振俗

[釋義]

改變風氣，振興習俗。

[出處]

宋・歐陽脩、宋祁《新唐書卷一百六・列傳第三十一・劉祥道傳》：「以去就之官，臨苟且之民，欲移風振俗，烏可得乎？」

## 厲兵粟馬

[釋義]

磨利兵器，餵飽戰馬。指準備作戰。

[出處]

宋・歐陽脩、宋祁《新唐書卷一百八・列傳第三十三・劉仁軌傳》：「雖孽豎跳梁，士力未完，宜厲兵粟馬，乘無備，擊不意，百下百全。」

## 賑貧貸乏

[釋義]

救濟窮人。

[出處]

宋・歐陽脩、宋祁《新唐書卷一百八・列傳第三十三・劉仁軌傳》：「賑貧貸乏，勸課耕種，為立官社，民皆安其所。」

## 條分節解

[釋義]

指逐條逐節進行分析。

[出處]

宋・歐陽脩、宋祁《新唐書卷一百九・列傳第三十四・崔義玄傳》：「義玄有章句學，先儒疑繆，或音故不通者，輒采諸家，條分節解，能是正之。」

## 阿諛取容

[釋義]

阿諛：一味迎合的樣子。一味巴結別

人以求得他們的歡心。

[出處]

宋·歐陽脩、宋祁《新唐書卷一百九·列傳第三十四·楊再思傳》:「居宰相十餘年,阿諛取容,無所薦達。」

## 五經掃地

[釋義]

五經:借指文人。把文人的臉都丟盡了。舊時也指聖人之道泯滅。

[出處]

宋·歐陽脩、宋祁《新唐書卷一百九·列傳第三十四·祝欽明傳》:「帝與群臣宴,欽明自言能《八風舞》,帝許之。欽明體肥醜,據地搖頭睆目,左右顧眄,帝大笑。吏部侍郎盧藏用嘆曰:『是舉《五經》掃地矣。』」

## 唾面自乾

[釋義]

別人往自己臉上吐唾沫,不擦掉而讓它自乾。指受了侮辱,極度容忍,不加反抗。

[出處]

宋·歐陽脩、宋祁《新唐書卷一百九·列傳第三十四·婁師德傳》:「其弟守代州,辭之官,教之耐事。弟曰:『有人唾面,潔之乃已。』師德曰:『未也,潔之,是違其怒,正使自乾耳。』」

## 涸魚得水

[釋義]

涸轍之魚得到水。比喻絕處逢生,有所憑藉。

[出處]

宋·歐陽脩、宋祁《新唐書卷一百一十·列傳第三十五·契苾何力傳》:「何力被執也,或讒之帝曰:『何力入延陀,如涸魚得水,其脫必遽。』帝曰:『不然。若人心如鐵石,殆不背我。』」

## 逐機應變

[釋義]

隨機應變。

[出處]

宋·歐陽脩、宋祁《新唐書卷一百一十一·列傳第三十六·郭孝恪傳》:「若固守武牢,以軍汜水,逐機應變,禽殄必矣!」

## 殺人滅口

[釋義]

殺害證人以毀滅口供。

[出處]

宋·歐陽脩、宋祁《新唐書卷一百一十二·列傳第三十七·王義方傳》:「殺人滅口,此生殺之柄,不自主出。」

# 高自標樹

[釋義]

比喻自己把自己看得很了不起。同「高自標置」。

[出處]

宋·歐陽脩、宋祁《新唐書卷一百一十二·列傳第三十七·王義方傳》:「淹究經術,性謇特,高自標樹。」

# 器滿則覆

[釋義]

容器滿溢,則將傾覆。比喻事物發展超過一定界限就會向相反方面轉化。亦以喻驕傲自滿將導致失敗。亦作「器滿將覆」。

[出處]

宋·歐陽脩、宋祁《新唐書卷一百一十二·列傳第三十七·蘇安恆傳》:「物極則復,器滿則覆,當斷不斷,將受其亂。」

# 朝施暮戮

[釋義]

施:施行;戮:殺戮。早上發令晚上殺戮。形容實行高壓手段。

[出處]

宋·歐陽脩、宋祁《新唐書卷一百一十二·列傳第三十七·柳澤傳》:「故政不常、令不一,則奸詐起而暴亂生焉,雖朝施暮戮,而法不行矣。」

# 滄海遺珠

[釋義]

海中之珠,被採集者所遺漏。比喻被埋沒的人才。

[出處]

宋·歐陽脩、宋祁《新唐書卷一百一十五·列傳第四十·狄仁傑傳》:「異其才,謝曰:『仲尼稱觀過知仁,君可謂滄海遺珠矣。』」

# 望斷白雲

[釋義]

形容想念父母。

[出處]

宋·歐陽脩、宋祁《新唐書卷一百一十五·列傳第四十·狄仁傑傳》:「仁傑登太行山,反顧,見白雲孤飛,謂左右曰:『吾親舍其下。』瞻悵久之,雲移乃得去。」

# 望雲之情

[釋義]

比喻思念父母的心情。

[出處]

宋·歐陽脩、宋祁《新唐書卷一百一十五·列傳第四十·狄仁傑傳》:「仁傑登太行山,反顧,見白雲

孤飛，謂左右曰：『吾親舍其下。』瞻
悵久之。雲移乃得去。」

## 斗南一人

[釋義]

斗南：北星以南。指天下，海內。指
天下絕無僅有的人才。形容品德或才
識獨一無二。

[出處]

宋‧歐陽脩、宋祁《新唐書卷
一百一十五‧列傳第四十‧狄仁傑傳》：
「狄公之賢，北之南，一人而已。」

## 終身讓路，不枉百步

[釋義]

枉：冤枉。一生給他人讓路，加起
來，走的冤枉路不會超過百步。比喻
對人謙讓，不會有害處。

[出處]

宋‧歐陽脩、宋祁《新唐書卷
一百一十五‧列傳第四十‧朱敬則
傳》：「終身讓路，不枉百步；終身讓
畔，不失一段。」

## 舞文飾智

[釋義]

指舞文弄墨，利用才智以作奸偽。

[出處]

宋‧歐陽脩、宋祁《新唐書卷
一百二十二‧列傳第四十七‧魏元忠

傳》：「貞觀中，萬年尉司馬景舞文飾
智，以邀乾沒，太宗棄之都市。」

## 朝奏夕召

[釋義]

指早晨上書帝王，晚上就被召見。形
容被朝廷任用之速。

[出處]

宋‧歐陽脩、宋祁《新唐書卷
一百二十二‧列傳第四十七‧魏元忠
傳》：「布衣之人，懷奇抱策，而望朝
奏夕召，豈易得哉？」

## 廟垣之鼠

[釋義]

廟垣之鼠，比喻帝王身邊得勢的
小人。

[出處]

宋‧歐陽脩、宋祁《新唐書卷
一百二十二‧列傳第四十七‧魏元忠
傳》：「君側之人，眾所畏懼，所謂鷹
頭之蠅，廟垣之鼠者也。」

## 文章宿老

[釋義]

宿：年老的，長期從事的。指擅長文
章的大師。

[出處]

宋‧歐陽脩、宋祁《新唐書卷
一百二十三‧列傳第四十八‧李嶠

傳》:「李嶠富才思,然其仕前與王勃、楊盈川接,中與崔融、蘇味道齊名,晚諸人沒,而為文章宿老,一時學者取法焉。」

## 日朘月削

[釋義]

朘:縮小,減少。形容逐漸縮小。也指時時受到搜刮。同「日削月朘」。

[出處]

宋·歐陽脩、宋祁《新唐書卷一百二十三·列傳第四十八·蕭至忠傳》:「私謁開而正言塞,日朘月削,卒見凋弊。」

## 言聽計行

[釋義]

形容對某人十分信任。同「言聽計從」。

[出處]

宋·歐陽脩、宋祁《新唐書卷一百二十六·列傳第五十一·魏知古盧懷慎傳贊》:「觀玄宗開元時,屬精求治,元老魁舊,動所尊憚,故姚元崇、宋璟言聽計行,力不難而功已成。」

## 南山鐵案

[釋義]

指已經判定、不可改變的案件。

[出處]

宋·歐陽脩、宋祁《新唐書卷一百二十六·列傳第五十一·李元紘傳》:「元紘早修謹,仕為雍州司戶參軍。時太平公主勢震天下,百司順望風指,嘗與民競碾磑,元紘還之民。長史竇懷貞大驚,趣改之,元紘大署判後曰:『南山可移,判不可搖也。』」

## 拔十得五

[釋義]

拔:選拔,推薦。想選拔十個,結果只選得五個。指選拔人才不容易。

[出處]

宋·歐陽脩、宋祁《新唐書卷一百二十六·列傳第五十一·張九齡傳》:「夫吏部尚書、侍郎,以賢而授者也,豈不能知人?如知之難,拔十得五,斯可矣。」

## 血氣方壯

[釋義]

形容年輕人精力正旺盛。

[出處]

宋·歐陽脩、宋祁《新唐書卷一百二十七·列傳第五十二·張嘉貞傳》:「昔馬周起徒步,謁人主,血氣方壯,太宗用之,能盡其才,甫五十而沒。」

## 博帶褒衣

[釋義]

博：寬大；褒：闊。寬衣大帶。指古代儒生的裝束。

[出處]

宋·歐陽脩、宋祁《新唐書卷一百三十三·列傳第五十八·劉知幾傳》：「博帶褒衣，革履高冠。」

## 鷙擊狼噬

[釋義]

指凶狠地殘害人。

[出處]

宋·歐陽脩、宋祁《新唐書卷一百三十四·列傳第五十九·王鉷傳》：「林甫方興大獄，撼東宮，誅不附己者，以鉷險刻，可動以利，故倚之，使鷙擊狼噬。」

## 寸土必爭

[釋義]

指一點點土地也要爭奪。

[出處]

宋·歐陽脩、宋祁《新唐書卷一百三十六·列傳第六十一·李光弼傳》：「兩軍相敵，尺寸必爭。」

## 賞信罰明

[釋義]

形容處理事情嚴格而公正。同「賞罰分明」。

[出處]

宋·歐陽脩、宋祁《新唐書卷一百三十六·列傳第六十一·李光弼傳》：「遭祿山變，拔任兵柄，其策敵制勝不世出，賞信罰明，士卒爭奮，毅然有古良將風。」

## 忠貫日月

[釋義]

忠誠之心可以貫通日月。形容忠誠至極。

[出處]

宋·歐陽脩、宋祁《新唐書卷一百三十七·列傳第六十二·郭子儀傳》：「子儀自朔方提孤軍，轉戰逐北，誼不還顧……雖唐命方永，亦有忠貫日月，神明扶持者哉！」

## 破桐之葉

[釋義]

比喻已分不可復合的事物。

[出處]

宋·歐陽脩、宋祁《新唐書卷一百三十九·列傳第六十四·李泌傳》：「時李懷光叛，歲又蝗旱，議者欲赦懷光。帝博問群臣，泌破一桐葉附使以進，日：『陛下與懷光，君臣之分不可復合，如此葉矣。』由是不赦。」

## 左圖右史

[釋義]

形容室內圖書多。

[出處]

宋‧歐陽脩、宋祁《新唐書卷一百四十二‧列傳第六十七‧楊綰傳》：「獨處一室，左右圖史，凝塵滿席。」

## 左右圖史

[釋義]

周圍都是圖書，謂嗜書好學。同「左圖右史」。

[出處]

宋‧歐陽脩、宋祁《新唐書卷一百四十二‧列傳第六十七‧楊綰傳》：「（綰）性沉靖，獨處一室，左右圖史，凝塵滿席，澹如也。」

## 名震一時

[釋義]

名聲震動當時社會。

[出處]

宋‧歐陽脩、宋祁《新唐書卷一百四十九‧列傳第七十四‧劉晏傳》：「號神童，名震一時。」

## 菹枕圖史

[釋義]

菹：墊褥。形容陷溺於圖書資料之中。

[出處]

宋‧歐陽脩、宋祁《新唐書卷一百五十‧列傳第七十五‧李揆傳》：「揆病取士不考實，迂學陋生，菹枕圖史，且不能自措於詞。」

## 朋比為奸

[釋義]

結黨營私，互相勾結做壞事。朋比：互相勾結。為：做。

[出處]

宋‧歐陽脩、宋祁《新唐書卷一百五十二‧列傳第七十七‧李絳傳》：「趨利之人，常為朋比，同其私也。」

## 畫度夜思

[釋義]

日夜思量。

[出處]

宋‧歐陽脩、宋祁《新唐書卷一百五十二‧列傳第七十七‧李絳傳》：「君尊如天，臣卑如地，加有雷霆之威，彼將畫度夜思，始欲陳十事，俄而去五六，及將以聞，則有憚而削其半，故上達者財十二。」

## 搜章摘句

[釋義]

謂搜求摘取片段的文句。

[出處]
宋·歐陽脩、宋祁《新唐書卷一百五十三·列傳第七十八·段秀實傳》:「舉明經,其友易之,秀實曰:『搜章擿句,不足以立功。』乃棄去。」

## 倒持戈矛

[釋義]
戈、矛,皆兵器。猶言倒持太阿。

[出處]
宋·歐陽脩、宋祁《新唐書卷一百五十七·列傳第八十二·陸贄傳》:「舍此不務而反為所乘,斯謂倒持戈矛,以鐏授寇者也。」

## 外柔中剛

[釋義]
柔:柔弱;中:內心。外表柔和而內心剛正。

[出處]
宋·歐陽脩、宋祁《新唐書卷一百五十九·列傳第八十四·盧坦傳》:「姚大夫外柔中剛,監軍若侵之,必不受。」

## 怒猊渴驥

[釋義]
猊:狻猊,即獅子;驥:駿馬。如憤怒的獅子撬扒石頭,口渴的駿馬奔向泉水。形容書法遒勁奔放。

[出處]
宋·歐陽脩、宋祁《新唐書卷一百六十·列傳第八十五·徐浩傳》:「始,浩父嶠之善書,以法授浩,益工。嘗書四十二幅屏,八體皆備,草隸尤工,世狀其法曰『怒猊抉石,渴驥奔泉。』」

## 渴驥奔泉

[釋義]
驥:駿馬。如同駿馬口渴思飲,飛快奔赴甘泉一般。形容書法筆勢矯健。也比喻迫切的欲望。

[出處]
宋·歐陽脩、宋祁《新唐書卷一百六十·列傳第八十五·徐浩傳》:「嘗書四十二,幅屏,八體皆備,草隸尤工,世狀其法曰:『怒猊抉石,渴驥奔泉。』」

## 青錢學士

[釋義]
譽稱才學之士。

[出處]
宋·歐陽脩、宋祁《新唐書卷一百六十一·列傳第八十六·張薦傳》:「員外郎員半千數為公卿稱『薦(張薦)文辭猶青銅錢,萬選萬中』,時號薦『青錢學士』。」

## 青錢萬選

[釋義]

比喻文章出眾。

[出處]

宋‧歐陽脩、宋祁《新唐書卷一百六十一‧列傳第八十六‧張薦傳》：「員外郎員半千數為公卿稱『鸞文辭猶青銅錢，萬選萬中』，時號鸞『青錢學士』。」

## 日甚一日

[釋義]

一天比一天厲害。

[出處]

宋‧歐陽脩、宋祁《新唐書卷一百六十二‧列傳第八十七‧獨孤及傳》：「陛下豈遲疑於改作，逡巡於舊貫，使大議有所壅，而率土之患，日甚一日。」

## 剝膚及髓

[釋義]

比喻盤剝深重。

[出處]

宋‧歐陽脩、宋祁《新唐書卷一百六十二‧列傳第八十七‧獨孤及傳》：「擁兵者第館豆街陌，奴婢厭酒肉，而貧人羸餓就役，剝膚及髓。」

## 兢兢乾乾

[釋義]

指敬慎自強。

[出處]

宋‧歐陽脩、宋祁《新唐書卷一百六十二‧列傳第八十七‧獨孤及傳》：「兢兢乾乾，以徼福於上下，必能使天感神應，反妖災為和氣矣。」

## 賤斂貴發

[釋義]

低價賣進，高價賣出。同「賤斂貴出」。

[出處]

宋‧歐陽脩、宋祁《新唐書卷一百六十五‧列傳第九十‧鄭珣瑜傳》：「既至河南，清靜惠下，賤斂貴發，以便民。」

## 識微知著

[釋義]

看到事物的徵兆而能察知它的發展趨向或問題的實質。

[出處]

宋‧歐陽脩、宋祁《新唐書卷一百六十六‧列傳第九十一‧杜佑傳》：「管仲有言：『國家無使勇猛者為邊境。』此誠聖哲識微知著之略。」

## 白衣宰相

[釋義]

指宰相家屬中身無名位而仗勢擅權的人。

[出處]

宋‧歐陽脩、宋祁《新唐書卷一百六十六‧列傳第九十一‧令狐滈傳》:「且滈居當時,謂之『白衣宰相』。滈未嘗舉進士,而妄言已解,使天下謂無解及第,不已罔乎?」

## 雄深雅健

[釋義]

指文章雄渾而深沉,典雅而有力。

[出處]

宋‧歐陽脩、宋祁《新唐書卷一百六十八‧列傳第九十三‧柳宗元傳》:「韓愈評其文曰:『雄深雅健,似司馬子長,崔、蔡不足多也。』」

## 木石為徒

[釋義]

與樹木石頭為伴。意指寄情山水,不問世事。

[出處]

宋‧歐陽脩、宋祁《新唐書卷一百六十八‧列傳第九十三‧柳宗元傳》:「用是更樂瘖默,與木石為徒,不復致意。」

## 草木知威

[釋義]

連草木都知道他的威名。形容威勢極大。

[出處]

宋‧歐陽脩、宋祁《新唐書卷一百七十‧列傳第九十五‧張萬福傳》:「朕謂江淮木草亦知爾威名。」

## 五寶聯珠

[釋義]

用以稱譽兄弟輩皆工詩文者。

[出處]

宋‧歐陽脩、宋祁《新唐書卷一百七十五‧列傳第一百‧竇群傳》:「兄常、牟、弟庠、鞏皆為郎,工詞章,為《聯珠集》行於時,義取昆弟若五星然。」時稱「五寶聯珠」。

## 乘險抵巇

[釋義]

巇,多指(山嶺)險惡、險峻。冒險鑽空子。

[出處]

宋‧歐陽脩、宋祁《新唐書卷一百七十五‧列傳第一百‧劉棲楚傳》:「然其性詭激,敢為怪行,乘險抵巇,若無顧藉。」

## 成一家言

[釋義]

指學問自成體系、派別。

[出處]

宋·歐陽脩、宋祁《新唐書卷一百七十六·列傳第一百一·韓愈傳》:「每言文章自漢司馬相如、太史公、劉向、揚雄後,作者不世出,故愈深探本元,卓然樹立,成一家言。」

## 泰山北

[釋義]

比喻德高望重或有卓越成就而為眾人所敬仰的人。

[出處]

宋·歐陽脩、宋祁《新唐書卷一百七十六·列傳第一百一·韓愈傳》:「自癒沒,其言大行,學者仰之如泰山、北雲。」

## 不斷如帶

[釋義]

猶不絕如縷。多形容局面危急或聲音、氣息等低沉微弱、時斷時續。

[出處]

宋·歐陽脩、宋祁《新唐書卷一百七十六·列傳第一百一·韓愈傳》:「自晉迄隋,老佛顯行,聖道不斷如帶。」

## 爬羅剔抉

[釋義]

指蒐羅挑選人才。

[出處]

宋·歐陽脩、宋祁《新唐書卷一百七十六·列傳第一百一·韓愈傳》:「爬羅剔抉,刮垢磨光。蓋有幸而獲選,孰云多而不揚?」

## 文章山斗

[釋義]

指文章為人所宗仰。

[出處]

語本《新唐書卷一百七十六·列傳第一百一·韓愈傳》:「自癒之沒,其言大行,學者仰之如泰山北雲。」

## 汪洋大肆

[釋義]

形容文章、言論書法等氣勢豪放,瀟灑自如。同「汪洋恣肆」。

[出處]

宋·歐陽脩、宋祁《新唐書卷一百七十六·列傳第一百一·韓愈傳》:「當其所得,粹然一出於正,刊落陳言,橫騖別驅,汪洋大肆,要之無抵捂聖人者。」

## 忘形交

[釋義]

不拘身分、形跡的知心朋友。

[出處]

宋‧歐陽脩、宋祁《新唐書卷一百七十六‧列傳第一百一‧孟郊傳》：「孟郊者，字東野，湖州武康人。少隱嵩山，性介，少諧合。愈一見，為忘形交。」

## 法出多門

[釋義]

門：門徑。指各部門各自為政，自立法制，使法令不能統一，無從執行。

[出處]

宋‧歐陽脩、宋祁《新唐書卷一百七十八‧列傳第一百三‧劉蕡傳》：「或正刑於外則破律於中，法出多門，人無所措。」

## 根株牽連

[釋義]

指一方有禍，另一方如同根與株一般不可避免地受到牽累。

[出處]

宋‧歐陽脩、宋祁《新唐書卷一百八十‧列傳第一百五‧李德裕傳》：「身為名宰相，不能損所憎，顯示擠以仇，使比周勢成，根株牽連，賢智播奔，而王室亦衰，寧明有未哲歟？」

## 言從計行

[釋義]

形容對某人十分信任。同「言行計從」。

[出處]

宋‧歐陽脩、宋祁《新唐書卷一百八十‧列傳第一百五‧李德裕傳》：「武宗知而能任之，言從計行。」

## 囂浮輕巧

[釋義]

囂浮：浮誇。形容人不踏實可靠。

[出處]

宋‧歐陽脩、宋祁《新唐書卷一百八十三‧列傳第一百八‧朱樸傳》：「人心囂浮輕巧。」

## 牛頭阿旁

[釋義]

佛教稱地獄中長著牛頭的鬼卒。

[出處]

宋‧歐陽脩、宋祁《新唐書卷一百八十四‧列傳第一百九‧路岩傳》：「奢肆不法，俄與韋保衡同當國，二人勢動天下，時目其黨為『牛頭阿旁』，言如鬼陰惡可畏也。」

## 坐籌帷幄

[釋義]

坐在軍帳裡出謀劃策。

[出處]

宋．歐陽脩、宋祁《新唐書卷一百八十五．列傳第一百一十．鄭畋傳》：「坐籌帷幄，終能復國云。」

## 死地求生

[釋義]

在極度危險的地方尋求一線生機。

[出處]

宋．歐陽脩、宋祁《新唐書卷一百八十九．列傳一百一十四．趙犨傳》：「士貴建功立名節，今雖眾寡不敵，男子當死地求生，徒懼無益也。」

## 羅雀掘鼠

[釋義]

原指張網捉麻雀、挖洞捉老鼠來充飢的窘困情況，後比喻想盡辦法籌措財物。

[出處]

宋．歐陽脩、宋祁《新唐書卷一百九十二．列傳第一百一十七．張巡傳》：「至羅雀掘鼠，煮鎧弩以食。」

## 改行遷善

[釋義]

改變不良行為，誠心向善。同「改行為善」。

[出處]

宋．歐陽脩、宋祁《新唐書卷一百九十二．列傳第一百一十七．張巡傳》：「巡下車，以法誅之，赦餘黨，莫不改行遷善。」

## 屑榆為粥

[釋義]

把榆樹皮磨成碎屑，做成粥食。指艱苦生活。

[出處]

宋．歐陽脩、宋祁《新唐書卷一百九十四．列傳第一百一十九．卓行．陽城傳》：「歲饑，屏跡不過鄰里，屑榆為粥，講論不輟。」

## 紫芝眉宇

[釋義]

為稱頌人德行高潔之詞。

[出處]

宋．歐陽脩、宋祁《新唐書卷一百九十五．列傳第一百二十．孝友．元德秀》：「元德秀字紫芝，河南河南人。質厚少緣飾……德秀善文辭，作《蹇士賦》以自況。房琯每見德秀，嘆息曰：『見紫芝眉宇，使人名利之心都盡。』」

## 五斗先生

[釋義]

意思是指酒量大的人。

[出處]

宋‧歐陽脩、宋祁《新唐書卷一百九十六‧列傳第一百二十一‧王績傳》：「其飲至五斗不亂，人有以酒邀者，無貴賤輒往，著《五斗先生傳》。」

## 斗酒學士

[釋義]

指酒量大的文士或名臣。

[出處]

宋‧歐陽脩、宋祁《新唐書卷一百九十六‧列傳第一百二十一‧王績傳》：「以前官待詔門下省，故事，官給酒三升。或問：『待詔何樂邪？』答曰：『良醞可戀耳。』侍中陳叔達聞之，日給一斗，時稱『斗酒學士』。」

## 五言長城

[釋義]

稱譽善於作五言詩的好手。

[出處]

宋‧歐陽脩、宋祁《新唐書卷一百九十六‧列傳第一百二十一‧秦系傳》：「長卿自以為五言長城，係用偏師攻之，雖老益壯。」

## 浮家泛宅

[釋義]

以船為家，到處漂泊不定。

[出處]

宋‧歐陽脩、宋祁《新唐書卷一百九十六‧列傳第一百二十一‧張志和傳》：「願為浮家泛宅，往來苕霅間。」

## 煙波釣徒

[釋義]

煙波：水波渺茫，看遠處有如煙霧籠罩；釣：釣魚。舊指隱逸於漁的人。

[出處]

宋‧歐陽脩、宋祁《新唐書卷一百九十六‧列傳第一百二十一‧張志和傳》：「以親既喪，不復仕，居江湖，自稱煙波釣徒。」

## 藥籠中物

[釋義]

藥籠中備用的藥材。比喻備用的人才。

[出處]

宋‧歐陽脩、宋祁《新唐書卷二百‧列傳第一百二十五‧儒學下‧元行沖傳》：「君正吾藥籠中物，不可一日無也。」

## 人心叵測

[釋義]

叵:不可。人的心地不可探測。形容人心險惡。

[出處]

宋·歐陽脩、宋祁《新唐書卷二百·列傳第一百二十五·儒學下·尹愔傳》:「吾門人多矣,尹子叵測也。」

## 稀句繪章

[釋義]

繪:雕繪。雕飾文章字句,使之增加文采。

[出處]

宋·歐陽脩、宋祁《新唐書卷二百一·列傳第一百二十六·文藝上·序》:「高祖、太宗大難始夷,沿江左餘風,稀句繪章,揣合低印,故王、楊為之伯。」

## 沾溉後人

[釋義]

沾溉:沾潤灌溉,引申為使人受益。使後來人得到好處。

[出處]

宋·歐陽脩、宋祁《新唐書卷二百一·列傳第一百二十六·文藝上·杜甫傳》:「他人不足,甫乃厭餘,殘膏賸馥,沾丐後人多矣。」

## 殘膏賸馥

[釋義]

殘:剩餘;膏:油脂;馥:香氣。比喻前人留下的文學遺產。

[出處]

宋·歐陽脩、宋祁《新唐書卷二百一·列傳第一百二十六·文藝上·杜甫傳》:「渾涵汪茫,千匯萬狀,兼古今而有之,他人不足,甫乃厭餘,殘膏賸馥,沾丐後人多矣。」

## 崇雅黜浮

[釋義]

指在文風上崇尚雅正,擯棄浮華。

[出處]

宋·歐陽脩、宋祁《新唐書卷二百一·列傳第一百二十六·文藝上》:「玄宗好經術,群臣稍厭雕瑑,索理致,崇雅黜浮,氣益雄渾。」

## 造化小兒

[釋義]

造化:指命運;小兒:小子,輕蔑的稱呼。這是對於命運的一種風趣說法。

[出處]

宋·歐陽脩、宋祁《新唐書卷二百一·列傳第一百二十六·文藝上·杜審言傳》:「審言病甚,宋之問、武平一等省候如何。答曰:『甚為造化小兒相苦,尚何言?』」

## 衙官屈宋

[釋義]

衙官：軍府的屬官；屈：屈原；宋：宋玉。要以屈原、宋玉為屬官。原為自誇文章好。後也用以稱讚別人的文采。

[出處]

宋·歐陽脩、宋祁《新唐書卷二百一·列傳第一百二十六·文藝上·杜審言傳》：「吾文章當得屈、宋作衙官，吾筆當得王羲之北面。」

## 恥居王後

[釋義]

指在文名上恥於處在不及己者之後。

[出處]

宋·歐陽脩、宋祁《新唐書卷二百一·列傳第一百二十六·文藝上·王勃傳》：「勃與楊炯、盧照鄰、駱賓王皆以文章齊名，天下稱『王、楊、盧、駱』，號『四傑』。炯嘗曰：『吾愧在盧前，恥居王後。』」

## 不易一字

[釋義]

不更動一個字。形容文章寫得又快又好。

[出處]

宋·歐陽脩、宋祁《新唐書卷二百一·列傳第一百二十六·文藝上·王勃傳》：「及寤，援筆成篇，不易一字。」

## 奪錦才

[釋義]

奪錦：奪錦袍。才：才學。有爭奪錦袍的才學，形容才華超群，後來居上。

[出處]

宋·歐陽脩、宋祁《新唐書卷二百二·列傳第一百二十七·文藝中·宋之問傳》：「之問俄傾獻，（武）后覽之嗟賞，更奪錦袍以賜。」

## 一字不易

[釋義]

文字精煉，一個字也不能更改。也用於指抄襲者一字不改地照抄別人的文章。

[出處]

宋·歐陽脩、宋祁《新唐書卷二百二·列傳第一百二十七·文藝中·孫逖》：「而逖尤精密，張九齡視其草，欲易一字，卒不能也。」

## 目使頤令

[釋義]

用眼睛、用下巴指使人。形容自命尊貴，擺大架子。

[出處]

宋·歐陽脩、宋祁《新唐書卷二百二·列傳第一百二十七·文藝中·王翰

傳》：「家畜聲伎，目使頤令，自視王侯，人莫不惡之。」

## 根結盤據

[釋義]

盤，通「磐」。形容基礎牢固，勢力強大。

[出處]

宋・歐陽脩、宋祁《新唐書卷二百三・列傳第一百二十八・文藝下・李翰》：「有如賊因江淮之資，兵廣而財積，根結盤據，西向以拒，雖終殲滅，其曠日持久必矣。」

## 摧鋒陷堅

[釋義]

摧：摧毀；鋒：鋒利；陷：攻陷；堅：堅銳。破敵深入。

[出處]

宋・歐陽脩、宋祁《新唐書卷二百三・列傳第一百二十八・文藝下・李翰》：「城孤糧盡，外救不至，猶奮羸起病，摧鋒陷堅。」

## 負恩背義

[釋義]

負：違背，背棄。忘記別人對自己的恩德和好處，做出對不起別人的事。

[出處]

宋・歐陽脩、宋祁《新唐書卷二百五・列傳第一百三十・列女・楊慶妻王氏》：「今負恩背義，自為身謀，可若何？」

## 束髮封帛

[釋義]

指婦女忠貞不渝。

[出處]

宋・歐陽脩、宋祁《新唐書卷二百五・列傳第一百三十・列女・賈直言妻董》：「直言坐事。貶嶺南，以妻少，乃訣曰：『生死不可期，吾去，可亟嫁，無須也。』董不答，引繩束髮，封以帛，使直言署，曰：『非君手不解。』直言貶二十年乃還，署帛宛然。乃湯沐，髮墮無餘。」

## 鑿空投隙

[釋義]

指尋找時機、捏造罪名。

[出處]

宋・歐陽脩、宋祁《新唐書卷二百九・列傳第一百三十四・酷吏・序》：「推劾之吏，以嶮責痛詆為功，鑿空投隙，相矜以殘。」

## 澤吻磨牙

[釋義]

猶言齜牙咧嘴。凶殘的樣子。

[出處]

宋·歐陽脩、宋祁《新唐書卷二百九·列傳第一百三十四·酷吏·序》:「於是索元禮、來俊臣之徒，揣后密旨，紛紛並興，澤吻磨牙，噬紳縉若狗豚然。」

## 百不一貸

[釋義]

猶言無一寬免。

[出處]

宋·歐陽脩、宋祁《新唐書卷二百九·列傳第一百三十四·酷吏·來俊臣》:「后信之，詔於麗景門別置獄，敕俊臣等顓按事，百不一貸。」

## 罪惡如山

[釋義]

形容罪惡多而重。

[出處]

宋·歐陽脩、宋祁《新唐書卷二百九·列傳第一百三十四·酷吏·吉頊傳》:「俊臣誣殺忠良，罪惡如山，國蟊賊也，尚何惜？」

## 輔牙相倚

[釋義]

頰骨與牙床相互倚傍。比喻關係密切，利害相關。

[出處]

宋·歐陽脩、宋祁《新唐書卷二百一十三·列傳第一百三十八·藩鎮傳·李正己》:「本名懷玉，至是賜今名，遂有淄、青、齊、海、登、萊、沂、密、德、棣十州，與田承嗣、薛嵩、李寶臣、梁崇義輔牙相倚。」

## 一漿十餅

[釋義]

比喻小恩小惠。

[出處]

宋·歐陽脩、宋祁《新唐書卷二百一十三·列傳第一百三十八·藩鎮傳·李師道》:「公初不示諸將腹心，而今委以兵，此皆嗜利者，朝廷以一漿十餅誘之，去矣！」

## 痛心病首

[釋義]

猶痛心疾首。形容極其悲憤。

[出處]

宋·歐陽脩、宋祁《新唐書卷二百一十五上·列傳第一百四十上·突厥傳上》:「帝謂群臣曰:『往國家初定，太上皇以百姓故，奉突厥，詭而臣之，朕常痛心病首，思一刷恥於天下。」

## 太上皇

[釋義]

特稱把皇位讓給兒子而自己退位的皇帝。比喻在幕後操縱，掌握實權的人。

[出處]

宋·歐陽脩、宋祁《新唐書卷二百一十五上·列傳第一百四十上·突厥傳上》：「往國家初定，太上皇以百姓故，奉突厥，詭而臣之，朕常痛心病首，思一刷恥於天下。」

## 貴壯賤弱

[釋義]

看重年輕力壯者而輕視年老體弱者。同「貴壯賤老」。

[出處]

宋·歐陽脩、宋祁《新唐書卷二百一十六上·列傳第一百四十一上·吐蕃上》：「貴壯賤弱，母拜子，子倨父，出入前少而後老。」

## 熟羊胛

[釋義]

羊胛：羊的肩胛，指時間過得快。

[出處]

宋·歐陽脩、宋祁《新唐書卷二百一十七下·列傳第一百四十二下·回鶻傳下》：「日入亨羊胛，熟，東方已明。」

## 出師無名

[釋義]

指沒有正當理由而出兵征伐。

[出處]

宋·歐陽脩、宋祁《新唐書卷二百二十·列傳第一百四十五·東夷傳·高麗》：「莫離支殺君，虐用其下如檟阱，怨痛溢道，我出師無名哉？」

## 道不掇遺

[釋義]

路上沒有人把別人丟失的東西拾走。形容社會風氣好。同「道不拾遺」。

[出處]

宋·歐陽脩、宋祁《新唐書卷二百二十·列傳第一百四十五·東夷傳·高麗》：「降、敗、殺人及剽動者斬，盜者十倍取償，殺牛馬者沒為奴婢，故道不掇遺。」

## 飛米轉芻

[釋義]

指迅速運送糧草。同「飛芻挽粟」。

[出處]

宋·歐陽脩、宋祁《新唐書卷二百二十一上·列傳第一百四十六上·西域傳上·高昌》：「今高昌誅滅，威動四夷，然自王師始征，河西供役，飛米轉芻，十室九匱，五年未可復。」

## 十室九匱

[釋義]

匱,指財物匱乏。形容因各種自然或社會的原因而造成百姓貧困的景象。

[出處]

宋‧歐陽脩、宋祁《新唐書卷二百二十一上‧列傳第一百四十六上‧西域傳上‧高昌》:「今高昌誅滅,威動四夷,然自王師始征,河西供役,飛米轉芻,十室九匱,五年未可復。」

## 珊瑚在網

[釋義]

在網:都在網中。比喻有才學的人都被收羅了。

[出處]

宋‧歐陽脩、宋祁《新唐書卷二百二十一下‧列傳第一百四十六下‧西域傳下‧拂菻國傳》:「海中有珊瑚洲,海人乘大舶墮鐵網水底。珊瑚初生磐石上,白如菌,一歲而黃,三歲赤,枝格交錯,高三四尺,鐵發其根,繫網舶上,絞而出之。」

## 寒蟬仗馬

[釋義]

仗馬:皇宮儀仗中的立馬。像皇宮門外的立仗馬和冷天的知了一樣。比喻一句話也不敢說。

[出處]

宋‧歐陽脩、宋祁《新唐書卷二百二十三上‧列傳第一百四十八上‧奸臣上‧李林甫傳》:「君等獨不見立仗馬乎?終日無聲而飫三品芻豆,一鳴則黜之矣。」

## 易口以食

[釋義]

猶易子而食。口,人丁。形容災民極其悲慘的生活。

[出處]

宋‧歐陽脩、宋祁《新唐書卷二百二十五上‧列傳第一百五十上‧逆臣上‧安慶緒》:「城中棧而處,糧盡,易口以食。」

## 殺人如薪

[釋義]

形容殺的人多得數不清。同「殺人如麻」。

[出處]

宋‧歐陽脩、宋祁《新唐書卷二百二十五下‧列傳第一百五十下‧逆臣下‧黃巢傳》:「觀察使韋岫戰不勝,棄城遁,賊入之,焚室廬,殺人如薪。」

## 麏駭雉伏

[釋義]

形容驚怕躲藏。麏,古書上指獐子。

[出處]

宋·歐陽脩、宋祁《新唐書卷
二百二十五下·列傳第一百五十下·
逆臣下·秦宗權》:「自關中薄青齊,
南繚荊郢,北亘衛滑,皆麋駭雉伏,
至千里無舍煙。」

# 出自《舊五代史》的成語

## 沉厚寡言

[釋義]

樸實穩重，不愛多說話。同「沉重少言」。

[出處]

宋‧薛居正等《舊五代史卷八‧梁書第八‧末帝本紀上‧朱友貞》：「美容儀，性沉厚寡言，雅好儒士。」

## 風馳雨驟

[釋義]

形容像風雨一樣迅捷猛烈。

[出處]

宋‧薛居正等《舊五代史卷十六‧梁書‧列傳六‧謝彥章傳》：「每敦陣整旅，左旋右抽，雖風馳雨驟，亦無以喻其迅捷也，故當時騎士咸樂為用。」

## 封妻蔭子

[釋義] 君主時代功臣的妻子得到封號，子孫世襲官職。

[出處]《舊五代史卷四十二‧唐書十八‧明宗紀八》：「封妻蔭子，準格合得者，亦與施行。」

## 歷歷可數

[釋義]

歷歷：清楚，分明的樣子。可以清楚地一個個或一件件數出來。

[出處]

宋‧薛居正等《舊五代史卷四十四‧唐書二十‧明宗紀十》：「濮州進重修河堤圖，沿河地名，歷歷可數。」

## 國步艱難

[釋義]

國步：國家的命運。國家處於危難之中。

[出處]

宋‧薛居正等《舊五代史卷五十八‧列傳十‧蕭頃傳》：「時國步艱難，連師倔強，率多奏請，欲立家廟於本鎮，頃上章論奏。乃止。」

## 金戈鐵馬

[釋義]

戈閃耀著金光，馬配備了鐵甲。比喻戰爭。也形容戰士持槍馳馬的雄姿。

[出處]

宋‧薛居正等《新五代史卷六十‧唐

書三十六・李襲吉傳》:「金戈鐵馬，蹂踐於明時。」

## 毒手尊拳

[釋義]

毒手:凶狠的毆打。泛指無情的打擊。

[出處]

宋・薛居正等《舊五代史卷六十・唐書三十六・李襲吉傳》:「毒手尊拳，交相於暮夜；金戈鐵馬，蹂躪於明時。」

## 飛文染翰

[釋義]

揮筆疾書。

[出處]

宋・薛居正等《舊五代史卷六十七・唐書・列傳十九・盧程傳》:「承業叱之曰:『公稱文士，即合飛文染翰，以濟霸國，嘗命草辭，自陳短拙，及留職務，又以為辭，公所能者何也。』」

## 效死輸忠

[釋義]

指竭盡忠誠。

[出處]

宋・薛居正等《舊五代史卷九十五・晉書・皇甫遇王清等傳》:「若乃世道方泰，則席寵恃祿者實繁；世運既屯，則效死輸忠無幾。」

## 機不可失，時不再來

[釋義]

指時機難得，必須抓緊，不可錯過。

[出處]

宋・薛居正等《舊五代史卷九十八・晉書二十四・安重榮傳》:「仰認睿智，深唯匿瑕，其如天道人心，難以違拒，須知機不可失，時不再來。」

## 胡作非為

[釋義]

不顧法紀或輿論，毫無顧忌地做壞事。

[出處]

宋・薛居正等《舊五代史卷一百六・漢書八・列傳第三・張瓘傳》:「汝車渡村百姓劉開道下賊慣作非為，今須改行，若故態不除，死無日矣。」

## 如入無人之境

[釋義]

境:地方。像到了沒有人的地方。比喻打仗節節勝利，沒有遇到抵抗。

[出處]

宋・薛居正等《舊五代史卷一百九・漢書十一・列傳第六・杜重威傳》:「每敵騎數十驅漢人千萬過城下，如入無人之境，重威但登陴注目，略無邀取之意。」

## 大興土木

[釋義]

興：創辦；土木：指建築工程。大舉
建造房子。

[出處]

宋・薛居正等《舊五代史卷一百一十九・漢書十一・列傳第六・李守貞傳》：「以廣其第，大興土木，治之歲餘，為京師之甲。」

## 大失所望

[釋義]

非常失望。

[出處]

宋・薛居正等《舊五代史卷一百一十九・漢書十一・列傳第六・李守貞傳》：「官軍初至；守貞以諸軍多曾隸於麾下；自謂素得軍情；坐俟叩城迎己；及軍士後繼；大失所望。」

## 頃刻之間

[釋義]

極其短暫的時間。

[出處]

宋・薛居正等《舊五代史卷一百一十・周書一・太祖紀第一・郭威》：「紛紜而逼脅愈間，頃刻之間，安危莫保。」

## 挺身而出

[釋義]

挺身：撐直身體。挺直身體站出來。
形容面對著艱難或危險的事情，勇敢
地站出來。

[出處]

宋・薛居正等《舊五代史卷一百二十四・周書十五・列傳第四・唐景思傳》：「後數日城陷，景思挺身而出，使人告於鄰郡，得援軍數百，逐其草寇，復有其城，亳民賴是以濟。」

## 文武全才

[釋義]

文才與武功同時具備的人才。

[出處]

宋・薛居正等《舊五代史卷一百二十七・周書十八・列傳第七・和凝傳》：「和公文武全才而有志氣，後必享重位，爾宜謹事之。」

## 相顧失色

[釋義]

顧：看；失色：因驚恐而變了臉色。
你看我，我看你，嚇得臉色都變了。

[出處]

宋・薛居正等《舊五代史一百二十八・周書十九・列傳第八・段希堯傳》：「使於吳越，及乘舟泛海，風濤暴起，榜師僕從，皆相顧失色。」

## 席地而坐

[釋義]

泛指在地上坐。

[出處]

宋·薛居正等《舊五代史卷一百三十二·世襲列傳第一·李茂貞傳》:「但御軍整眾,都無紀律,當食造庖廚,往往席地而坐。」

## 高枕無憂

[釋義]

墊高枕頭睡覺,無憂無慮。比喻思考麻木,喪失警惕。

[出處]

宋·薛居正等《舊五代史卷一百三十三·世襲列傳第二·高季興》:「且游獵旬日不回,中外之情,其何以堪,吾高枕無憂矣。」

## 文理不通

[釋義]

指文章在詞句和內容方面都不通順。

[出處]

宋·薛居正等《舊五代史卷一百四十八·志十·選舉志》:「況此等多不究義,唯攻帖書,文理既不甚通,名第豈可妄與?」

# 出自《新五代史》的成語

## 微不足錄

[釋義]

渺小得不值得記一筆。

[出處]

宋・歐陽脩等《新五代史卷四・唐本紀第四・唐莊宗紀上》:「而夷狄無文字傳記,朱邪又微不足錄,故其後世自失其傳。」

## 赤地千里

[釋義]

赤:空。形容天災或戰爭造成大量土地荒涼的景象。

[出處]

宋・歐陽脩等《新五代史卷四・唐本紀第四・唐莊宗紀上》:「克用兵大掠晉、絳,至於河中,赤地千里。」

## 駟馬難追

[釋義]

一句話說出了口,就是套上四匹馬拉的車也難追上。指話說出口,就不能再收回,一定要算數。

[出處]

宋・歐陽脩等《新五代史卷十七・晉家人傳第五・高祖皇后李氏傳》:「不幸先帝厭代,嗣子承祧,不能繼好息民,而反虧恩負義。兵戈屢動,駟馬難追,戚實自貽,咎將誰執!」

## 先斬後奏

[釋義]

原指臣子先把人處決了,然後再報告帝王。現比喻未經請示就先做了某事,然後再向上級報告。

[出處]

宋・歐陽脩等《新五代史卷二十一・梁臣傳第九・朱珍》:「珍偏將張仁遇白珍曰:『軍中有犯令者,請先斬而後白。』」

## 投膏止火

[釋義]

意思是用油去澆滅火,火反而燒得更旺。比喻舉措失當,適得其反。

[出處]

宋・歐陽脩等《新五代史卷二十四・唐臣傳第十二・唐書・安重誨》:「四方騷然,師旅並興,如投膏止火,適足速之。」

## 磨穿鐵硯

[釋義]

把鐵鑄的硯臺都磨穿了。形容發憤讀書，持久不懈。

[出處]

宋·歐陽脩等《新五代史卷二十九·晉臣傳第十七·桑維翰傳》：「初舉進士，主司惡其姓，以為『桑』『喪』同音。人有勸其不必舉進士，可以從佗（通「他」）求仕者，維翰慨然。…鑄鐵硯以示人曰：『硯弊，則改而佗仕。』卒以進士及第。」

## 豹死留皮，人死留名

[釋義]

指人生在世留下東西給後人。比喻留美名於身後。

[出處]

宋·歐陽脩《新五代史卷三十二·死節傳第二十·王彥章傳》：「彥章武人，不知書，常為俚語謂人曰：『豹死留皮，人死留名。』」

## 金碗盛狗矢

[釋義]

狗矢：狗屎。指小人位居高位。比喻地位與品德不相稱。

[出處]

宋·歐陽脩等《新五代史卷三十三·死事傳第二十一·孫晟傳》：「與馮延巳屏為昇相，晟輕延巳為人，常曰：『金碗玉杯而盛狗矢可乎？』」

## 神色怡然

[釋義]

意思是愉快、心安的神色。

[出處]

宋·歐陽脩等《新五代史卷三十三·死事傳第二十一·孫晟傳》：「晟終不對，神色怡然，正其衣冠南望而拜。」

## 落髮為僧

[釋義]

指剃光頭髮做僧人。

[出處]

宋·歐陽脩等《新五代史卷三十五·唐六臣傳第二十三·張策傳》：「策少好浮圖之說，乃落髮為僧，居長安慈恩寺。」

## 眼中拔釘

[釋義]

比喻除去心中最痛恨的人。

[出處]

宋·歐陽脩等《新五代史卷四十六·雜傳第三十四·趙在禮》：「在禮在宋州，人尤苦之；已而罷去，宋人喜而相謂曰：『眼中拔釘，豈不樂哉？』」

## 勇夫悍卒

[釋義]

勇猛凶悍的武人與士兵。悍：凶悍。

[出處]

宋・歐陽脩等《新五代史卷四十九・雜傳第三十七・周書・王進傳》：「五代之君，皆武人崛起，其所與俱勇夫悍卒，各裂土地封侯王，何異豺狼之牧斯人也！」

## 被甲枕戈

[釋義]

身穿堅甲，頭枕兵器。指處於高度戒備狀態。

[出處]

宋・歐陽脩等《新五代史卷五十・雜傳第三十八・劉詞》：「詞居暇日，常被甲枕戈而臥。」

## 兵強馬壯

[釋義]

形容軍隊實力強，富有戰鬥力。

[出處]

宋・歐陽脩等《新五代史卷五十一・雜傳第三十九・安重榮傳》：「嘗謂人曰：『天子寧有種耶？兵強馬壯者為之爾。』」

## 痴頑老子

[釋義]

愚蠢遲鈍的老頭。多用為自嘲、自謙之辭。

[出處]

宋・歐陽脩等《新五代史卷五十四・雜傳第四十二・馮道》：「德光責道事晉無狀，道不能對。又問曰：『何以來朝？』對曰：『無城無兵，安敢不來。』德光誚之曰：『爾是何等老子？』對曰：『無才無德痴頑老子。』德光喜，以道為太傅。」

## 探囊取物

[釋義]

囊：口袋；探囊：向袋裡摸取。伸手到口袋裡拿東西。比喻能夠輕而易舉地辦成某件事情。

[出處]

宋・歐陽脩等《新五代史卷六十二・南唐世家第二》：「中國用吾為相，取江南如探囊中物爾。」

## 背腹受敵

[釋義]

指前後都受到敵人的攻擊。

[出處]

宋・歐陽脩等《新五代史卷六十二・南唐世家第二・李昇》：「吾無水戰之具，而使淮兵斷正陽浮橋，則我背腹受敵。」

## 遲疑未決

[釋義]

形容拿不定主意。

[出處]

宋·歐陽脩等《新五代史卷六十三·前蜀世家第三·王建傳》:「昭度遲疑未決,建遣軍士擒昭度親吏於軍門,臠而食之。」

## 內外夾攻

[釋義]

從裡、外兩方面配合進攻。

[出處]

宋·歐陽脩等《新五代史卷六十七·吳越世家第七》:「乃取其軍號,內外夾攻,號令相應,淮人以為神,遂人敗之。」

## 兒皇帝

[釋義]

五代時期石敬瑭勾結契丹建立後晉,對契丹主自稱兒皇帝。後泛指投靠外國,建立傀儡政權的統治者。

[出處]

宋·歐陽脩等《新五代史卷七十二·四夷附錄第一》:「學士以先君之命為書以賜國君,其書常曰:『報兒皇帝云。』」

# 出自《宋史》的成語

## 黃袍加身

[釋義]

五代後周時，趙匡胤在陳橋兵變，部下諸將給他披上黃袍，擁立為天子。後比喻發動政變獲得成功。

[出處]

元‧脫脫等《宋史卷一‧本紀第一‧太祖趙匡胤一》：「諸校露刃列於庭曰：『諸軍無主，願策太尉為天子。』未及對，有以黃衣加太祖身，眾皆羅拜呼萬歲。」

## 別財異居

[釋義]

指各蓄家產，另立門戶。

[出處]

元‧脫脫等《宋史卷二‧本紀第二太祖趙匡胤二》：「癸亥，詔：荊蜀民祖父母、父母在者，子孫不得別財異居。」

## 灼艾分痛

[釋義]

比喻兄弟友愛。

[出處]

元‧脫脫等《宋史卷三‧本紀第三‧太祖趙匡胤三》：「太宗嘗病亟，帝往視之，親為灼艾。太宗覺痛，帝亦取艾自灸。」

## 內重外輕

[釋義]

內：京都；外；外省。形容京官權大，外官權小。

[出處]

元‧脫脫等《宋史卷二十八‧本紀第二十八‧高宗趙構五》：「以內重外輕，命省臺、寺監及監司、守令居職及二年者，許更迭出入除擢。」

## 鬻官賣爵

[釋義]

鬻：賣。買賣官爵來收取錢財。

[出處]

元‧脫脫等《宋史卷八十三‧志第三十六律曆十六‧吳喜傳》：「朝廷乃至鬻官賣爵，以救災困。」

## 民困國貧

[釋義]

人民困苦，國家貧窮。

[出處]

元·脫脫等《宋史卷九十一·志第四十四河渠一：黃河上》：「當此天災歲旱，民困國貧之際，不量人力，不順天時，知其有大不可者五。」

## 狡兔三穴

[釋義]

見「狡兔三窟」。

[出處]

元·脫脫等《宋史卷九十三·志第四十六河渠三》：「乃是狡兔三穴，自為潛身之計。」

## 配享從汜

[釋義]

舊時以孔子門徒及某些所謂「名儒」附屬於孔子者一併受祭，稱配享從汜。

[出處]

元·脫脫等《宋史卷一百五·志第五十八禮八·吉禮八》：「國子司業蔣靜言：『先聖與門人通被冕服無別，配享從汜之人當從所封之爵服。』」

## 不祧之祖

[釋義]

祧：古指遠祖的祠堂。不遷入祧廟的祖先。比喻創立某種事業而受到尊崇的人。

[出處]

元·脫脫等《宋史卷一百六·志第五十九禮九：吉禮九》：「今太祖受命開基，太宗續承太寶，則百世不祧之廟矣。」

## 束手待斃

[釋義]

捆起手來等死。比喻遇到困難不積極想辦法；坐著等失敗。

[出處]

元·脫脫等《宋史卷一百一十四·志第六十七禮十七·嘉禮五》：「與其束手待斃，曷若並計合謀，同心戮力。」

## 三陽交泰

[釋義]

見「三陽開泰」。

[出處]

元·脫脫等《宋史卷一百三十二·志第八十五樂七：樂章一》：「三陽交泰，日新唯良。」

## 堯趨舜步

[釋義]

一謂如堯舜之行。頌揚帝王的儀容舉止。二指堯舜的德政。比喻政局穩定而清明。

[出處]

元・脫脫等《宋史卷一百三十八・志第九十一樂十三：樂章七》：「皇帝降席，流雲四開，堯趨舜步，下躡天堦。」

## 累牘連篇

[釋義]

指用過多的篇幅敘述。

[出處]

元・脫脫等《宋史卷一百五十六・志第一百九選舉二：科目下》：「寸晷之下，唯務貪多，累牘連篇，何由精妙？」

## 斷章截句

[釋義]

不顧上下文義，截取文章的一段或一句，而彎曲原意。斷、截：割裂。

[出處]

元・脫脫等《宋史卷一百五十六・志第一百九選舉二：科目下》：「斷章截句，破壞義理。」

## 繆種流傳

[釋義]

繆：荒謬；種：種子。指荒謬的東西流傳下去。

[出處]

元・脫脫等《宋史卷一百五十六・志第一百九選舉二：科目下》：「所取之士既不精，數年之後，復俾之主文，是非顛倒逾甚，時謂之繆種流傳。」

## 位居極品

[釋義]

極：頂點。指大臣中地位最高的人，泛指身為重臣，官位很高。

[出處]

元・脫脫等《宋史卷一百六十六・志第一百一十九職官六》：「遂為內臣之極品。」

## 分煙析產

[釋義]

亦作「分煙析生」、「分家析產」。謂分家。分割財產，各自過活。

[出處]

元・脫脫等《宋史卷一百七十四・志第一百二十七食貨上二》：「其分煙析產，典賣割移，官給契，縣置簿，皆以今所方之田為正。」

## 老奸巨猾

[釋義]

老：很；極；奸：奸詐；巨：大；極；猾：狡猾。形容閱歷深而手段極其奸詐狡猾的人。

[出處]

元·脫脫等《宋史卷一百七十八·志第一百三十一食貨上六》：「老奸巨猾，匿身州縣，舞法擾民，蓋甚至前日。」

## 銖積絲累

[釋義]

同「銖積寸累」。

[出處]

元·脫脫《宋史卷一百七十九·志第一百三十二食貨下一》卷一百七十九：「當時漕司不量州軍之力，一例均科，既有偏重之弊，於是郡縣橫斂，銖積絲累，江東、西之害尤甚。」

## 豪商巨賈

[釋義]

指大商人。

[出處]

元·脫脫等《宋史卷一百八十三·志第一百三十六食貨下五》：「由是虛估之利皆入豪商巨賈。」

## 一誤再誤

[釋義]

一次錯了；第二次又錯。形容不記取教訓，屢犯錯誤。

[出處]

元·脫脫等《宋史二百三十四·表第二十五宗室世系二十·魏王廷美傳》：「太宗嘗以傳國之意訪之趙普。普曰：『太祖已誤，陛下豈容再誤耶？』」

## 女中堯舜

[釋義]

堯舜：傳說中的上古賢明君主。女性中的賢明人物。多用以美稱執政的女主。

[出處]

元·脫脫等《宋史卷二百四十二·列傳第一后妃上·英宗宣仁聖烈高皇后傳》：「自是內降遂絕，力行故事，抑絕外家私恩。文思院奉上之物，無問巨細，終身不取其一，人以為女中堯舜。」

## 復蹈其轍

[釋義]

蹈：踏上；轍：車輪輾過的痕跡。比喻不記取教訓，重犯錯誤。

[出處]

元·脫脫等《宋史卷二百四十七·列傳第六宗室四·子砥傳》：「今復蹈其

轍，譬人畏虎，啗虎以肉，食盡終必食人。」

## 面譽背非

[釋義]

見「面譽背毀」。

[出處]

元·脫脫等《宋史卷二百四十九·列傳第八·范杲傳》：「杲性虛誕，與人交，好面譽背非。」

## 否極而泰

[釋義]

否、泰：六十四卦中的兩個卦名。指壞的到了盡頭就會好轉。

[出處]

元·脫脫等《宋史卷二百五十一·列傳第十·韓令坤等傳論贊》：「雖太祖善御，諸臣知機，要亦否極而泰之象也。」

## 束手就擒

[釋義]

束：捆；綁；就：接受。捆起手來讓人捉住。指毫不抵抗；乖乖地讓人捉住。

[出處]

元·脫脫等《宋史卷二百五十一·列傳第十·苻彥卿傳》：「與其束手就擒，曷若死戰，然未必死。」

## 魚貫而前

[釋義]

貫：連貫。像游魚一樣一個跟著一個地接連著走。

[出處]

元·脫脫等《宋史卷二百五十三·列傳第十二·折德扆傳附繼閔》：「賊緣崖腹微徑魚貫而前，城中矢石亂下。」

## 遲疑不決

[釋義]

形容拿不定主意。

[出處]

元·脫脫等《宋史卷二百五十四·列傳第十三·侯益傳》：「爾往至彼，如益來，即置勿問，苟遲疑不決，即以便宜從事。」

## 鮮有其比

[釋義]

鮮：少。很少有能夠同它相比的。

[出處]

元·脫脫等《宋史卷二百五十五·列傳第十四·宋偓傳》：「偓，莊宗之外孫，漢祖之婿，女即孝章皇后，近代貴盛，鮮有其比。」

## 貪殘無厭

[釋義]

厭：滿足。貪心永遠沒有滿足的時候。

[出處]

元‧脫脫等《宋史卷二百五十五‧列傳第十四‧王全斌傳》：「而罔思寅畏，速此悔尤，貪殘無厭，殺戮非罪，稽於偃革，職而玩兵。」

## 顧內之憂

[釋義]

顧：照管，照顧。指對後方的憂慮、擔心。

[出處]

元‧脫脫等《宋史卷二百五十七‧列傳第十六‧李處耘傳》：「賞厚則人無顧內之憂，恩深則士有效死之志。」

## 摘山煮海

[釋義]

摘：開發。開山煉銅，煮海取鹽。

[出處]

元‧脫脫等《宋史卷二百五十七‧列傳第十六‧李繼和傳》：「以朝廷雄富，猶言摘山煮海，一年商利不入，則或闕軍須。」

## 敢不唯命

[釋義]

敢：反語，「怎敢」、「不敢」之意。怎麼敢不遵照你的命令辦呢？

[出處]

元‧脫脫等《宋史卷二百六十一‧列傳第二十‧李萬超傳》：「萬超奮然謂其部下曰：『非止逃生，我足建勳，汝曹能乎？』眾皆躍然喜曰：『敢不唯命！』」

## 五子登科

[釋義]

用作結婚的祝福詞或吉祥語。

[出處]

元‧脫脫等《宋史卷二百六十三‧列傳第二十二‧竇儀傳》記載：宋代竇禹鈞的五個兒子儀、儼、侃、偁、僖相繼及第，故稱「五子登科」。

## 謝蘭燕桂

[釋義]

謝蘭，係「謝庭蘭玉」之省稱；燕桂，時稱竇氏兄弟為燕山五龍。後遂以「謝蘭燕桂」比喻能光耀門庭的子姪。

[出處]

元‧脫脫等《宋史卷二百六十三‧列傳第二十二‧竇儀傳》載：「儀學問優博，風度峻整。弟儼、侃、偁、僖，皆相繼登科。馮道與禹鈞（竇儀父）有舊，嘗贈詩，有『靈椿一株老，丹桂五枝芳』之句，縉紳多諷誦之。」

## 片瓦不存

[釋義]

一塊整瓦也沒有了。形容建築物全部毀壞。

[出處]

元‧脫脫等《宋史卷二百六十六‧列傳第二十五‧蘇易簡傳》：「況城邑焚燬，片瓦不存，所過山林，林木匱乏。」

## 大者為棟梁

[釋義]

比喻德才兼備的人可擔負重任。

[出處]

元‧脫脫等《宋史卷二百六十七‧列傳第二十六‧張宏傳》：「宋太宗嘗謂樞密史張宏曰：『朕自御極以來，親擇群材，大者為棟梁，小者為榱桷。』」

## 三更半夜

[釋義]

一夜分為五更，三更是午夜十二時。指深夜。

[出處]

元‧脫脫等《宋史卷二百六十七‧列傳第二十六‧趙昌言傳》：「四人者（陳象輿、胡旦、董儼、梁灝）日夕會昌言第。京師為之語曰：『陳三更，董半夜』。」

## 惴怯不前

[釋義]

惴怯：恐懼畏縮。恐懼畏縮，不敢向前。

[出處]

元‧脫脫等《宋史卷二百八十‧列傳第三十九‧楊瓊傳》：「及聞清遠之敗，益惴怯不前。」

## 大事不糊塗

[釋義]

指在重要的是非問題上能堅持原則，態度鮮明。

[出處]

元‧脫脫等《宋史卷二百八十一‧列傳第四十‧呂端傳》：「太宗欲相端。或曰：『端為人糊塗。』太宗曰：『端小事糊塗，大事不糊塗。』決意相之。」

## 呂端大事不糊塗

[釋義]

喻指辦事堅持原則。亦指在大是大非面前保持清醒的頭腦。

[出處]

元‧脫脫等《宋史卷二百八十一‧列傳第四十‧呂端傳》：「太宗欲相端。或曰：『端為人糊塗。』太宗曰：『端小事糊塗，大事不糊塗。』決意相之。」

## 僅容旋馬

[釋義]

指住宅地方狹小。

[出處]

元·脫脫等《宋史二百八十二·列傳第四十一·李沆傳》:「治第封丘門內,廳事前僅容旋馬。」

## 言無枝葉

[釋義]

枝葉:比喻瑣細的言詞。形容言詞文字簡潔,沒有多餘的言詞。

[出處]

元·脫脫等《宋史·李沆傳》:「內行修謹,言無枝葉。」

## 居停主人

[釋義]

居停:寄居之處。寄居之處的主人。指房東。

[出處]

元·脫脫等《宋史卷二百八十三·列傳第四十二·丁謂傳》:「帝意欲謫(寇)準江淮間,謂退,除道州司馬。同列不敢言,獨王曾以帝語質之。謂顧曰:『居停主人勿復言。』蓋指曾以第舍假準也。」

## 紈綺子弟

[釋義]

舊指官僚、地主等有錢有勢人家成天吃喝玩樂、不務正業的子弟。紈:細絹;紈綺:細絹做的褲子。

[出處]

元·脫脫等《宋史卷二百八十六·列傳第四十五·魯宗道傳》:「館閣育天下英才,豈紈綺子弟得以恩澤處耶?」

## 用違所長

[釋義]

違:違背。用人沒有使用他的專長。

[出處]

元·脫脫等《宋史卷二百九十·列傳第四十九·郭逵傳》:「逵料葛懷敏之敗,如燭照龜卜,一時最為知兵。雖南征無功,用違其長,又何尤焉。」

## 當機貴斷

[釋義]

當:面臨;機:時機;斷:決斷。在緊要關頭貴在立即做出決斷。

[出處]

元·脫脫等《宋史卷二百九十一·列傳第五十·宋綬傳》:「臨事尚乎守,當機貴乎斷,兆謀先乎密。」

## 言高旨遠

[釋義]

題旨。言語很淺近，含義卻很深遠。

[出處]

元‧脫脫等《宋史卷二百九十三‧列傳第五十二‧田錫傳》：「《六經》則言高旨遠，非講求討論，不可測其淵深。」

## 草頭木腳

[釋義]

草頭，蘇字上為草字頭。木腳，梁字下為木字腳。「草頭木腳」，以「蘇」和「梁」二姓，隱指宋代的蘇紳、梁適，因其人陰險害人，故後用指稱奸臣。

[出處]

元‧脫脫等《宋史卷二百九十四‧列傳第五十三‧蘇紳傳》：「紳與梁適同在兩禁，人以為險詖，故語曰：『草頭木腳，陷人倒卓。』」

## 莫茲為甚

[釋義]

莫：無；甚：嚴重，超過。沒有什麼能超過這個的了。

[出處]

元‧脫脫等《宋史卷二百九十五‧列傳第五十四‧謝絳傳》：「虧體傷風，莫茲為甚。」

## 舉笏擊蛇

[釋義]

笏：古代大臣上朝時拿的手板。用手板將蛇打死。比喻有膽識。

[出處]

元‧脫脫等《宋史二百九十七‧列傳第五十六‧孔道輔傳》：「有蛇出天慶觀真武殿中，一郡以為神，州將帥官屬往奠拜之，欲上其事。道輔徑前，以笏擊蛇，碎其首。觀者初驚，後莫不嘆服。」

## 丁寧戒告

[釋義]

指一再囑咐必須引起警覺注意。

[出處]

元‧脫脫等《宋史卷二百九十八‧列傳第五十七‧梅摯傳》：「此天意以陛下省職未至，而丁寧戒告也。」

## 趨炎附熱

[釋義]

趨：奔走；熱：比喻權勢。奉承和依附有權有勢的人。

[出處]

元‧脫脫等《宋史卷二百九十九‧列傳第五十八‧李垂傳》：「今已老大，見大臣不公，常欲面折之。焉能趨炎附熱，看人眉睫，以冀推挽乎？」

## 蕩然一空

[釋義]

蕩：洗滌；蕩然：乾淨的樣子。全都毀壞，消失盡淨。形容原有的東西完全失去或毀壞。

[出處]

元‧脫脫等《宋史卷三百‧列傳第五十九‧楊偕傳》：「且州之四面，屬羌遭賊驅脅，蕩然一空，止存孤壘，猶四肢盡廢，首面心腹獨存也。」

## 正色危言

[釋義]

態度嚴肅，語言正直，能使人望而生畏。同「正色直言」。

[出處]

元‧脫脫等《宋史卷三百一十‧列傳第六十九‧杜衍等傳》：「迪、曾正色危言，能使宦官近習，不敢窺覦。」

## 無所措手

[釋義]

見「無所錯手足」。

[出處]

元‧脫脫等《宋史卷三百一十二‧列傳第七十一‧韓琦傳》：「迨置市易務，而小商細民，無所措手。」

## 三旨相公

[釋義]

用來諷刺庸碌低能的大官。

[出處]

元‧脫脫等《宋史卷三百一十二‧列傳第七十一‧王圭傳》：「以其上殿進呈，曰取聖旨；上可否訖，云領聖旨；退諭稟事者，曰已得聖旨也。」

## 窮貴極富

[釋義]

窮：極。形容非常富貴。

[出處]

元‧脫脫等《宋史卷三百一十三‧列傳第七十二‧文彥博傳》：「彥博雖窮貴極富，而平居接物謙下，尊德樂善，如恐不及。」

## 儉可養廉

[釋義]

儉：節儉；廉：廉潔。節儉可以養成廉潔的操守。

[出處]

元‧脫脫等《宋史卷三百一十四‧列傳第七十三‧范純仁傳》：「唯儉可以助廉，唯恕可以成德。」

## 一面之識

[釋義]

謂只見過一面，略有認識。

元‧脫脫等《宋史卷三百一十四‧列傳第七十三‧范純仁傳》：「范純仁，得一面識足矣。」

## 儉可以助廉

[釋義]

儉：節省，儉約；廉：廉潔。節儉可以幫助養成廉潔的操守。

[出處]

元‧脫脫等《宋史卷三百一十四‧列傳第七十三‧范純仁傳》：「親族有請教者，純仁曰：『唯儉可以助廉，唯恕可以成德。』」

## 笑比河清

[釋義]

形容態度嚴肅，難見笑容。

[出處]

元‧脫脫等《宋史卷三百一十六‧列傳第七十五‧包拯傳》：「立朝剛毅，貴戚宦官為之斂手，聞者皆憚之。人以包拯笑比黃河清。」

## 一琴一鶴

[釋義]

原指宋朝趙抃去四川做官，隨身攜帶的東西僅有一張琴和一隻鶴。形容行裝簡少，也比喻為官清廉。

[出處]

元‧脫脫等《宋史卷三百一十六‧列傳第七十五‧趙抃傳》：「帝曰：『聞卿匹馬入蜀，以一琴一鶴自隨；為政簡易，亦稱是乎！』」

## 鐵面御史

[釋義]

宋趙抃為殿中侍御史，彈劾權貴，剛直無私，人稱「鐵面御史」。後泛稱不畏權貴，不徇私情，公正嚴明的官員。

[出處]

元‧脫脫等《宋史卷三百一十六‧列傳第七十五‧趙抃傳》：「翰林學士曾公亮未之識，薦為殿中侍御史，彈劾不避權幸，聲稱凜然，京師目為『鐵面御史』。」

## 穎悟絕倫

[釋義]

穎悟：聰穎。絕倫：超過同輩。聰明過人。亦作「穎悟絕人」。

[出處]

元‧脫脫等《宋史卷三百一十八‧列傳第七十七‧張方平傳》：「張方平，字安道，南京人。少穎悟絕倫，家貧無書，從人假三史，旬日即歸之，曰：『吾已得其詳矣。』」

## 畫荻教子

[釋義]

荻：蘆葦。用蘆葦在地上書畫教育兒子讀書。用以稱讚母親教子有方。

[出處]

元·脫脫等《宋史卷三百一十九·列傳第七十八·歐陽脩傳》：「家貧，致以荻畫地學書。」

## 因陋守舊

[釋義]

陋：不合理；守舊：保持舊的。指因襲不合理的老一套而不加改進。

[出處]

元·脫脫等《宋史卷三百一十九·列傳第七十八·歐陽脩傳》：「宋興且百年，而文章體裁，猶仍五季餘習……士因陋守舊，論卑氣弱。」

## 括囊拱手

[釋義]

括囊：束袋口；拱手：兩手合抱。指不敢進言，無所作為。

[出處]

元·脫脫等《宋史卷三百二十一·列傳第七十九·劉述傳》：「趙抃則括囊拱手，但務依違大臣，事臣豈當如是！」

## 一偏之見

[釋義]

偏於一面的見解。

[出處]

元·脫脫等《宋史·劉述傳》：「安石任一偏之見，改立新議，以害天下大公。」

## 貪墨敗度

[釋義]

貪墨：貪冒，貪圖財利。貪圖財利，敗壞法度。

[出處]

元·脫脫等《宋史卷三百二十六·列傳第八十五·景泰王信等傳論》：「田敏屢有戰功，而貪墨敗度，幸容於時。」

## 斷爛朝報

[釋義]

斷爛：形容陳腐雜亂；朝報：古代傳抄皇帝詔令和官員奏章之類的文件。指陳舊、殘缺，沒有參考價值的歷史記載。

[出處]

元·脫脫等《宋史卷三百二十七·列傳第八十六·王安石傳》：「黜《春秋》之書，不使列於學官，至戲目為斷爛朝報。」

## 執意不回

[釋義]

堅持自己的意見不肯依從別人。

[出處]

元‧脫脫等《宋史‧王安石傳》：「安石性強忮，遇事無可否，自信所見，執意不回。」

## 矯世變俗

[釋義]

指糾正和改變不良的世風民俗。

[出處]

元‧脫脫等《宋史‧王安石傳》：「安石議論高奇，能以辨博濟其說，果於自用，慨然有矯世變俗之志。」

## 不曉世務

[釋義]

不知曉當前重要的事態和時代的潮流。現也指待人接物不知趣。

[出處]

元‧脫脫等《宋史‧王安石傳》：「拜參知政事，上謂曰：『人皆不能知卿，以為卿但知經術，不曉世務。』」

## 笑罵從汝

[釋義]

汝：你。指對他人的譏諷置之不理。

[出處]

元‧脫脫等《宋史卷三百二十九‧列傳第八十八‧鄧綰傳》：「笑罵從汝，好官須我為之。」

## 笑罵由他笑罵，好官我自為之

[釋義]

指為官聲名很壞，任憑人們笑罵，還是泰然自若當自己的官。

[出處]

元‧脫脫等《宋史卷三百二十九‧列傳第八十八‧鄧綰傳》：「笑罵從汝，好官須我為之。」

## 辭嚴氣正

[釋義]

猶言辭嚴義正。

[出處]

元‧脫脫等《宋史卷三百三十一‧列傳第九十‧孫長卿楚建中等傳論》：「建中雅量卻敵，辭嚴氣正，尤為魁偉。」

## 傲睨一世

[釋義]

睨：斜視。高傲地旁觀，對當代的一切都不看在眼裡。形容傲慢自負，目空一切。

[出處]

元‧脫脫等《宋史卷三百三十一‧列傳第九十‧沈遼傳》：「遼字睿達，幼挺拔不群，長而好學尚友，傲睨一世。」

## 挺拔不群

[釋義]

挺拔：直立高聳。形容特立超群的樣子。

[出處]

元·脫脫等《宋史卷三百三十一·列傳第九十·沈遼傳》：「幼挺拔不群，長而好學尚友，傲睨一世。」

## 不過爾爾

[釋義]

爾：不過，如此，罷了。不過這樣罷了。有輕視人的意思。

[出處]

元·脫脫等《宋史卷三百三十一·列傳第九十·沈遼傳》：「使我自擇，不過爾耳。」

## 大張聲勢

[釋義]

大造聲勢，擴大影響。

[出處]

元·脫脫等《宋史卷三百三十二·列傳第九十一·李師中傳》：「今修築必廣發兵，大張聲勢。」

## 老成持重

[釋義]

老成：老練成熟；持重：穩重；不輕浮。原指年老有德；後形容人閱歷多；穩重有經驗；態度沉穩；不輕舉妄動。

[出處]

元·脫脫等《宋史卷三百三十五·列傳第九十四·種師中傳》：「師中老成持重，為時名將，諸軍自是氣奪。」

## 事無不可對人言

[釋義]

言：說。沒有什麼事情不可以公開。

[出處]

元·脫脫等《宋史卷三百三十六·列傳第九十五·司馬光傳》：「平生所為，未嘗有不可對人言者。」

## 言行計從

[釋義]

同「言聽計從」。

[出處]

元·脫脫等《宋史卷三百三十六·列傳第九十五·司馬光傳》：「光自見言行計從，欲以身徇社稷。」

## 賞心悅目

[釋義]

指看到美好的景色而心情愉快。

[出處]

元·脫脫等《宋史卷三百三十七·列傳第九十六·范鎮傳》：「凡可以蕩心悅目，不宜有加於舊。」

## 田父野老

[釋義]

鄉間農夫，山野父老。泛指民間百姓。

[出處]

元‧脫脫等《宋史卷三百三十八‧列傳第九十七‧蘇軾傳》：「軾與田父野老，相從溪山間，築室於東坡，自號『東坡居士』。」

## 一身百為

[釋義]

為：作為。一個人能做百樣事。形容人有能力，能做各種事情。

[出處]

元‧脫脫等《宋史卷三百三十八‧列傳第九十七‧蘇過傳》：「凡生理盡夜寒暑所須者，一身百為，不知其難。」

## 市恩嫁怨

[釋義]

市：買；市恩：討好；嫁：轉嫁。一面討好別人，一面把怨恨轉嫁給他人。

[出處]

元‧脫脫等《宋史卷三百四十‧列傳第九十九‧呂大防傳》：「不市恩嫁怨，以邀聲譽，凡八年，始終如一。」

## 才識不逮

[釋義]

指才能和見識都不高。

[出處]

元‧脫脫等《宋史卷三百四十‧列傳第九十九‧劉摯傳》：「才識不逮而忠實有餘，次也。」

## 胸無城府

[釋義]

形容待人接物坦率真誠。城府：城市和官府；借指待人處事的心機。

[出處]

元‧脫脫等《宋史卷三百四十一‧列傳第一百‧傅堯俞傳》：「堯俞厚重言寡，遇人不設城府，人自不忍欺。」

## 識微見幾

[釋義]

謂看到事物的苗頭而能認識和察見事物的本質和發展。

[出處]

元‧脫脫等《宋史卷三百四十六‧列傳第一百五‧常安民傳》：「唯識微見幾之士，然後能逆知其漸。」

## 立地書櫥

[釋義]

比喻人讀書多，學識文博。

[出處]

元‧脫脫等《宋史卷三百四十七‧列傳第一百六‧吳時傳》：「每於為文，未嘗屬稿，落筆已成，兩學目之曰立地書櫥。」

## 誇大其詞

[釋義]

詞：言論。語言誇張；超過事實。

[出處]

元‧脫脫等《宋史卷三百四十八‧列傳第一百七‧王祖道傳》：「蔡京開邊，祖道欲乘時徼富貴，誘王江酋、楊晟免等使納土，誇大其辭。」

## 張皇其事

[釋義]

把原來的事情誇大。形容言過其實。同「誇大其詞」。

[出處]

元‧脫脫等《宋史卷三百四十八‧列傳第一百七‧張莊傳》：「祖道及莊擅興師旅，啟釁邀功，妄言諸蠻效順，納款得地。當時柄臣攬為綏撫四夷之功。奏賀行賞，張皇其事。自昔欺君，無大於此。」

## 威望素著

[釋義]

威望：威信，聲望；素：一向；著：明顯。一向很有威望。

[出處]

元‧脫脫等《宋史卷三百六十‧列傳第一百一十九‧宗澤傳》：「澤威望素著，既至，首捕誅舍賊者數人。下令曰：『為盜者贓無輕重，並從軍法。』由是盜賊屏息，民賴以安。」

## 補天浴日

[釋義]

這是指女媧煉五色石補天和羲和幫太陽洗澡兩個神話故事。後用來比喻人有戰勝自然的能力。也形容偉大的功業。

[出處]

元‧脫脫等《宋史卷三百六十‧列傳第一百一十九‧趙鼎傳》：「浚有補天浴日之功，陛下有礪山帶河之誓，君臣相信，古今無二。」

## 束戈卷甲

[釋義]

捆起兵器甲冑。謂繳械投降。

[出處]

元‧脫脫等《宋史卷三百六十四‧列傳第一百二十三‧韓世忠傳》：「大軍至矣，亟束戈卷甲，吾能保全汝，共功名。」

## 號令如山

[釋義]

指軍令嚴肅，不容更改。

[出處]

元‧脫脫等《宋史卷三百六十五‧列傳第一百二十四‧岳飛傳》：「岳節使號令如山，若與之敵，萬無生理，不如往降。」

## 直搗黃龍

[釋義]

直接搗毀敵人的巢穴。搗：搗毀；黃龍：黃龍府；金人腹地。現泛指敵人腹地。

[出處]

元 脫脫等《宋史卷三百六十五‧列傳第一百二十四‧岳飛傳》：「飛大喜，語其下曰：『今番直抵黃龍府，與諸君痛飲耳。』」

## 運用之妙，存乎一心

[釋義]

妙：巧妙；存乎：存在；心：指思考。運用得巧妙；靈活；全在於善於動腦筋思考。也作省「運用一心」。

[出處]

元‧脫脫等《宋史卷三百六十五‧列傳第一百二十四‧岳飛傳》：「陣而後戰；兵法之常；運用之妙；存乎一心。」

## 痛飲黃龍

[釋義]

黃龍：即黃龍府，轄地在今吉林一帶，舊時為金人的聚落。原指攻克敵京，置酒高會以祝捷。後泛指為打垮敵人而開懷暢飲。

[出處]

元‧脫脫等《宋史卷三百六十五‧列傳第一百二十四‧岳飛傳》：「金將軍韓常欲以五萬眾內附。飛大喜，語其下日：『直抵黃龍府，與諸君痛飲爾！』」

## 十二金牌

[釋義]

金牌：宋代敕書及緊急軍命，用金字牌，由內侍省派人速送。比喻緊急的命令。

[出處]

元‧脫脫等《宋史卷三百六十五‧列傳第一百二十四‧岳飛傳》：「言飛孤軍不可久留，乞令班師。一日奉十二金字牌，飛憤惋泣下。」

## 十二道金牌

[釋義]

金牌：宋代傳遞敕書及軍事上最緊急的命令用的金牌。比喻緊急的命令。

元·脫脫等《宋史卷三百六十五·列傳第一百二十四·岳飛傳》：「言飛孤軍不可久留，乞令班師。一日奉十二金字牌，飛憤惋泣下。」

## 莫須有

[釋義]
原意是也許有吧。後指憑空捏造。

[出處]
元·脫脫等《宋史卷三百六十五·列傳第一百二十四·岳飛傳》：「飛子雲與張憲書雖不明，其事體莫須有。」

## 武人不惜死

[釋義]
惜：吝惜。指武官不怕死。

[出處]
元·脫脫等《宋史卷三百六十五·列傳第一百二十四·岳飛傳》：「飛日：『文臣不愛錢，武臣不惜死，天下平矣。』」

## 子女金帛

[釋義]
子女：指年輕的男女奴婢。指人民和財物。也泛指財物、財產。

[出處]
元·脫脫等《宋史卷三百六十五·列傳第一百二十四·岳飛傳》：「金賊所

愛，唯子女金帛，志已驕惰。」

## 雪窖冰天

[釋義]
窖：收藏東西的地洞。到處是冰和雪。形容天氣寒冷，也指嚴寒地區。

[出處]
元·脫脫等《宋史卷三百七十三·列傳第一百三十二·朱弁傳》：「嘆馬角之未生，魂銷雪窖；攀龍髯而莫逮，淚灑冰天。」

## 伴食中書

[釋義]
指執政大臣庸懦而不堪任事。

[出處]
元·脫脫等《宋史卷三百七十四·列傳第一百三十三·胡銓傳》：「孫近傅會檜議，遂得參知政事，天下望治有如飢渴，而近伴食中書，漫不敢可否事。」

## 三尺童子

[釋義]
指年幼不懂事的兒童。

[出處]
元·脫脫等《宋史卷三百七十四·列傳第一百三十三·胡銓傳》：「夫三尺童子至無識也，指犬豕而使之拜，則怫然怒。」

## 萬口一談

[釋義]

千千萬萬人說同樣的話。比喻意見一致。

[出處]

元·脫脫等《宋史卷三百七十四·列傳第一百三十三·胡銓傳》：「今內而百官，外而軍民，萬口一談，皆欲食倫之肉。」

## 左支右吾

[釋義]

原謂左右抵拒，引申謂多方面窮於應付。後多指說話含混，敷衍應付。

[出處]

元·脫脫等《宋史三百七十五·列傳第一百三十四·李邴傳》：「（敵）然後由登萊泛海窺吳越，以出吾左，由武昌渡江窺江池，以出吾右，一處不支則大事去矣。原預講左支右吾之策。」

## 日積月聚

[釋義]

同「日積月累」。

[出處]

元·脫脫等《宋史卷三百七十六·列傳第一百三十五·張致遠傳》：「使州縣無妄用，歸其餘於監司；監司無妄用，歸其餘於朝廷；朝廷無橫費，日積月聚，唯軍須是慮，中興之業可致也。」

## 喪心病狂

[釋義]

喪：喪失；失去；心：指理智；狂：瘋狂。喪失理智；像發了瘋一樣。形容言行昏亂或凶殘到了極點。

[出處]

元·脫脫等《宋史三百八十一·列傳第一百四十·范如圭傳》：「如圭獨以書責檜以曲學倍師，忘仇辱國之罪，且曰：『公不喪心病狂，奈何為此？必遺臭萬世矣。』」

## 薑桂之性

[釋義]

生薑和肉桂愈久愈辣。比喻年紀越大性格越耿直。

[出處]

元·脫脫等《宋史三百八十一·列傳第一百四十·晏敦復傳》：「況吾薑桂之性，到老愈辣。」

## 薑桂之性，到老愈辣

[釋義]

薑：生薑；桂：肉桂；性：性質。生薑和肉桂愈久愈辣。比喻年紀越大性格越剛強。

[出處]

元·脫脫等《宋史三百八十一·列傳第一百四十·晏敦復傳》：「況吾薑桂之性，到老愈辣，請勿言。」

## 水晶燈籠

[釋義]

比喻遇事能明察是非的人。

[出處]

元·脫脫等《宋史卷三百八十二·列傳第一百四十一·劉隨傳》：「隨臨事明銳敢行，在蜀人號為水晶燈籠。」

## 夾袋人物

[釋義]

指平時留意收攬的人才或當權者的親信。

[出處]

元·脫脫等《宋史卷三百八十五·列傳第一百四十四·施師點傳》：「師點惓惓搜訪人才，手書置夾袋中。謂蜀去朝廷遠，人才難以自見。」

## 虛堂懸鏡

[釋義]

舊時比喻地方官廉明公正。

[出處]

元·脫脫等《宋史卷三百八十七·列傳第一百四十六·陳良翰傳》：「無術，第公此心如虛堂懸鏡耳。」

## 兵拏禍結

[釋義]

見「兵連禍結」。

[出處]

元·脫脫等《宋史卷三百八十八·列傳第一百四十七·陳良祐傳》：「今遣使乃啟釁之端，萬一敵騎犯邊，則民力困於供輸，州郡疲於調發，兵拏禍結，未有息期。」

## 奮不顧身

[釋義]

奮：振作精神，鼓起幹勁。指勇往直前，不顧個人安危。

[出處]

元·脫脫等《宋史卷三百九十二·列傳第一百五十一·趙汝愚傳論》：「汝愚獨能奮不顧身，定大計於頃刻。」

## 由竇尚書

[釋義]

竇：牆洞。尚書從牆洞裡鑽進去。用以比喻靠諂媚逢迎作官，而無真才實學的人。

[出處]

元·脫脫等《宋史三百九十四·列傳第一百五十三·許及之傳》：「居亡何，同知樞密院事。當時有由竇尚書屈膝執政之語，傳以為笑。」

## 足履實地

[釋義]

履：踩踏。腳踏實地。比喻實事求是，平實而不虛浮。

[出處]
元・脫脫等《宋史卷三百九十七・列傳第一百五十六・劉甲傳》:「生平常謂:『吾無他長,唯足履實地。』」

## 疾聲大呼

[釋義]
疾:急速。急促而大聲的呼喊,以引起注意。

[出處]
元・脫脫等《宋史四百一・列傳第一百六十・辛棄疾傳》:「咸淳間史館校勘謝坊得過棄疾墓旁僧舍,有疾聲大呼於堂上,若呼其不平。」

## 抱虎枕蛟

[釋義]
意思是雙手抱著老虎,枕著蛟龍。比喻處境危險。

[出處]
元・脫脫等《宋史卷四百六・列傳第一百六十五・洪咨夔傳》:「況與大敵為鄰,抱虎枕蛟,事變叵測,顧可侈因人之獲,使邊臣論功,朝廷送德。」

## 固執己見

[釋義]
固:頑固;執:堅持。頑固地堅持自己的見解,不肯改變。

[出處]
元・脫脫等《宋史四百八・列傳第一百六十七・陳宓傳》:「固執己見,動失人心。」

## 不遺寸長

[釋義]
遺:遺漏;寸長:微小的長處。不遺漏一點點長處。形容善於發現和肯定別人的優點。

[出處]
元・脫脫等《宋史卷四百一十・列傳第一百六十九・婁機傳》:「稱獎人才,不遺寸長。」

## 沉痼自若

[釋義]
沉痼:積久難治的疾病。比喻積久難改的習俗或嗜好沒有改變。

[出處]
元・脫脫等《宋史四百一十三・列傳第一百七十二・趙與懽》:「第言端平以來,竄髒吏,禁包苴,戒奔競,戢橫斂,而風俗沉痼自若。」

## 日積月累

[釋義]
一天一天、一月一月地不斷積累。指長時間不斷地積累。

353

## [出處]

元・脫脫等《宋史卷四百一十七・列傳第一百七十六・喬行簡傳》:「借納忠效勤之意,而售其陰險巧佞之奸,日積月累,氣勢蓋張;人主之威權,將為所竊弄而不自知矣。」

## 史策丹心

### [釋義]

寧死不屈的民族氣節。

### [出處]

元・脫脫等《宋史卷四百一十八・列傳第一百七十七・文天祥傳》:「人士自古誰無死,留取丹心照汗青。」

## 遺臭萬年

### [釋義]

臭:比喻惡名聲;萬年:指時間很長久。人死了;可是臭名卻永遠流傳下去;遭人唾罵。

### [出處]

元・脫脫等《宋史四百二十二・列傳第一百八十一・林勳等傳》:「若乃程珌之竊取富貴,梁成大、李知孝甘為史彌遠鷹犬,遺臭萬年者也。」

## 菲衣惡食

### [釋義]

菲,微,薄。簡單粗劣的衣食。形容生活儉樸。

## [出處]

元・脫脫等《宋史卷四百二十三・列傳第一百八十二・李韶傳》:「九重菲衣惡食,臥薪嘗膽,使上下改慮易聽,然後可圖。」

## 銅山鐵壁

### [釋義]

形容堅固的防禦物。比喻可信賴的堅強人物。

### [出處]

元・脫脫等《宋史四百二十四・列傳第一百八十三・李伯玉傳》:「趙汝騰嘗薦八士,各有品目,於伯玉曰:『銅山鐵壁。』立朝風節,大較似之。」

## 瞭若指掌

### [釋義]

比喻對情況十分明白清楚。

### [出處]

元・脫脫等《宋史卷四百二十七・列傳第一百八十六道學一・道學傳》:「作《太極圖說》、《通書》,推明陰陽五行之理,命於天而性於人者,瞭若指掌。」

## 好高騖遠

### [釋義]

好:喜歡;騖:從事;追求。喜歡高的;追求遠的。指不切實際地追求過高過遠的目標。

[出處]

元·脫脫等《宋史卷四百二十七·列傳第一百八十六道學一·程灝》:「病學者厭卑近而驚高遠,卒無成焉。」

## 布帛菽粟

[釋義]

帛:絲織品;菽:豆類;粟:小米,泛指糧食。指生活必需品。比喻極平常而又不可缺少的東西。

[出處]

元·脫脫等《宋史卷四百二十七·列傳第一百八十六道學一·程頤傳》:「其言之旨,若布帛菽粟然,知德者尤尊崇之。」

## 薰陶成性

[釋義]

薰陶:感化,培養;性:習慣。經常受到某方面的感染而形成的某種習慣、心性。

[出處]

元·脫脫等《宋史卷四百二十七·列傳第一百八十六道學一·程頤傳》:「今夫人民善教其子弟者,亦必延名德之士,使與之處,以薰陶成性。」

## 程門立雪

[釋義]

舊指學生恭敬受教。比喻尊師。

[出處]

元·脫脫等《宋史卷四百二十八·列傳第一百八十七·道學傳二·楊時》:「一日見頤,頤偶瞑坐,時與游酢侍立不去。頤既覺,則門外雪深一尺矣。」

## 繩趨尺步

[釋義]

繩、尺:木工校曲直、量長短的工具,引伸為法度;趨:快走;步:行走。指舉動符合規矩,毫不隨便。

[出處]

元·脫脫等《宋史四百二十九·列傳第一百八十八·道學傳三·朱熹》:「方是時,士之繩趨尺步,稍以儒名者,無所容其身。」

## 無愧衾影

[釋義]

表示沒有做虧心事。

[出處]

元·脫脫等《宋史卷四百三十四·列傳第一百九十三儒林四·蔡元定傳》:「刎行不愧影,獨寢不愧衾。」

## 行不愧影,寢不愧衾

[釋義]

影:影子;衾:被子。走路沒有對不起影子,睡覺沒有對不起被子。形容時時省察自己的言行。

[出處]

元·脫脫等《宋史卷四百三十四·列傳第一百九十三儒林四·蔡元定傳》：「獨行不愧影，獨寢不愧衾。」

## 閉門塞竇

[釋義]

關閉門窗，堵塞洞穴。多謂防備之嚴。

[出處]

元·脫脫等《宋史卷四百三十四·列傳第一百九十三儒林四·蔡元定傳》：「若有禍患，亦非閉門塞竇所能避也。」

## 一籌莫展

[釋義]

籌：計策；辦法；展：施展。一點計策也施展不出；一點辦法也想不出來。

[出處]

元·脫脫等《宋史四百三十四·列傳第一百九十三儒林四·蔡幼學傳》：「多士盈庭而一籌不吐。」

## 籠絡人心

[釋義]

籠絡：原是羈絆牲口的用具；引申為使用手段拉攏人。用權術耍手段以拉攏、駕馭別人。

[出處]

元·脫脫等《宋史卷四百三十五·列傳第一百九十四儒林五·胡安國傳》：「自蔡京得政，士大夫無不受其籠絡，超然遠跡不為所汙如安國才實鮮。」

## 論議風生

[釋義]

談論得極其生動而又風趣。

[出處]

元·脫脫等《宋史卷三百三十六·列傳第一百九十五儒林六·陳亮傳》：「亮為人才氣超邁，喜談兵；論議風生，下筆數千言立就。」

## 整襟危坐

[釋義]

整衣端坐。形容嚴肅拘謹。

[出處]

元·脫脫等《宋史卷三百三十六·列傳第一百九十五儒林六·李道傳》：「道傳少莊重，稍長讀河南程氏書，玩索義理，至忘寢食，雖處暗室，整襟危坐，肅如也。」

## 死不足惜

[釋義]

足：值得；惜：吝惜或可惜。形容不怕死或死得沒有價值。

元·脫脫等《宋史卷四百四十三·列傳第二百二文苑五·蘇洵傳》:「善用兵者使之無所顧,有所恃。無所顧則知死之不足惜,有所恃則知不至於必敗。」

## 晴雲秋月

[釋義]

晴天的白雲,秋天的月亮。比喻人性格爽朗,胸懷高潔。

[出處]

元·脫脫等《宋史卷四百四十三·列傳第二百二文苑五·文同傳》:「與可襟韻灑落,如晴雲秋月,塵埃不到。」

## 過目成誦

[釋義]

只要看一遍就能背誦。形容記憶力極強。

[出處]

元·脫脫等《宋史卷四百四十四·列傳第二百三文苑六·劉恕傳》:「恕少穎悟,書過目即成誦。」

## 與世俯仰

[釋義]

隨波逐流,附和世俗。

[出處]

元·脫脫等《宋史卷四百四十四·列傳第二百三文苑六·米芾》:「(米芾)又不能與世俯仰,故從仕數困。」

## 蹈襲覆轍

[釋義]

重新走上翻過車的老路。比喻不吸取教訓,再走失敗的老路。

[出處]

元·脫脫等《宋史卷四百四十四·列傳第二百三文苑六·米芾傳》:「芾為文奇險,不蹈襲前人軌轍。」

## 蹈襲前人

[釋義]

蹈襲:因襲,沿用。因襲前人,缺乏創新。

[出處]

元·脫脫等《宋史卷四百四十四·列傳第二百三文苑六·米芾傳》:「芾為文奇險,不蹈襲前人軌轍。」

## 學老於年

[釋義]

指博學的年輕人。

[出處]

元·脫脫等《宋史卷四百四十五·列傳第二百四文苑七·熊克》:「克幼而翹秀,既長,好學善屬文,郡博士胡

憲器之,曰:『子學老於年,他日當以文章顯。』」

## 之死靡二

[釋義]

同「之死靡它」。

[出處]

元·脫脫等《宋史卷四百四十六·列傳第二百五忠義一》:「若敵王所愾,勇往無前,或銜命出疆,或授職守土,或寓官閒居,感激赴義,雖所處不同,論其捐軀徇節,之死靡二,則皆為忠義之上者也。」

## 灼背燒項

[釋義]

灼:燒。指佛教徒燃艾或焚香燒炙頭頂、背脊。

[出處]

元·脫脫等《宋史卷四百五十六·列傳第二百一十五·孝義·朱壽昌傳》:「用浮屠法灼背燒頂,刺血書佛經。」

## 熟讀精思

[釋義]

熟:經久而深入;精:專一,深入。反覆地閱讀,認真地思考。

[出處]

元·脫脫等《宋史卷四百五十九·列傳第二百一十八隱逸下·徐中行傳》:「得瑗所授經,熟讀精思,功苦食淡。」

## 根株結盤

[釋義]

樹木的根與幹盤曲相結。比喻關係錯綜牢固。

[出處]

元·脫脫等《宋史卷四百七十二·列傳第二百三十一奸臣二·蔡京》:「患失之心無所不至,根株結盤,牢不可脫。」

## 狐死兔泣

[釋義]

比喻因同類的死亡而感到悲傷。

[出處]

元·脫脫等《宋史卷四百七十七·列傳第二百三十六叛臣下·李全傳下》:「狐死兔泣,李氏滅,夏氏寧得獨存?願將軍垂盼。」

## 茫然失措

[釋義]

心中迷惑,不知怎麼辦才好。

[出處]

元·脫脫等《宋史卷四百八十六·列傳第二百四十五外國二·夏國傳》:「种諤在綏德節制諸軍,聞夏人至,

茫然失措，欲作書召燕達，戰怖不能下筆。」

## 玉粒桂薪

[釋義]

米如玉，薪如桂。極言生活費用之高。

[出處]

元・脫脫等《宋史卷四百八十七・列傳第二百四十六外國三・高麗》：「縕袍短褐，玉粒桂薪，堪憂食貧，若為卒歲。」

# 出自《遼史》的成語

## 光耀奪目

[釋義]

奪目：耀眼。形容光采極為鮮明，令人眼花繚亂。

[出處]

元‧脫脫等《遼史卷二‧本紀第二‧太祖下》：「辛巳平旦，子城上見黃龍繚繞，可長一里，光耀奪目，入於行宮。。」

## 必里遲離

[釋義]

陰曆九月九日。

[出處]

元‧脫脫等《遼史卷五十三‧志第二十二‧嘉儀志》：「九月重九日，天子率群臣部族射虎，少者為負，罰重九宴。……國語謂是日為『必里遲離』，九月九日也。」

## 匹馬一麾

[釋義]

一匹馬，一桿旗。形容勇敢善戰。

[出處]

元‧脫脫等《遼史卷卷五十八‧志第二十七‧儀衛志四》：「遼太祖匹馬一麾，斥地萬里，經營四方，末嘗寧居，所至樂從，用此道也。」

## 整紛剔蠹

[釋義]

謂整治紛亂，清除弊害。

[出處]

元‧脫脫等《遼史卷七十四‧列傳第四‧韓德樞傳》：「德樞請往撫字之，授遼興軍節度使。下車整紛剔蠹，恩煦信乎，勸農桑，興教化，期月民獲蘇息。」

## 人生如風燈

[釋義]

人的生命短暫而微弱，像風前的燈隨時都可能熄滅。

[出處]

元‧脫脫等《遼史卷八十九‧列傳第十九‧耶律和尚傳》：「『顧人生如風燈石火，不飲將何為。』晚年沉湎尤甚，人稱為『酒仙』云。」

# 一目五行

[釋義]

猶一目十行。

[出處]

元‧脫脫等《遼史卷一百五‧列傳第
三十五‧楊遵勗傳》:「天下之事,叢
於樞府,簿書填委。遵勗一目五行俱
下,判決如流。」

# 出自《金史》的成語

## 白山黑水

[釋義]

長白山和黑龍江。泛指中國東北地區。

[出處]

元·脫脫等《金史卷一·本紀第一·世紀》:「生女直地有混同江、長白山,混同江亦號黑龍江,所謂『白山黑水』是也。」

## 疑人勿用,用人勿疑

[釋義]

懷疑的人就不要使用他,使用的人就不要懷疑他。指用人應充分信任。

[出處]

元·脫脫等《金史卷四·本紀第四·熙宗》:「疑人勿使,使人勿疑。自今本國及諸色人,量才通用之。」

## 阿順取容

[釋義]

阿:曲從,迎合。曲意順從以博取他人的歡悅。

[出處]

元·脫脫等《金史卷六·本紀第六·世宗》:「以輔朕之不逮,慎毋阿順取容。」

## 暗察明訪

[釋義]

察:細看,詳審;訪:尋訪。指用各種方法調查了解情況。

[出處]

元·脫脫等《金史卷七·本紀第七·世宗中》:「此輩暗察明訪,皆著政聲。」

## 達官貴要

[釋義]

猶言達官貴人。

[出處]

元·脫脫等《金史卷八·本紀第八·世宗下》:「達官貴要多行非理,監察院察未嘗舉劾。」

## 多故之秋

[釋義]

多故:多變亂多患難;秋:指某個時期。指多事故多患難的時期。

[出處]

元·脫脫等《金史卷十六·本紀第

十六‧宣宗下》：「今多故之秋，人才難得，朕欲除大罪外，徒刑追配有武藝善掌兵者，量才復用。」

## 蕭牆之變

[釋義]

蕭牆：古代宮室內當門的小牆。產生於家中的禍亂，比喻由內部原因所致的災禍、變亂。

[出處]

元‧脫脫等《金史卷六十三‧列傳第一‧后妃傳‧熙宗悼平皇后》：「海陵本懷覬覦，因之疑畏愈甚，蕭牆之變，從此萌生矣。」

## 加官進祿

[釋義]

祿：俸祿；舊社會稱官吏的薪水。提升官職，增加俸祿。

[出處]

元‧脫脫等《金史卷六十四‧列傳第二‧后妃傳下‧章宗元妃李氏》：「向外飛則四國來朝，向裡飛則加官進祿。」

## 以寡敵眾

[釋義]

用少數人抵敵眾多的人。

[出處]

元‧脫脫等《金史卷七十一‧列傳第九‧吾扎忽傳》：「吾扎忽性聰敏，有才智，善用軍，常出敵之不意，故能以寡敵眾。」

## 一寸山河一寸金

[釋義]

面積一寸的國土跟寸金的價值一樣昂貴。形容領土極其寶貴。

[出處]

元‧脫脫等《金史卷七十五‧列傳第十三‧左企弓傳》：「君王莫聽捐燕議，一寸山河一寸金。」

## 重厚寡言

[釋義]

持重敦厚，不愛多說話。

[出處]

元‧脫脫等《金史卷七十六‧列傳第十四‧襄傳》：「襄重厚寡言，務以鎮靜守法。」

## 泰然自若

[釋義]

泰然：鎮靜的樣子；自若：跟平常一樣。形容碰上意外、嚴重或緊急的情況；能沉著鎮靜；不慌不忙。

[出處]

元‧脫脫等《金史八十二卷‧列傳第二十‧顏盞門都傳》：「有敵忽來，雖矢石至前，泰然自若。」

## 引年求退

[釋義]

引年：自陳年老。自陳年老，請求退休。

[出處]

元‧脫脫等《金史‧完顏守道傳》：「今引年求退，甚得宰相體，然未得代卿者，以是難從。」

## 法無二門

[釋義]

見「法出一門」。

[出處]

元‧脫脫等《金史卷九十‧列傳第二十八‧高德基傳》：「有犯罪當死者，宰相欲從末減。德基曰：『法無二門，失出猶失入也。』不從。」

## 棄過圖新

[釋義]

拋棄過錯，謀求更新。

[出處]

元‧脫脫等《金史卷九十八‧列傳第三十六‧完顏匡傳》：「然傾國家資財，竭民膏血，恐非大金皇帝棄過圖新、兼愛南北之意也。」

## 流離失所

[釋義]

流離：流落；失散；失所：失去住所。流落離散；無處安身。

[出處]

元‧脫脫等《金史卷九十八‧列傳第三十六‧完顏匡傳》：「今已四月，農事已晚，邊民連歲流離失所，扶攜道路，即望復業，過此農時，遂失一歲之望。」

## 翻然改悟

[釋義]

翻然：回飛的樣子，形容轉變很快；悟：醒悟。形容很快認識到過錯而悔改醒悟。

[出處]

元‧脫脫等《金史卷九十八‧列傳第三十六‧完顏匡傳》：「一旦猶子翻然改悟，斥逐奴隸，引咎謝過，則前日之嫌便可銷釋。」

## 眾望所屬

[釋義]

望：期望。眾人所期望和敬仰的。形容在群眾中威望很高。

[出處]

元‧脫脫等《金史卷九十九‧列傳第三十七‧徒單鎰傳》：「鎰從容謂之曰：『冀王，章宗之兄，顯宗長子，眾望所屬，元帥決策立之，萬世之功也。』」

## 坐薪懸膽

[釋義]

坐臥在柴草上，懸膽嘗其味。比喻刻苦自勵，奮發圖強。

[出處]

元·脫脫等《金史卷一百·列傳第三十八·尤虎筠壽傳》：「中都食盡，遠棄廟社，陛下當坐薪懸膽之日，奈何以球鞠細物動搖民間。」

## 計行言聽

[釋義]

行其計，聽其言。形容十分信任。

[出處]

元·脫脫等《金史卷一百六·列傳第四十四·尤虎高琪傳》：「高琪止欲以重兵屯駐南京以自固，州郡殘破不復恤也。宣宗惑之，計行言聽，終以自斃。」

## 除狼得虎

[釋義]

比喻除去一害又來一害。

[出處]

元·脫脫等《金史卷一百九·列傳第四十七·陳規傳》：「近雖遣官謙察，治其奸濫，易其疲軟，然代者亦非選擇，所謂除狼得虎也。」

## 自律甚嚴

[釋義]

自律：自己約束自己。對自己要求極為嚴格。

[出處]

元·脫脫等《金史卷一百一十·列傳第四十八·楊雲翼傳》：「自律甚嚴，其待人則寬。」

## 鷙狠狼戾

[釋義]

形容凶狠乖戾。

[出處]

元·脫脫等《金史卷一百十一·列傳第四十九》：「塔為人鷙狠狼戾，好結小人，不聽朝廷節制。」

## 首丘之念

[釋義]

首丘：頭向著狐穴所在的土丘。傳說狐狸將死時，頭必朝向出生的山丘。比喻思念故鄉或歸葬故土之情。

[出處]

元·脫脫等《金史卷一百一十七·列傳第五十五·時青傳》：「僕雖偷生寄食他國，首丘之念未嘗一日忘之。」

# 一代宗工

[釋義]

意思是在學問,技藝等方面一個時代為眾所推崇的巨匠。

[出處]

元·脫脫等《金史卷一百二十六·列傳第六十四·元好問傳》:「兵後,故老皆盡,好問蔚為一代宗工,四方碑板銘志,盡趨其門。」

# 金鑣玉絡

[釋義]

見「金鑣玉轡」。

[出處]

元·脫脫等《金史卷一百二十七·列傳第六十五·隱逸傳·趙質》:「臣僻性野逸,志在長林豐草,金鑣玉絡非所願也。」

# 竊竊偶語

[釋義]

竊竊:偷偷;語:說話。背地裡小聲說話。

[出處]

元·脫脫等《金史卷一百三十二·列傳第七十·唐括辯傳》:「每竊竊偶語,不知議何事。」

# 出自《元史》的成語

## 風雨晦冥

[釋義]

指風雨交加，天色昏暗猶如黑夜。同「風雨晦暝」。

[出處]

明‧宋濂等《元史卷四‧本紀第四‧世祖一》：「乙巳遲明，至江岸，風雨晦冥，諸將皆以為未可渡，帝不從。」

## 訛言惑眾

[釋義]

訛言詐偽的話用謠言欺騙迷惑群眾。

[出處]

明‧宋濂等《元史卷八‧本紀第八‧世祖五》：「癸丑，初建東宮。甲寅，誅西京訛言惑眾者。」

## 避難就易

[釋義]

就湊近，靠近。躲開難的，去找容易的做。也指做事情先從容易的做起。

[出處]

明‧宋濂等《元史卷三十五‧本紀第三十五‧文宗四》：「四大都總管劉原

仁稱疾，久不視事，及遷同知儲政院事，即就職，僥倖巧宦，避難就易。」

## 飛砂揚礫

[釋義]

形容風勢很。同「飛沙走礫」。

[出處]

明‧宋濂等《元史卷四十七‧本紀第四十七‧順帝十》：「京師大風自北起，飛砂揚礫，白日昏暗。」

## 櫛比鱗次

[釋義]

像梳子齒和魚的鱗，密密地排列著。亦作「櫛比鱗差」、「櫛比鱗臻」。

[出處]

明‧宋濂等《元史卷六十六‧志第十七下‧河渠三》：「岸善崩者，密築江石以護之，上植楊柳，旁種蔓荊，櫛比鱗次，賴以為固。」

## 風櫛雨沐

[釋義]

櫛梳子、篦等梳頭髮的用具；沐沐浴、洗。風梳頭，雨洗髮，形容奔波勞碌，風雨不停。

[出處]
明·宋濂等《元史卷六十九·志第二十·禮樂三》:「相我祖宗,風櫛雨沐。」

## 日增月益
[釋義]
意思是一天天一月月地增添、加多。

[出處]
明·宋濂等《元史卷九十三·志第四十二·食貨一》:「自時厥後,國用寖廣。除稅糧、科差二者之外,凡課之入,日增月益。至於天曆之際,視至元、大德之數,蓋增二十倍矣。」

## 割襟之盟
[釋義]
割襟:指腹為婚時,各自割下衣襟,彼此珍藏作為信物。指男女在未出生前就由其父母訂立下婚約。

[出處]
明·宋濂等《元史卷一百三·志第五十一刑法二·職制下·戶婚》:「諸男女議婚,有以指腹割衿(襟)為定婚者,禁之。」

## 指腹割衿
[釋義]
指腹,謂指腹為婚;割衿,謂割取幼兒衣襟為信物,預定婚約。

[出處]
明·宋濂等《元史卷一百三·志第五十一刑法二·職制下·戶婚》:「諸男女議婚,有以指腹割衿為定婚者,禁之。」

## 蠱惑人心
[釋義]
蠱惑迷惑。指用欺騙引誘等手段迷惑人,擾亂人的思想。

[出處]
明·宋濂等《元史卷一百五·志第五十三·刑法四》:「諸陰陽家者流,輒為人燃燈祭星,蠱惑人心者,禁之。」

## 劬勞顧復
[釋義]
劬勞:勞累操勞。顧復:照顧撫育。

[出處]
明·宋濂等《元史卷一百一十四·列傳第一·后妃一》:「欽為先皇太后,夙明壺則,克嗣徽音,輔佐先朝,有恭儉節用之實,誕育眇質,有劬勞顧復之思。」

## 天道人事
[釋義]
天道天理。人事人力所能做到的事。天道人事不可違背。意謂大勢所趨。

明‧宋濂等《元史卷一百二十六‧列傳第十三‧廉希憲傳》：「因為書與宋四川制置余玠，諭以天道人事，玠得書愧感自守，不敢復輕動。」

## 恪守成憲

[釋義]

恪守謹守。謹守定的法令，毫不通融。

[出處]

明‧宋濂等《元史卷一百三十‧列傳第十七‧完澤傳》：「元貞以來，朝廷恪守成憲，詔書屢下，散財發粟，不惜巨萬，以頒賜百姓，當時以賢相稱之。」

## 雙斧伐孤樹

[釋義]

指嗜酒好色，摧殘身體。

[出處]

明‧宋濂等《元史卷一百三十六‧列傳第二十三‧阿沙不花傳》：「而唯麴蘗是耽，妃姬是好，是猶雙斧伐孤樹，未有不顛仆者。」

## 穎悟絕人

[釋義]

穎悟聰穎。絕人超過同輩。聰明過人。同「穎悟絕倫」。

[出處]

明‧宋濂《元史卷一百四十‧列傳第二十七‧鐵木兒塔識傳論》：「鐵木兒塔識，字九齡，國王脫脫之子。資稟宏偉，補國子學諸生，讀書穎悟絕人。」

## 釜中之魚

[釋義]

在鍋裡游著的魚。比喻不能久活。

[出處]

明‧宋濂等《元史卷一百四十九‧列傳第三十六‧王榮祖傳》：「彼小國負險自守，釜中之魚，非久自死。」

## 捐軀報國

[釋義]

捨棄身軀，報效國家。

[出處]

明‧宋濂等《元史卷一百五十三‧列傳第四十‧王檝傳》：「臣以布衣受恩，誓捐軀報國，今既償軍，得死為幸！」

## 染指垂涎

[釋義]

形容急欲攫，十分貪饞。垂涎，流口水。

[出處]

明‧宋濂等《元史卷一百五十七‧列傳第四十四‧郝經傳》：「病民諸奸各

持兩端，觀望所立，莫不覬覦神器，
染指垂涎。」

## 肉薄骨並

[釋義]

肉和肉相迫，骨和骨相併。形容戰鬥
之激烈。

[出處]

明・宋濂等《元史卷一百五十七・列
傳第四十四・郝經傳》:「肉薄骨並而
拔之，則彼破壁孤城而去。」

## 歡忻踴躍

[釋義]

忻：同「欣」。歡樂熱烈的樣子。
忻：同「欣」。歡樂熱烈的樣子。

[出處]

明・宋濂等《元史卷一百五十八・列
傳第四十五・寶默傳》:「今天順人
應，誕登大寶，天下生民莫不歡忻踴
躍，引領盛治。」

## 握兩手汗

[釋義]

因驚駭而兩手出汗。猶言捏兩把汗。

[出處]

明・宋濂等《元史卷一百五十九・列
傳第四十六・趙璧傳》:「世祖曰:『秀
才，汝渾身是膽耶！吾亦為汝握兩手
汗也。』」

## 樸素無華

[釋義]

儉樸、不浮華。

[出處]

明・宋濂等《元史卷一百六十三・列
傳第五十・烏古孫澤傳》:「常曰:『士
非儉無以養廉，非廉無以養德。』身
一布袍數年，妻子樸素無華，人皆言
之，澤不以為意也。」

## 再生父母

[釋義]

指對自己有大恩情的人，多指救命的
恩人。

[出處]

明・宋濂等《元史卷一百六十三・列
傳第五十・烏古孫澤傳》:「是吾民復
生之父母也。」

## 砥礪風節

[釋義]

磨練品格、節操。

[出處]

明・宋濂等《元史卷一百六十四・列
傳第五十一・魏初傳》:「請自今監察
御史按察司官，在任一歲，各舉一人
自代。所舉不當，有罰。不唯砥礪風
節，亦可為國得人。」

## 計窮勢蹙

[釋義]

無計可施，形勢緊迫。

[出處]

明‧宋濂等《元史卷一百六十八‧列傳第五十五‧陳天祥傳》：「深既不能制亂，反為亂眾所制，軍中乏糧，人自相食，計窮勢蹙，倉黃退走，土兵隨擊，以致大敗。」

## 一蛇二首

[釋義]

比喻在政權機構之中，有兩人掌握權柄，必將帶來禍患。

[出處]

明‧宋濂等《元史卷一百六十八‧列傳第五十五‧姚天福傳》：「時御史臺置二大夫，綱紀無統，天福言於世祖曰：『古稱一蛇九尾，首動尾隨；一蛇二首，不能寸進。今臺綱不張，有一蛇二首之患。』」

## 讜言嘉論

[釋義]

公正、正直有說服力的言論。

[出處]

明‧宋濂等《元史卷一百七十四‧列傳第六十一‧張孔孫傳》：「孔孫素以文學名，且善琴，工畫山水竹石，而騎射尤精，及其立朝，讜言嘉論，有可觀者，士論服之。」

## 雍容不迫

[釋義]

形容態度大方從容不迫。

[出處]

明‧宋濂等《元史卷一百七十八‧列傳第六十五‧劉敏中傳》：「敏中平生，身不懷幣，口不論錢，義不苟進，進必有所匡救，援據今古，雍容不迫。」

## 冰壺玉尺

[釋義]

比喻品德高潔。

[出處]

明‧宋濂等《元史卷一百八十一‧列傳第六十八‧黃溍傳》：「及升朝行，挺立無所附，是不登鉅公勢人之門，君子稱其清風高節，如冰壺玉尺，纖塵弗汙。」

## 各不為禮

[釋義]

禮：禮遇。彼此之間互不以禮相待。

[出處]

明‧宋濂等《元史卷一百八十三‧列傳第七十‧孛朮魯翀傳》：「帝師釋迦之徒，天下僧人師也；餘孔子之徒，天下儒人師也，謂各不為禮。」

## 扼吭奪食

[釋義]

扼：用力掐著；吭：咽喉。扼住喉嚨，奪走吃的東西。比喻使人處於絕境。

[出處]

明・宋濂等《元史卷一百八十六・列傳第七十三・陳祖仁傳》：「乃欲驅疲民以供大役，廢其耕耨而荒其田畝，何異扼其吭而奪其食，以速其斃乎？」

## 景星麟鳳

[釋義]

比喻傑出的人才。猶言「景星鳳凰」。

[出處]

明・宋濂等《元史卷一百八十九・列傳第七十六・儒學一・同恕傳》：「自京還，家居三年，縉紳望之若景星麟鳳，鄉里稱為先生而不姓。」

## 奇文瑰句

[釋義]

瑰，珍奇。優美的文章。

[出處]

明・宋濂等《元史卷一百九十・列傳第七十七・儒學二・胡長孺傳》：「卓行危論，奇文瑰句。」

## 洞中肯綮

[釋義]

觀察敏銳，言論掌握問題的關鍵處。

[出處]

明・宋濂等《元史卷一百九十・列傳第七十七・儒學二・韓性傳》：「郡之良二千石，政事有所未達，輒往咨訪，性從容開導，洞中肯綮，裨益者多。」

## 化陳腐為神奇

[釋義]

謂變無用為有用。

[出處]

明・宋濂等《元史卷一百九十・列傳第七十七・儒學二・戴錶元傳》：「其學博而肆，其文清深雅潔，化陳腐為神奇。」

## 吾膝如鐵

[釋義]

比喻剛強不屈。

[出處]

明・宋濂等《元史元史卷一百九十四・列傳第八十一・忠義二・李齊傳》：「吾膝如鐵，豈肯為賊屈？」

## 進退無措

[釋義]

指進退兩難，無法應付。

明·宋濂《元史卷一百九十四·列傳第八十一·忠義二》:「會西南風急,賊舟數千,果揚帆順流鼓噪而至,舟遇椿不得動,進退無措,矗帥將士奮擊,發火翎箭射之,焚溺死者無算,餘舟散走。」

## 遁世離群

[釋義]

逃避人世,遠離群眾。隱居。猶言「避世獨處」。

[出處]

明·宋濂等《元史卷一百九十九·列傳第八十六·隱逸傳》:「後世之士,其所蘊蓄或未至,而好以跡為高,當邦有道之時,且遁世離群,謂之隱士。」

## 溯流求源

[釋義]

逆流而上,尋求源頭。比喻尋究事物的起始演變。同「溯流窮源」。

[出處]

明·宋濂等《元史卷一百九十九·列傳第八十六·隱逸傳·杜瑛傳》:「今不能溯流求源,明法正俗,育材興化,以拯數百千年之禍。」

## 敬天愛民

[釋義]

敬奉天命,愛護百姓。

[出處]

明·宋濂等《元史卷二百二·列傳第八十九·釋老傳·丘處機》:「及問為治之方,則對以敬天愛民為本。」

## 招權納賂

[釋義]

把持權勢,收受賄賂。

[出處]

明·宋濂等《元史卷二百四·列傳第九十一·宦者·朴不花傳》:「不花驕恣無上,招權納賂,奔競之徒,皆出其門,駸駸有趙高、張讓、田令孜之風。」

## 橫科暴斂

[釋義]

濫征捐稅,搜刮民財。同「橫征暴賦」。

[出處]

明·宋濂等《元史卷二百八·列傳第九十五·外夷一·高麗》:「僉議司官不肯供報民戶版籍,州縣疆界,本國橫科暴斂,民少官多,刑罰不一,若止依本俗行事,實難撫治。」

# 出自《明史》的成語

## 保泰持盈

[釋義]

指保持安定興盛的局面。

[出處]

清·張廷玉等《明史卷十五·本紀第十五·孝宗》:「孝宗兒能恭儉有制,勤政愛民,兢兢於保泰持盈之道,用使朝序清寧,民物康阜。」

## 片瓦無存

[釋義]

一塊瓦都沒有了。形容房屋全部毀壞。

[出處]

清·張廷玉等《明史卷二十八·志第四·五行一》:「貴州暴雪,形如土磚,民居片瓦無存者。」

## 公私交困

[釋義]

於公於私均陷困境。

[出處]

清·張廷玉等《明史卷八十二·志第五十八·食貨六》:「虛糜乾沒,公私交困焉。」

## 飛芻挽糧

[釋義]

指迅速運送糧草。同「飛芻挽粟」。

[出處]

清·張廷玉等《明史卷八十八·志第六十四·河渠六·伍文定傳》:「而文定決意進兵,一無顧惜。飛芻挽糧,糜數十萬。」

## 靡然成風

[釋義]

指群起倣尤而成風氣。

[出處]

清·張廷玉等《明史卷八十八·志第六十四·河渠六·張岳傳》:「談虛論寂,靡然成風。」

## 憤時疾俗

[釋義]

有正義感的人對黑暗的現實社會和不合理的習俗表示憤恨、憎惡。同「憤世嫉俗」。

[出處]

清·張廷玉等《明史卷一百二十一·列傳第九·姜士昌傳》:「居恆憤時疾

俗，欲以身挽之。」

## 蠹國殃民

[釋義]

危害國家和人民。同「蠹國害民」。

[出處]

清‧張廷玉等《明史卷一百二十四‧方從哲傳》：「代營榷稅，蠹國殃民。」

## 枕戈達旦

[釋義]

枕著兵器，等待天亮。形容殺敵報國心切。同「枕戈待旦」。

[出處]

清‧張廷玉等《明史卷一百三十‧列傳第十八‧吳良傳》：「夜宿城樓，枕戈達旦。訓將練兵，常如寇至。」

## 仍陋襲簡

[釋義]

因陋就簡。指憑藉原有的簡陋條件辦事。

[出處]

清‧張廷玉等《明史卷一百三十四‧列傳第二十二‧王銘傳》：「上疏曰：『臣所領鎮，外控島夷，城池樓櫓仍陋襲簡，非獨不足壯國威，猝有風潮之變，捍禦無所，勢須改為。』」

## 沽名賣直

[釋義]

故作正直以獵取名譽。

[出處]

清‧張廷玉等《明史卷一百三十九‧列傳第二十七‧錢唐韓宜可等傳贊》：「伯巨、敬心以縫掖諸生言天下至計，雖違於信而後諫之義，然原厥本心，由於忠愛，以視末季沽名賣直之流，有不可同日而語者也。」

## 用非所學

[釋義]

所用的不是所學的。指學用不一致。

[出處]

清‧張廷玉等《明史卷一百三十九‧列傳第二十七‧葉伯巨傳》：「比到京師，而除官多以貌選，所學或非其所用，所用或非其所學。」

## 倚傍門戶

[釋義]

指依附、投靠某一門派或集團。

[出處]

清‧張廷玉等《明史卷一百三十九‧列傳第二十七‧閹黨傳‧門克新》：「克新，汝陽人。由青州推官擢御史，劾右庶子葉燦、光祿卿錢春、按察使張光縉倚傍門戶，且請速誅熊廷弼。忠賢大喜，立傳旨行刑。」

## 黨邪醜正

[釋義]

與壞人結夥，陷害好人。猶言「黨邪陷正」。

[出處]

清·張廷玉等《明史卷一百四十三·列傳第三十一·路振飛傳》：「崇禎四年徵授御史，疏劾周延儒卑汙奸險，黨邪醜正，祈立斥以清揆路。」

## 更弦易轍

[釋義]

比喻改變方法或態度。

[出處]

清·張廷玉等《明史卷一百五十四·列傳第四十二·潘塤傳》：「今春秋已盛，更弦易轍，此其時也。」

## 冷面寒鐵

[釋義]

比喻公正廉潔，不怕權貴的官員。

[出處]

清·張廷玉等《明史卷一百六十一·列傳第四十九·周新傳》：「敢言詞多所彈頰，貴戚震懼，目為冷面寒鐵。」

## 直言勿諱

[釋義]

直率地說話，無所隱諱。同「直言無諱」。

[出處]

清·張廷玉《明史卷一百六十四·列傳第五十二·弋謙傳》：「爾群臣勿以前事為戒，於國家利弊、政令未當者，直言勿諱。」

## 誅求不已

[釋義]

指沒完沒了地勒索、強取。同「誅求無已」。

[出處]

清·張廷玉《明史卷一百六十四·列傳第五十二·范濟傳》：「無丁之家，誅求不已；有丁之戶，詐稱死亡。」

## 夤緣攀附

[釋義]

拉攏關係，攀附權貴，以求高升。

[出處]

清·張廷玉等《明史卷一百六十八·列傳第五十六·尹直傳》：「給事中宋琮及御史許斌言直自初為侍郎以至入閣，夤緣攀附，皆取中旨。」

## 違天悖理

[釋義]

做事殘忍，違背天道倫理。同「違天逆理」。

[出處]

清·張廷玉等《明史卷一百六十九·

出自《明史》的成語

列傳第五十七 · 王直傳》:「今敵肆猖
獗，違天悖理，陛下但宜固封疆，申
號令，堅壁清野。」

## 振窮恤貧

[釋義]

救濟貧窮的人。

[出處]

清 · 張廷玉等《明史卷一百七十一 ·
列傳第五十九 · 王越傳》:「睦族敦
舊，振窮恤貧，如恐不及。」

## 招權納賕

[釋義]

把持權柄，收受賄賂。同「招權納
賄」。

[出處]

清 · 張廷玉等《明史卷一百七十三 ·
列傳第六十一 · 石亨傳》:「因劾亨招
權納賕，肆行無忌。」

## 肆行無忌

[釋義]

恣意橫行，無所顧忌。

[出處]

清 · 張廷玉等《明史卷一百七十三 ·
列傳第六十一 · 石亨傳》:「因劾亨招
權納賕，肆行無忌，與術士鄒叔彝等
私講天文，妄談休咎，宜置重典。」

## 吹毛數睫

[釋義]

比喻目光短淺，只注意微末細節。

[出處]

清 · 張廷玉等《明史卷一百七十六 ·
列傳第六十四 · 黃道周傳》:「自古迄
今，決無數米量薪，可成遠大之猷；
吹毛數睫，可奏三五之治者。」

## 正色敢言

[釋義]

態度嚴肅，勇於直言。

[出處]

清 · 張廷玉等《明史卷一百七十七 ·
列傳第六十五 · 王竑傳》:「十一年
授戶科給事中，豪邁負氣節，正色敢
言。」又《明史卷一百八十一 · 列傳
第六十九 · 劉健傳》:「健學問深粹，
正色敢言，以身任天下之重。」

## 慎小謹微

[釋義]

對細小的事也小心對待。

[出處]

清 · 張廷玉等《明史卷一百七十九 ·
列傳第六十七 · 章懋傳》:「古帝王慎
小謹微必矜細行者，正以欲不可縱，
漸不可長也。」

## 宵旰焦勞

[釋義]

形容勤於政事。同「宵旰憂勞」。

[出處]

清‧張廷玉等《明史卷一百七十九‧列傳第六十七‧章懋傳》:「此下陛下宵旰焦勞,兩宮母后同憂天下之日。」

## 言出禍隨

[釋義]

話一出口,禍患隨之而來。同「言出禍從」。

[出處]

清‧張廷玉等《明史卷一百七十九‧列傳第六十七‧鄒智傳》:「吾非不欲言,言出則禍隨,其誰吾聽?」

## 豪邁不群

[釋義]

群:合群。因性格過分豪放、不拘小節,而難以與周圍的人相處和睦。

[出處]

清‧張廷玉等《明史卷一百七十九‧列傳第六十七‧莊杲傳》:「莊杲,字孔暘,江浦人。自幼豪邁不群,嗜古博學。」

## 方正不阿

[釋義]

方正品行正直;阿阿諛,諂媚。指為人品行正直,不逢迎諂媚。

[出處]

清‧張廷玉等《明史卷一百八十‧列傳第六十八‧王徽傳》:「有方正不阿者,即以為不肖,而朝夕讒謗之,日加浸潤,來免改疑。」

## 正身清心

[釋義]

端正自己的言行,清靜內心。比喻修身養性。

[出處]

清‧張廷玉等《明史卷一百八十一‧列傳第六十九‧邱濬傳》:「願陛下體上天之仁愛,念祖宗之艱難,正身清心以立本而應務。」

## 磊落光明

[釋義]

襟懷坦白,光明正大。

[出處]

清‧張廷玉等《明史卷一百八十二‧列傳第七十‧王恕馬文升劉大夏傳贊》:「綢繆庶務,數進讜言,跡其居心行已,磊落光明,剛言鯁亮,有古大臣節概。」

## 析圭擔爵

[釋義]

同「析圭儋爵」。指任官受爵。

[出處]

清‧張廷玉等《明史卷一百八十三‧列傳第七十一‧倪岳傳》:「命將徂征,四年三學舉,絕無寸功。或高臥而歸,或安行以返。析圭擔爵,優游朝行,輦帛輿金,充牣私室。」

## 放鷹逐犬

[釋義]

指打獵。

[出處]

清‧張廷玉等《明史卷一百八十六‧列傳第七十四‧韓文傳》:「擊球走馬,放鷹逐犬,俳優雜劇,錯陳於前。」

## 逢惡導非

[釋義]

指逢迎壞人,助長惡行。

[出處]

清‧張廷玉等《明史卷一百八十八‧列傳第七十六‧張文明傳》:「且言江彬逢惡導非,亟宜行誅,朝臣匡救無聞,亦當罰治。」

## 禍生不測

[釋義]

測:估計,猜度。災禍的產生不可揣。

[出處]

清‧張廷玉等《明史卷一百八十八‧列傳第七十六‧劉棘傳》:「萬一禍生不測,國無老成,誰與共事。」

## 緘口不言

[釋義]

緘封閉。封住嘴巴,不開口說話。

[出處]

清‧張廷玉等《明史卷一百八十九‧列傳第七十七‧何遵傳》:「正德間,給事、御史挾勢凌人,趨權擇便,凡朝廷大闕失,群臣大奸惡,緘口不言。」

## 砥節奉公

[釋義]

磨礪名節,奉行公事。

[出處]

清‧張廷玉等《明史卷二百二‧列傳第九十‧周延傳》:「延顏面寒峭,砥節奉公。權臣用事,政以賄成,延未嘗有染。」又《明史卷一百九十四‧列傳第八十二‧梁材傳》:「砥節守公如一日,帝眷亦甚厚。」

## 杜微慎防

[釋義]

杜：杜絕，斷絕；慎：謹慎。杜絕細微，謹慎防備萌芽。即消滅禍患難與共於萌芽狀態之中。

[出處]

清·張廷玉等《明史卷二百二·列傳第九十·胡松傳》：「松言邊兵外也而內之，武庫仗內也而外之，非所以重肘腋，杜微慎防也，執弗許。」

## 拱手聽命

[釋義]

拱手雙手合抱在胸前，以示敬意。恭順地聽從對方的命令，毫無反抗。

[出處]

清·張廷玉等《明史卷二百四·列傳第九十二·陳九疇傳》：「邊臣怵利害，拱手聽命，致內屬番人勾連接引，以至於今。」

## 狠愎自用

[釋義]

愎：任性，固執。形容凶狠倔強，獨斷專行。

[出處]

清·張廷玉《明史卷二百六·列傳第九十四·陸粲傳》：「張（璁）狠愎自用，執拗多私。」

## 彼唱此和

[釋義]

比喻一方倡導，另一方效仿。

[出處]

清·張廷玉等《明史卷二百七·列傳第九十五·劉世龍傳》：「仕者日壞於上，學者日壞於下，彼唱此和，靡然成風。」

## 潔己愛人

[釋義]

指潔身自好，愛護他人。

[出處]

《明史卷二百九·列傳第九十七·劉魁傳》：「所至潔己愛人，扶植風教。」

## 掩罪飾非

[釋義]

非：壞事。遮蓋罪行，文飾壞事。

[出處]

清·張廷玉等《明史卷二百一十·列傳第九十八·徐學詩傳》：「蓋嵩權力足以假手下石，機械足以先發制人，勢利足以廣交自固，文詞便給足以掩罪飾非。」

## 宵旰憂勞

[釋義]

宵衣旰食，非常勞苦。形容勤於政事。亦作「宵旰焦勞」、「宵旰憂勤」。

度峻整，終日無狎語，倦不傾倚，署
不裸裎，目無流視，見者肅然。」

## 殷天震地

[釋義]

為震天動地，形容聲音很大。 殷：
震動。

[出處]

清·張廷玉等《明史卷二百一十七·
列傳第一百五·王家屏傳》:「今驕陽
爍石，小民愁苦之聲殷天震地，而獨
未徹九閽。」

## 掣襟露肘

[釋義]

掣：牽。衣襟稍有牽動，手肘就露出
來。形容衣服破爛，生活貧困。

[出處]

清·張廷玉等《明史卷二百二十·列
傳第一百八·劉應節傳》:「邊長兵
寡，掣襟露肘。」

## 首尾共濟

[釋義]

濟：幫助；救濟。比喻互相支持互相
幫助。

[出處]

清·張廷玉等《明史卷二百二十二·
列傳第一百一十·方逢時傳》:「兩人
首尾共濟，邊境遂安。」

[出處]

清·張廷玉等《明史卷二百一十·列
傳第九十八·吳時來傳》:「若不去嵩
父子，陛下雖宵旰憂勞，邊事終不可
為也。」

## 洞燭其奸

[釋義]

洞：透徹；燭照見；奸：奸詐。對別
人的陰謀詭計看得很清楚。

[出處]

清·張廷玉等《明史卷二百一十·列
傳第九十八·董傳策傳》:「嵩稔惡誤
國，陛下豈不洞燭其奸。」

## 直節勁氣

[釋義]

氣節正直，操守剛勁。

[出處]

清·張廷玉等《明史卷二百一十四·
列傳第一百二·王廷傳》:「廷守蘇州
時，人比之趙清獻，直節勁氣，始終
無改。」

## 目無流視

[釋義]

眼睛不往四處看。

[出處]

清·張廷玉等《明史卷二百一十六·
列傳第一百四·翁正春傳》:「正春風

## 眾口交攻

[釋義]

意思是許多人一齊譴責。

[出處]

清·張廷玉等《明史卷二百五十三·列傳第一百四十一·王應熊傳》:「言陛下召應熊,必因其秉國之日,眾口交攻,以為孤立無黨,孰知其同年密契,肺腑深聯。」

## 刀筆賈豎

[釋義]

刀筆:古人在竹簡上寫字,錯了用刀削去重寫;賈豎:相當於「小子」。是對刀筆吏的蔑稱。

[出處]

清·張廷玉等《明史卷二百五十八·列傳第一百四十六·湯開遠傳》:「吏部唯雜職多弊,臣鄉吳羽文竭力鰲惕,致刀筆賈豎哄然而起,羽文略不為撓。」

## 典章文物

[釋義]

指法令、禮樂、制度以及歷代遺留下來的有價值的東西。

[出處]

清·張廷玉等《明史卷二百八十五·列傳第一百七十三·文苑傳·徐一夔》:「幸而天曆間虞集倣六典法,纂《經世大典》,一代典章文物粗備。」

## 目量意營

[釋義]

以目測量,用心經營。形容精心勘測設計。

[出處]

清·張廷玉等《明史三百四·列傳第一百九十二·宦官一·阮安》:「阮安有巧思,奉成祖命營北京城池宮殿及百司府廨,目量意營,悉中規劃,工部奉行而已。」

## 鴟張鼠伏

[釋義]

比喻時而囂張,時而隱蔽。

[出處]

清·張廷玉等《明史卷三百十六·列傳第二百四·貴州土司》:「蠻人鴟張鼠伏,自其常態。」

## 東遷西徙

[釋義]

指四處遷移,居止不定。

[出處]

清·張廷玉等《明史卷三百三十·列傳第二百十八·西域二·沙州衛》:「但當循分守職,保境睦鄰,自無外患必東遷西徙,徒取勞瘁。」

# 二十四史成語辭典：

## 在歷史中讀成語，在成語中學歷史

編　　者：劉立峰，牛文明，王家良

發 行 人：黃振庭

出 版 者：崧燁文化事業有限公司

發 行 者：崧燁文化事業有限公司

E-mail：sonbookservice@gmail.com

粉 絲 頁：https://www.facebook.com/
　　　　　sonbookss/

網　　址：https://sonbook.net/

地　　址：台北市中正區重慶南路一段六十一號八
　　　　　樓 815 室

Rm. 815, 8F., No.61, Sec. 1, Chongqing S. Rd.,
Zhongzheng Dist., Taipei City 100, Taiwan

電　　話：(02)2370-3310

傳　　真：(02)2388-1990

印　　刷：京峯彩色印刷有限公司（京峰數位）

律師顧問：廣華律師事務所 張珮琦律師

定　　價：550 元

發行日期：2022 年 12 月第一版

◎本書以 POD 印製

## 國家圖書館出版品預行編目資料

二十四史成語辭典：在歷史中讀
成語，在成語中學歷史 / 劉立峰，
牛文明，王家良編 . -- 第一版 . --
臺北市：崧燁文化事業有限公司，
2022.12
面；　公分
POD 版
ISBN 978-626-332-999-7( 平裝 )
1.CST: 漢 語 詞 典 2.CST: 成 語
3.CST: 中國史
802.35　111020097

電子書購買

臉書